HEYNE <

ELLA DÄLKEN

TOD ÜBERM ZAUN

Kriminalroman

WILHELM HEYNE VERLAG
MÜNCHEN

FSC
www.fsc.org
MIX
Papier aus verantwortungsvollen Quellen
FSC® C014496

Verlagsgruppe Random House FSC® N001967

Taschenbucherstausgabe 09/2017

Printed in Germany
Redaktion: Susann Rehlein
Satz: Vornehm Mediengestaltung GmbH, München
Druck und Bindung: GGP Media GmbH, Pößneck
ISBN 978-3-453-42164-6

www.heyne.de

COSMA

WIE ALLES BEGINNT

Es wird einen Mord geben, ich spüre es in meinem kleinen Finger. Vor uns liegt das Schrebergartengelände. Dunkle Tannen, meterhohe Hecken, hutzelige Häuser. Mehr verbrechensmäßig geht nicht. Herr von Itzenplitz sieht das anders. Er meint, das Gelände wäre hervorragend geeignet für einen inspirierenden Morgenspaziergang im August. Wir wohnen nämlich direkt um die Ecke, am Zoopark in Düsseldorf: Herr von Itzenplitz, Ewald Meier-Zuhorst, Gerda Rommstätter, Alfred und ich. Allesamt Kriminalschriftsteller über sechzig, die sich gegenseitig inspirieren. Wobei Alfred kein Autor ist, sondern unser Kater.

Herrn von Itzenplitz' Spezialität sind historische Kriminalromane. Sein letzter hieß *Tod an Fertigungsband 7 oder: Der Kampf des versklavten Proletariats in der kapitalistischen Gesellschaft gegen die besitzende Bourgeoisie*. Der Roman – im Eigenverlag veröffentlicht – verkaufte sich weltweit zwölfmal. Fünf Verwandte, ein Nachbar und sechs unbekannte Leser, die über das Internet auf ihn gestoßen sind. Kein schlechter Erfolg.

Ich selbst schreibe Detektivgeschichten, die auf wahren Begebenheiten beruhen. Mehr oder weniger jedenfalls, denn die Mordrate in Düsseldorf ist bedauernswert niedrig. Es will einfach niemand eines unnatürlichen Todes sterben. Beschämend.

Ich deute auf die grüne Eisentür, die den Eingang in die Welt der Schrebergärten bildet. »Wir müssen hier durch!«, raune ich.

Herr von Itzenplitz zupft an seinem dünnen Bärtchen, das ihm so einen kecken Ausdruck verleiht, streicht die weißen Haare akkurat zurück und zieht seinen Anzug gerade. »Starten wir, meine Liebe.«

Ich schwinge mir mein kanariengelbes Cape um die Schultern, das ich vor sieben Jahren in London auf dem Camden Market erstanden habe. Es ist aus weicher Baumwolle und nicht nur bequem geschnitten, sondern auch ungemein praktisch. Auf der Innenseite sind geheime Taschen eingenäht. Da habe ich alles drin, was wichtig ist. Eine Gabel – Messer finde ich zu gewalttätig –, einen Dietrich und mein Diktiergerät, auf dem ich Impressionen für meine Krimis festhalte.

Ich atme tief durch, und wir durchschreiten das Tor. Sofort befinden wir uns in einem fremden Kosmos. Statt sicherer Schnellstraßen, Geborgenheit bietender Hochhäuser und vertrauenswürdiger Ampeln liegt vor uns ein Dschungel aus Grün. Überall Hecken, Bäume und Blumen. Als wir um eine Ecke biegen, kläfft uns ein Yorkshire Terrier an. Herr von Itzenplitz wehrt ihn mutig mit seinem Gehstock ab. Und mir ist jetzt schon klar: Schrebergärten sind eine Brutstätte der Gewalt.

Mit größter Vorsicht bewegen wir uns weiter. Kaum sind wir zwei Minuten unterwegs, erblicken wir eine Menschenansammlung auf dem feinen Kiesweg. Zuerst denke ich an eine ungenehmigte, gewaltgeladene Demonstration und bin sofort bereit, diese zu unterstützen. Aber dann wird mir klar, dass es sich um Schrebergärtner handelt. Einige Männer tragen grüne Hosen, die in unförmigen schwarzen Gummistiefeln stecken. Andere haben Jeans an, an denen so viel Erdreich klebt, als hätten sie sich von Australien bis hierher gegraben. Eine Frau im blutroten Strickjäckchen fuchtelt mit einer Minischaufel herum, während sie sehr bestimmt auf die anderen einredet. Ihre Gummihandschuhe fahren in der Luft hin und her, einige der Kleingärtner zucken zurück. Ich schnappe Satzfetzen auf. Fragwürdige Satzfetzen: *Sommerfest … bloß keine Polizei … tot.*

Ich wusste es! Irgendwann muss es auch in dieser Stadt ein Verbrechen geben.

Pflichtbewusst beenden wir unseren Spaziergang, damit ich mir ein Bild machen kann. Die Gärtner stehen an einem Eckgrundstück, das auf zwei Seiten von einem gepflegten Kiesweg umgeben ist. Die niedrige Hecke ist Liguster, wenn mich nicht alles täuscht. Hübsch. Leider etwas undurchsichtig. Denn irgendetwas muss dahinter sein, die Frau mit den Gummihandschuhen weist immer wieder in die Richtung.

An dem Weg abseits der Kleingärtner entdecke ich eine niedrige Eisenpforte. Sie steht ein Stückchen offen. Hm.

Die Gärtner diskutieren angeregt, nehmen uns gar nicht wahr. Ich nicke Herrn von Itzenplitz zu und husche los. Unbemerkt erreichen wir das Eingangstor. Darüber schwingt sich ein metallener Rosenbogen in die Höhe, an dem Geranienkörbe hängen. Ich stupse das Törchen auf, betrete den Garten. Herr von Itzenplitz folgt mir unauffällig. In Sekundenschnelle verschaffe ich mir einen Überblick: ein extrem kurz geschnittener

Rasen, eine Leiche, hochgebundene Spalierobstbäume. Meine Augen wandern zurück. Tatsächlich. Eine Leiche! Ich sehe Herrn von Itzenplitz freudestrahlend an. Mein erster selbstentdeckter Toter. Meine Beine zittern sogar ein wenig, denn ich kann mein Glück kaum fassen.

»Möglicherweise ein Herzinfarkt«, überlegt Herr von Itzenplitz.

Ich ziehe die Augenbrauen zusammen. »Herzinfarkt. Sie können schrecklich profan sein, mein lieber Itzenplitz.«

Die Schrebergärtner haben uns noch nicht bemerkt. Gut so. Damit habe ich Zeit, die Leiche zu inspizieren. Ein toter Mann liegt auf dem Kartoffelbeet. Die Arme weit ausgestreckt. Das Gesicht ist bläulich angelaufen, und an den Lippen klebt Speichel. Leider steckt kein Messer in seiner Brust, auch gibt es kein Einschussloch in der Stirn. Trotzdem bin ich mir sicher: »Das war kein natürlicher Tod.«

»Dann müssen wir die Polizei rufen.« Herr von Itzenplitz klingt bestimmt. Bevor er vor einigen Jahren in Rente gegangen ist, war er Verwaltungsbeamter in leitender Position. Bedauerlicherweise hat sich diese Zeit als enorm prägend für seinen Umgang mit Vorschriften erwiesen. Er steht aufrecht vor mir, und ich sehe, wie sein Bärtchen zittert. Mir ist klar, dass er nicht nachgeben wird. Ich zücke mein Handy und drücke die Kurzwahltaste. Es dauert nur eine Sekunde, bis sich jemand meldet: »Polizeipräsidium Düsseldorf. Kriminalhauptkommissarin Paula Pongs am Apparat.«

Ich komme gleich zum Punkt. »Du musst herkommen. Es ist etwas passiert.«

»Mutter?«

»Wie oft habe ich dir schon gesagt, du sollst mich nicht Mutter nennen. Das macht mich alt. Mein Name ist Cosma.«

»Du heißt Renate.«

»Meine Leser kennen und lieben mich als Cosma Pongs.«

»Mutter, ich hab zu tun.«

»Deswegen rufe ich ja an. Du musst herkommen. Wegen der Leiche.«

»Leiche?«

»Ja, Leiche.«

»Und die Leiche ist tot?«

Meine Tochter. Seit Jahren bei der Polizei. Kriminalhauptkommissarin. Und stellt so eine Frage. »Natürlich ist sie tot! Das haben Leichen so an sich.«

»Was macht dich so sicher?«

Immer diese Skepsis. Ich atme tief durch: »Die Leiche riecht. Zumindest etwas.«

Wieder ein Zögern. Dann: »Und du bist nicht auf dem Friedhof, im Krankenhaus oder an einem anderen Ort, an dem Tote ganz normal sind?«

»Wie kann man nur so misstrauisch sein? Du warst schon als Kind so. In der vierten Klasse hast du deinen Klassenkameraden Peter …«

»Mutter!«

»Nenn mich nicht Mutter! Wie oft muss ich dir das noch sagen?«

»Wo ist die Leiche?«

»Im Schrebergartenverein *Zur guten Freundschaft*, gleich um die Ecke von unserem Haus.«

»Ich komme. Und wehe, da ist keine Leiche!«

PAULA

KRABBELNDE KÄFER UND MADEN

Es ist eine Leiche. Paula kann es kaum glauben. Seit Jahren meldet ihre Mutter fast monatlich quicklebendige Tote. Und nun das. Tatsächlich eine Leiche. Jedenfalls soweit Paula es beurteilen kann, denn ihre Mutter verdeckt ihr die Sicht.

»Siehst du, Paula – ich hab es dir gesagt. Mord. Mindestens.« Cosmas knallgelber Umhang leuchtet vor dem Grün des Rasens. Nun zieht sie ein vorsintflutliches Diktiergerät daraus hervor und drückt auf die Aufnahmetaste. Quietschend setzen sich die Rädchen im Inneren in Bewegung. Cosma hält es direkt an ihre Lippen: »Eine männliche Leiche liegt vor mir. Die Augen sind offen, starren ausdruckslos ins Leere. Was mögen sie gesehen haben im Augenblick des Todes?« Sie drückt die Pausentaste und schaut auf: »Ihr solltet die Netzhaut ablösen. Vermutlich hat sich das Bild des Mörders darauf eingebrannt.«

Eine blonde Strähne fällt Paula ins Gesicht. Ungeduldig pustet sie sie weg. »Nein, mit Sicherheit nicht.«

Cosma zückt wieder ihr Diktiergerät. »Wie schon so oft zeigt sich die Polizei nicht bereit, die neuesten Erkenntnisse der Wissenschaft einzubinden. Hier ist ein Profi gefragt. Was für ein Glück, dass ich vor Ort bin. Cosma Pongs: Detektivin. Abenteurerin. Schriftstellerin. Selbstverständlich übernehme ich den Fall.« Sie beugt sich über den Toten: »Der Mann ist circa 49 bis 55 Jahre alt. Er hat ein eingefallenes Gesicht und eine ausgeprägte Halbglatze, über die er seine Haare von hinten nach vorne gekämmt hat. Kein sehr schöner Anblick, muss ich sagen, diese Frisur. Vermutlich arbeitet er bei einer Behörde. Völlig unkreativ. Davon zeugt auch sein Kleidungsstil: kariertes Hemd, grüne Gärtnerhose, grüne Schuhe.«

Paula weiß, dass es nur drei erfolgversprechende Methoden im Umgang mit ihrer Mutter gibt:

Vorgehensweise 1: Ignorieren. Dieser Weg erfordert ein hohes Maß an Selbstkontrolle, Ruhe und Gelassenheit und ist deswegen selbst nach jahrelangem Training nur bei einem kurzen Kontakt durchführbar.

Vorgehensweise 2: Auf ihre Bemerkungen bekräftigend eingehen. Schon als Kind hat Paula gelernt, dass ihre Mutter nichts mehr aus dem Konzept bringt, als wenn jemand sie vorbehaltlos in ihren Ansichten unterstützt. Allerdings ist genau das auch die Crux der Methode: Cosmas Ideen zu unterstützen ist kaum je angebracht.

Vorgehensweise 3: Dafür sorgen, dass Cosma woanders ist als man selbst. Der sinnvollste Weg, die Erfolgsquote spricht für sich.

Heute ist ganz klar ein Tag für Vorgehensweise 3. Entschieden schiebt sich Paula zwischen ihre Mutter und die Leiche: »Raus aus dem Garten!«

Leider hat ihre Mutter in den vergangenen Jahren eigene Strategien entwickelt. Paula bemerkt, wie sie sie mustert und sich dann ein Lächeln auf ihrem Gesicht ausbreitet. »Du bist so süß, wenn du dich aufregst. Kriegst richtige Apfelbäckchen. Wie das Kind in der Lebertranwerbung.«

»Ich bin vierunddreißig Jahre alt. Und ich werde nicht rot.« Zu ihrem Ärger merkt Paula, wie genau das jetzt passiert.

Cosma lächelt breit. »Du kannst sagen, was du willst: Du kommst ganz nach deinem Großvater, Gott hab ihn selig. Die Sommersprossen, die Stupsnase, ganz wie er.«

»Du gehst jetzt sofort zu den anderen Zivilisten.« Paula weist mit vor Wut zitternder Hand auf den Gartenweg, wo ihr Kollege Walter Körbchen gerade das Absperrband festmacht. Gelassen schreitet er den Weg ab, scheucht die Leute ein Stück nach hinten, befestigt die Absperrung. Anschließend faltet er seine Hände über dem Hawaiihemd und betrachtet lethargisch wie ein Koi-Karpfen die neugierige Menge aus Schrebergärtnern, die sich tuschelnd vor ihm drängt.

»Schau mal, hier! Das ganze Beet ist zertrampelt!« Cosma deutet auf den Boden. »Ich sehe es direkt vor mir: In seinem Todeskampf, gequält von Schmerzen und halb wahnsinnig vor Angst, versucht das Opfer, sich zu retten. Kurz bevor es das Tor zur Freiheit erreicht, bricht es zusammen.« Sie greift sich theatralisch ans Herz, gibt vor zu kollabieren.

Paula nimmt wortlos ihre Handschellen vom Gürtel, lässt sie um das Handgelenk ihrer Mutter schnappen und zieht sie wie einen widerspenstigen Welpen aus dem Garten, an Walter vorbei und unter dem Absperrband hindurch auf die Seite der überraschten Schrebergärtner. »Du! Bleibst! Hier!« Paula spürt ihren Pulsschlag am Hals pochen. Manchmal wünscht sie sich eine ganz normale Mutter. Eine, deren höchstes Ziel es ist, im Theaterabo einen Sitzplatz in der ersten Reihe zu ergattern. Gut, vielleicht nicht so eine Mutter, wie Walter Körbchen sie hat, die ihren Sohn noch heute zum Zahnarzt begleitet. Aber auf keinen Fall eine, die überall und ständig dem vermeintlichen Verbrechen auf der Spur ist und sich den Anweisungen der Polizei widersetzt. Unwillig schließt Paula die Handschelle auf und sieht ihre Mutter streng an. »Wenn du noch einmal unaufgefordert in den Garten spazierst, sitzt du heute Nacht in der Zelle.«

»Aber es ist *meine* Leiche!«, protestiert Cosma.

»Arrestzelle!«, konkretisiert Paula drohend. Dann wendet sie sich an ihren Kollegen. »Walter, pass auf, dass meine Mutter hinter der Absperrung bleibt. Wenn sie sich auch nur einen Zentimeter in Richtung Tatort bewegt, nimm sie in Gewahrsam.«

Walter blickt von Paula auf Cosma und wieder zu Paula. »Handschellen oder Kabelbinder?«

»Definitiv Kabelbinder. Fest zuziehen, sonst windet sie sich raus. Am besten, du lässt sie keine Sekunde aus den Augen. Wann kommt die Gerichtsmedizin?«

Walter schiebt das Metallgestell seiner Brille nach oben. »Müsste gleich hier sein. Er meinte, er wohnt um die Ecke.«

Paula runzelt die Stirn. »Dr. Nowak hat doch ein Haus in Benrath. Der braucht mindestens eine halbe Stunde.«

»Dr. Nowak ist seit gestern in Elternzeit. Ein Junge, 3543 Gramm, Natalia hat alles bestens überstanden. Dr. Nowak soll dagegen bei der Geburt geschwächelt haben. Na ja, Geburten sind nicht sein Fachgebiet.

Jedenfalls kommt der Neue aus Hamburg, Doc Fischgrät.«

»Doc Fischgrät? Was ist das denn für ein Name?« Sie runzelt die Stirn. »Na ja, Hauptsache, er kann etwas Verlässliches zum Todeszeitpunkt sagen.«

Walter zuckt mit den Schultern. »Dafür brauchen wir ihn nicht. Der Vereinsvorsitzende sagt, der Tote hat gestern Abend noch gelebt.« Er deutet auf einen Mann mit hängenden Schultern, der direkt hinter dem Absperrband steht und das Gespräch zwischen Walter und Paula verfolgt.

Der Mann streicht sich über das schüttere Haar. »Korrekt, gestern Abend war der Roland noch putzmunter, da hab ich ihn im Garten werkeln sehen. Hat die Beete umgegraben. Heute Morgen war ich schon früh hier, so wie alle anderen auch. Ist noch so viel zu tun bis zum Sommerfest: Rasen mähen, Hecke schneiden, Unkraut jäten. Soll ja alles gut aussehen. Und dazu kommen noch die Vorbereitungen für das Fest an sich. Jedenfalls, als ich hier vorbeikam, habe ich einen Blick über die Hecke geworfen. Und dann lag er da. Tot.«

Paula sieht, wie Cosma erneut ihr Diktiergerät hervorholt. »Ein Zeuge gibt an, den Toten am Vorabend gesehen zu haben.« Cosma mustert den Vorsitzenden und spricht weiter auf Band: »Ist er der Mörder? Versucht er, durch einen falschen Todeszeitpunkt ein Alibi zu erlangen? Er wäre nicht der Erste. Ich denke an *Mord im Pfarrhaus*. Ein klassischer Fall.«

Der Vorsitzende schnappt empört nach Luft. »Was erlauben Sie sich?«

»Mutter, sei still!«

Die Frau in der blutroten Strickjacke schiebt sich vor.

»Agnes Schulze mein Name. Ich bin die Frau des Vorsitzenden. Hören Sie – wir haben ein Fest auszurichten. Dass der Roland aber auch ausgerechnet jetzt sterben muss.« Sie presst die schmalen Lippen aufeinander. »Wie lange dauert das denn noch alles?«

Paula sieht, wie ein Mann über den Gartenweg heranschlendert, Doc Fischgrät, wenn sie nicht alles täuscht. »Ich komme später zu Ihnen, bitte warten Sie so lange hier«, sagt sie zu Frau Schulze. Die schnaubt verächtlich, weil sie nicht die notwendige Beachtung findet, mustert dann aber neugierig den Neuankömmling. Auch Paula lässt ihren Blick über den Gerichtsmediziner gleiten. Der kommt mit federnden Schritten näher, fährt sich durch die strubbeligen Haare, lächelt ein Grübchenlächeln. Oh je. Ein Schönling. Der letzte gutaussehende Gerichtsmediziner war der *unfehlbare Steffen*. Er sah aus wie eine junge Version von George Clooney und verfügte über ein nahezu unlimitiertes Selbstbewusstsein. Kam er an einen Tatort, legte er sich innerhalb von fünf Minuten auf eine Todesursache fest. Bis er vor zwei Jahren eine tödliche Vergiftung bei einem 93-Jährigen übersah. Damit war die Gerichtsmedizinerkarriere des unfehlbaren Steffen vorzeitig beendet. Kein Verlust, nach Paulas Meinung. Sie hofft nur, dass der Neue mehr Kompetenz und weniger Egomanie mitbringt.

Doc Fischgrät streckt ihr die Hand entgegen: »Hauptkommissarin Pongs, schön, Sie kennenzulernen.« Ein fester Händedruck, bernsteinfarbene, neugierige Augen.

Obwohl sie mit einem Meter sechsundsiebzig nicht ganz klein ist, muss sie zu ihm aufblicken. »Doc Fischgrät, freut mich auch.« Sie versucht ein Lächeln.

Ein Schmunzeln breitet sich im Gesicht des Mediziners aus, während er ihre Hand mit einem warmen Druck umschließt.

Sie zieht ihre Hand zurück. Was gab es da zu grinsen? Gott, ganz offenbar ein *unfehlbarer Steffen 2.* »Wir müssen hier entlang«, sagt sie kühl und weist in Richtung der Parzelle. Kurz darauf öffnet Doc Fischgrät eine altmodische braune Ledertasche, hockt sich neben den Toten und betrachtet die Leiche ausgiebig.

»Und?«, fragt Paula. »Was meinen Sie, Doc Fischgrät?« Sie versucht, jeden Unterton zu unterdrücken. Aber was grinst er nur schon wieder?

Fischgrät beugt sich über die Leiche und tippt sich nachdenklich an die Lippen. »Hm, eins kann ich schon mit Sicherheit sagen.«

Also doch. Ein neuer *unfehlbarer Steffen*. Na danke schön. »Und was wäre das?«

Er blickt auf. Seine bernsteinfarbenen Augen glitzern amüsiert. »Der Mann ist tot. Definitiv.«

Diesmal ist es Paula, die sich ein Grinsen nicht verkneifen kann. »Da bin ich aber beruhigt. Nicht auszudenken, wenn der wieder aufstehen würde.«

Der Doc lächelt, dann beginnt er konzentriert, die Leiche zu untersuchen. Ameisen huschen über das Gesicht des Toten wie bewegliche Sommersprossen. Fischgrät zückt sein Handy und spricht hinein: »Männliche Leiche, Totenstarre an sämtlichen Gelenken. Die Haut an den Extremitäten weist eine scharlachrote Färbung auf. Das Gesicht bläulich-rot.« Ein Insekt umschwirrt den Kopf des Toten, der Gerichtsmediziner folgt ihm mit den Augen. »Eine Schmeißfliege. Mal sehen, ob wir schon eine Made finden«, murmelt er. Er zieht seine Ledertasche heran, nimmt eine Pinzette heraus und schiebt sie vorsichtig an das Augenlid des Toten. Paula beugt sich vor, um besser sehen zu können. Sekunden später puhlt der Doc eine zappelnde Made hervor. Nicht schlecht, dazu braucht man schon etwas Übung.

Paula betrachtet das Insekt interessiert. »*Lucilia*, eine Goldfliege, nicht wahr? Wenn ich es richtig sehe, ist sie in einem frühen Entwicklungsstadium.«

Doktor Fischgrät nickt. »Stimmt. Sie interessieren sich für Maden?«

»Ich habe einige Fachvorträge zu forensischer Entomologie als Podcast heruntergeladen. Was meinen Sie, wie lange liegt der Tote hier?«

»Er ist dem ersten Anschein nach in den frühen Abendstunden gestorben, spätestens gegen Mitternacht.«

»Der Vereinsvorsitzende sagt, er habe ihn gestern Abend noch lebend gesehen und die Leiche erst heute Morgen auf dem Weg zum Vereinshaus entdeckt.« Sie deutet in Richtung eines größeren Hauses, das einige Gärten weiter die üblichen Lauben überragt. Auf dem Weg dazwischen haben sich die Gärtner versammelt und kommentieren jede Handlung mit aufgeregtem Murmeln. Paula sieht, wie ihre Mutter versucht, unter dem Absperrband durchzuschlüpfen. Doch Walter zieht sie mit einer überraschend schnellen Bewegung zurück. Kurz darauf hat er ihre Hand an den Zaun des Nachbargartens gekettet. Paula nickt ihm zu und hält anerkennend den Daumen nach oben. Walter ist einer der wenigen Polizisten, die Cosma gewachsen sind.

Der Rechtsmediziner steht auf, nimmt eine Plastiktüte und legt die Made vorsichtig hinein. Sein weißes T-Shirt mit dem *Ramones*-Aufdruck rutscht ein Stückchen hoch und gibt den Blick auf einen braungebrannten Bauch mit einem über den Blinddarm tätowierten Anker frei. Doch mehr als dieser Anblick interessiert Paula der schwarze Käfer mit blutroten Flecken, der just in diesem Augenblick auf dem Gesicht der Leiche landet. »Ist das ein Totengräberkäfer?«.

Der Doc folgt ihrem Blick. »*Nicrophorus germanicus*. Mit den gefärbten Malen handelt es sich um einen seltenen Typus. Schwer zu erkennen.« In seiner Stimme liegt eine Spur Anerkennung. Vorsichtig nimmt er ein Glas aus seiner Ledertasche und gibt den zappelnden Käfer hinein. »Die meisten Menschen finden Insekten abschreckend.«

Paula zuckt mit den Schultern. »Ich finde sie aufschlussreich. Je mehr wir durch sie erfahren, desto eher lässt sich der Fall aufklären.«

»Wow, was für ein Enthusiasmus.« Doktor Fischgrät grinst verschmitzt bei ihrer Antwort. Dann wird er wieder ernst: »Das hier ist bemerkenswert«, er deutet auf das Kinn des Toten. »Ein Hämatom mit Abschürfungen. Sieht so aus, als habe Ihre Leiche kürzlich eine Auseinandersetzung gehabt und Prügel bekommen. An den Händen sind auf den ersten Blick keine blauen Flecke oder Hautrisse zu sehen. Das heißt, er hat sich nicht gewehrt, nur eingesteckt.«

Ein Kampf. Das ist tatsächlich interessant. Sie mustert Fischgrät nachdenklich. Er erscheint deutlich cleverer als der *unfehlbare Steffen*. Deswegen wagt sie die Frage: »Haben Sie eine Vermutung, woran der Mann gestorben ist?« Wieder lässt sich ein Käfer am Mund des Toten nieder.

»Vermutlich plötzlich eintretender Atem- und Herzstillstand. Sehen Sie hier im Gesicht die bläulich-roten Flecke? Möglicherweise ein Herzinfarkt.« Er zögert. Dann fährt er fort: »Mein Bauchgefühl sagt mir allerdings etwas anderes.«

»Und was?«

Der Käfer verschwindet in der dunklen Höhle des Mundes. »Gift.«

COSMA

ALLES POTENZIELLE MÖRDER

Was glauben Sie, Frau Cosma, wer ist der Mörder?«, flüstert Herr von Itzenplitz. Wir stehen an dem geflochtenen Drahtzaun zum Nachbargarten. Ich gezwungenermaßen, weil festgebunden, Herr von Itzenplitz, weil er solidarisch ist. Jede unserer Bewegungen wird von Walter Körbchen beobachtet. Ich kenne ihn, seit er als Siebenjähriger vor unserem Haus mit der Zunge an der vereisten Laterne hing. Damals habe ich ihn befreit. Und nun das: Er erweist sich als williger Lakai meiner Tochter. Ich bin enttäuscht. Ich versuche, Paulas Aufmerksamkeit auf mich zu ziehen. Aber die ist völlig von der Leiche eingenommen. Als der Mediziner ihr etwas zeigt, schiebt sie ihre Haare Agent-Starling-gleich nach hinten, ist fasziniert. Natürlich von der Leiche, nicht von dem Arzt. Kriminalfälle jeglicher Art begeistern sie seit frühester Jugend. Während andere Mädchen Pferde und Prinzessinnen zeichneten, malte sie Fahndungsfotos aus und stellte Tatorte mit Playmobilfiguren nach. Polizistin durch und durch. Fakten statt Kreativität. Das zeigt sich auch an ihrer Kleidung: mausgraues Sweatshirt und Jeans. Ich finde ja, etwas Farbe würde ihr gut zu Gesicht stehen. Erst letzte Woche habe ich ihr ein asymmetrisch geschnittenes Kleid mit aufregenden gelben Tupfen geschenkt. Sie hat sich schlichtweg geweigert, es auch nur anzuprobieren. Wenn sie an der Kleidung nichts machen will, könnte sie zumindest eine extravagante Frisur tragen. Aber nein: Die glatten hellblonden Haare hat sie zu einem schlichten Pferdeschwanz gebunden, aus dem sich immer wieder Strähnen lösen und ihr ins Gesicht fallen. Viel zu dezentes Make-up, das immerhin ihre großen blauen Augen betont. Ich verstehe nicht, warum sie sich in diesem Punkt nicht von mir beraten lässt.

»Was glauben Sie, wer ist der Mörder?«, flüstert Herr von Itzenplitz noch einmal. Gleichzeitig zieht er unauffällig sein Fahrtenmesser hervor, das er als Dreijähriger auf der Flucht aus Ostpreußen von einem Soldaten geschenkt bekam. Sekunden später bin ich frei.

Ich lasse meinen Blick über die Menschenmenge gleiten. Schrebergärtner. Meines Erachtens alles potenzielle Mörder. Am verdächtigsten erscheint mir der Vereinsvorsitzende. Führungspersönlichkeiten sind mir per se suspekt. Außerdem hat er dreckige Fingernägel. Vermutlich Erde, die sich so tief in die Haut gegraben hat, dass Waschen nicht hilft. Und dieser schwammige Blick. Aber ich will nicht vorschnell urteilen, zur Kriminalistik gehört es, neutral zu bleiben und nichts und niemanden auszuschließen. Etwa alle anderen Schrebergärtner. Vor allem die dürre Ehefrau des Vereinsvorsitzenden: um die fünfzig, verkniffener Gesichtsausdruck und Augen, die alles abfällig mustern. Sie sieht aus, als würde sie nachts auf Lockenwicklern schlafen. An den Händen hat sie auffällige rote Flecke. Sehr auffällige rote Flecke. Ich schaue genauer hin.

»Rote Bete«, flüstert Herr von Itzenplitz, der meinem Blick gefolgt ist. Selbstredend, das kann kein Blut sein. Als Kriminalautorin weiß ich alles darüber, habe die

Fachliteratur studiert und außerdem sämtliche Folgen *Columbo* und *CSI* gesehen. Blut wird braun, wenn es trocknet.

Ich lasse den Blick weiter über die Menge schweifen. Eine Frau schluchzt auf. Wenn auch nicht sehr laut. Die Ehefrau des Toten, wie ich bereits ermittelt habe. T-Shirt mit glitzerndem Katzenmotiv, dazu ein keckes Halstuch. Sie friemelt ein Taschentuch aus ihrem Jeansrock, der sich um ihre drallen Oberschenkel spannt. Dafür, dass sie gerade Witwe geworden ist, wirkt sie recht munter. Sie müsste sich weinend auf dem Boden wälzen, meine ich. Aber so: eindeutig verdächtig.

Neben ihr steht ein Mann Mitte zwanzig. Seine schiefe Nase gibt ihm das verwegene Aussehen des jungen Mario Adorf. Als er einen Arm bewegt, spannen sich seine Muskeln unter einem Totenkopf-Tattoo mit gekreuzten Eishockeyschlägern. Das sieht so verdächtig aus, dass es schon wieder unverdächtig ist – und damit eindeutig verdächtig.

Mehrere Männer mit kariertem Hemd und Gummistiefeln unterhalten sich, hin und wieder werfen sie interessierte Blicke auf den Garten mit der Leiche.

Alles in allem: eine überaus verdächtige Gesellschaft.

Lediglich eine Frau scheint mir normal. Sie trägt eine Fransenweste, die hervorragend zu ihren kupferroten Haaren im Pudellook passt. Um ihren Hals baumelt an einer Lederkette mit Vogelfedern ein schwarzer Stein – ein Obsidian, wenn mich nicht alles täuscht. Sehr vernünftig. Schutz vor bösen Geistern. Hier im Schrebergarten mit Dutzenden potenziellen Mördern die einzig logische Verfahrensweise.

Ich frage mich, was wohl passiert, wenn ich die Schrebergärtner ein wenig provoziere.

PAULA

ROUTINE, REINE ROUTINE

Gift? Echt?« Doch bevor Paula dem Doc weitere Fragen stellen kann, wird sie von lautem Geschrei unterbrochen. »Mörder, das sind alles Mörder!« Cosma deutet anklagend auf die Schrebergärtner. Die weichen einen Schritt zurück.

»Frau Cosma, das sind ganz normale Menschen.« Walters sonore Stimme schallt herüber. »Schrebergärtner eben.«

»Was ist normal daran, jeden Samstag Rasen zu mähen und sich in diesem Grün zu verbarrikadieren? So was führt doch beinahe zwangsläufig zu Verbrechen und Gewalt. Aber die Polizei ist offenbar auf diesem Auge blind.« Sie hat sich vor Walter aufgebaut, die Arme in die Hüfte gestemmt. Ihr Cape flattert im Wind.

Der Doc blickt irritiert auf. »Was ist da denn los?«

»Nur das Übliche«, seufzt Paula. Dann geht sie eilig hinaus auf den Kiesweg, zu ihrer Mutter. »Ich sage es zum letzten Mal, wenn du nicht in der Arrestzelle landen willst, verhalt dich ruhig.«

»Ich ermittle doch nur. Sonst nichts.« Cosmas Nasenspitze ist in die Höhe gereckt. »Was sagt der Rechtsmediziner?«

Mit einem Blick auf Cosmas funkelnde Augen entscheidet Paula sich zumindest für eine kleine Information. Manchmal wirkt das beruhigend. »Es sieht alles ganz normal aus. Bislang keine Anzeichen für einen unnatürlichen Tod.« Unter den Schrebergärtnern macht sich Erleichterung breit. Der Vereinsvorsitzende schüttelt Paula mit großer Geste die Hand, als hätte sie gerade in der 100-Meter-Staffel bei Olympia Gold geholt. »Das sind gute Nachrichten, Frau Kommissarin. Wo doch morgen das Sommerfest stattfindet.« Er wendet sich an seine Frau: »Nicht wahr, Agnes? Das ist doch prima!«

Agnes Schulze zieht eine gezupfte Augenbraue hoch. »*Prima* würde ich das nicht nennen, Uwe. Ein Gartenfreund wurde aus unserer Mitte gerissen. Das ist tragisch, nicht prima. Aber in der Tat – ich bin erleichtert.« Sie rückt ihre Strickjacke gerade, die farblich auf ihre blutroten Fingernägel abgestimmt ist.

Etwas, das Paula noch nie geschafft hat. »Wir müssen die weiteren Ergebnisse abwarten. Der Garten des verstorbenen Herrn Baumann darf vorerst nicht betreten werden.«

»Aber das Sommerfest!« Agnes Schulzes Stimme ist schrill. »Was sollen denn die Gäste denken? Polizeiliche Ermittlungen in *unserem* Verein. Ich verlange, dass Sie wenigstens dieses alberne Flatterband entfernen.«

»Wir werden sehen, was sich machen lässt«, beschwichtigt Paula sie. »Das ist Routine. Wenn wir zu einem Toten gerufen werden, müssen wir der Sache nachgehen.«

Ihre Mutter nickt heftig. Sie strahlt über das ganze Gesicht.

Ein leises Schluchzen dringt aus der Menge. Gabriele Baumann, die Ehefrau des Toten. Paula hatte ihr angeboten, sie nach Hause bringen zu lassen. Das hatte die

Witwe abgelehnt. Sie fühle sich im Kreis der Kleingärtner gut aufgehoben. Jetzt macht der Vorsitzende, Uwe Schulze, eine hilflose Bewegung in ihre Richtung, wird aber von seiner Frau abgedrängt. »Lass mich das machen, Uwe. Das kannst du nicht.« Sie legt ihren Arm um Gabriele Baumann.

Die schiebt den Arm weg. »Ist schon gut, Agnes. Ich komme klar.«

Im nächsten Moment tritt ein junger Mann nach vorne. »Jetzt lasst doch alle mal die Gaby in Ruhe.« Er nimmt sie in seine Arme, fährt ihr tröstend über die Haare.

»Es geht schon, Marcel. Es ist nur: Das hat Roland nicht verdient. Das nicht.« Sie schluchzt wieder auf.

»Wer sind Sie, wenn ich fragen darf?«, fragt Paula den tätowierten Mann.

Nach einer Schrecksekunde antwortet er: »Marcel Schilling.«

Gaby löst sich von ihm, lässt aber ihre Hand in seiner. »Wir arbeiten beide für die DEG, den Düsseldorfer Eishockeyverein. Ich bin die Sekretärin des Vorstandes. Marcel Schilling ist unser Angriffsspieler. Ohne ihn wären wir in der letzten Saison nie in die Play-offs gekommen.« Sie dreht ihren Perlenohrring, den sie auf der rechten Seite trägt. Links das Ohrloch ist leer.

»*Sie* haben einen Garten?« Paula sieht ihn erstaunt an. Schrebergartenverein – nicht gerade die Freizeitbeschäftigung, die sie einem Eishockeyspieler zuschreiben würde. Aber die Geschmäcker sind ja bekanntlich verschieden.

»Ja, seit letztem Jahr. Da vorne.« Er weist auf die Parzelle gegenüber der des Toten.

»Der mit der hohen Hecke?«

Das Gesicht von Marcel wird finster. »Genau.« Paula bemerkt, wie Agnes Schulze die Hecke missbilligend betrachtet. Leise flüstert sie: »Viel zu hoch. Mindestens ein Meter achtzig. Und das Unkraut auf dem Weg hat er auch nicht weggemacht.«

»War Ihr Mann krank, Frau Baumann?«, kommt Paula auf ihr eigentliches Anliegen zurück.

Gabriele Baumann schüttelt den Kopf. »Nein, er war kerngesund. Er ist doch gerade erst 52 geworden, da rechnet man doch nicht damit, dass …« Sie bricht ab.

»Hatte er Feinde?«

Gaby Baumanns Augen werden groß. Gleichzeitig ziehen alle Umstehenden geräuschvoll die Luft ein. Eine Frau mit kupferrotem Haar hält ihre Halskette hoch, an der ein Stein mit einer Taubenfeder hängt. Sie murmelt: »Heilige Hekate, begleite seine Seele, und biete uns Schutz.«

Agnes Schulze zischt: »Siglinde! Halte deinen Hokuspokus woanders ab.« Dann wendet sie sich an Paula. »Roland Baumann war ein angesehenes Mitglied unseres Vereins. Gaby und er haben den Garten tipptopp auf Vordermann gebracht, als sie ihn vor zwei Jahren übernommen haben. Manche nehmen es ja nicht so genau«, ihr Blick huscht zu Marcel Schilling, »aber für Roland war das selbstverständlich. Er war ein sehr geschätzter Gartenfreund, und wir sind tief von seinem Tod betroffen.«

Aus dem Augenwinkel sieht Paula, wie Cosma ihr Diktiergerät aus der Tasche zieht: »Der Tote heißt Roland Baumann. Angeblich sehr geschätzt. Aber für jede Kriminalistin ist klar, was das bedeutet: Sie haben ihn gehasst.«

»Gehasst? Ich muss doch sehr bitten!«, empört sich Agnes Schulze.

»*Geschätzter* Gartenfreund«, antwortet Cosma gedehnt. »Wenn er so geschätzt gewesen wäre, läge er nicht ermordet im Kartoffelbeet.«

»Ermordet? Davon ist doch überhaupt keine Rede!« Die Stimme von Agnes Schulze überschlägt sich fast.

Paula zischt Cosma zu: »Hör auf, überall Mord zu wittern. Vor drei Monaten bei dem Obdachlosen auf der Königsallee hast du gesagt, er sei erwürgt worden. Von einer Frau mit Pelz. Die gesamte Düsseldorfer High Society, die auf der KÖ unterwegs war, hast du damit aufgewiegelt. Und dann hat sich rausgestellt, dass der Mann nur ein Nickerchen macht. Oder diese verschwundene Frau im Supermarkt vor sechs Wochen. Vermummte Räuber hätten sie in einen Wagen gezerrt. Nachdem wir eine Polizeistaffel alarmiert haben, taucht die Frau hinter der Fleischtheke wieder auf. Mit dem Wurstverkäufer. Und den Fall der kreischenden Kammer will ich gar nicht erst erwähnen.«

»Man darf das Böse nicht unterschätzen, es kann immer und ständig zuschlagen.« Cosma wirkt nicht gerade schuldbewusst.

»Halt dich zurück!«

Doch ihre Mutter denkt offenbar nicht daran. Sie wirft einen Blick in die Runde. »*Sie* sind bedauerlicherweise Laien. Aber *ich* bin eine erfahrene Kriminalschriftstellerin, die die Abläufe bei polizeilichen Ermittlungen sehr genau kennt. Und ich muss sagen: Das sieht nicht gut aus.« Sie macht eine Kunstpause, bis sie sicher ist, dass sie die volle Aufmerksamkeit aller Umstehenden hat. Dann raunt sie: »Das da vorne ist nicht irgendein Arzt. Das ist die Gerichtsmedizin.« Sie deutet auf den Doc, der just in diesem Moment seine Ledertasche zuschnappen lässt, zu ihnen hersieht und aufsteht. »Die wird nur gerufen, wenn die Polizei ein Verbrechen vermutet.«

Alle Augen richten sich auf Doc Fischgrät. Der klopft sich verlegen die Erde von der braunen Cordhose und verlässt den Garten. Sekunden später ist er bei ihnen. »Frau Pongs, ich bin so weit fertig. Die Kollegen transportieren den Toten gleich ab. Ich rufe Sie an, sobald ich das Ergebnis der Obduktion vorliegen habe.«

»Danke!« Cosma strahlt ihn an. »Das ist sehr zuvorkommend von Ihnen.«

»Mutter, er meint mich.« Paula schiebt sich vor ihre Mutter. Doch die drängelt sich im nächsten Augenblick wieder vor.

Der Doc sieht überrascht aus. »Das ist Ihre Mutter? Cosma Pongs?« Er streckt ihr die Hand hin. »Ihr Ruf eilt Ihnen voraus. Stimmt es, dass Sie im Präsidium durch die unterirdischen Geheimgänge gekrochen sind und den Polizeipräsidenten bei einem Tête-à-tête überrascht haben?«

Cosma winkt ab. »Das war doch nichts Besonderes.« Aber ihre Augen leuchten vor Stolz.

Paula fühlt, wie ihr Blutdruck steigt.

Natürlich realisiert Cosma das sofort. »So süß! Schon wieder Apfelbäckchen.«

Paula ballt die Hände zu Fäusten. Es kostet eine enorme Kraftanstrengung, sie wieder zu lösen. »Wann kann ich mit dem Ergebnis der Untersuchung rechnen, Doc Fischgrät?«, fragt sie betont ruhig.

Wieder das amüsierte Lächeln. »Morgen, vielleicht

schon etwas eher. Ich rufe an. Hier ist meine Telefonnummer für alle Fälle.«

Paula nimmt die Visitenkarte entgegen und wirft einen kurzen Blick darauf. Mit einem Mal fühlt sie, wie ihre Wangen glühen. »Doktor *Fischer*?«

Der Gerichtsmediziner lacht. »Fischgrät finde ich auch gut, so hat mich noch niemand genannt.« Er zwinkert ihr zu. »Frau Hauptkommissarin Paula Pongs – Frau Cosma Pongs. Es war mir eine Ehre.« Die Tasche locker in der Hand schwingend, geht er davon.

Paula sieht Walter an. »Warum hast du gesagt, er heißt Doc Fischgrät?«

Der zuckt mit den Schultern. »Ich habe den Namen von Oskar gehört.«

»Oskar? Spinnst du? Du weißt doch, dass der für jeden einen Spitznamen hat. Ich sage nur *Miss Sherlock und der Zuckerbäcker.* Wie kannst du dich auf Oskar verlassen?«

Doch Cosma enthebt Walter einer Antwort. Sie springt unvermittelt nach vorne. »Warum haben Sie ihn ermordet?« Mit spitzem Finger sticht sie dem Vorsitzenden auf die Brust. »Gestehen Sie!«

Uwe Schulze tritt überrascht einen Schritt zurück. »Was … Aber ich habe gar nichts gemacht.«

»Mutter – Platzverweis.« Paula platzt der Kragen. Vorgehensweise 3. Sofort. Sie gibt Walter einen Wink. Der greift nach hinten, zieht seine Handschellen heraus und lässt sie blitzschnell um Cosmas Gelenke schnappen.

Herr von Itzenplitz taucht neben Paulas Mutter auf: »Ich muss doch sehr bitten! Die Freiheit des Einzelnen ist eine Grundfeste der Demokratie!«

Paula baut sich vor Cosma auf: »Polizeigesetz, § 27a:

Die Polizei kann zur Abwehr einer Gefahr oder zur Beseitigung einer Störung eine Person vorübergehend eines Ortes verweisen oder ihr das Betreten eines Ortes verbieten«, zitiert sie. Sie weiß, dass Herr von Itzenplitz zwar das Herz eines Revolutionärs, aber das Temperament eines Verwaltungsbeamten hat. Zwiespalt spiegelt sich in seinem Gesicht wider. Schließlich siegt der Beamte in ihm. »Dann gehen wir. Wenn auch unter Protest.«

»Geben Sie nicht klein bei, Itzenplitz!« Cosma zerrt an ihrer Handschelle.

»Mutter, du hast für heute Platzverweis. Sei froh, wenn es dabei bleibt.« Paula ist selbst überrascht, wie laut ihre Stimme sein kann. »Walter – führ sie ab!«

Walter nickt, dann zerrt er Cosma in Richtung Ausgang. Kurze Zeit später kommt er schwer atmend zurück. »Auftrag erledigt. Sie steht vor dem Gelände.«

»Gut gemacht«, lobt Paula. »Herr von Itzenplitz wird dafür sorgen, dass sie bleibt, wo sie ist.« Sie atmet tief durch.

Dann wendet sie sich an die Schrebergärtner: »Wir nehmen Ihre Personalien auf, damit ist alles erledigt. Wie gesagt: Das ist reine Routine.« Sie wirft ein Die-Polizei-bringt-alles-in-Ordnung-Lächeln in die Runde. Dann zieht sie Walter beiseite, damit die Gruppe sie nicht hört. »Ruf Spusen-Ali an, er muss herkommen. Am besten gleich.«

Walter macht einen Schritt zurück. »Den rufe ich nicht an.«

Paula seufzt. Warum macht eigentlich keiner, was sie will? »Du bist aber dran.«

»Bin ich gar nicht. Ich habe ihn schon letztes Mal benachrichtigt.« Er verschränkt bockig die Arme.

»Hast du nicht. Du erinnerst dich: die Leiche im Hochhaus. Ich bin persönlich bei Spusen-Ali vorbeigefahren.«

Walter zögert, doch noch gibt er sich nicht geschlagen. »Schere-Stein-Papier?«

»Nein, du betrügst. Und zwar seitdem wir in der vierten Klasse mit Eltern und Lehrern auf dieser halbtägigen Schiffstour auf dem Rhein waren und du versehentlich mit Cosma eine Stunde im Maschinenraum eingesperrt warst. In der Zeit hat sie dir ihre gesamten Tricks verraten.«

Walter verzieht das Gesicht. »Du kannst nur nicht verlieren.«

»Walter! Du. Bist. Dran.«

Plötzlich glimmt ein Hoffnungsfunken in Walters Gesicht auf. »Ist Spusen-Ali nicht im Urlaub?«

»Nein, er wollte wegen des Ramadan einige Tage freinehmen, aber der Chef hat ihn nicht gelassen. Zu viel zu tun.«

»Oh Gott. Es ist Ramadan? Jetzt?«

»Jetzt. Kein Essen, kein Trinken.«

Walter überlegt. »Ich schreibe ihm eine SMS.«

»Dann bist du lebensmüde. Du weißt, dass er SMS nicht leiden kann. Er will persönlich benachrichtigt werden.«

Walter schüttelt den Kopf, dann zieht er sein Handy hervor und fängt an zu tippen.

Eigentlich hatte Paula gedacht, dass sich mit Aufnahme der Personalien die Versammlung der Schaulustigen auflösen würde. Aber Neugier scheint unter Schrebergärtnern verbreitet zu sein. Ausgiebig beobachten sie, wie die Leiche Roland Baumanns abtransportiert wird. Schließlich gibt es so was nicht jeden Tag zu sehen. Selbst Gaby Baumann wirkt eher interessiert als betrübt.

Doch irgendwann ist auch diese Episode der Kleingartengeschichte vorbei, und der Alltag kehrt zurück. Vorerst. Denn Paula denkt an das, was der Gerichtsmediziner gesagt hat: Gift.

COSMA

MEINE TOCHTER SOLLTE WIRKLICH AUF MICH HÖREN

Was ist das für ein herrlicher Tag! Ich kann es immer noch nicht fassen: eine richtige Leiche. Noch schöner wäre es allerdings, wenn ich meine Ermittlungen unbehelligt durchführen könnte. Platzverweis, tzzz.

Ich schaue auf Paulas Küchenuhr. Halb sieben. Wo bleibt sie nur? Die Leiche ist vor Stunden abtransportiert worden. Ich will schon aufstehen und mir einen Schokoriegel aus dem Schrank holen, da höre ich, wie die Wohnungstür geht. Paula kommt in den Flur, hängt ihren Schlüsselbund auf und streift sich die Schuhe ab. Als Erstes geht sie wie immer zu ihrem Aquarium, das steht im Wohnzimmer. Da sitzt Paula häufig und schaut ihren Fischen beim Schwimmen zu. Sie meint, das wäre eine wunderbare Freizeitbeschäftigung. Ich hab es auch mal probiert. Von wegen wunderbare Freizeitbeschäftigung. Die Fische schwimmen hin und her und her und hin. Was soll daran wunderbar sein?

»Hallo, ihr beiden. Seid ihr hungrig?« Paulas Stimme klingt weich, wie immer, wenn sie mit den Fischen spricht. Ich höre, wie sie den Aquariumdeckel aufschiebt und kurz darauf die Futterdose an den Rand klopft. Seit sie zehn ist, hat sie Fische. Zwei Goldfische, um genau zu sein. Ich hätte ein exotischeres Wesen bevorzugt, einen Papagei oder einen Affen. Zumindest eine Katze. Aber sie bestand auf Fischen. Immerhin sind es rot-weiße Goldfische und nicht eintönig graue Stichlinge. Als Mutter muss man sich schon mit kleinen Erfolgen zufriedengeben.

Jetzt kommt Paula summend über den Flur Richtung Küche. Die ist mein liebster Raum in ihrer Wohnung. Ein weiß gekachelter Tisch in der Mitte, drum herum Stühle, von denen keiner dem anderem gleicht. Ich nehme meistens den hellblau lackierten, der hat ein weiches Polster aus einem Quilt, den sie mit vierzehn auf Anweisung ihrer Hauswirtschaftslehrerin genäht hat. Weit ist sie allerdings nicht gekommen, nur ein paar Quadrate. Handarbeit ist nicht ihre Stärke.

Paula öffnet die Küchentür. Und bleibt abrupt stehen. »Was machst du hier?« Ihre Hand liegt an ihrer Pistole.

»Darf eine Mutter nicht ihr einziges Kind besuchen?«

»Schon. Wenn sie klingelt.«

»Die Tür war angelehnt. Vermutlich hast du vergessen abzuschließen.«

»Mit Sicherheit nicht.«

»Verdrängung ist ein typisches Symptom, um mit Schuld umzugehen.«

Paula rollt mit den Augen. »Du hast den Hausmeister bestochen. Was hast du ihm gegeben? Ein handsigniertes Exemplar des neuen Romans deiner Mitbewohnerin Gerda?«

»Wo denkst du hin!«, sage ich empört. Natürlich habe ich den Hausmeister nicht mit einem handsignierten Exemplar von Gerdas Krimi bestochen. Den kennt er doch schon längst. Es war ein Auszug aus dem noch unveröffentlichten Manuskript.

»Was willst du?« Paula lässt sich erschöpft auf einen Holzstuhl mit Korbgeflecht fallen und zieht eine Flasche Wasser zu sich ran.

»Wie kommst du darauf, dass ich etwas will?«

Paula schweigt. Aber ich kann Stille aushalten. Bedrückende Stille. Vorwurfsvolle Stille. Eisige Stille. Stundenlang, wenn es sein muss. »Ich will gar nichts. Nur wissen, was du inzwischen weißt.« Gut, das waren jetzt keine Stunden, höchstens fünf Sekunden. Aber ich habe schließlich nicht ewig Zeit. Der Fall wartet.

»Du weißt doch, dass ich dir nichts sage.« Ihr Blick geht hinüber zu der Tür zum Nebenzimmer, ihrem Büro. Mit einem Mal wirkt sie misstrauisch. »Warst du an meinem Schreibtisch?«

Verdammt. Ich wette, sie hatte einen Faden zwischen die Tür und den Rahmen geklemmt. Sie ist so durchtrieben. Vorsichtshalber halte ich meine Antwort vage: »Dein Schreibtisch ist für mich weit weniger attraktiv, als du vielleicht denken magst.« Ist er auch. Die wirklich interessanten Dinge versteckt sie in der Altpapierkiste vor mir.

»Ich war den ganzen Tag unterwegs. Ich will was essen und dann meine Ruhe. Also lass uns das hier abkürzen: tschüss!« Sie deutet zur Tür.

»Da komme ich extra her, um mit meiner Tochter zu plaudern, und du bist so abweisend. Du solltest dir endlich einen neuen Geliebten zulegen, dann hättest du nicht so schlechte Laune.«

Wortlos steht Paula auf, holt aus ihrem Küchenschrank mit den hübschen Gardinen Haferflocken, Sonnenblumenkerne, dann aus dem Kühlschrank eine Flasche Milch. Ich frage mich zum x-ten Mal, wie sie das essen kann. Doch bevor ich mich in diese Frage weiter vertiefen kann, erregt etwas anderes meine Aufmerksamkeit: Sie hat ihre Jacke über den Stuhl gehängt. An sich wäre das nicht weiter bemerkenswert. Aber sie hat auch ihr Pistolenhalfter ausgezogen. Und nun hängt ihre Walter PPK kaum zwei Meter vor mir. Ich werfe meiner Tochter einen Blick zu. Sie gibt gerade Milch in ihre Haferflocken. Während sie beschäftigt ist, rücke ich unmerklich ein winziges Stück vor. Die Pistole ist gut gepflegt, der Griff schimmert im warmen Licht der Deckenlampe. Ich beuge mich weiter vor. Meine Tochter nimmt einen Löffel und gibt eine Portion Sonnenblumenkerne in das schleimige Gemisch. Langsam strecke ich meine Hand aus, das Halfter ist nur noch wenige Zentimeter entfernt.

»Finger weg von meiner Waffe!« Sie hat sich nicht mal umgedreht. Verdammt.

Ich rücke mit meinem Stuhl wieder ab. Nie lässt sie mich an ihre Pistole. Dabei weiß sie ganz genau, wie wichtig es für eine Romanautorin ist, echte Erlebnisse einzubinden. Ich will die Waffe ja nur in der Hand halten. Und höchstens zwei-, dreimal schießen. Aber meine Tochter ist in solchen Dingen enorm engstirnig. Deswegen lasse ich das Thema außen vor. Stattdessen fahre ich fort: »Deine letzte Beziehung ist schon Monate her. Es ist Zeit für etwas Neues. Dann wärst du ausgeglichener. Ein Yin braucht ein Yang.«

»Ich fühle mich gut, so, wie es ist. Als alleinstehendes Yin ohne ständige Einmischungen.« Sie sieht mich bedeutungsvoll über ihre Schulter hinweg an.

Ich lehne mich zurück. »Dieses Mal solltest du dir aber mehr Mühe beim Aussuchen geben. Alexander Philipp zu Hohenlohe. Allein schon der Name.« Als ich den Burschen zum ersten Mal gesehen habe, war mir sofort klar, dass diese Verbindung nur einen Grund hat: Protest. Ein Steuerberater! Paula weiß, wie sie mich trifft.

»Alex war ein netter Kerl. Zuverlässig, ruhig …«

»Und vollkommen langweilig«, ergänze ich. Humorlos, nicht zu vergessen. Mitglied bei den Skeptikern. Hat ständig elaborierte Theorien hinterfragt. Etwa, dass 1947 Außerirdische in Roswell in den USA gelandet sind und die CIA es vertuscht hat. Dabei weiß das jeder. Aber dieser Steuerpedant hat gesagt, das sei ein *urbaner Mythos*. Ominöser Kauz.

»Er war bodenständig und gewissenhaft.«

»Trotzdem hast du ihn verlassen.«

»Was willst du?«

»Ich will nur mit dir reden. An deiner Gedankenwelt teilhaben. Wie Mütter es nun einmal tun.« Ich stehe auf und hole mir einen Schokoriegel aus der Schublade ihres alten Küchenschrankes. Den hat sie vom Flohmarkt, wie den Großteil ihrer Einrichtung. Wenigstens ist sie in dieser Hinsicht nicht so langweilig wie in ihren Männerbeziehungen.

Paula zieht eine Augenbraue hoch: »Hast du schon wieder Süßigkeiten angeschleppt?«

»Kein Mensch kann ernsthaft ohne langfristige Schäden von diesem Körner-Zeugs leben, das du in dich hineinschaufelst.« Ich riskiere einen Blick in die Schüssel, die sie in der Hand hält. Schon allein die Farbe des Ganzen ruft: Ich schmecke nach Schneckenschleim!

»Ich esse das gerne.« Sie verzieht den Mund, als sie es sagt. Glaubwürdig ist anders. Außerdem ist die Schublade mit Süßigkeiten jedes Mal leer, wenn ich komme.

Paula würde es nie zugeben, aber sie liebt Schokolade. In allen Varianten. Am liebsten die mit Erdbeer-Stracciatella-Splittern.

»Der Arzt wäre ein interessanter Kandidat«, nehme ich den Faden wieder auf.

»Welcher Arzt?«

»Doc Fischgrät. Ein interessanter Mann. Ihr könntet euch abends beim Fernsehen über Maden und Leichen unterhalten.«

»Kein Bedarf.« Paula löffelt ihren Haferschleim. Ihr Blick klebt aber auf meinem Schokoriegel.

»Hast du nicht gemerkt, wie beeindruckt er von dir war?«

Statt zu antworten, sieht sie demonstrativ auf die Uhr. »Wolltest du nicht gehen?«

»Dafür, dass du Ermittlerin bist, hast du unfassbar wenig Empathie und Menschenkenntnis. Er hatte diesen besonderen Ausdruck, als er mit dir gesprochen hat. Er ist definitiv interessiert.«

Paula rollt mit den Augen. »Vor fünf Wochen wolltest du mich mit diesem angeblichen Kunstexperten aus Berlin verkuppeln. Einem gesuchten Trickbetrüger.«

»Warum musst du auch jeden potenziellen Liebhaber auf Einträge in der Kriminalakte überprüfen? Dabei war er begeistert von meinem Roman. Er hätte mir den Kontakt zu dem Verlag eines Freundes gemacht. Aber dazu ist es ja nicht mehr gekommen, weil du ihn unbedingt verhaften musstest.« Ich knuspere an meinem Schokoriegel. »Hast du bemerkt: Der Gerichtsmediziner trug keinen Ehering. Dein Freund Walter hat gesagt, dass er gerade erst aus Hamburg hergezogen ist. Und warum verlässt jemand die Stadt? Wegen einer zerbrochenen Liebe!«

»Oder wegen eines neuen Jobs, aus Neugier, um seiner Mutter zu entkommen …«

»Du müsstest dich nur mal etwas farbenfroher anziehen. Ich war neulich in der Altstadt und habe einen wunderbaren Hut gesehen. Mit breiter Krempe, hellgrünem Band und rosa Federn. Der wäre was für dich.«

Paula stellt ihre Schale mit dem Schleim etwas zu heftig ab. Milch schwappt auf die Arbeitsfläche. »Ich suche mir meine Kleidung und meine Männer selbst aus, Mutter! Der Doc ist ein Kollege. Mehr nicht.«

Hui. Sie kann ganz schön böse schauen. Gut, dass ihr Handy gerade klingelt, das auf dem Küchentisch liegt. Ich kann eben noch einen Blick auf das Display erhaschen. Doktor Fischer. Sage ich doch.

Ich werfe meiner Tochter einen vielsagenden Blick zu.

PAULA

ATROPOS, DIE SCHICKSALSGÖTTIN, GREIFT EIN

»Fass hier nichts an!« Paula schnappt sich Waffe und Handy, geht ins Wohnzimmer und schließt sorgfältig die Tür hinter sich. Erst als sie sicher ist, dass ihre Mutter sie nicht mehr hören kann, nimmt sie den Anruf entgegen.

»Hallo, Doktor Fischer. Sie haben ein Ergebnis?« Sie lässt sich in ihrem Lieblingssessel nieder, einem alten Ohrensessel, den sie vom Sperrmüll gerettet und neu bezogen hat.

»Oh, plötzlich so förmlich? Mir hat Doc Fischgrät ganz gut gefallen.«

Paula presst ihre Lippen zusammen. Doch bevor sie etwas sagen kann, fährt der Gerichtsmediziner fort: »Tatsächlich habe ich ein sehr interessantes Ergebnis: *Atropa belladonna* im Magen des Toten.«

Paula richtet sich auf: »Belladonna – die Giftpflanze?«

»Ganz recht. Auch Tollkirsche genannt, wegen ihrer halluzinogenen Wirkung. Die Pflanze enthält die Alkaloide Atropin, Hyoscyamin und Scopolamin, eine sehr wirkungsvolle Mischung.«

»Atropin nach Atropos, der Schicksalsgöttin, nicht wahr?«

»Exakt. Während ihre Schwester Klotho den Lebensfaden spinnt, Lachesis ihn bemisst, schneidet Atropos den Lebensfaden durch. Ein sehr passendes Bild, wie ich finde.«

»Unbedingt«, stimmt sie ihm freudig zu. Mit Fachkenntnissen in griechischer Mythologie hatte sie nicht unbedingt gerechnet. Insgesamt ist der Doc ganz anders, als sie auf den ersten Blick vermutet hat. »Versehentliche Vergiftungen mit Tollkirsche sind recht häufig. Vielleicht hat unser Toter die Früchte verwechselt«, überlegt sie.

Sie kann förmlich durch das Telefon hören, wie sich der Doc lässig auf seinen Schreibtisch setzt und die Füße baumeln lässt. »Vergiftungen mit Belladonna treten tatsächlich jedes Jahr auf. Meist sind Kinder betroffen, weil die schwarzen Beeren der Kirsche ähneln und süß schmecken. Ein Erwachsener, noch dazu ein erfahrener Gärtner, sollte allerdings kaum versehentlich Tollkirsche essen.«

Paula folgt ihren Fischen mit den Augen. *Bonnie* und *Clyde* jagen eifrig nach dem Futter. Mit geschickten Bewegungen schnappen sie sich die feinen Blätter von der Oberfläche des Aquariums. »Die Pflanze wirkt halluzinogen. Was, wenn der Tote einen kleinen Rausch wollte? Er züchtet die Pflanze im Garten, und immer wenn ihm danach ist, nimmt er sich ein paar Beeren, nur leider verrechnet er sich dieses Mal bei der Dosis.«

»Das kommt vor, keine Frage. In diesem Fall würde ich das allerdings für sehr unwahrscheinlich halten, denn die Beeren wurden einer Torte untergemischt. Beeren-Sahne-Torte, um genau zu sein. Er hat ein recht großes Stück gegessen, darin waren mindestens zwanzig Tollkirschbeeren.«

Paula zieht scharf die Luft ein. »Zwanzig? Sind nicht schon Mengen von zehn bis zwölf für Erwachsene tödlich?«

Er pfeift durch die Zähne. »Wow, bei so viel Fachwissen würden Sie eine recht gute Giftmörderin abgeben. Tatsächlich kommt es aber auf die Konzentration des Giftes in der Beere an. Atropin wirkt ab 1,4 mg pro Kilogramm Körpergewicht letal. Unser Toter hat mit diesem Stück Torte 1,8 mg pro Kilogramm Körpergewicht aufgenommen, absolut tödlich.«

Ein besonders großes Stück Futter segelt vor Clyde hinunter. Gemächlich öffnet er sein Maul. Im gleichen Moment kommt Bonnie herangeschossen und schnappt es ihm weg. »Klingt, als wollte da jemand auf Nummer sicher gehen. Was können Sie mir über die Wirkungsweise sagen, Doc?« Paulas Gedanken gleiten kurz ab. Wie kommt Cosma nur darauf, dass sie sich für den Doc interessieren könnte? Er passt überhaupt nicht zu ihr. Viel zu extrovertiert, modebewusst, bestimmend. Alex, ihr letzter Freund, war das Gegenteil. Stundenlang hatte er mit Paula auf dem Sofa gesessen und Händchen gehalten. Eben ein ruhiger, zuverlässiger Typ, leider mit einer Vorliebe für hellblaue Hemden und Bundfaltenhosen. Cosma hatte ihn vom ersten Augenblick an gehasst. Bei den Gedanken lächelt Paula.

»Die Einnahme von Atropin führt zu Dehydrierung und einem Kratzen im Mund- und Rachenbereich bis hin zum Kehlkopf. Die Schleimhäute trocknen aus, es folgen Schluckbeschwerden und Sprachstörungen. Das Opfer bekommt Durst, den es aber nicht löschen kann, weil es nichts aufnehmen kann. Der Blutdruck steigt, und der Herzschlag erhöht sich. Zuerst setzt eine euphorisierende Wirkung ein, dann ein Rauschzustand, mitunter Tobsuchtanfälle. Wussten Sie, dass im Mittelalter die Beeren unbequemen Frauen unter das Essen gemischt wurden? Sie bekamen Halluzinationen und starben als Hexe auf dem Scheiterhaufen.«

Paula hört ein leises Knarzen. Die Küchentür. Sie drückt das Handy gegen ihren Pullover: »Mutter – geh zurück in die Küche!« Ein Seufzen auf dem Flur, kurz darauf knarzt die Küchentür abermals. Paula hält ihr Telefon wieder ans Ohr. »Tobsuchtanfälle. Daher vermutlich die Verwüstung im Kartoffelbeet. Seltsam, dass das keiner gehört hat. Die Kleingärtner übernachten doch auch in ihren Lauben. Und wo gibt es mehr soziale Kontrolle als auf so kleinen Parzellen?«

»Vermutlich war die halluzinogene Phase sehr kurz. Durch die hohe Dosis wurde das Opfer innerhalb kurzer Zeit bewusstlos. Der Exitus erfolgte durch Atemstillstand. Vermutlich gegen Mitternacht.«

Wieder ein Knarzen. Wieder Schritte. Die Wohnzimmertür öffnet sich ein winziges Stück. Eine Nasenspitze und weiße Haare werden sichtbar. Zeit, das Gespräch zu beenden. »Vielen Dank für die Information, Doktor Fischer.«

»Gern geschehen. Ihnen noch einen schönen Abend, abseits von Leichen und Belladonna.« Sie hört förmlich sein Schmunzeln.

Definitiv kein Mann, der sich mit stundenlangem Händchenhalten auf dem Sofa abgibt. Warum jagt ihr der Gedanke nur ein Kribbeln in den Bauch?

Kaum hat sie aufgelegt, stürmt Cosma herein. »Was hat er gesagt?«

»Wer?«

»Doc Fischgrät.«

Wortlos geht Paula an ihr vorbei in die Küche, widmet sich wieder ihrer Müslischale. Ihre Mutter kommt sofort hinterher. »Es war Mord, nicht wahr? Sonst hätte er heute Abend doch nicht noch angerufen. Er wollte dich so schnell wie möglich informieren.« Sie hebt den Zeigefinger und versucht, streng zu wirken. »Nun rede endlich, Tochter!«

Paula schiebt sich den Löffel in den Mund. Ihr Blick huscht zur Uhr. In fünf Minuten beginnt auf Arte die Dokumentation über Serienmörder, die sie sehen will. »Mutter, Zeit zu gehen.«

Cosma bleibt ungerührt stehen. »Ich will wissen, was er gesagt hat.«

»Nichts, was ich dir sagen würde.«

Ein listiger Ausdruck schleicht sich auf Cosmas Gesicht. »Dann war es Mord. Alles andere würdest du mir, ohne zu zögern, mitteilen.«

Verdammt. Warum musste ihre Mutter hin und wieder klare Momente haben? »Ich würde dir in keinem Fall etwas sagen. Du bist Zivilistin. Basta.« Paula stellt ihre Schale ab und schiebt Cosma über den Flur. Sie öffnet die Wohnungstür und deutet auffordernd nach draußen. »Gute Nacht, Mutter!« Sie lässt die Tür ins Schloss fallen.

Die Haferflocken sind pappig. Paula entsorgt sie in der Toilette. Dann nimmt sie sich einen Schokoriegel aus der Schublade.

Als sie sich in den Ohrensessel fallen lässt, haben Bonnie und Clyde ihre Mahlzeit beendet. Träge schwimmen sie im Becken herum. In der Wohnung ist es ruhig.

Kein Mensch weit und breit. Paula beißt von ihrem Schokoriegel ab.

Ob der Doc wirklich wegen einer verlorenen Liebe nach Düsseldorf gekommen ist?

COSMA

HUNDERTPROZENTIG MORD

Ich bin so was von enttäuscht. Da wirft mich mein eigen Fleisch und Blut einfach aus der Wohnung. Aber mir macht sie nichts vor. Es war *Mord*. Vermutlich wurde das Opfer erschlagen. Oder erwürgt. Oder beides. Auf jeden Fall bedarf es weiterer Nachforschungen.

Ich gehe die zwei Straßen weiter, bis ich an unserem Haus angelangt bin. Was für ein Glück, dass wir so nah beieinander wohnen. Auch wenn Paula sich damals ein wenig angestellt hat, als Herr von Itzenplitz, Gerda Rommstätter und ich mit Eddi Mei-Zu die WG gegründet haben. Sie meinte, ich solle auf die andere Rheinseite ziehen. Oder noch besser gleich nach Köln. Das wäre nah genug. Aber dann hätte ich sie ja gar nicht so häufig besuchen können. Manchmal denkt sie wirklich etwas verquer, meine Tochter.

Die Jugendstilvilla mit den geblümten grünen und blauen Kacheln an der Fassade zählt zu den schönsten Häusern der Straße, finde ich. Sie gehört Eddi Mei-Zu. Eigentlich heißt er Ewald Meier-Zuhorst. Schon im Alter von zwölf Jahren begann er, Geheimdienst-Thriller zu schreiben. Sein Held ist ein japanischer Großmeister, Eddi Mei-Zu, den eine unglückliche Liebe an den Niederrhein verschlagen hat. Sein Widersacher Blofeldt versucht immer wieder aufs Neue, in Weeze am Niederrhein eine geheime Kommandozentrale für die Übernahme der Weltherrschaft einzurichten. Doch jedes Mal gelingt es dem heldenhaften Geheimagenten Eddi Mei-Zu, dies unter Einsatz seines Lebens zu vereiteln.

Sein Geld machte Ewald Meier-Zuhorst aber nicht mit Romanen, sondern mit Schweinen. Mit dreiundzwanzig übernahm er die Metzgerei seines Vaters und baute ein gigantisches Wurstimperium auf. Bis er irgendwann genug hatte. Er verkaufte seinen Betrieb, um sich ganz dem Schreiben widmen zu können. Doch der Durchbruch blieb aus. Wie auch ich musste er erkennen, dass die Verlage hierzulande revolutionären neuen Romanideen von aufstrebenden Nachwuchsautoren mit Ignoranz gegenübertreten. Nach der 498. erfolglosen Bewerbung kam Ewald Meier-Zuhorst auf die Idee, dass vielleicht ein Schreibkurs Anregungen bringen würde. Und tatsächlich, dort hat er mich kennengelernt. Und Herrn von Itzenplitz. Und Gerda Rommstätter. Schreibtechnisch gesehen, war es nicht ganz so erhellend. Dem Seminarleiter – ein ehemaliger Lateinlehrer – fehlte der fantasievolle Zugang zur Literatur. Gerdas Krimi nahm er auseinander, bis sie Tränen in den Augen hatte. Diese Rohheit konnten wir nicht tatenlos hinnehmen. Zugegeben, Eddi Mei-Zu hätte ihn nicht unbedingt Kopf voraus aus dem Fenster hängen müssen. Aber der Seminarleiter wollte sich partout nicht entschuldigen. Jedenfalls haben uns die folgenden Stunden in der Polizeiwache zusammengeschweißt. Damals haben wir beschlossen, eine Schriftstellerkommune zu gründen. So wie einst die Kommune 1 in der Wohnung von Hans Magnus Enzensberger und in der Wohnung von Uwe Johnson. Nur ohne so einen debilen Namen. Kommune 1 – wirklich, das klingt nach Graf Zahl von der Sesamstraße. Jedenfalls hat Eddi Mei-Zu sein Haus zur Verfügung gestellt, das war ihm sowieso viel zu groß. Hanne, seine Frau, lebt schon seit Jahren getrennt von ihm auf Gran Canaria. Er hat uns Bilder von ihr gezeigt, sie gleicht einer Schildkröte, scheint aber ansonsten sehr nett zu sein.

Als ich in den Hausflur komme, höre ich bereits die übliche Geräuschkulisse: Udo Jürgens, begleitet von einer weiblichen Stimme. Aus dem anderen Zimmer dringen Schüsse und das Quietschen von Autorreifen.

Kaum bin ich in der Wohnung, erstirbt die Musik. Übrig bleiben Geballer und Explosionen. Im nächsten Moment kommt auch schon Gerda aus ihrem Zimmer gestürmt. Sie trägt einen Bademantel mit dem aufgestickten Konterfei Udo Jürgens'. »Haben Sie etwas herausbekommen, Frau Cosma?« Gerda sieht mich mit großen Augen an. Diese Augen beherrschen ihr Gesicht und geben ihr einen immerzu erstaunten Ausdruck. Einige Jahre bevor wir uns begegnet sind, hat sie sich in einen älteren Herrn verliebt, den sie zufällig auf unserer Prachtmeile, der KÖ, getroffen hatte. Otto, so sein Name, lud sie zu einem Stück Torte ein, später zu einem Sekt und mehr. Bald trafen sie sich regelmäßig. Irgendwann überlegten sie, auf eine einjährige Kreuzfahrt zu gehen. Leider hatte es kurz zuvor ein Erdbeben in der Karibik gegeben, und Otto kam nicht an sein Geld, das dort auf einer Bank lagerte. Natürlich streckte ihm Gerda einen großzügigen Betrag vor. Für die Reise, für die Auflösung der Wohnung, die Versorgung seiner dementen Mutter in einem Pflegeheim. Am Tag der Abreise stand sie in Rostock-Warnemünde am Hafen und wartete. Vergeblich. Sie hat ihn nie wiedergesehen. Ihn nicht und ihr

Geld auch nicht. Damals ist sie allein auf Kreuzfahrt gegangen. Und irgendwo zwischen den Azoren und Südamerika beschloss sie, Krimis zu schreiben. Blutrünstige Splatterkrimis. Ich habe einen angefangen, konnte aber nach den ersten Seiten zwei Nächte nicht schlafen.

Nebenan im Zimmer erstirbt das lautstarke Explodieren von Booten, Autos oder was auch immer. »Wat hat dat Mädsche jesacht?« Eddi Mei-Zu steht vor mir. Seine Körperformen erinnern an einen Schneemann. Einen ziemlich kleinen Schneemann wohlgemerkt, Eddi Mei-Zu reicht mir gerade bis zur Nasenspitze. Dabei bin ich auch nur 1,59 Meter groß.

»Was hat das Mädchen gesagt«, berichtige ich. Eddi Mei-Zu versucht Hochdeutsch zu lernen, aber die fünf Generationen Rheinland dringen immer wieder durch.

»Was hat das Mädschen gesagt«, wiederholt er ernst. Naja, »Ch« kann er einfach nicht.

»Lagebesprechung.« Ich winke Eddi und Gerda, mir in die Küche zu folgen. Dort sitzt Herr von Itzenplitz an dem Besprechungstisch aus Schiffseiche und liest. Vermutlich Nietzsche. Oder Marx. Jedenfalls ist Herr von Itzenplitz schwerhörig, aber er lehnt es ab, sich damit auseinanderzusetzen. Er sagt, wir reden zu leise. Dabei kann man von uns viel sagen, aber zu leise sind wir bestimmt nicht.

Erst als wir uns alle zu ihm setzen, registriert Herr von Itzenplitz, dass ich von meiner Mission zurück bin. Er legt das Buch weg, nimmt seine goldene Lesebrille ab und sieht mich ruhig an: »War es Mord?«

»Mit Sicherheit.«

Eddi Mei-Zu lehnt sich zurück, die Hände hinter dem Kopf verschränkt. »Een Mord. Ist dat die Möglischkeit!«

Gerdas Stupsnase kräuselt sich. »Wie wunderbar!«

Nur Herr von Itzenplitz runzelt die Stirn: »Was hat Frau Paula denn genau gesagt?«

»Nichts. Wie üblich. Aber der Gerichtsmediziner hat angerufen. Außerhalb der Dienstzeit. Das ist eindeutig.«

»Unbedingt!« Das Bärtchen von Herrn von Itzenplitz zittert.

»Fan–tas–tisch! Ein rischtiger Mord!« Eddi Mei-Zus Augen strahlen.

»Und was machen wir jetzt?«, fragt Gerda.

Ich bin mir bewusst, welche Last auf meinen Schultern liegt. Diese Männer – und diese Frau – erwarten, dass ich die Führung übernehme, den Weg zum Mörder weise. Und ich weiß sofort, was zu tun ist.

»Wir steigen in den Garten ein. Heute Nacht.« Denn der Täter kehrt immer an den Tatort zurück. Immer.

COSMA

KEINE TOTENSTILLE IM GARTEN DES TOTEN

Gut. Ich hätte gedacht, dass der Täter etwas schneller zurückkehrt. Inzwischen warten wir seit einer halben Stunde, und nichts passiert. In den Garten zu gelangen war gar kein Problem, die Versiegelung der Polizei ein Witz: *Kein Zugang. Kriminaltechnische Ermittlung*. Also bitte. Genauso gut kann man schreiben: Treten Sie ein, hier gibt's richtig was zu sehen.

Wir haben uns strategisch günstig verteilt. Ich stehe bei der Regentonne am Haus. Herr von Itzenplitz bei den Stockrosen seitlich am Gartenrand und Eddi Mei-Zu neben dem Kompost ganz hinten in der Ecke. Gerda wartet hinterm Apfelbaum. Der Mörder kann uns nicht entwischen.

»Ist Ihnen auch langweilig?« Gerda hat sich Blätter ins Haar gesteckt und knabbert an einem Apfel. Sie hat ihre blassgelbe Lieblingsbluse an, die sie von uns zu ihrem letzten Geburtstag bekommen hat. Auf den Ärmel haben wir in rosa Schreibschrift einsticken lassen: *Mit 66 Jahren, da fängt das Leben an.* Sie hat tagelang kein anderes Lied gehört. Das nächste Mal schenken wir ihr was ohne Song.

Jedenfalls sind wir mitten in einer verdeckten Ermittlung, und natürlich ist das überhaupt nicht langweilig. Wobei *verdeckt* nur so halb zutrifft, wenn wir nicht leiser reden. Deswegen zische ich: »Seien Sie still! Sie vertreiben den Täter! Wenn der uns hört, kehrt er nicht zurück zum Tatort.«

Anschließend schweigen alle. An die fünf Minuten. Dann sagt Eddi Mei-Zu: »Is dat 'nen Fuchs da vorne?«

Ich schaue hin. Es ist kein Fuchs. Es ist unser Kater Alfred auf der Suche nach Mäusen. »Ist nur Alfred«, rufe ich so leise wie möglich.

Gerda verlässt ihren Posten, um unseren Kater zu streicheln.

»Frau Rommstätter, Sie stehen im Mondlicht«, informiert Herr von Itzenplitz sie. Sein goldener Siegelring leuchtet auf, als er sein Bärtchen zwirbelt. »Es wäre für unsere Ermittlung günstiger, wenn Sie sich auf Ihren Posten hinter den Baum begeben.«

»Oh, natürlich!« Gerda schnappt sich Alfred und schleicht zurück zum Apfelbaum. Dort setzt sie ihn vorsichtig ab und beginnt mit ihm zu spielen. Alfred ist von Anfang an dabei in unserer Kommune. Kaum waren wir eingezogen, stand er vor der Tür. Wir haben ihn nach Alfred Hitchcock benannt. Beide haben diesen gewissen Ausdruck. Scharfsinnig und hintergründig.

Wir warten weiter. Ich schaue mich ein wenig um, schließlich ist es immer gut, sich mit der Psyche des Toten vertraut zu machen. Und was kann die besser skizzieren als sein Lebensraum? Wobei: Dieses Grün ist total unaussagekräftig. Trotzdem lasse ich meinen Blick weiter schweifen. Die Beete sind durch graue Betonkästen mit Geranien vom Rasen getrennt. Die meisten Pflanzen sind kurz gehalten, einige an Stöcken festgebunden. Kleingärtner müssen sich offenbar ständig die Natur untertan machen. Barbaren.

Nach einer halben Stunde ist immer noch nichts passiert. Bis auf den Mord an einer Maus, begangen von Alfred. Aber ansonsten kein Täter weit und breit. Er macht es uns nicht leicht. So langsam tun mir die Beine weh. Und Hunger habe ich auch. Es ist Zeit, eine Entscheidung zu treffen: »Wir setzen uns auf die Terrasse an der Laube.«

Die anderen jubeln. Zumindest bis wir sitzen. »Die Stühle sind aber gar nicht bequem«, stellt Gerda enttäuscht fest. Tatsächlich scheint der Tote entweder ein geiziger Mensch gewesen zu sein, oder er hatte nie mehr als eine Person zu Besuch: Er hat nur zwei Stühle. Die sind zwar aus hochwertigem Plastik, aber sehr unbequem. Trotzdem haben sich Gerda und Eddi Mei-Zu sofort auf den Stühlen niedergelassen. Herr von Itzenplitz und ich müssen mit der Bank vorliebnehmen. Die ist aus Holz und knackt bedenklich.

Die Laube befindet sich im hinteren Teil des Gartens, von hier aus haben wir das Gelände samt Tor perfekt im Blick. Darüber hinaus sind wir durch ein Verandadach und eine kleine Wand mit Holzvertäfelung gut vor fremden Blicken geschützt. Mein Magen knurrt. Während Gerda, Eddi Mei-Zu und Herr von Itzenplitz sich leise unterhalten, beschließe ich, in der Laube nach Essbarem zu suchen. Schließlich ist Unterzuckerung der detektivischen Arbeit ganz und gar nicht förderlich und sollte unbedingt vermieden werden. Die Laube ist nicht sehr groß. Drinnen stehen ein Tisch, ein Sofa, sogar ein Fernseher. Die Wände sind mit Holz vertäfelt, es riecht nach Tanne. Sehr schön, Tanne hatte ich in den Siebzigern auch in meiner Wohnung, das hat ihr so einen eleganten Anstrich gegeben. In der durch eine Westerntür abgetrennten winzigen Küche finde ich einen Kühlschrank. Er ist fast leer, aber eben nur fast.

»Kuchen für alle!«, rufe ich.

Von draußen kommt ein großes Hallo. Der Tote mag geizig gewesen sein und nie Besuch bekommen haben. Aber Geschmack hatte er. Beeren-Sahne-Torte. Es fehlt nur ein Stück. Wenn das nicht perfekt ist!

»Meinen Sie, wir können den Kuchen einfach essen?«, fragt Herr von Itzenplitz, als ich mitsamt Tortenplatte und einem Stapel grauer Teller wieder draußen bin. Er reibt sich über das Kinn. »Immerhin handelt es sich um Mord. Die Polizei wird nach Spuren suchen.« Im gleichen Moment ist sein Einwand überholt: Eddi Mei-Zu greift nach der Tortenplatte. Sekunden später hat Gerda sie ihm abgenommen. Mit zusammengekniffenen Augen betrachtet sie das Arrangement aus Sahne und Beeren wie eine Schlange ihre Beute. Bei Torte sollte man Gerda nicht in die Quere kommen, da kennt sie weder Freund noch Feind. Das weiß auch Eddi Mei-Zu, deshalb sagt er nichts.

So langsam macht die Bewachung des Gartens Spaß. Herr von Itzenplitz findet unter der Bank Wolldecken. Die Sterne leuchten, wir haben etwas zu essen, es ist eine laue Nacht. Wunderbar. Gerade, als wir es uns so richtig gemütlich machen wollen – selbst Alfred hat seine Maus aufgegeben und ist auf Gerdas Schoß gesprungen –, gerade, als es also nett wird und Gerda sich ein Stück Kuchen auf ihren Teller schiebt, gerade da … quietscht das Gartentor.

COSMA

DER TÄTER. BEI UNS. IM GARTEN

Wir brauchen eine Millisekunde, dann springen wir auf und gehen in Deckung. Na ja, fast alle. Gerda sitzt weiter wie angewurzelt auf ihrem Gartenstuhl, die Torte auf ihrem Schoß. Ich bin unter die Bank gekrochen und flüstere ihr zu, sie solle sich gefälligst verstecken. Aber sie hypnotisiert die Torte. Sie ist im Zwiespalt. Bei Torten hat sie ein festes Ritual. Erst isst sie den Boden, dann die Sahne, dann den Rest. Und im Moment hat sie weder Zeit für das eine noch für das andere und für den Rest schon gar nicht. Als jedoch der Lichtstrahl einer Taschenlampe knapp an ihr vorbeihuscht, begreift sie, was Sache ist: der Mörder. Bei uns. Im Garten.

Es ist erstaunlich, wie schnell sie sich aus ihrem Stuhl hievt. Sekunden später ist sie in der Gartenlaube verschwunden. Ohne die Torte.

Herr von Itzenplitz hat hinter einem Strauch Zuflucht gesucht. Eddi Mei-Zu ist ebenfalls nicht mehr zu sehen, wahrscheinlich steckt er hinter der Regentonne. Oder in der Regentonne. Ich kauere unter der Bank, die Augen gespannt nach vorne gerichtet. Nun werden wir ihn stellen, den Mörder.

Wieder schwenkt ein Lichtkegel durch den Garten.

Schritte knirschen auf dem Kies. Ich sehe zwei dunkle Stiefel, die sich nähern. Gummistiefel. Aus Plastik. Moosgrün. Leider ist mehr nicht zu erkennen. Denn alles über einer Höhe von dreißig Zentimetern wird vom Tisch verdeckt. Ich versuche, nach vorn zu rutschen. Der Lichtstrahl wandert weiter. Die Gummistiefel kommen in meine Richtung. Mir stockt der Atem. Das Herz schlägt mir bis zum Hals. Ich mache mich bereit. Doch dann passiert es: Einige Meter entfernt platscht etwas in den Gartenteich, ein erstickter Aufschrei folgt. Eddi Mei-Zu hat offenbar nicht bei der Regentonne Zuflucht gesucht, sondern beim Lebensbaum. Und der steht am Teich. Nah am Teich, wirklich sehr, sehr nah.

Die Stiefel sprinten los. Allerdings nicht raus aus dem Garten, sondern rein in die Laube. Dort ist Gerda anscheinend gerade auf dem Weg nach draußen. Es gibt einen heftigen Zusammenprall, einen Schrei. Ich versuche, unter der Bank hervorzukommen, doch ich muss feststellen, dass niedrige Sitzflächen am schnellen Aufspringen hindern. Noch bevor ich aus der Enge herauskriechen kann, sehe ich den Täter wegrennen. In der Hand trägt er etwas Großes, Undefinierbares. Sekunden später quietscht das Tor erneut. Er ist verschwunden.

In der Laube hilft Herr von Itzenplitz Gerda Rommstätter auf die Beine. Sie reibt sich den Kopf.

»Gerda, was haben Sie gesehen? Wie sah der Mörder aus? Können Sie ein Phantombild erstellen?«, frage ich atemlos. Vom Teich höre ich ein ersticktes Gurgeln. Eddi Mei-Zu. Es klingt, als ertränke er. Aber wie tief kann so ein Gartenteich schon sein? »Stellen Sie sich einfach hin!«, rufe ich ihm zu. Dann wende ich mich wieder an

Gerda. Die sieht mich mit ihren großen Augen an. Ihre grauen Locken sind völlig aus der Fasson, und an der Stirn hat sie einen großen roten Fleck.

»Wie sieht wer aus?« Ihre Stimme zittert.

»Der Täter!«

»Welcher Täter?«

Um es kurz zu machen: Sie weiß von nichts. Weder von der Torte noch von ihrer Flucht in die Laube oder dem Zusammenstoß mit dem Mörder. Angeblich eine Gehirnerschütterung. Jedenfalls glaubt Herr von Itzenplitz das. Gerda blickt noch verträumter in die Runde als normalerweise. Als wir draußen ein ersticktes Röcheln hören, setzen wir sie kurzerhand auf das Sofa.

»Bleiben Sie hier!«, weist Herr von Itzenplitz sie an. Dann rennen wir zu Eddi Mei-Zu. Der ist tatsächlich in den etwa fünf mal fünf Meter großen Teich gefallen und hält sich krampfhaft an einem Grasbüschel fest. Ich finde das etwas übertrieben. Herr von Itzenplitz geht vorsichtig an den Rand des Gewässers und versucht, Eddi Mei-Zus Hand zu lösen, um ihn heraufzuziehen. Aber der krallt sich fest. Ich überlege, ob ich mit der Schaufel auf seine Hand schlagen sollte, damit er loslässt. Manchmal muss man Gewalt anwenden, wenn jemand überängstlich ist. Im gleichen Moment geht der Springbrunnen mitten im Teich an, eine Fontäne sprudelt los, und Eddi Mei-Zus Gesichtsausdruck wird panisch. »Hilfe!«, keucht er. Dann gleitet er langsam, aber unaufhaltsam von den Halmen ab. Es zeigt sich, dass der Teich doch tiefer ist als gedacht. Er versinkt lautlos. Herr von Itzenplitz geht blitzschnell in die Hocke, fährt mit der Hand durch das Wasser. Kurz darauf bekommt er Eddi Mei-Zu am Kragen zu fassen, gemeinsam ziehen wir ihn heraus.

Er ist ganz grün im Gesicht. Was aber nicht am Sauerstoffmangel liegt, sondern an den Algen. Trotzdem bleibt er schwer atmend am Ufer liegen.

»Dat war haarscharf. Haarscharf am Tod vorbei«, stößt er hervor.

Ich muss sagen, die Stimmung ist getrübt. Eddi Mei-Zu jammert, kaum dass er aus dem Wasser ist, ihm sei kalt, ein Scheiß-Goldfisch – sein Ausdruck, nicht meiner – habe ihn in den Hintern gebissen, und die verdammten Algen würden zum Himmel stinken. Aus seiner Jeans tropft es beständig auf den Steinboden. Er hat die Arme um den Oberkörper geschlungen und steht schlotternd neben dem Teich.

Herr von Itzenplitz sorgt sich, dass die Polizei die Zerstörung bemerken wird und wir Spuren vernichtet haben könnten.

Ich verfluche im Weg stehende Gartenmöbel, Teiche im Allgemeinen und Gehirnerschütterung mit Amnesie im Besonderen.

Nur Gerda, die zu uns stößt, sagt nichts. Sie ist glücklich. Sie hat die Torte auf der Terrasse entdeckt und hält sie wie eine Trophäe in den Händen. Allerdings nur bis der etwas schwankende Eddi Mei-Zu sie anrempelt und die Torte ihr aus den Händen fällt. Und nun hat auch Gerda einen Grund für getrübte Stimmung. Immerhin. Jetzt ist es ausgeglichen.

PAULA

AUFTRITT SPUSEN-ALI

Früh um sieben Uhr am nächsten Morgen lenkt Paula ihren schwarzen Fiat 500 in Richtung Schrebergartengelände. Walter schaut aus dem Seitenfenster, auf seinem Schoß ein großes Plastikbehältnis. Ein süßer Zuckerduft schwebt durch den Wagen. »Kuchen?«, fragt Paula.

Walter strahlt. »Habe ich gestern Abend gebacken, Erdbeer-Limette. Schokobiskuit, mit Mürbeteich aus guter Butter. Verzierung mit Zuckerguss und Zartbitterschokolade. 90 Prozent Schokoladenanteil.«

»Hast du mit der nicht letztes Jahr bei der Tortenmeisterschaft gewonnen?«

Walter lächelt stolz. »Das war eine Sauerkirsch-Schichttorte mit dem originalgetreuen Zuckergussnachbau des ersten Mordes von Jack the Ripper.« Er klopft auf die Tupperdose. »Das hier ist eine neue Kreation.«

»Als Besänftigung für Spusen-Ali, weil du ihm eine SMS geschrieben hast?«

Walters Gesicht verfinstert sich. »Wo denkst du hin! Doch nicht für die *Kollegen*. Das ist für die Schrebergärtner. Heute ist das Sommerfest. Jeder bringt was mit, da können wir als Polizei nicht außen vor bleiben.« Paula sieht ihn prüfend an. Doch er meint es offensichtlich ernst. Ihr soll es recht sein. Eine süße Bestechung für die Schrebergärtner sorgt mit Sicherheit für eine entspannte Stimmung.

Spusen-Ali wartet mit seiner Mannschaft schon auf dem Parkplatz, als sie das Schrebergartengelände erreichen. Seit fünfzehn Jahren leitet er die Spurensicherung in Düsseldorf und gilt als einer der Versiertesten seines Fachs. Und als einer der Schwierigsten. Wie Clint Eastwood steht er vor seinen Leuten, die Arme vor der Brust verschränkt, und beobachtet ihre Ankunft mit zusammengezogenen Augenbrauen. An diesen mächtigen Brauen kann man ihn selbst in einer größeren Menschenmenge sofort erkennen, wie ein Balken dominieren sie sein Gesicht.

»In deiner Haut möchte ich nicht stecken. Du bist echt irre: eine SMS«, sagt Paula.

Walter wirkt etwas bleicher als üblich. Seine Augen huschen nervös von Spusen-Ali zum Eingang des Schrebergartengeländes.

Paula sagt: »Vergiss es. Du kommst niemals unbemerkt an ihm vorbei.« Dann fällt ihr jemand auf. »Schau mal, Rosalie ist auch da.«

Walter wird schlagartig rot. Rosalie von der Spurensicherung ist sein unerreichbarer Traum. Ihr letzter Freund war ein arbeitsloser IT-Spezialist, der es sich in ihrer Wohnung gemütlich gemacht hat, um dann urplötzlich mit einer Thekenbekanntschaft durchzubrennen. Je windiger der Typ, desto mehr zieht er Rosalie an. Walter ist deutlich zu bieder, um in ihr Beuteschema zu passen.

Paula parkt, zieht den Schlüssel ab und steigt aus.

Walter bleibt sitzen. Sein Blick huscht zum Himmel. »Ich hoffe, es wird nicht zu heiß im Auto. Es ist zwar eine Tortenbox mit integrierter Kühlung, aber man weiß ja nie.«

»Ich würde es schnell hinter mich bringen«, rät Paula mit Blick auf Spusen-Ali. Doch Walter umklammert seine Torte und starrt geradeaus.

Spusen-Ali kommt Paula entgegen. Das Lächeln auf seinem Gesicht gleicht dem eines Bluthundes. »Frau Pongs«, begrüßt er Paula knapp. Sein Blick durchbohrt jedoch den im Wagen sitzenden Walter. Seine Mannschaft hat sich mittlerweile ein Stück abseits aufgebaut.

Paula nickt ihm zu und geht zu Rosalie, die an einem Baum lehnt. »Was gibt's Neues?«, fragt Rosalie.

»Ich dachte, ihr seid schon informiert. Wir haben im Schrebergarten einen Toten mit Belladonna-Vergiftung.«

Rosalie zwirbelt eine ihrer dunklen Haarsträhnen. »Das weiß ich doch längst. Ich meine Doktor Fischer, du hast ihn ja gestern kennengelernt.«

Paula nickt. »Ja, hab ich, er hat die Leiche untersucht.«

»Wie findest du ihn?«

Warum fragt eigentlich jeder das Gleiche? Paula zuckt betont unbeteiligt mit den Schultern. »Scheint versiert zu sein.«

»Paula, manchmal bist du echt schwer von Begriff. Ich will wissen, wie du ihn findest. Sexy-spooky, oder? Angeblich soll er in seinem Hotelzimmer ein Terrarium mit Maden haben, die er mit Pferdefleisch füttert.«

»Und? Er ist Gerichtsmediziner. *Sexy-spooky* wäre jetzt nicht das Erste, was mir zu ihm einfällt.«

»Sondern?«

»Er ergänzt die in der Gerichtsmedizin vorhandenen Kompetenzen recht gut.«

Rosalie rollt mit den Augen. »Weißt du, ob er liiert ist?« Sie kaut nachdenklich auf ihrer Unterlippe. »Mag er als Hamburger wohl Altbier? Ich glaube, ich lade ihn in die *Uerige Brauerei* in der Altstadt ein. Was meinst du?«

Rosalies Interesse unterstreicht Paulas Gefühl in Bezug auf den Doc. Rosalie hat ein untrügliches Gespür für genau die falschen Männer. Statt einer Antwort deutet Paula mit dem Kopf in Richtung Walter. Der ist inzwischen ausgestiegen, stellt sorgfältig seine Torte auf den Beifahrersitz, schließt die Tür und dreht sich langsam um. Sein Gesicht wirkt starr.

»Herr Körbchen. Danke für die überaus erschöpfende SMS«, dröhnt Spusen-Ali. »Ich komme doch gerne, wenn nach mir gepfiffen wird. Jemand macht sich nicht die Mühe anzurufen, schreibt mir nur schnell eine SMS mit einer Adresse. Und in der nächsten Sekunde lasse ich alles stehen und liegen und eile ihm zur Seite. Egal, ob der Herr Oberstaatsanwalt gerade Hunderte von Akten kriminaltechnisch untersuchen lässt oder noch zwei Hausdurchsuchungen anstehen. Das kann warten. Wenn doch eine SMS kommt. Also was gibt es?«

Walter atmet durch. »Gestern wurde ein Mann in einem der Gärten tot aufgefunden. Wir gehen davon aus, dass er vergiftet wurde. *Atropa belladonna*.«

»Gestern?«

»Es gab zu dem Zeitpunkt keinen klaren Anhaltspunkt auf Fremdverschulden.« Walter faltet seine Hände vor dem Bauch. Aber Paula hört, wie seine Stimme zittert.

»Und die Leiche?«

»In der Pathologie.«

»Wenigstens das. Etwas Verstand scheint ja vorhanden zu sein, wobei ich aber annehme, dass wir das nicht Ihnen zu verdanken haben, sondern Ihrer Kollegin. Wurde der Tatort umgehend abgeriegelt?«

»Natürlich.«

»Und wie viele Menschen waren am Tatort, seit dort der Tote entdeckt wurde?«

Walters Blick weicht dem von Spusen-Ali aus. »Wir haben unser Bestes getan, um das Gebiet konsequent zu sperren.«

Spusen-Alis Augenbrauen ziehen sich noch weiter zusammen. Dann nimmt er den Metallkoffer und winkt seine Mannschaft heran. »Los, Leute. Diese Stümper haben vermutlich jede Spur vernichtet. Retten wir, was noch zu retten ist.«

Kaum dass er sich umdreht, atmet Walter merklich auf.

Rosalie nickt Paula zu. »Ich muss los, der Chef ruft.« Als sie an Walter vorbeigeht, sagt sie: »Hast du ihm echt eine SMS geschickt? Hätt ich dir gar nicht zugetraut.«

Walter läuft rot an und sieht ihr hinterher, wie sie mit Spusen-Ali und den anderen im Garten verschwindet.

Paula stellt sich zu ihm. »Ich finde, du bist glimpflich davongekommen. Danke Gott, dass er gute Laune hatte.«

»Das war gute Laune?«

»Das war gute Laune. Den Oskar von der K3 hat Spusen-Ali mal eine Stunde lang angeschrien, weil der, ohne anzuklopfen, in sein Büro gekommen ist.«

Walters Gesicht verfinstert sich. »Ich weiß gar nicht, warum der sich so anstellt. Zeit für ihn, die neuen Kommunikationsmethoden zu nutzen. SMS ist doch nun wirklich normal. Schon fast altbacken.«

Um das Thema zu wechseln, nickt Paula in Richtung des Hochhauses, das vor dem Gelände steht und seinen dunklen Schatten auf die Gärten wirft. Es ist unverkennbar aus den achtziger Jahren, mit viel Beton und dunklen Fensterrahmen. Sieben Stockwerke hoch, mit begrünten Balkonen, von denen rosa Geranien leuchten. »Wir unterhalten uns jetzt mal mit der trauernden Witwe. Ich bin gespannt, was sie uns zu sagen hat.«

Die Haustür ist offen, vor ihnen liegt ein gepflegtes Treppenhaus mit glattem Marmorboden. Paula steuert auf die Treppe zu, aber Walter hat schon auf den Fahrstuhlknopf gedrückt. »Sie wohnt im fünften Stock! Das willst du doch wohl nicht ernsthaft laufen?« Genau das hatte Paula eigentlich vorgehabt, aber sie beugt sich Walters Wunsch.

Während sie hochfahren, piepst Walters Handy. »Nachricht von Reiner aus dem Schichttortenforum. Er hat Probleme mit dem Baiser für die Kindergartentorte.« Eifrig beginnt Walter, in sein Handy zu tippen. »Ich denke, es liegt am Mixer. Wenn er beim Anschlagen vom Eiweiß die erste Stufe nimmt und dann schneller wird, sollte es klappen.« Er drückt auf Absenden und schaut erfreut auf. Bis er Paulas Gesichtsausdruck bemerkt.

»Du weißt, was wir nach dem letzten Mal besprochen haben.«

Schuldbewusst nickt Walter. »Kein Handy während einer Befragung. Konzentration auf den Fall, nicht auf die Torte. Dann haut auch niemand ab während der Vernehmung.« Als sie den Fahrstuhl verlassen, piepst sein Telefon, automatisch greift seine Hand nach dem Gerät. Dann hält er inne, den Blick flehentlich auf Paula gerichtet.

Die rollt mit den Augen und nickt.

In Windeseile tippt er eine Antwort, die Zunge konzentriert zwischen die Lippen gelegt. »Fertig. Es lag am Zucker. Er hat Puderzucker genommen, das konnte nichts werden.« Er schaltet das Handy demonstrativ aus und wendet sich der Türklingel zu. »Wie immer? Ich die Fragen, du im Hintergrund?«

Paula nickt. Es ist ihre übliche Aufteilung. In den ersten Monaten der Zusammenarbeit führte Paula die Gespräche. Aber schnell wurde klar, dass die Menschen mehr preisgeben, wenn Walter vor ihnen sitzt. Mit seiner ruhigen Art und dem bunten Hawaiihemd ist er so weit entfernt von dem üblichen Bild eines Polizeibeamten, dass viele ihre Vorsicht vergessen.

Walter hebt die Hand, um zu klingeln. Im gleichen Moment öffnet sich jedoch überraschend die Tür. Heraus kommt Marcel Schilling, der Eishockeyspieler. Als er Paula und Walter sieht, bleibt er abrupt stehen. »Was machen Sie denn hier?«

»Das wollte ich auch gerade fragen.« Paula baut sich im Türrahmen auf.

Schillings Gesicht verfinstert sich. »Hab die Gaby besucht.« Dann drückt er sich an Paula vorbei, ohne sie auch nur zu berühren. Gelernt ist gelernt. Am Gegner vorbei und weg. Paula sieht das weiße T-Shirt und die Jeans im Treppenhaus verschwinden.

Interessant. Er trägt dieselbe Kleidung wie gestern.

COSMA

UNTER GÄRTNERN

Acht Uhr morgens sind wir wieder unterwegs – und das nach dieser Nacht! Aber uns ist klar, wie wichtig die ersten Stunden nach einem Mord für die Aufklärung sind. Selbstlos stehen wir deswegen in dieser Herrgottsfrühe vor dem Schrebergartengelände. Ich muss sagen, ich bin stolz auf meine Truppe.

»Ich bin sooooo müde«, jammert Gerda und gähnt. An ihrer Stirn hat sich eine große, blau unterlaufene Beule gebildet. Sie rückt ihren dünnen champagnerfarbenen Strickpullover, den sie sich um die Schultern gelegt hat, gerade und nimmt sich eines von den Fortunabrötchen, die wir beim Bäcker geholt haben. Schokokussbrötchen. Es gibt nichts Besseres, um einen arbeitsreichen Tag zu beginnen.

Ein Niesen übertönt den Rasenmäher, der einige Meter entfernt angeworfen wird. »Dat wird bestimmt 'ne Lungenentzündung«, schnieft Eddi Mei-Zu und schnäuzt sich geräuschvoll die Nase. Er schlingt sich seinen rotweißen Schal fester um den Hals. Den hat er normalerweise nur um, wenn er zum Fußball ins Stadion geht.

»Vielleicht wäre es besser gewesen, wenn Sie zu Hause geblieben wären«, sagt Herr von Itzenplitz besorgt.

»Dann würde isch ja alles verpassen … nee, und wenn isch hier sterbe, isch komme mit.«

Ich beiße herzhaft von meinem Brötchen ab und betrachte mit einer gewissen Begeisterung meine neuen rotgepunkteten Gummistiefel, die ich heute das erste Mal trage. Es erschien mir passend, schließlich muss man sich als Ermittler dem Milieu anpassen. »Ich denke nicht, dass Sie sterben werden. Das ist ein Kater, mehr nicht. Sie hätten gestern keinen Killepitsch trinken sollen«, wende ich kauend ein.

Eddi Mei-Zu setzt ein beleidigtes Gesicht auf. »Dat is kein Kater, das ist eine fiese Grippe. Oder mehr. Und Killepitsch ist Medizin.« Woraufhin er einen Flachmann aus seinem Rucksack zieht und einen Schluck daraus nimmt. »Außerdem trinkt jeder große Detektiv. Isch sag nur: Philip Marlowe.«

»Philip Marlowe trinkt Bourbon Whiskey und keinen Kräuterschnaps«, wende ich ein.

Aber in diesem Punkt ist mit Eddi Mei-Zu nicht zu reden. Er nimmt noch einen Schluck. »Wenn der Philip in Düsseldorf gelebt hätte, dann hätte er auch Killepitsch getrunken.« Eigentlich sagt er: »Wenn de Philip in Düsseldorf jelebt hätt, dann hätt de Jong auch nen Killepitsch jetrunken.« Aber ich will heute wegen des Hochdeutschen nicht kleinlich sein.

Er reicht den Schnaps an Gerda weiter. Die nimmt einen winzigen Schluck und schüttelt sich. »Was machen wir denn jetzt?«, fragt sie heiser.

»Ermitteln«, antworte ich. »Was sonst?«

Sie legt den Kopf schief. »Und wie?«

Eine gute Frage. Doch ich weiß Antwort. Denn genau in diesem Augenblick sehe ich jemanden aus dem langweiligen Betonkasten gegenüber der Anlage kommen. Marcel Schilling, der junge Eishockeyspieler. »Schnell, verstecken!«, rufe ich. Im nächsten Moment tauchen wir hinter einem BMW ab, der vor dem Gelände parkt. Der Junge hat uns nicht gesehen. Er ist mit seinem Handy beschäftigt.

»Dat ist ja *Schilling, der Killer*«, sagt Eddi Mei-Zu schniefend. Er hat sich hingekniet, was ich bei seiner geringen Größe übertrieben finde.

»Er ist der Killer? Woher wissen Sie das?«

»Vom Eishockey. Ist sein Kampfname. *Schilling, der Killer*. Der kann Checks austeilen – mein lieber Scholli. Da ist schon so mancher Gegner liegen geblieben. Letzte Saison hat er den Mittelstürmer von den Kölner Haien für zehn Minuten ins Nirvana geschickt.« Eddi Mei-Zu lächelt entrückt. Wenn es gegen die Kölner geht, ist ihm jede Gewaltanwendung recht. Düsseldorf und Köln geht nun mal nicht.

Im selben Moment drückt Gerda mich nach hinten. Ihr Blick ist glasig. »Wie der junge Jürgens«, flüstert sie, »wie der junge Jürgens.« Ich finde ja, Marcel Schilling hat so gar nichts gemein mit dem schlaksigen Udo Jürgens. Aber ich werde mich hüten, das zu diskutieren. Mir fällt etwas ganz anderes an Schilling auf: Er trägt Turnschuhe. Keine Gummistiefel. Wenn er der Täter ist, muss er damit rechnen, dass wir die Schuhe wiedererkennen. Deswegen hat er sie gewechselt. Schlau.

»Scht jetzt!«, mahne ich, denn der Junge bekommt gerade einen Anruf. Er bleibt stehen, geht ran. Dabei hält er das Handy wie Captain Kirk vor sich statt ans Ohr. Eigentlich eine gute Sache, wenn man ein Gespräch belauschen will. Aber wir sind zu weit weg. »Zum nächsten Wagen!«, kommandiere ich.

Wir huschen weiter und bleiben beim nächsten Auto

stehen. Es ist Paulas Fiat 500. Leider bietet der nicht besonders viel Fläche zum Verstecken. Doch glücklicherweise ist Schilling völlig in sein Gespräch vertieft, sodass er uns nicht bemerkt. »Nein, wir können uns heute nicht treffen. Das ist viel zu gefährlich. Hier ist die Hölle los. Gerade hab ich vor Gabys Tür die Kommissarin getroffen. Das ganze Gelände ist voll mit Polizei und Gaffern.« Er ist stehen geblieben und streicht gedankenverloren über den Wagen. Paulas Wagen, um genau zu sein. Wir ducken uns tiefer. »Also gut, wir treffen uns heute Nacht. Ja, wie immer in der … Moment.« Er starrt in unsere Richtung. »Ich melde mich später wieder.« Er beendet das Gespräch. Dann kommt er um Paulas Wagen herum. Legt den Kopf schief. »Was machen Sie da?«

Wir richten uns auf. Gerda strahlt ihn an. »Hallo!«, haucht sie.

Doch der junge Udo Jürgens lässt sich nicht betören. »Haben Sie gelauscht? Was fällt Ihnen ein?« Wie er so den Bizeps spielen lässt, könnte ich wetten, er löst Konflikte nicht durch Reden. Doch so leicht lasse ich mich nicht einschüchtern. Ich halte die Brötchentüte hoch. »Wir frühstücken.« Mit der freien Hand taste ich nach der Gabel in meinem Cape. Dummerweise rutscht mir gerade jetzt mein kariertes Hütchen in die Augen. Ich schiebe es hoch. Als ich wieder klar sehen kann, ist Marcels Nase plötzlich nur wenige Zentimeter von meiner Nase entfernt.

»Wenn Ihnen Ihr Leben lieb ist: Halten Sie sich von mir fern!« Er dreht sich um und verschwindet durch das Tor auf das von Hecken umgebene Schrebergartengelände.

»Wow!«, sagt Gerda.

»Ihm nach!«, flüstere ich.

»Waaas?« Eddi Mei-Zu sieht mich entgeistert an.

»Meinen Sie wirklich, liebe Frau Cosma, dass das ratsam ist?« Auch auf Herrn von Itzenplitz scheint diese Androhung roher Gewalt Eindruck gemacht zu haben.

Nur Gerda ist aus härterem Holz geschnitzt. »Bin dabei!« Sie beißt von ihrem Brötchen ab und saust zum Eingang des Geländes.

Schilling ist ein Stück vor uns. Wir drücken uns in die Hecke. Er hat uns nicht gesehen. Glaub ich zumindest. Alfred kommt aus einem der Gärten, in der Schnauze trägt er etwas Matschiges. »Pfui, Alfred«, sagt Gerda. »Das arme Mäuschen.«

Herr von Itzenplitz sieht es sich genauer an. »Das ist keine Maus. Das ist eine gegorene Pflaume.« Wir sehen uns besorgt an. Alfred hat ein Alkoholproblem. Besonders im Sommer, wenn gärendes Obst herumliegt. Gerda nimmt ihn auf den Arm, schnurrend reibt er seinen Kopf an ihr. Offenbar ist er ziemlich anlehnungsbedürftig. »Du bleibst besser bei uns.« Dann verfolgen wir Schilling weiter. Nach wenigen Schritten bleibt er vor einem Schrebergarten stehen, zieht einen Schlüssel heraus und verschwindet.

»Das ist ja Fort Knox«, sage ich, als wir den von einer riesigen, undurchsichtigen Hecke umgebenen Garten erreichen. Die Eingangstür ist aus massiver Eiche und mindestens zwei Meter hoch. Ich versuche, drunter durchzusehen, aber außer Rasen ist nichts zu erkennen.

»Sehen Sie mal, hier hat jemand versucht, die Hecke zu kürzen«, sagt Herr von Itzenplitz und deutet auf die Ecke zur nächsten Parzelle. Tatsächlich ist dort das Gestrüpp deutlich ausgedünnt. Zersplitterte Äste ragen blattlos in den Himmel. »Sehr professionell ist das aber nicht gemacht worden«, kritisiert Herr von Itzenplitz stirnrunzelnd.

Ich hüpfe hoch und versuche, über die Hecke zu sehen. Aber keine Chance. Schilling hat das Loch durch einen zusätzlichen Sichtzaun abgedeckt. Der gesamte Garten ist hermetisch abgeriegelt. »Ich frage mich, was er da drin versteckt«, sage ich.

Gerdas Blick geht an mir vorbei. Ihre Augen weiten sich. »Marsmenschen«, flüstert sie.

Ich drehe mich um. Hinter uns liegt der Garten des Toten. Darin wuseln weißgekleidete Leute umher. »Die Spurensicherung!« Na so was. Ich wollte schon immer einmal deren Tätigkeit aus nächster Nähe beobachten. Sie stauben Gartenzwerge ab, verpacken Gegenstände in Tüten. Beim Teich sind mehrere Männer damit beschäftigt, etwas aus dem Wasser zu fischen. Wir reihen uns an der Hecke auf. Aber trotz der niedrigen Büsche ist die Sicht auf den Garten schlecht. Ständig ist die Hecke oder irgendein anderes Gestrüpp im Weg. Allerdings steht das Törchen offen. Wenn das keine Einladung ist!

Ich gehe nur ein ganz kleines Stückchen in den Garten. Höchstens fünf Meter. Oder sechs. Und schon baut sich ein großer, dunkelhaariger Mann mit enormen Augenbrauen vor mir auf. Ich glaube, der will was. Leider wird meine Aufmerksamkeit an anderer Stelle benötigt. Einer der Männer hinten am Teich hat etwas gefangen. Wie auf Kommando eilen ihm die anderen zu Hilfe. Sie tragen Sicherheitshandschuhe.

Der Mann mit den Augenbrauen, der wie die anderen einen weißen Schutzanzug trägt, versperrt mir die Sicht.

»Sie stehen im Weg«, informiere ich ihn. Das hätte er aber auch selbst merken können. Hinter ihm höre ich einen Schmerzensschrei. Na toll, jetzt habe ich nicht gesehen, was vorgefallen ist! Ich versuche, den Mann zur Seite zu drücken.

Er bewegt sich nicht. Stattdessen donnert er: »Sie haben hier nichts zu suchen! Runter vom Gartengelände! Sofort!«

Nun widme ich ihm doch meine Aufmerksamkeit. Es erscheint mir sinnvoller. Ich blicke ihm direkt in die Augen. Soweit die überhaupt sichtbar sind. Er hat wirklich enorme Augenbrauen.

»Ich kann stehen, wo ich will«, entgegne ich.

»Hier finden polizeiliche Ermittlungen statt.«

»Wer sind Sie überhaupt?«, frage ich.

»Ali Mehmet Nazik, Chef der Spurensicherung. Und Sie …«, er stupst mich an. »Sie haben hier nichts zu suchen.«

Anstupsen kann ich gar nicht leiden.

Ich stupse zurück.

PAULA

EIN NETTER KERL

Paula stellt ihren Fuß in die Tür zu Gabriele Baumanns Wohnung. Nicht die feine Art, aber sie hofft, einen unverstellten Blick auf die Ehefrau des Toten werfen zu können. Viele Menschen benehmen sich seltsam gekünstelt, wenn sie der Polizei gegenübersitzen. Nicht immer absichtlich, es ist eher ein innerer Abwehrmechanismus, den sie sich bereits in der Kindheit im Umgang mit Autoritäten angewöhnt haben. Nie mehr preisgeben als nötig, nie schuldig wirken. Menschen, die das Gefühl haben, verhört zu werden, sind vorsichtig, kontrollieren jede ihrer Regungen. Paula will dagegen wissen, wie Gabriele Baumann ist, wenn sie sich unbeobachtet fühlt.

Als Paula hört, dass Marcel Schilling in den Lift steigt, betreten sie leise die Wohnung. Der Flur ist schmal und dunkel. An der Seite steht ein weißer Garderobenschrank, daneben ein offenes Schuhregal. Im obersten Fach stehen blank geputzte Herrenschuhe. Die Abstände zwischen den Schuhen sind wie mit dem Lineal gezogen. In der Reihe darunter braune Pumps, davon einer umgekippt, der andere liegt halb auf den Turnschuhen daneben, aus denen die Schnürsenkel heraushängen. Ein Paar Sandalen liegt vor dem Regal, als hätte jemand sie abgestreift und achtlos liegen lassen.

Paula hört aus dem Wohnzimmer ein Räuspern, winkt Walter, er möge ihr folgen, und späht durch die offenstehende Glastür in den Raum. Gabriele Baumann sitzt allein auf einem dunklen Kunstledersofa, unter sich eine braune Decke. Sie hat die braunen Haare locker an den Seiten hochgesteckt, eine Strähne hat sich gelöst und hängt ihr verspielt ins Gesicht. Sie tippt eifrig auf ihrem Handy, in den Augen einen verträumten Ausdruck, ihr Fuß kreist entspannt um die eigene Achse. Sie schickt die Nachricht ab, wartet einige Sekunden, bis es piepst, und liest dann begierig die Antwort. Wären nicht die dunklen Ringe unter den Augen, sie wirkte wie eine normale Mitvierzigerin, die es sich gemütlich gemacht hat.

Paula klopft an die Zimmertür. »Entschuldigung, dass wir stören. Herr Schilling war so nett uns reinzulassen.«

Gaby Baumann zuckt zusammen. »Was?« Mit einer hastigen Bewegung vergräbt sie ihr Handy tief in der Tasche ihrer Jogginghose.

»Sie können ruhig weiterschreiben, wir warten gerne.«

»Nein, das war nur … eine Freundin. Kommen Sie herein.« Hektisch steht sie auf.

Paula deutet zum Flur. »Herr Schilling war ja schon früh auf den Beinen.«

Gaby weicht Paulas Blick aus. »Er war nur kurz hier, um nach mir zu sehen. Das war sehr nett von ihm.« Sie deutet auf einen Sessel. »Setzen Sie sich doch.«

Walter lässt sich auf das Polster fallen, Plastik knistert. Er sieht erstaunt auf.

Gaby wird rot. »Ein Schonbezug. Roland besteht darauf … bestand darauf.« Für einen Moment scheint sie zu überlegen, dann sagt sie: »Sie können ihn gerne abnehmen.« Scheu lächelt sie Walter an.

Der lehnt sich entspannt zurück. »Kein Problem. Meine Oma hat so was auch. Damit ihr Sessel aus den Siebzigern ewig hält. Ein Traum aus grünem Samt mit brauner Kordel rundherum. Ich fürchte, sie vererbt ihn mir. Ist ja schließlich wie neu, das gute Stück.«

Gaby wirkt mit einem Mal deutlich entspannter. Sie lächelt, steht auf und fängt an, in einem Schrank zu graben. Aus dem untersten Fach nimmt sie ein buntes Kissen und reicht es ihm. »Der Sessel sieht zwar gut aus, aber er ist mächtig unbequem. Am besten stecken Sie sich das in den Rücken.«

Walter nimmt das Kissen mit orientalischem Muster, Kordeln und glitzernden Pailletten. »Hübsch«, befindet er.

Gaby scheint sich zu freuen. »Danke. Das habe ich vor fünfzehn Jahren auf einer Reise nach Marokko gekauft. Seitdem liegt es im Schrank. Mir hat es immer gefallen, aber es passt nicht so gut zur Einrichtung.«

Walter schielt zu Paula. Zeit, die schlechte Nachricht zu überbringen. Traditionell übernimmt Paula den unliebsamen Job. Sie entscheidet sich für die direkte Variante, Gaby scheint ihr stabil genug. »Frau Baumann, wir haben das Ergebnis der Obduktion. Wir gehen davon aus, dass Ihr Mann keines natürlichen Todes gestorben ist.«

Gaby schließt die Schranktür. »Ich habe mir das schon gedacht. Ich meine, weil Sie gekommen sind. Was ist passiert?«

Paula überlegt, wie viel sie preisgeben darf. Manchmal ist es gut, die Todesursache zurückzuhalten. Aber in diesem Fall scheint es ihr sinnvoller, offensiv vorzugehen. »Wir haben in seinem Magen ein hochdosiertes Gift gefunden.«

Sie wartet auf eine Reaktion von Gaby, aber die scheint ganz in Gedanken versunken. Stumm starrt sie vor sich hin, fast so, als habe sie gar nicht zugehört. Wie eine Schlafwandlerin geht sie schließlich zum Sofa und setzt sich. Vielleicht ist sie doch weniger stabil als angenommen. Paula gibt Walter dezent ein Zeichen, ein Gespräch zu beginnen. Der räuspert sich. Sein Blick gleitet durch den Raum, bleibt an den Bilderrahmen an der Wand hängen. In einem hängt eine E-Mail, auf die mit goldenem Glitzerstift ein Herz gemalt ist. »Wie haben Sie Ihren Mann kennengelernt?«

Gaby folgt seinem Blick. »Im Internet in einer Partnerbörse. Er hat mich angeschrieben. Die E-Mail dort, das ist seine erste.« Das Papier ist vergilbt und die Schrift kaum noch lesbar. Gaby sagt auswendig auf: »Ich habe Ihr Foto gesehen und würde Sie gerne kennenlernen.«

Walter versucht ein Lächeln. »Klingt etwas trocken. Ein Romantiker war Ihr Mann wohl nicht.«

»Nein, davon war er weit entfernt, schon damals. Nur dieser eine Satz, und dann siezt er mich auch noch. Im ersten Moment habe ich gedacht: Was ist das denn für einer? Aber irgendwie ist er mir auch nicht aus dem Kopf gegangen. Es war keine Anfrage wie die anderen. Die meisten, die sich in den Partnerbörsen rumtreiben, versuchen krampfhaft, locker zu wirken. Seine Mail klang ernst, vertrauenswürdig. Deswegen habe ich zurückgeschrieben. Dass ich erst mehr von ihm wissen will, bevor ich ihn treffe. Einen Tag später kam seine Antwort. Sechs Seiten.« Sie lächelt bei dem Gedanken daran. »Roland hatte gerade eine lange Beziehung hinter sich. Doch dann hat ihn seine Verlobte von einem Tag auf den anderen verlassen und ist mit jemand anderem auf und davon. Wie es manchmal eben geht. Roland hat das ziemlich fertiggemacht. Er war verletzt und überaus vorsichtig, was Beziehungen angeht. Er hatte eben Angst, noch eine Enttäuschung zu erleben.« Mit dem Finger dreht sie ihren Kreolenohrring. Plötzlich beginnt ihre Unterlippe zu zittern. »Hat er sich umgebracht?«

»Wie kommen Sie darauf?«, hakt Paula ein.

Gaby Baumanns Finger gleiten nervös über die Tischdecke und ziehen sie gerade. Ausweichend antwortet sie: »Es wäre das Wahrscheinlichste, wenn es kein Unfall war, oder?«

Selbstmord? Paula betrachtet die Frau interessiert. Warum denkt sie, dass ihr Mann sich umgebracht haben könnte? »Frau Baumann, wir müssen davon ausgehen, dass Ihr Mann ermordet wurde. Vergiftet mit einer Torte.«

Gaby Baumann starrt sie an, und Paula ist sich nicht sicher, ob sie die Nachricht wirklich verstanden hat.

»Könnten Sie sich vorstellen, wer ein Motiv hätte? Gab es mit irgendjemandem Streit?«

Gaby Baumann antwortet schnell. Zu schnell für Paulas Geschmack. »Nein, mit niemandem. Alle mochten ihn. Roland war ein netter Kerl.«

Ein netter Kerl. Eine seltsame Beschreibung für den eigenen Mann. Klingt nicht nach Liebe. Und nach Trauer schon gleich gar nicht.

»Was hat Ihr Mann beruflich gemacht?«, erkundigt sie sich.

»Er ist Verwaltungsjurist, arbeitet in einer Behörde. Er prüft Vorschriften und Richtlinien, meist interne Vorgänge. Da macht man sich bestimmt keine Feinde, wenn Sie das meinen.« Das Handy in ihrer Tasche brummt.

Automatisch geht ihre Hand dorthin, doch als ihr das bewusst wird, zieht sie sie eilig zurück.

»Hübsche Blumen!«, wechselt Walter das Thema und deutet auf den Balkon mit üppig blühenden rosa Petunien. »Ich hab ja leider so gar kein Händchen dafür. Nicht mal ein Kaktus, den mir die Kollegen geschenkt haben, hat überlebt. Ist vertrocknet.« Er lächelt sie breit an. Paula kennt seine Taktik. Er redet über Nebensächlichkeiten, versucht positive Gedanken zu stärken, den Befragten Sicherheit zu vermitteln.

Bei Gaby wirkt es sofort. Ein Lächeln schleicht sich auf ihr Gesicht. »Ich liebe Blumen. Meine Eltern hatten einen Campingwagen am Rhein. Ich bin dort quasi aufgewachsen, immer im Grünen. Eigentlich hätte ich gerne eine Wohnung mit Garten gehabt, aber das ist in Düsseldorf kaum zu bezahlen. Ich bin gleich in der ersten Woche nach unserem Einzug rüber und habe uns auf die Warteliste des Schrebergartenvereins schreiben lassen. Roland war zuerst wenig begeistert. Er ist ein waschechtes Stadtkind, seine Eltern hatten noch nicht mal einen Balkon. Mit Blumen kann er gar nichts anfangen. Außerdem hatte er die typischen Vorurteile gegenüber Schrebergartenvereinen, also Gartenzwerg und Vereinsleben. Doch als wir den Garten bekommen haben, hat er regelrecht Feuer gefangen.«

»So ist das manchmal. Erst denkt man, dass irgendwas nichts für einen ist, und plötzlich ist man mittendrin. Bei mir war es auch so.«

Sie sieht ihn fragend an. »Sie haben auch einen Schrebergarten?«

»Nein, ich backe. Meine Mutter hat mir einen Einsteigerkurs in der VHS zu Weihnachten geschenkt. Und inzwischen bin ich Landesmeister der Motivtorte in NRW.« Walter scheint in dem Sofa einige Zentimeter zu wachsen. Paula muss sich anstrengen, nicht zu grinsen.

»Aha«, sagt Gaby Baumann vage. Offensichtlich liegt ihr das Thema nicht. Trotzdem versucht sie anzuknüpfen. »Roland hat es auch mit einem VHS-Kurs versucht: *Baumschneiden von A-Z*. Das war typisch für ihn. Aus allem eine Wissenschaft machen. Ich bin da eher impulsiv, ich mache das einfach nach Gefühl, setzte hier eine Blume, die mir gefällt, und da die nächste. Aber Roland hat alles genau ausgearbeitet, fast so etwas wie einen Fünfjahresplan.« Sie lacht, doch Paula hört Verbitterung heraus.

Walter lehnt sich zurück. »Nun ja, es ist nicht schlecht, vorbereitet zu sein. Eine gute Torte setzt auch genaue Planung voraus. Man muss …« Eine unmissverständliche Geste Paulas lässt ihn innehalten. »Was war denn sein Plan für den Schrebergarten?«

»Am Anfang hat er die Laube wiederhergerichtet. Die war ziemlich runtergekommen, brauchte ein neues Dach, Farbe, Isolierung. Danach hat er sich den Garten vorgenommen und eine Allee mit Spalierobst entlang des Weges angelegt, natürlich abgestimmt auf die anderen Pflanzen, die er dort gesetzt hat. Einige Pflanzen unterstützen andere, da ist es sinnvoll, sie zusammenzusetzen. Erdbeeren und Knoblauch beispielsweise. Tomaten und Kartoffeln passen dagegen nicht zusammen, die sind beide anfällig für Krautfäule und können sich anstecken. Er hat schon im Herbst letzten Jahres ganz genau festgelegt, welches Gemüse wo gepflanzt wird.« Gabriele Baumann presst die Lippen zu einem Strich.

»Klingt anstrengend.« Walter lächelt sie an, die Hände über dem Bauch gefaltet.

»Manchmal war es das auch«, antwortet sie leise.

Paulas Blick gleitet währenddessen durch den Raum. Das Wohnzimmer wirkt penibel sauber. Aufgereiht in der Schrankwand stehen bauchige Weingläser mit Markenetikett, die aussehen, als würde niemals jemand aus ihnen trinken. Es gibt keine Zimmerpflanzen, was Paula bei Gabys Begeisterung für Blumen wundert. Der Raum wirkt seltsam blutleer. Der Eindruck ändert sich aber, je näher man Gaby kommt. Neben der Couch auf dem Boden steht ein halbvolles Saftglas, eine Blumenzeitschrift mit Eselsohren befindet sich mitten auf dem Tisch, daneben eine Schachtel Pralinen, ein Paar warme Socken liegt auf dem Teppich. Paulas Blick wandert weiter, bleibt auf dem Balkontisch hängen, den sie durch das Fenster sehen kann. »Das Fernglas da draußen, gehört das auch zu irgendeinem Plan?«

Gaby erstarrt merklich. »Fernglas?«

PAULA

ORNITHOLOGIE, PÂTISSERIE UND EINE LÜGE

Paula deutet auf den kleinen Beistelltisch neben den überbordenden rosa Petunien.

»Ach der Feldstecher …« Ihr Blick geht unruhig hin und her. Nach einer kurzen Denkpause fährt sie fort: »Roland interessiert sich für Vögel. Ornithologie. Er benutzt das Fernglas manchmal, um sie zu beobachten.« Sie steht abrupt auf. »Ich hab Ihnen ja noch gar nichts angeboten. Ich setze schnell Kaffee auf.«

»Er beobachtet Vögel?« Paula sieht sie fragend an. »Macht er das schon lange?«

»Ein paar Monate.« Im nächsten Moment ist sie in der Küche verschwunden. Paula geht hinüber zum dunklen Holzregal neben der Schrankwand. Darin steht umfangreiche Fachliteratur zum Verwaltungsrecht. Außerdem drei Reihen Gartenbücher. Paula überfliegt die Titel. *Der Profi-Ökogärtner, Mischkultur im Garten, Richtig gärtnern mit Recht.* Daneben stehen einige Gesetzbücher und Kommentare. *Das Bundeskleingartengesetz. Aktueller Kommentar zum BkleingG. Recht in der Gartenlaube.* Insbesondere die Rechtsbücher wirken abgegriffen und sind mit zahlreichen Markern versehen.

Während Gaby Baumann in der Küche hantiert, tritt Paula hinaus auf den Balkon. Vom Schrebergartengelände dringen Stimmen herüber, sie riecht Holzkohle und hört entfernt einen Rasenmäher brummen. Sie nimmt sich das Fernglas. Es ist ein Zeiss-Markengerät, zehnfache Vergrößerung. Sie pfeift durch die Zähne. Ein Profi-Fernglas, bestimmt nicht billig. Ohne die Schärfe neu einzustellen, lässt Paula damit ihren Blick über das Schrebergartengelände gleiten. Im hinteren Bereich bleibt alles verschwommen. Doch je weiter sie nach vorne schwenkt, desto klarer werden die Bilder. Rund um den Garten von Roland und Gabriele Baumann ist das Bild am schärfsten. Warum? Was hat ihn am eigenen Garten und an denen seiner unmittelbaren Nachbarn interessiert? Eine Bewegung zieht Paulas Aufmerksamkeit auf sich. Einige Menschen stehen sich im Garten des Toten gegenüber. Jemand in einem gelben Cape und mit einem tief ins Gesicht gezogenen Pepita-Hut, die Hände wie ein Boxer erhoben, tänzelt vor einem in einen weißen Schutzanzug gekleideten Mann.

»Siehst du etwas Spannendes?« Walter ist aufgestanden und blickt mit zusammengekniffenen Augen zum Vereinsgelände hinüber.

»Spusen-Ali.«

Obwohl Paula sich nicht zu ihm umdreht, könnte sie wetten, dass Walter einen Flunsch zieht. »Toll. Ich schau mal nach Gaby Baumann.«

Cosma tänzelt noch immer vor dem Spurenermittler. Mit einem Mal holt sie aus – und landet einen Volltreffer. Spusen-Ali wankt. Aber nur kurz. Dann zerrt er etwas aus seiner Tasche, und in Sekundenschnelle liegt Cosma gefesselt am Boden.

»Wow«, murmelt Paula. »Gute Reaktionszeit. Hätt ich ihm gar nicht zugetraut.« Das darauf folgende Gebrüll dringt über das Vereinsgelände bis herauf zu ihr auf den Balkon.

Cosma schreit: »Entfernen Sie auf der Stelle diese Handschellen!«

»Das ist die bourgeoise Beraubung einer der Grundfesten der Demokratie, der Freiheit der Meinung und des Volkes!«, ruft Herr von Itzenplitz, die linke Faust hochgereckt.

Alfred scheint zu fauchen, seine Barthaare zittern, und er macht einen Schritt zurück.

Gerda dagegen sieht aus, als hätte sie wieder einmal nur die Hälfte mitgekriegt und fragt jetzt offenbar verträumt, was denn los ist.

Kurz darauf stößt Eddi Mei-Zu mit deutlich rheinischem Akzent einen japanischen Kampfruf aus und springt auf Spusen-Ali zu.

»Sie haben gebacken?«, reißt Walters sonore Stimme Paula aus ihren Beobachtungen. Er steht in der Küche neben Gaby Baumann und hält eine benutzte Kuchenform hoch.

Doch sie scheint ihn nicht gehört zu haben. Mit abwesendem Blick gießt sie Kaffee in Teetassen. »Trinken Sie ihn schwarz?«

»Was für eine Torte ist es?« Walter betrachtet die Form. »Mürbeteich? Oder was Raffiniertes?«

Gaby zuckt mit den Schultern. »Nichts Besonderes. Das war für das Sommerfest. Ist aber angebrannt, ich hab alles weggeworfen.«

»Angebrannt?« Walter sieht sie überrascht an. »War der Ofen zu heiß? Manchmal wird im Rezept die Temperatur für Ober- und Unterhitze angegeben. Wenn man Umluft einstellt, muss man natürlich die Temperatur entsprechend reduzieren.«

Gaby geht mit großen Schritten voran zum Wohnzimmer. »Ich stelle den Kaffee hier hin. Bedienen Sie sich einfach.«

Walters prüfender Blick geht zum Herd. »An Ihrem Ofen kann es nicht liegen, der ist noch fast neu.« Er streicht nachdenklich über das Gerät, dann folgt er Gaby und setzt sich auf das Sofa, nimmt sich den Kaffee, gibt noch einen guten Schuss Milch und drei Löffel Zucker dazu. »Was war es denn für eine Torte?« In seinen Augen liegt das Glitzern, das er immer hat, wenn es um sein Hobby geht. Normalerweise unterbricht Paula ihn in solchen Momenten. Aber dieses Mal ist sie auf die Antwort gespannt.

Gaby nippt an ihrem Kaffee und verzieht gequält das Gesicht. »Puh, heiß. Seien Sie vorsichtig.«

»Schwarzwälder Kirsch? Ist immerhin die beliebteste Schichttorte überhaupt.«

Gaby setzt ruckartig ihre Kaffeetasse ab und sieht ihn endlich an. »Es war Apfelkuchen.«

»Apfelkuchen? Und *der* ist angebrannt?«

Sie zuckt mit den Schultern.

»Wie kann denn ein Apfelkuchen anbrennen? Sie haben ihn doch wohl nicht auf die oberste Stufe in den Herd geschoben, oder?«

»Ich habe die Zeit vergessen, mehr nicht. Für das Sommerfest hab ich einfach eine Tiefkühltorte aufgetaut.«

Walter sieht sie an, als sei ihm der Leibhaftige erschienen. »Eine Tiefkühltorte?« Als sie zehn Minuten später im Hausflur stehen, schüttelt Walter immer noch entsetzt den Kopf. »Unfassbar! Da stimmt doch was nicht!«

»Und nicht nur beim Kuchen. Ist dir auch aufgefallen, was für Bücher im Regal standen?«, fragt Paula. »Also für Ornithologie hat sich Roland Baumann kein bisschen interessiert. Wenn du mich fragst, hat er mit dem Fernglas jemandem hinterherspioniert. Und vielleicht dabei etwas beobachtet, was er nicht sehen sollte.«

COSMA

DIE GRENZEN DES PAZIFISMUS

Unverschämtheit. Die Polizei, dein Freund und Helfer. Von wegen. Polizeigewalt herrscht hier, nichts anderes! Ich reibe meine Handgelenke. Handschellen sind in den Händen eines Wahnsinnigen eine gefährliche Waffe. Ich stehe am Zaun des Nachbargartens und beobachte, wie dieser Mensch weiter unbehelligt durch das Gelände geht. Er packt Dinge in braune Papiertüten und summt leise vor sich hin. Unfassbar. Als ob nichts gewesen wäre! Und so etwas arbeitet für die Spurensicherung. Der Niedergang der Polizei, ach was, der gesamten Welt.

»Es war wirklich sehr nett von Ihnen, uns einzuladen«, sagt Herr von Itzenplitz zu unserer Gastgeberin Siglinde. »Dieser Herr dort drüben verfügt über keinerlei metaphysisches Rückgrat. Was für eine Rohheit! Eine freundliche Aufforderung hätte doch ausgereicht, und wir wären gegangen.«

Ganz meine Meinung. Er hätte nur mal höflich fragen müssen.

Siglinde, unsere Retterin, klopft Herrn von Itzenplitz beruhigend auf den Ärmel seines leicht zerknitterten Anzugs. »Ich bin froh, wenn ich helfen kann. Hier bei mir sind Sie sicher.«

Ich bin auch glücklich, dass sie uns Asyl geboten hat, als uns der Spurenermittler angriff. Ihr gehört nämlich der Garten direkt neben dem des Toten. Was in verschiedener Hinsicht perfekt ist: Zum einen sind wir aus dem Einflussbereich des Verrückten. Und zum anderen haben wir trotzdem einen 1a-Überblick über die Vorgänge am Tatort. Lediglich ein dünner Maschendrahtzaun trennt die beiden Parzellen. »Das hier ist Privatbesitz, und Sie können gar nichts machen!«, rufe ich dem Gewalttäter zu. Er soll ja nicht glauben, dass er mit seinen Methoden durchkommt. Er schaut nicht hoch, aber ich sehe trotzdem, dass sich seine enormen Augenbrauen zusammenziehen. Na also. Botschaft angekommen.

Ich wende mich den anderen zu. Herr von Itzenplitz zieht seinen Anzug gerade. »In gefährlichen Zeiten zusammenzuhalten ist eine Tugend. Wir können uns für Ihre selbstlose Tat nur bedanken«, sagt er.

Siglinde winkt ab, die Rabenfedern an ihrer Weste flattern. »Das ist doch selbstverständlich. Ich freue mich über Besuch.« Sie strahlt. Ich finde es schön, wenn jemand sich so freut, uns zu sehen. Leider ist das ja nicht immer der Fall, wie ich selbst im engsten Familienkreis immer wieder feststellen muss.

Eddi Mei-Zu steht abseits unter einem riesigen Walnussbaum, der die Hälfte des Gartens verschattet. »Sind dat Engel?«, fragt er und deutet auf Porzellanfiguren, die unter dem Baum aufgebaut sind. Tanzende Mädchen mit rosa Flügeln und leichten Gewändern.

Siglinde kichert, wobei ihre Pudelhaare wackeln. »Aber, nein, das sind doch keine Engelchen. Das sind Elfen!« Natürlich, *ich* das habe sofort erkannt. Zu Elfen habe ich nämlich eine ganz besondere Beziehung. Vor einigen Jahren habe ich an einer spirituellen Wanderwoche teilgenommen. Dafür bin ich auf den höchsten Berg der Eifel gestiegen. Naja, fast. Das Pony wollte nach den ersten Metern nicht mehr. Also habe ich Halt gemacht. Mein Zelt aufgeschlagen, das Pony angebunden, dann haben wir auf die Nacht gewartet, das Pony und ich. Es war ganz wunderbar. Und kurz vor Mitternacht habe ich sie dann gehört. Die Elfen. Ein ganz leises Pfeifen. »Pffffft.« So in etwa. Fantastisch. Nur riechen tun Elfen nicht besonders. Ein wenig wie verdautes Heu. Aber man kann nicht alles haben.

»Ist das ein Sonnenstein?«, frage ich und deute auf den schwarzen Stein, um den die Porzellanelfen tanzen.

Unsere Gastgeberin klatscht entzückt in die Hände: »Ja, völlig richtig! Wie wunderbar – Sie kennen sich aus!«

»Selbstverständlich«, sage ich. Wobei ich ein wenig rot anlaufe, wie ich zugeben muss. Selbst ich kann mich der positiven Wirkung von Lob nicht entziehen.

Alfred beginnt, die kleinen Figuren lauernd einzukreisen, wirft sich auf die Seite und schlägt mit seinen Krallen gegen die kleinen Glöckchen, die rund um den Elfenkreis aufgebaut sind. Sie klingeln leise, lieblich, möchte ich fast schon sagen. Aber als Autor soll man ja mit Adjektiven sparen.

»Das sind Elfenglocken«, erklärt Siglinde, die meinem Blick gefolgt ist. »Der Stein verstärkt ihre Wirkung. Sie halten das Böse fern.«

Ich denke an den Verrückten von nebenan. »Das ist wirklich sehr vorausschauend von Ihnen, Siglinde.«

Eddi Mei-Zu dagegen runzelt die Stirn. Nicht jedem

ist es möglich, dem Sphärischen offen gegenüberzustehen, und Eddi Mei-Zu erweist sich in diesen Dingen manchmal als erschreckend konservativ. Trotzdem sagt er nichts, was ich ihm hoch anrechne.

Siglinde lächelt versonnen, während sie ihre Elfen betrachtet. »Der Roland Baumann mochte die Glocken nicht besonders, sie haben ihn gestört. Der guten Nachbarschaft halber habe ich sie abgenommen, aber heute Morgen habe ich sie direkt wieder aufgehängt. Da, wo er jetzt ist, ändert er seine Meinung über Elfenglocken bestimmt.«

Herr von Itzenplitz schaut sich um. »Sie haben eine wirklich schöne Parzelle.« Der Garten besteht vorrangig aus dem Walnussbaum. Der hat an der Seite einige aufgerissene Stellen in der Rinde. Unter dem Baum ist die lehmige Erde zu sehen, es wächst nicht einmal Gras. Vermutlich deswegen hat Siglinde die Glocken und Elfen dort drapiert. Jetzt bemerke ich die vielen weiteren Figuren. Sie blitzen unter Sträuchern hervor, hängen von Ästen, stehen aufgereiht am Zaun. An den Johannisbeerbüschen flattern dazu bunte Bänder im Wind. Die ganze Parzelle sieht sehr besonders aus. »Eine wunderbare Atmosphäre«, bekräftige ich.

Siglinde strahlt. »Ich habe den Garten seit 23 Jahren. Damals habe ich noch mit meinem Mann zusammen angefangen, er war mehr der Vorgartentyp. Eiben und Bodendecker. Heute ist der Garten für mich mein friedliches Refugium. Hier spüre ich jeden Tag die gute Energie der Mutter Erde.«

Herr von Itzenplitz blinzelt, reibt dann über seine Augen und gähnt. »Entschuldigen Sie bitte. Ich fürchte, ich benötige eine kleine Auszeit. Diese Rohheit von diesem Unhold vorhin ...« Sein Bärtchen bebt. Er hat sich sehr aufgeregt, er verabscheut Gewalt. Ich natürlich ebenso. Ich bin Pazifistin durch und durch. Noch einmal werfe ich einen Blick über den Zaun. Der Irre tippt gerade etwas in einen Laptop, die Augen starr auf den Bildschirm gerichtet. Jedenfalls das eine Auge. Das andere ist so zugeschwollen, dass er damit nichts sieht. Auch Pazifismus kennt schließlich seine Grenzen.

COSMA

HOLUNDERBLÜTENSCHNAPS UND HEXENZAUBER

Siglinde deutet zu einem rostigen Eisengestell mit braunem Bezug und orangen Punkten, das auf der Terrasse steht. »Dort in der Hollywoodschaukel ist ein feines Plätzchen für einen Mittagsschlaf, Herr von Itzenplitz.« Das glaube ich ihr gerne. Ein wenig neidisch beobachte ich, wie er sich erschöpft hineinsinken lässt und Sekunden später mit einem der Plüschkissen im Arm einschläft. Auch ich bin erschöpft, weiß aber, dass meine Ermittlungen keinen Aufschub dulden. Ich wende mich wieder unserer neuen Freundin Siglinde zu, die ihrerseits Eddi Mei-Zu betrachtet. Aus dessen Kleidung tropft es beständig auf den lehmigen Boden. »Was für ein Wagemut, als Sie sich vorhin in den Teich gestürzt haben.«

Als der sogenannte Spurenermittler mich mit Handschellen gefesselt hat, setzte Eddi Mei-Zu zu einem chinesischen Kampfsprung an, den er sich selbst beigebracht hat. Wochenlang hat er auf unserem Videorekorder die Serie *Kung Fu* studiert. Meiner Meinung nach hat es sich gelohnt: Er sah aus wie David Carradine, als er mit gespreizten Füßen auf den rabiaten Kriminaler sprang. Dass dieser sich mit einem Schritt zur Seite schnöde dem Kampf entzog, war hinterhältig. Und dass direkt hinter ihm der Teich lag, war Pech. Zum Glück hat Herr von Itzenplitz Eddi Mei-Zu gleich aus dem Wasser gezogen, sodass er diesmal gar nicht so viel Wasser geschluckt hat.

»Vielleicht möchten Sie ein kleines Schnäpschen zum Aufwärmen?« Siglinde mustert ihn von oben bis unten. »Ich glaube, ich habe auch etwas Trockenes zum Anziehen für Sie.« Tatsächlich hat sie in etwa die gleiche Figur wie Eddi, nur ist sie einen Meter größer. Was aber auch an der Frisur liegen kann, die mich an Fräulein Karotte erinnert, den Pudel meiner Kindheit. Eine schöne Erinnerung. Fräulein Karotte war eine wilde Gesellin, und wir haben gemeinsam viele Abenteuer erlebt. Irgendwann einmal werde ich sie aufschreiben.

Eddi Mei-Zu strahlt. »Ein Schnäpschen? Aber gerne!«

Zwei Minuten später stehen Gerda, Eddi Mei-Zu und ich in Siglindes Laube. Die ist winzig und fast gemütlich. Gardinen vor den Fenstern, Feenfiguren in den Regalen und in der Ecke ein großes Sofa. Nur die Puppe mit dem starren Blick gefällt mir nicht. Im Gegenteil, sie ruft bei mir höchstes Unbehagen hervor. Sie erinnert mich an Gerdas letztes Buch. Darin betäubt eine Frau eine Zufallsbekanntschaft aus der Kneipe. Als der Mann aufwacht, liegt er gefesselt in einer nach Blut und Verwesung riechenden verfallenen Hütte. Panisch blickt er sich um, zerrt an den Fesseln, mit denen er auf einen Schlachtblock gekettet ist. Dann knarrt eine Tür, und eine Frau kommt herein. Sie trägt eine Maske: Das bleiche Porzellangesicht einer Puppe mit rotem Kussmund. Ihre Augen starren aus der Maske hervor, während sie ein blutiges Messer vom Schlachtblock nimmt und …

Lassen wir das. Gerdas Geschichten sind deutlich zu gewalttätig.

Ich drehe die Puppe mit dem Gesicht zur Wand. Gleich fühle ich mich besser.

»Das hier könnte passen.« Siglinde hält Eddi Mei-Zu einige Kleidungsstücke hin. Der steht schlotternd in der Mitte der Laube, eine Wasserlache hat sich auf dem bunten Mosaikboden gebildet. Es riecht fischig.

»Meinen Sie wirklisch, dass mir dat steht?« Er blickt zweifelnd auf den grellgrünen Strickpullover und einen roten Rock.

»Unbedingt. Sie werden aussehen wie ein Samurai«, bekräftigt Siglinde.

Zögernd nimmt Eddi die Sachen und verschwindet im Bad. Als er kurz darauf wieder auftaucht, bin ich überrascht. Grün ist ganz offensichtlich Eddi Mei-Zus Farbe. Und auch die Fledermausärmel kleiden ihn hervorragend. »Sie sehen schneidig aus! Wie ein Magier!« Siglinde klatscht begeistert in die Hände. Ich stimme ihr zu. Eddi wirkt völlig verändert. Gar nicht mehr wie ein zu klein geratener Schlachter, sondern wie ein exaltierter Künstler. Es ist immer wieder interessant, die positive Wirkung von bunter Kleidung zu beobachten. Wenn meine Tochter das doch auch endlich einsehen würde.

»Und nun ein Schnäpschen zum Aufwärmen!«, ruft Siglinde.

Sie wuselt in der Küche herum, in der in jeder Ecke Marmeladengläser stehen. Während sie eifrig ein Glas nach dem nächsten verschiebt, erläutert sie: »Ich hatte eine sehr gute Ernte dieses Jahr. Im Frühling hat es ordentlich geregnet, dann der warme Sommer. Im Juni habe ich fast jeden Tag Johannisbeeren geerntet, im

Juli Himbeeren, Brombeeren und Heidelbeeren. Es gab wirklich überall etwas zu pflücken. Ich weiß gar nicht, wohin mit dem ganzen Gelee.« Schließlich entdeckt sie eine braune Flasche mit Schnappverschluss und zieht sie hervor. Nachdem sie noch einige Schokokekse auf einen getöpferten Teller drapiert hat, kommt sie zu uns herüber.

Gerda greift sofort zu. »Kekse mag ich fast so gerne wie Kuchen.« Sie schiebt sich drei bis vier der Plätzchen auf einmal in den Mund. Dabei schaut sie offensiv auf eine Kuchenform, die in der Spüle steht.

Siglinde folgt ihrem Blick. »Der Kuchen ist leider schon drüben im Vereinshaus. Heute Nachmittag beginnt doch das Sommerfest. Wenn ich gewusst hätte, dass Sie kommen, hätte ich einen mehr gebacken.«

Enttäuscht nimmt sich Gerda noch einige Kekse. »Die sind auch ganz lecker«, murmelt sie wenig überzeugt.

Siglinde hält die Flasche hoch. »Möchten Sie?«

Eddi Mei-Zu nickt freudig: »Dat ist ja wat Feines! Selbst jemacht?« Wenn es um Schnaps geht, leidet seine Aussprache. Ich tippe ihm leicht auf die Hand, unser Erinnerungszeichen für das Hochdeutsche. Er wird rot und wiederholt: »Das ist etwas sehr Feines. Selbst gemacht?« Er betont jede einzelne Silbe.

»Mein Geheimrezept«, sagt Siglinde und zwinkert mit ihren schwarzumrandeten Sphinx-Augen. Dann fügt sie hinzu: »Ich mag Ihren Akzent. Der ist so männlich.«

Eddi wirft mir einen bedeutsamen Blick zu. Dabei war das mit dem Hochdeutschen nicht meine Idee. Ich hatte lediglich gemutmaßt, dass sich seine Bücher vielleicht besser verkaufen würden, wenn sie nicht in Rheinländisch geschrieben wären.

Gerda hält auffordernd ihr Glas hoch. Sprechen kann sie nicht, sie hat den Mund voll Kekse. Siglinde schenkt ihr ein, doch ihr Blick liegt weiterhin auf Eddi Mei-Zu. »Es war so beeindruckend, wie Sie sich auf den Ermittler gestürzt haben.« Sie sieht ihn an, als wäre er der rebellische Part einer Boyband.

»Das war doch nichts.« Eddi lehnt sich breitbeinig zurück, legt den Arm mit großer Geste auf die Armlehne und kippt den Schnaps. Dann röchelt er: »Was ist das denn?«

»Holunderblütenlikör. Mit einer winzigen Spur Rosmarin und Pfeffer. Schmeckt er Ihnen?«

Rosmarin und Pfeffer? Vielleicht möchte ich doch keinen Schnaps. Ich ermittle schließlich, da brauche ich einen klaren Kopf.

Eddi Mei-Zu sieht in Siglindes erwartungsvolles Gesicht. »Sehr außergewöhnlich«, entschließt er sich zu sagen und stellt das Glas ab. Siglinde sieht es als Aufforderung, gießt ihm ein und prostet ihm zu. Eddi atmet tief durch, dann stürzt er das Glas in einem Zug runter.

»Gibt es vielleicht noch mehr Plätzchen?«, fragt Gerda kauend. »Und Kaffee?« Ich kann sie kaum verstehen, weil sie den Mund so voll hat. Ihre Manieren verlassen sie regelmäßig, wenn es um Kuchen, Kekse und Kaffee geht.

Siglinde springt auf. »Kommt sofort!«, flötet sie.

Neben Eddi streckt Alfred seine Vorderpfoten auf den Tisch. Mit rauer Zunge leckt er einige Tropfen Schnaps weg und schnurrt.

Siglinde kommt zurück, stellt Kaffee und eine weitere Ladung Gebäck auf den Tisch. Diesmal ist es eine bunte Mischung selbstgemachter Plätzchen. Gerda will sofort zugreifen. Doch dann sieht sie uns an. Von den letzten Keksen haben wir nicht einen einzigen abbekommen. Sie deutet unsere Mienen richtig und schiebt den Teller mir zu. Ich nehme mir einen Keks im Schachbrettmuster mit einem Topping aus silbernen Zuckerperlen. Ich muss sagen: Sie sind grandios. Sie zerschmelzen auf meiner Zunge.

Kaum dass sich auch Eddi für ein Plätzchen entschieden hat, greift Gerda nach dem Teller und nimmt sich großzügig. »Die Kekse sind Bombe!«, bringt sie prustend hervor. Morgens gehen immer einige Kinder auf dem Weg zur Schule an unserem Haus vorbei. Bei denen hat sie den Ausdruck vor einiger Zeit aufgeschnappt und gebraucht ihn seitdem bei jeder sich bietenden Gelegenheit. Siglinde scheint allerdings wenig im Jugendlichenjargon beheimatet und sieht sie irritiert an.

»Sie meint: Die Plätzchen sind wirklisch lecker«, erläutert Eddi Mei-Zu.

Siglinde ist sichtlich erfreut. »Vielen Dank!«

So vergehen einige friedliche Minuten. Nachdem wir einen weiteren Teller leergeputzt haben, erscheint es mir an der Zeit, meine Ermittlungen voranzutreiben. Dankenswerterweise muss ich mich gar nicht bemühen, denn Siglinde sagt: »Finden Sie nicht auch, dass der Roland gestern Morgen recht friedlich aussah, wie er so auf dem Beet lag? Ich hatte den Eindruck, als würde seine Seele über ihm schweben und Abschied nehmen.« Ihr Blick geht ins Leere. »Irgendwann ereilt uns alle der Tod. Die großen Geister lassen sich nicht ewig aufhalten.«

»Ich denke, seine Seele ist an ihn gekettet«, wende ich ein. »Bis der Mörder überführt wird.« Ich hoffe, Siglinde damit aus der Reserve zu locken. Vielleicht hat sie etwas beobachtet, weiß aber nicht, dass es bedeutsam ist.

»Mörder?« Siglinde sieht mich mit großen Augen an und macht ein Zeichen in die Luft. »Das Böse ist überall. Es fragt nicht nach Recht oder Unrecht, sondern legt die Welt nach seinen Gesetzen aus.«

Das war jetzt weniger konkret, als ich gehofft hatte. »Und wer im Verein ist besonders böse?«, hake ich nach.

Sie beugt sich vor. Wir uns ebenfalls. Sie sieht uns ernst an. Legt die Finger auf die Lippen. Wir beugen uns weiter vor.

Dann raunt sie: »Alle!«

Sie lehnt sich zurück, faltet die Hände über dem Bauch und nickt wissend.

Hm. Vielleicht sollte ich meine Fragetechnik überdenken.

Siglinde gießt sich noch mal nach und prostet Eddi zu. »Auf ein langes Leben unter dem Schutz der Götter!«

Eddi nimmt sein Glas, lächelt verzagt und schüttet es hinunter. »Sehr lecker«, sagt er heiser. Tatsächlich scheint ihm das Gebräu gutzutun, er sieht nicht mehr so krank aus wie vorhin. Seine Wangen sind gerötet, und in seinen Augen ist so ein Glitzern.

»Was ist mit diesem Jungen von gegenüber?« Ich versuche, das Gespräch wieder auf den Täter zu lenken. Wir sind ja nicht zum Vergnügen hier, sondern haben Ermittlungen zu führen. Was meine Mitbewohner zu vergessen scheinen. Gerda pikt mit der Fingerspitze die letzten Plätzchenkrümel vom Teller, Eddi Mei-Zu schenkt Siglinde ein, Alfred schnuppert an einem Likörfleck auf dem Boden.

»Sie meinen Marcel Schilling?« Siglinde stürzt das Getränk herunter und schüttelt sich. »Die Jugend ist nicht gegen das Böse gefeit. Ich habe ihm angeboten, einen Schutzzauber über seine Parzelle zu sprechen. Damit er als Gärtner mit der Erde verbunden ist. Aber er hat rundheraus abgelehnt! Ich hätte nur kurz um Mitternacht in seinen Garten gemusst, aber er hat mich rausgeworfen. Ist richtig grob geworden. Ist das zu fassen?«

»Ach ja?«, frage ich. »War überhaupt jemand vom Verein schon mal in seinem Garten? Abgeschottet ist er ja wie Dornröschen hinter ihrer Hecke.«

»Die Gaby ist ziemlich häufig bei ihm, manchmal sogar nachts. Vor zwei Tagen habe ich sie gesehen, als ich im Vollmond geerntet habe. Vollmond ist nämlich die beste Zeit für eine Ernte, müssen Sie wissen. Der Mond zieht die Mächte der Finsternis in seinen Bann und hält sie fest, sodass die Ernte rein bleibt.«

»Gaby?«, frage ich. Wer ist Gaby?

»Die Ehefrau des Toten«, erläutert Siglinde. Jetzt erinnere ich mich an die dralle Person im engen Jeansrock. Sympathisch. Aber natürlich äußerst verdächtig.

»War ihr Mann mit ihr bei Marcel?«, frage ich.

Eddi Mei-Zu reicht Siglinde das gefüllte Schnapsglas. Sie nimmt es dankbar entgegen. Dabei streift ihre Hand ganz leicht seine. »Der Roland war nicht dabei«, antwortet sie zerstreut.

»Die Ehefrau des Toten war in der Nacht allein beim jungen Marcel?« Das sind ja mal Ergebnisse. Die daraus resultierenden Fragen schießen nur so durch meinen Kopf. Was hat sie dort gemacht? Warum trifft sie sich mit dem jungen Kerl? Was hat ihr Mann währenddessen gemacht? Ich ziehe mein Diktiergerät heraus und halte meine Ermittlungsergebnisse fest: »Die Ehefrau des Toten wurde nachts bei Marcel Schilling gesehen. Allein.«

Siglindes Blick ist inzwischen glasig. »Überall lauert der Teufel. Aber ich weiß mich zu schützen. Ich habe ein Hexenzeichen gegen alle Gärtner gerichtet.«

»Ein Hexenzeichen?«, fragt Gerda und beugt sich interessiert vor. Sie recherchiert gerade für ihren neuen Roman. Sie hat mir ihren Plot-Entwurf gezeigt. Die Geschichte beginnt auf dem Weihnachtsmarkt vor dem Düsseldorfer Rathaus. Es ist mitten in der Nacht. Im fahlen Licht eines geschmückten Baumes wird ein Scheiterhaufen auf dem Rathausplatz sichtbar. Darauf windet sich ein schmächtiger Mann, festgebunden mit groben Stricken, das Gesicht vor Angst verzerrt. Vor dem Scheiterhaufen steht eine Frau im Engelskostüm. Sie reißt ein Streichholz an. Das Opfer beginnt zu schreien, bettelt um Gnade. Der Engel zögert. Der Mann scheint Hoffnung zu fassen, beginnt zu reden. Immer schneller werden seine Worte, immer zuversichtlicher seine Stimme. Doch dann hält er inne. Das Gesicht des Engels verschiebt sich zu einer hämischen Fratze. Die Frau lässt das Streichholz auf das trockene Holz fallen. Flammen schlagen hoch.

Ich glaube, ich werde auch dieses Buch nicht lesen.

»Das Hexenzeichen wehrt aufdringliche Personen ab«, erklärt Siglinde. »Das ist ein ganz einfacher Zauber. Sie müssen eine Faust machen. Den Daumen nach innen. Und dann blitzschnell die Finger abspreizen.«

Gerda versucht es. Sie ballt die Finger zur Faust, dann spreizt sie sie.

»Nein, nicht so. Mit dem kleinen Finger anfangen,

anschließend die anderen nacheinander bis zum Zeigefinger«, korrigiert Siglinde und macht es nochmal vor. »Sie sollten das üben, es ist sehr hilfreich. Ich habe es auch schon bei der vermummten Person eingesetzt.«

Ich blicke von meinen Fingern auf. »Vermummte Person?«

Siglinde nickt. »Die geht da drüben ein und aus.«

»Da drüben?«

»Bei Marcel. Immer dann, wenn Gaby nachts nicht da ist. Eine dunkle Kapuze tief ins Gesicht gezogen. Letztes Mal hatte sie eine Tüte mit Salat dabei.«

Eine vermummte Person! Schrebergartenvereine sind eine Brutstätte für Kriminelle, scheint mir. Denn dass das kein Salat war, ist ja wohl klar.

»Jetzt hab ich es!«, ruft Gerda. Sie macht das Hexenzeichen. Es sieht ganz gut aus. Aber sie hat die Finger falsch ausgerichtet. Statt zu dem Verrückten von nebenan zeigen sie auf mich.

»Richtig!«, lobt Siglinde und gießt sich und Eddi einen weiteren Holunderblütenschnaps ein, sie prosten sich zu. Ich weiß nicht, warum, aber mich zieht es plötzlich nach draußen. Irgendwie fühle ich mich hier nicht mehr ganz wohl. »Ich schaue mal, was die Spurenermittler so machen«, sage ich. Die anderen scheinen mich kaum wahrzunehmen. Eddi und Siglinde sehen sich tief in die Augen, Gerda übt weiter an ihrem Hexenzeichen.

Doch kaum bin ich draußen auf meinem Beobachtungsposten am Gartenzaun, zeigt sich, dass ich mit meiner Intuition richtiglag. Der Verrückte packt gerade seine Koffer zusammen. Undenkbar, dass er geht, ohne dass ich ihm über den Gartenzaun hinweg noch einige Schimpfworte zurufe.

PAULA

ETWAS VIELE SPUREN

Nachdenklich verlässt Paula mit Walter das Haus, und sie gehen zum nahen Vereinsgelände hinüber. Gaby Baumann verschweigt etwas, ohne Frage. Es war nur ein winziges Zögern in ihrer Antwort, ein ausweichender Blick, das Spielen mit der Kaffeetasse. Aber da ist etwas, das sie verbergen will. Ob es mit Marcel Schilling zusammenhängt? Vermutlich hat er bei ihr übernachtet, zumindest trug er die gleiche Kleidung wie am Vortag. Anderseits sind die beiden sehr verschieden. Er durchtrainierter Zwanzigjähriger, sie dralle Mitvierzigerin, wenn auch nicht ohne Reize. Gaby Baumann strahlt etwas Sanft-Naives, fast Mütterliches aus. Gut möglich, dass das auf Schilling anziehend wirkt. Vielleicht haben die beiden ein Verhältnis. Sie beschließt, ihren Ehemann loszuwerden, backt eine Torte und wartet, bis er tot ist?

Walter ist ein Stück zurückgeblieben, zupft Blätter von der Hecke. »Du könntest doch auch allein gehen. Er redet doch mit dir sowieso viel lieber als mit mir.«

Paula wendet sich zu ihm um. »Träum weiter.«

»Ich spreche inzwischen schon mal mit den Gärtnern. Vielleicht haben wir dann eins, zwei, drei einen Hinweis.«

»Wir arbeiten im *Team*. Wir gehen nachher *zusam-*

men zum Vereinshaus. Und jetzt gehen wir *zusammen* zu Spusen-Ali und fragen nach den Ergebnissen.«

»Mir sagt er doch eh nichts.«

»Walter, wenn du weiter nölst, dann führst du das Gespräch mit ihm allein. Ohne mich.«

Er verzieht gequält den Mund. »Das wäre dann aber auch kein *Team* mehr.«

Sie schüttelt den Kopf. »Warum lässt du dich so von ihm einschüchtern?«

»Er erinnert mich nun mal an Großvater Kaltenberg. Wir haben ihn regelmäßig in seiner Villa in der Eifel besucht. Wenn wir durch das Dorf gingen, grüßten ihn alle ehrfürchtig. Direktor Kaltenberg hier, Direktor Kaltenberg da. Er hatte so ein ganz altertümliches Arbeitszimmer mit Mahagoni-Schreibtisch, grün gepolsterten Sesseln und dicken Vorhängen, die jeden Laut schluckten. Jedenfalls stand auf seinem Schreibtisch eine Bronzefigur: ein Jäger, der gerade einen Eber mit einer Lanze erlegt. Ich wollte mir das nur mal ansehen … und da ist mir die Figur aus der Hand gerutscht, und anschließend hatte das Wildschwein keine Nase mehr. An seiner Stelle war ein weißer Fleck, die Bronze war nämlich gar keine Bronze, sondern Gips. Jedenfalls kam genau in diesem Augenblick Großvater Kaltenberg herein. Dieser Blick, als er mich mit der Figur in der einen und der abgebrochenen Nase in der anderen Hand gesehen hat. Spusen-Ali schaut genauso. Jedes Mal wenn ich ihn sehe, fühle ich mich wie ein Fünfjähriger, der gerade eine Figur zerbrochen und versehentlich offengelegt hat, dass sie nicht echt war. Sehr zum Hass des Besitzers.«

Dass Spusen-Ali Walter einschüchtert, findet Paula ziemlich absurd. Walter ist schließlich einer der besten

Ermittler überhaupt. Er ist umsichtig, begnadet bei Verhören, jemand, der vertrauenswürdig wirkt und Menschen Dinge entlockt, von denen andere Polizisten nur träumen konnten. Aber leider auch jemand, der sich leicht einschüchtern lässt und bei autoritären Persönlichkeiten in eine Art Schockstarre verfällt. »Walter, du bist ein verdammt kompetenter Polizist. Das weiß auch Spusen-Ali. Was glaubst du, warum hat er überhaupt auf deine SMS reagiert? Bestimmt nicht, weil es von ihm erwartet wird. Wenn der nicht will, macht er gar nichts, da kannst du dich auf den Kopf stellen. Aber trotzdem ist Ali aufgetaucht. Weil er weiß, dass etwas dahintersteckt, wenn du dich meldest.«

»Nein, er ist gekommen, weil er weiß, dass du mich beauftragt hast, ihn zu benachrichtigen.«

Paula seufzt. »Du kannst was. Und nicht nur das: Du bist verdammt gut. Es wird Zeit, dass du das Spusen-Ali zeigst.« Sie nickt ihm aufmunternd zu.

»Und wie?«

»Ich weiß nicht. Sei einfach du selbst.«

Der Spurenermittler packt gerade zusammen, als sie den Garten des Toten betreten. Er blickt kurz auf, wendet sich dann aber wieder seinem Koffer zu. Doch Paula ist das blaue Auge sofort aufgefallen. Und sie kann sich denken, wo es herkommt. Aber sie kennt Ali Nazik gut genug, um ihn auf keinen Fall darauf anzusprechen.

Walter folgt Paula, zögernd bleibt er an einer umgeknickten Blume stehen, betrachtet die plattgedrückten Stellen auf dem Rasen, wo gestern noch die Leiche gelegen hat und nun emsig Käfer krabbeln, die dem Gerichtsmediziner sicher gefallen würden.

»Man sieht eindeutig, dass die Leiche hier lag.«

Paula wendet sich um und sieht ihn mit großen Augen an. Oh nein. Das ist ja wohl nicht sein Versuch, sich kompetent zu zeigen. Sie macht ihm ein Zeichen, dass er still sein soll. Doch Walter wertet ihre Geste als Zustimmung. Er schlendert weiter, bleibt an der Terrasse stehen. Sein Blick fällt auf die Markierungen, die dort eingezeichnet sind. »Hier könnte sich jemand aufgehalten haben.« Er schiebt nachdenklich seine Brille hoch.

»Allerdings.« Spusen-Ali lässt die Schlösser seines Aktenkoffers zuschnappen. Das Geräusch klingt wie ein Schuss. Er betrachtet Walter abschätzig.

Dessen Blick fällt auf das Veilchen. Paula steht hinter Spusen-Ali und schüttelt demonstrativ den Kopf. *Frag bloß nicht nach dem blauen Auge. Frag nicht nach dem blauen Auge.* Walter wippt nachdenklich auf den Fußballen. »Wie ist das denn passiert? Haben Sie sich gestoßen?«

Spusen-Alis Lippen werden schmal. »Abgesperrter Tatort! Wenn das Ihre Vorstellung von einem abgesperrten Tatort ist, dann sehe ich schwarz für die Zukunft der Polizei. Der halbe Schrebergartenverein ist hier durchmarschiert! Dreiundzwanzig Schrebergärtner mindestens. Das heißt sechsundvierzig Fußabdrücke. Von der DNA will ich jetzt mal gar nicht reden. Wissen Sie, was das für eine Arbeit für mich und mein Team bedeutet?«

»Ich habe alles ordnungsgemäß versiegelt.« Walter verschränkt die Arme. Typisch für ihn: Ist er eingeschüchtert, verfällt er in Trotz.

»Versiegelt? Lächerlich! Lediglich das Tor habt ihr

versiegelt. Es ist kein Wunder, wenn sich im Garten nachts Personen herumtreiben! Amateur.«

»Hier war jemand?«, schaltet sich Paula ein.

»In der Tat.« Spusen-Ali deutet auf einen verwischten Fußabdruck am Teich. »Birkenstock, Größe 37. Er überlagert einen anderen Abdruck, Gummistiefel, Größe unbekannt. Warum? Weil der Birkenstock mittendrauf getreten ist. Hier sind Spuren vernichtet worden. Spuren, mit denen der Täter hätte überführt werden können. Aber wen interessiert das schon? Die Spurensicherung kommt ja und bringt alles wieder in Ordnung. Ihr könnt von Glück reden, dass ich ein absoluter Profi bin. Andere hätten längst aufgegeben. Aber ich weiß, was ich tue. Im Gegensatz zum Rest hier.« Er schaut zu Walter, der seinem Blick ausweicht.

»Ich bin froh, dass Sie an der Sache dran sind«, sagt Paula ernst. »Mir ist klar, was für ein schwieriger Fundort das hier ist.« Sie meint es so, wie sie es sagt. Auch wenn Walter sie ansieht, als sei sie eine Verräterin. Aber Ali Nazik gilt tatsächlich als einer der Besten seines Faches. Er wird in alle Welt zu Vorträgen eingeladen, und immer wieder findet er Dinge, die anderen entgehen. »Konnten Sie irgendetwas retten?«

»Natürlich konnte ich das. Der Schuhabdruck ist zwar von dem Birkenstock weitgehend zerstört. Aber trotzdem gibt es etwas Markantes: Der Gummistiefel muss einen Riss in der Sohle haben. Wir haben zwar nur Reste sichern können, aber trotzdem ist das Profil auffällig.«

»Ein Riss?« Das ist in der Tat interessant.

»Natürlich hätte ich etwas Eindeutigeres finden können, wenn die Spuren nicht fast komplett zerstört worden wären.« Wieder ein Blick zu Walter, der stocksteif dasteht. »Am Teich konnten wir abgeknickte Halme sichern. Dort hat es zwar vorhin einen kleinen Vorfall gegeben, aber wir können mit Sicherheit sagen, dass gestern, oder wahrscheinlicher heute Nacht, jemand in den Teich gefallen sein muss.«

»Vorfall?«, fragt Walter. Paula schließt die Augen. Manchmal hat Walter wirklich kein gutes Timing. Überhaupt nicht.

Spusen-Alis Augenbrauen ziehen sich schon wieder zusammen. »Verrückte, die hier eingedrungen sind. Wir haben sie aus dem Garten entfernt, bevor sie weiteren Schaden anrichten konnten. So wird das nämlich gemacht.«

Walter deutet auf Spusen-Alis Auge. »Ach, daher das …« Als er den Blick des Spurenermittlers bemerkt, stockt er und tritt einen Schritt zurück. »Ist ja auch egal.«

»Es ist also gestern jemand in den Teich gefallen«, hakt Paula nach.

»Allerdings. Wir haben abgerissene Halme gefunden, der gesamte Uferbereich war zertrampelt.« Er macht eine Kunstpause, und Paula ist sich sicher, dass jetzt etwas Wichtiges kommt. Und tatsächlich. Spusen-Ali räuspert sich. »Andererseits war es auch ein Glück. Wir sind im Teich auf etwas sehr Interessantes gestoßen. Etwas, das uns sonst vielleicht entgangen wäre.«

Er deutet hinüber zum schattigen Teil der Terrasse.

PAULA

CHELYDRA SERPENTINA

Mit großen Schritten geht Spusen-Ali vor. Paula folgt ihm neugierig, während Walter zögert. »Ich habe *wohl* alles ordnungsgemäß abgesperrt«, murmelt er trotzig, wenn auch so leise, dass Spusen-Ali es nicht hört.

Der ist vor einer dunklen Kiste stehen geblieben. Daraus sind seltsame Geräusche zu hören.

»Was ist das denn?«, fragt Paula überrascht.

Spusen-Ali scheint ein Stück zu wachsen. Es ist offensichtlich, wie sehr er es genießt, etwas seiner Meinung nach Bedeutendes entdeckt zu haben. »Das ist *Chelydra serpentina*.«

Paula sieht ihn fragend an.

Spusen-Ali wippt auf seinen Füßen, ein Lächeln spielt um seine Lippen. »Eine Amerikanische Schnappschildkröte. Sie gehört zur Gattung der Alligatorschildkröten und ist in Nordamerika beheimatet.«

»Eine Alligatorschildkröte? Wie kommt die denn in einen Schrebergarten?« Paula betrachtet interessiert die dunkle Styroporkiste, die eher nach Pizzadienst aussieht. »Kann ich die mal aufmachen?«

»Aber vorsichtig. Das Tier ist empfindlich.«

Vorsichtig macht Paula den Deckel auf. Eine urtümlich wirkende Schildkröte blickt ihr entgegen. Sie hat einen gestreiften Panzer und eine Art Drachenschwanz, der hin und herpeitscht. Das Tier wendet seinen massigen Kopf mit dem hakenförmigen Oberkiefer und blickt zu Paula hoch. Dann kriecht es weiter am Rand der Kiste entlang. Dabei schaben seine Krallen kleine Kerben in das Styropor. Paula merkt, wie Walter einen Schritt zurück macht. Sie kann es ihm nicht verdenken.

»Ein wirklich schönes Tier, nicht wahr?«, sagt Spusen-Ali. Echte Begeisterung klingt in seiner Stimme mit. Paula sieht ihn überrascht an. Als Reptilienexperten hat sie ihn bislang nicht kennengelernt. Aber tatsächlich scheint er sich auszukennen. Mit in die Hüften gestemmten Armen erläutert er: »In Deutschland ist der Handel seit 1999 verboten, weil die artgerechte Haltung nicht möglich ist. Aber genau das führt dazu, dass manche Leute meinen, sie müssten sich so etwas anschaffen. Ein Tier als Statussymbol, unfassbar. Nur um des eigenen Ego willen werden immer wieder Tiere nach Deutschland geschmuggelt.«

»Was machen wir nun mit ihr?«

»Ich nehme die Schildkröte mit zu meinem Schwager, wir engagieren uns beide im Tierschutz. Sie glauben gar nicht, was wir schon alles aufnehmen mussten: halb verhungerte Boas von zwei Metern Länge. Chamäleons und Bartagamen mit flächendeckenden Verletzungen; sogar einen Kaiman, der vorher in einem winzigen Becken gehalten wurde. Als das Tier zu groß wurde, rief der Besitzer die Feuerwehr und behauptete, es sei durch die Kanalisation reingekommen. Solche Leute gehören eingesperrt!«

»Wie gefährlich ist sie?«, fragt Paula mit Blick auf die scharfen Zähne des Tieres.

»Schnappschildkröten tragen ihren Namen nicht zu

Unrecht. In die Enge getrieben, beißen sie zu. Ein Knochen kann da schon mal brechen. Ich würde sie jedenfalls ohne Schutzhandschuhe nicht anfassen.«

Walter wirft von Weitem einen Blick in die Kiste. »Mach lieber wieder den Deckel drauf, Paula.«

Vorsichtig schließt sie den Kasten und steht auf. »Ob der Tote das Tier selbst angeschafft hat?«

»Wir haben kein Futter gefunden und auch sonst keine Ausrüstung. Ohne Unterstützung kann die Schildkröte in dem Teich nicht überleben, der ist viel zu klein. Es könnte natürlich ein Spontankauf gewesen sein. Manchmal fahren Leute nach Belgien auf den Wochenmarkt und nehmen von dort Tiere mit. Wenn die Glück haben, landen sie irgendwann im Tierschutz, aber die meisten sterben elendig in zu kleinen Gehegen, verhungern, oder sie werden ausgesetzt und erfrieren. Eine Schande ist das.«

Roland Baumann kommt Paula nach allem, was sie bisher über ihn weiß, nicht wie jemand vor, der Spontankäufe tätigt. Der hätte vermutlich erst einen genauen Plan ausgearbeitet, ein Gehege gebaut und für Futter gesorgt. Bei seiner Frau wäre das etwas anderes. Aber die würde eher einen niedlichen Welpen kaufen als eine Schnappschildkröte. Was also machte ein derart gefährliches Tier im Teich des Toten? »Eine überaus interessante Entdeckung«, murmelt Paula.

»In der Tat. Und trotz der extrem schwierigen Spurenlage …«, Spusen-Ali macht eine bedeutungsschwere Pause und schaut Walter so stechend an, dass der den Blick senkt, »ist es mir gelungen, weitere Hinweise zu eruieren. Wenn Sie mir bitte folgen.« Er deutet zur Laube. Dort schlägt ihnen stickige Luft entgegen. Der

Raum ist übersichtlich, kaum zehn Quadratmeter groß. Die Wände sind mit Fichtenholz verkleidet, das weiß gestrichen wurde. Am Boden liegt Linoleum in Steinoptik. Hinten in der Ecke steht ein runder Tisch mit dunkler Plastiktischdecke vor einem Sofa mit Blick auf einen winzigen Röhrenfernseher. Spusen-Ali ist an einem Schreibtisch stehen geblieben, einer Glasplatte, die auf zwei Malerböcken steht. »Hier lag griffbereit eine Kompaktkamera, mein Team hat sie schon mitgenommen. Ein Einsteigermodell, große Kenntnisse sind nicht erforderlich. Draufhalten und abdrücken.«

»Waren Fotos drauf?«

Spusen-Ali schüttelt den Kopf. »Es war kein Chip eingelegt. Den Rechner haben wir mitgenommen und werden ihn im Labor auswerten. Vielleicht finden wir da was.«

Paulas Blick fällt auf ein DIN-A4-Blatt, das direkt über dem Schreibtisch hängt. Auszüge aus dem Bundeskleingartengesetz, in 6-Punkt-Schrift. Außerdem auf einem zweiten Blatt die Kleingartenordnung der Stadt Düsseldorf und daneben noch der Teil eines Pachtvertrages. Alles, was auch nur irgendwie zu regeln ist, scheint darauf festgehalten zu sein.

»Was ist das?«, fragt Walter und schaut Paula über die Schulter.

»Bundeskleingartengesetz und Co. Hier, sieh mal, was markiert wurde: *Mindestens 2/3 der Fläche muss kleingärtnerisch genutzt sein … in Einzelgärten dürfen nicht mehr als zwei Obststämme gepflanzt werden, sonstige Bäume dürfen sechs Meter Höhe und vier Meter Breite nicht überschreiten … Hecken, die zum Eingrenzen der Kleingartenparzelle dienen, dürfen eine Höhe von*

1,40 m nicht überschreiten … und, und, und. Spannend, oder?«

»Wahnsinnig. Kann kaum an mich halten.«

Warum war Roland Baumann so sehr an den Gesetzen interessiert? Sicher, er war Jurist. Aber das bedeutet ja nicht, dass er sich in seiner Freizeit auch damit auseinandersetzen muss. »Wir sollten uns unbedingt mit dem Vorsitzenden unterhalten.«

Spusen-Ali fühlt sich offenbar zu wenig beachtet, denn er räuspert sich vernehmlich. »Da ist noch etwas.« Sein Blick liegt wieder auf Walter. »Hier auf der Terrasse haben wir verschiedene Fingerabdrücke gesichert.« Er deutet auf zwei Stühle mit blau-weiß gestreiftem Rückenteil. Sie stehen vor einem weißen Holztisch und einer langen Holzbank mit dünnen Planken, auf denen Blütenpollen einen gelblichen Schimmer hinterlassen haben.

»An fast jedem Möbelstück hier draußen haben wir Fingerabdrücke gefunden. Mindestens sechs Personen konnten wir unterscheiden. Zwei davon waren der Tote und seine Frau. Bleiben die anderen Abdrücke. Die dürften zu unseren nächtlichen Besuchern gehören. Zum jetzigen Zeitpunkt gehe ich davon aus, dass vier Personen hier gewesen sind, vermutlich in der Nacht. Es lagen Decken auf den Stühlen und auf dem Tisch einige Teller und Besteck.« Dann ergänzt er mit bedeutender Stimme: »Und die Torte.«

Paula sieht ihn überrascht an. »*Die* Torte?«

»Exakt. Die Torte mit dem Belladonnagift. Zum Glück war sie ihnen runtergefallen. Wenn auch nur einer der nächtlichen Eindringlinge davon gegessen hätte, hätten wir nicht nur einen weiteren Todesfall, sondern einen

Skandal sondergleichen. Und das zu Recht.« Er fixiert Walter. »Tatort gesichert«, sagt er verächtlich. »Von wegen.«

Walter läuft knallrot an. Paula kann ihm allerdings bezüglich der Sicherung des Gartens keinen Vorwurf machen. Ihr ist klar, wer die nächtlichen Besucher waren. Birkenstockschuhe. Sie tippt auf die Marke Arizona, vermutlich in kanariengelb. Der Lieblingsfarbe ihrer Mutter.

Paula kommt ein Gedanke. »Ist die Torte noch hier? Können wir einen Blick darauf werfen?«

Spusen-Ali sieht sie überrascht an, doch dann nickt er. »Ich weiß zwar nicht, was das bringen soll, aber bitte.« Er geht zur seitlichen Terrasse neben dem Teich.

Walter scheint mit einem Mal seine Schockstarre überwunden zu haben. Mit großen Schritten überholt er Spusen-Ali. »Warum ist die Torte denn in einem Karton? Die gehört gekühlt!«

»Dass die gekühlt gehört, weiß ich auch«, schnappt Spusen-Ali zurück. »Aber die Styroporkiste brauche ich für die Schildkröte. Leben geht ja wohl vor Torte. Außerdem war die eh runtergefallen und ist nur noch ein Brei.«

Walters Blick macht deutlich, dass er eine ganz andere Meinung dazu hat. »Ich hole gleich meine Kühltasche aus dem Auto. Dreifacher Kühlakku. Das sollte reichen, um die Torte sicher abzutransportieren.« Er kniet sich hin und betrachtet sie fachmännisch. »Aufwändig. Zwei Böden. Einer mit Butter, Mehl, Zucker. Der andere ein Rührteig mit Kakao. Dazwischen eine Schokoladen-Sahnecreme-Füllung mit zwei dünnen Schichten Beeren-Zucker-Gemisch. Obendrauf nochmal Beerenmix.« Er reibt sich die Nase. »Die hat kein Anfänger gebacken.«

Eine von Spusen-Alis immensen Augenbrauen hebt sich. »Und das wissen Sie woher?«

Statt Walter antwortet Paula. »Er ist NRW-Meister im Motivtortenbacken und außerdem Gründer des Schichttortenforums MännerMotivTorte.«

Walters Augen liegen noch immer auf der Torte. »Kann ich sie mal kurz anheben?«

Spusen-Ali zögert, dann zuckt er mit den Schultern und reicht ihm ein paar Handschuhe. »Aber vorsichtig.«

Ganz sacht nimmt sich Walter die beiliegende Kuchenschaufel und hebt den Boden an. Dann sagt er: »Das hab ich mir gedacht. Eine normale Bodenform. So eine Billigware reicht für den alltäglichen Gebrauch, aber für mehr nicht. Hier am Rand: ganz leichte Einbrennungen. Außerdem konnte der Boden nicht gut gelöst werden, hier ist etwas abgebröckelt.«

Spusen-Ali beugt sich vor. »Das ist doch normal.«

Walter schüttelt den Kopf. »Das kann man vermeiden. Beim bodenlosen Backen passiert das nicht. Allerdings kostet das Einsteigerset mindestens 157 Euro. Nichts für den Hobbykonditor.«

Spusen-Ali sieht ihn mit großen Augen an. Paula kann ihm die Überraschung nicht verdenken. Ihre Kuchenform stammt vom Flohmarkt. Zwei Euro fünfzig.

»Aber so eine ganz normale Kuchenform von IKEA findet sich wahrscheinlich in jeder zweiten Küche.« Walter setzt die Torte sanft wieder ab. Dann blickt er zu Paula. »Ich hab gerade erst vorhin eine gesehen. Bei Gaby Baumann.«

COSMA

EINE GENIALE THEORIE

Das ist ja super-interessant! Was für ein Glück, dass ich genau in dem Moment nach draußen gegangen bin, als Paula und Walter zu dem Spurenermittler in den Nachbarsgarten gekommen sind. Und was für ein doppeltes Glück, dass Siglinde an ihrer Terrasse so einen praktischen Holz-Sichtschutz hat. Ich muss sagen, unsere neue Freundin ist bestens für unsere Zwecke ausgestattet. So konnte ich den Ausführungen des gewalttätigen Irren bis ins letzte Detail folgen. Er hat tatsächlich einige interessante Dinge herausgefunden. Drei, um genau zu sein. Denn dass jemand nachts im Garten war, fand ich weniger überraschend. Aber trotzdem.

Erkenntnis 1

Es war eine Schnappschildkröte im Gartenteich. Also war es gar kein Goldfisch, der Eddi am Hintern erwischt hat. Warum hatte der Tote ein solches Biest in seinem Teich? Um es als Waffe einzusetzen? Als Folterinstrument? Oder wollte er jemanden damit einschüchtern?

Erkenntnis 2

Der Täter kam in Gummistiefeln. In Gummistiefeln mit einem Riss in der Sohle. Wir müssen also nur herausfinden, wer die trägt, und schon haben wir den Täter. Irgendwie habe ich das Gefühl, das wird schwerer, als es sich anhört.

Erkenntnis 3

Die Torte war vergiftet. Im Nachhinein bin ich nun doch froh, dass uns der Täter gestört hat. Gift also. Eine typisch weibliche Waffe. Es weiß ja schließlich jeder, dass Männer eher unkoordiniert zur Kettensäge greifen, während Frauen die filigranen Methoden bevorzugen.

Mir kommt ein genialer Gedanke. Natürlich! Es wäre denkbar … Ich gehe aufgeregt einmal im Kreis … Es wäre durchaus denkbar … Ich bleibe stehen.

Das ist es. Eine geniale Theorie!

Ich werfe einen Blick zur Hollywoodschaukel. Ob ich meine Überlegungen mit Herrn von Itzenplitz diskutieren kann? Doch der schläft, das orange Plüschkissen fest an sich gedrückt. Also gehe ich zurück in die Laube. Dort sitzen Siglinde, Eddi Mei-Zu und Gerda mit glasigen Augen und roten Wangen. Kater Alfred sitzt auf Gerdas Schoß und schleckt völlig unbemerkt an dem Likörglas. »Frau Gerda, Alfred trinkt!«, rufe ich.

Sie sieht mich verwirrt an, dann reagiert sie und zieht das Glas von Alfred weg. Der wirft mir einen Blick zu, der sich gewaschen hat. Ich halte dem stand. Nun ja. Kurz. Wer schon mal versucht hat, eine Katze in Grund und Boden zu starren, wird verstehen, was ich meine.

»Sie sind eine wirklisch nette Frau.« Eddi Mei-Zu prostet Siglinde zu. Seine Aussprache ist nicht mehr ganz lupenrein. Offenbar hat er doch Gefallen an dem Holunderblütenlikör gefunden.

Ich lasse mich auf das Sofa fallen und platze mit meinen Neuigkeiten heraus: »Ich habe etwas herausgefunden!«

Gerda knabbert unbeeindruckt an einem Keks, Siglindes Blick liegt auf Eddi Mei-Zu, der dümmlich zurücklächelt. Ansonsten: keine Reaktion.

»Ich habe etwas über den Mord herausgefunden!«, wiederhole ich. Diesmal lauter.

Endlich schauen die drei auf. »Mord? Welcher Mord?«

Ich kann vor Aufregung kaum noch stillsitzen und rutsche auf dem Sofa nach vorne. »Der Mord an dem Nachbarn. Roland Baumann.« Als hätte es hier in letzter Zeit noch einen weiteren Toten gegeben. Also wirklich, kaum lasse ich mein Team mal fünf Minuten allein, haben sie das Ziel unserer Ermittlung aus den Augen verloren.

Eddi Mei-Zu richtet sich ein wenig auf. »Wat haben Sie herausjefunden?«

»Der Täter hat Gummistiefel getragen.«

»Aber dat wussten wir doch schon. Sie haben ihn doch jestern damit jesehen.«

Siglinde ergänzt: »Außerdem hat hier fast jeder Gummistiefel. Sie sind praktisch.« Meine Augen wandern zu ihren Füßen, aber die stecken in weißen Gesundheitsschuhen, auf die sie lila und rosa Blümchen gemalt hat.

Ich hebe meinen Finger. Sofort sind alle still. »Es sind nicht irgendwelche Gummistiefel. Diese Gummistiefel haben einen markanten Riss in der Sohle.«

Diesmal zeigen meine Worte Wirkung. »Wahnsinn!«, sagt Eddi.

Ich beuge mich vor. Es ist wunderbar, Ermittlungsergebnisse vorzutragen. Ich könnte das den ganzen Tag machen. Alle Blicke sind auf mich gerichtet. Ich räuspere mich. Dann flüstere ich aufgeregt: »Man hat ihn vergiftet.«

Eddi, Siglinde und Gerda starren mich mit offenem Mund an. Ich lehne mich selbstzufrieden zurück. »Wir müssen davon ausgehen«, führe ich aus, »dass jemand den Kuchen mit Gift versetzt hat und so den Tod des Gärtners mutwillig herbeiführte.«

Gerda verschluckt sich an ihrem Keks. »Kuchen? *Unseren* Kuchen?«, hustet sie.

Ich nicke bedeutungsvoll. »Genau. Wir sollten die Möglichkeit nicht außer Acht lassen, dass jemand bewusst versucht, den Verdacht auf eine Frau zu lenken. Wegen des Gifts meine ich. Es muss ein Mann gewesen sein.«

Alle starren mich mit leeren Augen an. Offenbar sind meine komplexen Gedankengänge für Laien nicht nachvollziehbar.

Nur Gerda scheint mich zu verstehen: »Sie meinen, jemand hat Gift verwendet, weil das auf eine Frau als Täter deutet, und dieser Jemand ist ein Mann?«, fragt Gerda. Gut, sie drückt es etwas kompliziert aus. Aber sie hat es verstanden.

»Ganz genau«, bestätige ich daher.

Eddi Mei-Zu kratzt sich am Kinn. »Und wenn es eine Frau war, die Jift benutzt hat, damit man denkt, es ist ein Mann, der den Verdacht auf eine Frau lenken will?«

Ich denke darüber nach. Dann schüttele ich den Kopf: »Das können wir ausschließen. Eine Frau hätte die Kettensäge genommen, um den Verdacht von sich abzulenken.«

»Kettensäge? Wer hat eine Kettensäge genommen?« Siglindes Stimme ist schrill, und sie blickt von einem zum anderen. Offenbar hat sie ein wenig den Faden verloren. Das Schnapsglas in ihrer Hand zittert.

»Niemand.« Eddi Mei-Zu legt seine Hand beruhigend auf ihre. »Dat waren rein theoretische Überlegungen.«

Siglinde atmet aus. »Ach so!«

Mit einem Mal wird mir klar, wie hilfreich es ist, Siglinde zu kennen. Sie ist ein Insider. Sie weiß Dinge über die Gartengemeinschaft, die ein Außenstehender nie erfahren wird. Jeder gute Detektiv braucht einen Informanten. Und nun haben wir unseren. Ich gieße mir jetzt doch einen Schnaps ein. Während ich nachdenklich das Glas drehe und mich nach vorne lehne, sage ich: »Wer im Verein züchtet denn Giftpflanzen?« Ich komme mir vor wie Philip Marlowe. Mir ist natürlich klar, dass sich jeder gute Informant erst einmal ziert. Also gieße ich Siglinde großzügig nach und proste ihr zu. Meine vertrauenserweckende Maßnahme wirkt. Sie nimmt ihr Glas und leert es in einem Zug. Dann fragt sie heiser: »Giftpflanzen? Was denn für Giftpflanzen?«

Natürlich kann ich nicht sagen, dass es um Belladonna geht. Das wäre unprofessionell. Ein Detektiv hält die bedeutsamen Informationen zurück. »Eine Giftpflanze eben.«

»Aber es gibt viele Pflanzen, die giftig sind. Mutter Erde versorgt uns, sie behütet uns, aber sie weiß sich auch zu wehren. Man muss sie gütig stimmen, um ihre Gunst zu erlangen.«

Äh, ja. Vielleicht muss ich doch konkreter werden. »Es geht um eine Pflanze, die im Garten wächst.«

»Bei Roland rankt an der Hecke Efeu«, erläutert Siglinde zögernd. »Die Samen rufen Magenbeschwerden hervor. Aber sie wirken auch appetitanregend. Alle Gifte haben ihren Nutzen, es kommt auf die Menge an.«

Ich merke, ich muss noch konkreter werden: »Es geht nicht um Magenverstimmungen, es geht um tödliche Gifte.«

»Fingerhut?« Es ist mehr eine Frage als eine Antwort.

»Es ist auf jeden Fall ein Gift, das halluzinogen wirkt«, ergänze ich. »Wer im Gartenverein könnte denn so eine Pflanze haben?«

Ihre Augen verengen sich. Ich glaube, wir sind der Antwort nah, das spüre ich. Mein kleiner Finger kribbelt wie verrückt, und auf meinen kleinen Finger kann ich mich verlassen. Aufmerksam beobachte ich unsere Informantin, nicke ihr aufmunternd zu.

Es wirkt. Siglinde beugt sich vor.

Gleich wird meine Informantin mir die Lösung des Rätsels liefern.

Sie holt tief Luft.

Ich ebenfalls. Wir stehen kurz vor wichtigen Enthüllungen, die nicht nur den Fall lösen, sondern die alles, alles ändern werden. Endlich werde ich die Anerkennung erlangen, die mir als versierter Privatdetektivin zusteht.

Mit einem Seufzer atme ich aus. Siglinde tut es mir nach. Dann flüstert sie: »Keine Ahnung.«

Also gut. So kommen wir nicht weiter. Offenbar habe ich die Bedeutung von Insidern überschätzt. Aber mir ist längst klar, wo wir suchen müssen. Halluzinogene Pflanzen – die Antwort auf die Frage, wer so etwas hat, liegt auf der Hand. Schließlich waren wir alle einmal jung. Und was hat Siglinde vorhin erzählt: Die vermummte Person hatte *Salat* dabei. *Salat*. Im Garten, dabei wächst der da doch überall. Ich schaue aus dem gardinenumrankten Fenster. Schräg gegenüber von Siglindes Garten türmt sich eine Hecke auf. Eine undurchdringliche Hecke. Eine Hecke, durch die niemand sehen kann, was dahinterliegt. Und dann bemerke ich etwas, das mein

Herz höher schlagen lässt: Der junge DEG-Spieler verlässt gerade seinen Garten. Sorgfältig schließt er das Tor ab und prüft, ob es auch wirklich zu ist. Dann geht er davon.

Das ist sehr leichtsinnig von ihm. Wirklich sehr leichtsinnig.

Ich ziehe meinen Dietrich aus dem Cape. »Team! Wir haben einen Auftrag zu erledigen.«

COSMA

DER DIETRICH IST EINE WIRKLICH GUTE ERFINDUNG

Siglinde strahlt mich an. »Wunderbar! Ich wollte schon immer wissen, wie Marcels Garten aussieht.« Mit schnellen Schritten geht sie hinüber zu ihrem Schrank, zieht ein rundes Amulett aus Bronze heraus, an das mit bunten Fäden Vogelfedern gebunden sind, und legt es sich um. »Wir können los! Die Göttin der Luft wird uns schützen.«

Da bin ich froh. Nicht dass wir uns gegen diesen muskelbepackten Grünschnabel nicht wehren könnten, aber ein wenig sphärische Unterstützung ist immer gut. »Auf geht's!«, sage ich.

Gerda nimmt schnell ihr Likörgläschen, trinkt es in einem Zug aus und greift sich Alfred, der auf dem Sofa geschlafen hat und unwillig mauzt. »Wir sind bereit!« Ihre Augen leuchten. Offensichtlich liebt sie das Abenteuer.

Eddi Mei-Zu blickt zweifelnd auf seinen Pullover und den Rock hinunter. »Isch zieh mich noch schnell um, isch glaub, meine Hose ist inzwischen trocken.«

»Aber das Grün kleidet Sie hervorragend«, wendet Siglinde ein, eine leise Enttäuschung schwingt mit.

»Durchaus«, bestätige ich. »Doch wir befinden uns

auf einer geheimen Mission. Und da ist Unauffälligkeit angebracht.«

Nachdenklich reibt Siglinde über das Bronzeamulett. »Sie haben sicher recht«, sagt sie. Trotzdem wirkt sie enttäuscht. Eddi Mei-Zu streicht sich verlegen über seinen dunklen Haarkranz, dann verschwindet er auf die Toilette. Als er kurz darauf wieder hervorkommt, strahlt Siglinde. Er hat ihren Pullover anbehalten. »Mein Poloshirt war noch nass«, sagt er. Wenig überzeugend, wie ich finde, denn auch auf seiner verwaschenen Jeans sind noch deutlich nasse Flecken zu sehen. Er bleibt vor dem Spiegel stehen, hebt die Arme und betrachtet die Wirkung der Fledermausärmel. »Elegant, oder?«

»Sie erinnern mich an Dr. Fu Man Chu. Der hatte auch so Ärmel.«

Eddi Mei-Zu strahlt. »Ehrlisch?« Er dreht sich vor dem Spiegel. Dann wird er ernst und tippt sich wie ein Soldat an die Schläfe. »Wir können unsere Mission bejinnen.«

Herr von Itzenplitz taucht plötzlich im Türrahmen auf und reckt gähnend die Arme weit von sich. »Es geht nichts über eine erholsame Ruhepause.« Tatsächlich wirkt er deutlich regeneriert. Seine flinken Augen glitzern voller Tatendrang: »Welche Mission liegt vor uns?«

Ich kläre ihn auf, und keine drei Minuten später stehen wir alle zusammen auf dem Gartenweg vor Siglindes Parzelle. Ich verschaffe mir einen Überblick. Zu beiden Seiten des Weges erheben sich bis auf Schulterhöhe gerade geschnittene Hecken, im Kiesweg zeichnen die Rillen von Harken ordentliche Muster. Aber viel wichtiger als dieser Beweis des schrebergärtnerischen Fleißes ist: Der Weg ist menschenleer. Offenbar sind alle mit den Vorbereitungen für das Sommerfest beschäftigt. Sehr gut, das erleichtert unser Vorhaben erheblich. Also huschen wir los. Nur wenige Meter weiter zeigt sich ein völlig anderes Bild. Die hohe Hecke wirft einen kompakten Schatten auf uns. Unten an den Büschen sprießt fast bis zur Mitte des Weges Unkraut. Ich erkenne saftigen Löwenzahn und liebreizende Kleeblätter. Das muss man dem jungen Gärtner lassen: Seine Parzelle sticht aus den anderen positiv hervor. Diese saubergefegte Natur um uns herum ist ja fast nicht zu ertragen. Dennoch: Mir ist natürlich klar, dass ich mich mit Marcel Schilling nicht geistig verbrüdern darf. Er ist ein Verbrecher. Das ist zwar noch nicht bewiesen. Aber wir stehen kurz vor dem Durchbruch. Das spüre ich ganz genau.

Ich ziehe meinen Dietrich hervor.

»Hui!«, sagt Siglinde anerkennend.

Ich bin ein wenig stolz. Den Dietrich habe ich auf dem Flohmarkt erstanden. Von einer überaus netten alten Dame, die meinte, sie wolle sich nach einem arbeitsreichen Leben zur Ruhe setzen. Gleich am selben Abend habe ich mir Videos im Internet angesehen. Es ist ganz leicht: Man muss den Dietrich ins Schloss stecken, herumwackeln und fertig. Und genau das mache ich jetzt. Ich bewege den Dietrich hin und her. Es knirscht, was ein gutes Zeichen ist. Also drehe ich den Dietrich weiter. Ein Knacken. Das klingt jetzt gar nicht mehr so gut. Die anderen sehen mich gespannt an. »Bin gleich fertig«, sage ich. Zum Glück stehen am Eingang einige ausladende Büsche, sodass wir nicht Gefahr laufen, entdeckt zu werden.

Fünf Minuten später weiß ich: Videos im Internet zeigen nur einen Teil der Wahrheit. Schlösser mit einem Dietrich zu öffnen ist weitaus schwerer als erwartet.

»Darf ich einmal probieren?«, fragt Gerda. Ich gebe ihr das Gerät. Sie steckt den Dietrich in das Schloss, prokelt darin herum, ihre Zungenspitze klemmt zwischen ihren Lippen. Dann höre ich es laut und vernehmlich klackern. »Das war's. Es ist offen.«

Ich sehe sie überrascht an.

Sie zuckt mit den Schultern. »Hat mein Vater mir beigebracht.«

Ich muss sagen, ich bin begeistert. Andere Väter verschwenden ihre Zeit damit, Kindern das Stillsitzen beizubringen. Aber Gerdas Vater wusste, was im Leben wichtig ist. »Das haben Sie hervorragend gemacht.«

Gerda winkt ab, doch ich sehe, wie sehr sie sich freut.

Ich wende mich der Tür zu. Mein Herz pocht mir bis zum Hals. Nun werden wir das entscheidende Indiz zur Lösung der Gärten des Todes finden.

Ich nicke den anderen zu, dann gebe ich der Tür einen Schubs.

Mit einem lauten Knarren schwingt sie auf.

PAULA

UNTER GARTENFREUNDEN

Das L-förmige Vereinshaus steht direkt neben der Parzelle des Toten. Der weiße Kratzputz des großen Gebäudes leuchtet in der Sonne. Die Fenster glänzen frisch geputzt, und auf der überdachten Terrasse stehen ordentlich aufgereiht Plastiktische und Stühle. Geranien schmücken die niedrige Brüstung der Terrasse. Heruntergefallene Blütenblätter färben den Boden rosa. Agnes Schulze fegt sie mit festen, fast wütenden Besenstrichen zusammen. »Jetzt guck dir das an, Uwe. Überall Dreck von den Geranien. Hat die Siglinde nicht weggemacht. Die hatte gestern Putzdienst im Vereinshaus. Aber sie hat nur kurz durchgewischt, mehr nicht. Die Fenster waren auch nicht sauber, die hab ich vorhin gewienert. Immer bleibt alles an mir hängen!«

Ihr Mann kniet auf dem Vorplatz vor dem Vereinshaus in der prallen Sonne und kratzt die Steinfugen aus. Schweiß rinnt ihm von der Stirn, während er ein um das andere Mal das gebogene Metall zwischen den Steinen durchzieht. Bei jedem Zug bleibt ein wenig Moos an der Seite liegen. Ein riesiges Stück Terrasse liegt bereits hinter ihm, bedeckt mit herausgekratzten Gräsern und Unkraut. Ohne aufzublicken, sagt er: »Tut mir leid, Hase.«

Agnes schiebt die rosa Blütenblätter auf ein Kehrblech, wirft sie in die Mülltonne, die an der Seitenmauer steht, und lässt den Deckel lautstark zufallen. Ein Blick in die Runde sagt ihr, dass die anderen bemerkt haben, dass sie die Terrasse gefegt hat. Dann geht sie zu ihrem Mann auf den Vorplatz und begutachtet dessen Arbeit. »Da vorne hast du noch was vergessen.« Sie deutet auf ein kleines Gänseblümchen, das unverdrossen zwischen den Steinfliesen hervorlugt. »Warum hilft dir Marcel nicht? Du musst dich durchsetzen, der tanzt dir auf der Nase herum.«

Ihr Mann blickt nicht auf, sondern kratzt weiter. »Marcel hat Training.«

Agnes' Lippen werden schmal. »Eishockeytraining im Sommer, dass kann er vielleicht dir erzählen, aber nicht mir. Der drückt sich. Du bist so was von naiv, Uwe. Ist das Loch für den Baum wenigstens schon fertig?«

»Ja, hab ich vorhin gemacht.«

»Und das Wohnmobil?«

Er blickt überrascht auf. »Wohnmobil?«

»Da steht ein Wohnmobil auf dem Parkplatz! Es belegt mindestens zwei Plätze. Ruf das Ordnungsamt an, die sollen das abschleppen.« Dann fällt ihr Blick durch die offene Tür des Vereinshauses in den dunklen Innenraum. »Was macht ihr denn da? Ihr müsst doch erst eine Tischdecke auflegen, bevor ihr die Kuchen platziert!« Und schon ist sie im Haus verschwunden. Ihr Mann sieht ihr nach und wischt sich den Schweiß von der Stirn.

Paula will gerade zum Vorsitzenden treten, da zieht Gelächter ihren Blick auf die Wiese neben dem Vereinshaus. Dort steht ein kleines, weißes Zelt. Drei Männer in grünen Gärtnerhosen und karierten Hemden – offenbar die typische Einheitskleidung der Vereinsmitglieder –

legen Bohlen davor aus und bauen Biertische an der Seite auf. Feixend sehen sie zum Vorsitzenden hinüber. Paula kennt diese Art Menschen, es gibt sie überall. Rücksichtslos amüsieren sie sich auf Kosten anderer. Ein Mann, dessen praller Bierbauch gegen das Hemd drückt, scheint der Wortführer zu sein. »Mann, Mann, Mann, die hat dich aber ganz schön im Griff, VoSi. Du solltest mal auf den Tisch hauen.« Er macht eine begleitende Bewegung dazu, die die anderen veranlasst, laut aufzulachen.

Der Vereinsvorsitzende schaut nicht auf, sondern reißt das Gänseblümchen aus den Fugen.

Der Schmerbauch stößt seinen Nachbarn an. »Du musst der Agnes einfach mal deine Meinung sagen. Die hört dir bestimmt aufmerksam zu.« Die anderen glucksen vor Lachen. Dann hebt er entschuldigend die Hände. »War nicht so gemeint, VoSi. Gibst du uns die Gewinne für die Tombola?« Er sieht grinsend zu seinen Kollegen. »Oder musst du da erst die Agnes um Erlaubnis fragen?«

Jetzt blickt der Vorsitzende doch auf. In seinen Augen liegt unübersehbar Wut. »Könnt ihr euch selber holen. Und seht zu, dass ihr fertig werdet.«

Der Dicke lacht auf. »Hetzt du uns sonst die Agnes auf den Hals? Wir schlottern vor Angst.«

Im gleichen Moment tritt Agnes Schulze aus dem Vereinshaus. »Was ist hier los?« Das Lachen der Kleingärtner erstirbt schlagartig. Agnes Schulzes stechender Blick fällt auf das Zelt. »Ihr seid ja immer noch nicht fertig. Weder mit der Tombola noch mit dem Bühnenaufbau.« Sie tippt auf ihre Armbanduhr. »In einer Viertelstunde steht das alles! Dalli!«

Die Männer sehen einander an, aber keiner erhebt

Widerspruch. Nicht einmal der Dicke. Schweigend schnappt er sich die Schubkarre und geht damit zum Schuppen. Kurz darauf kommt er schwankend mit der überladenen Karre zurück. Missbilligend verzieht Agnes Schulze den Mund. »Pass bloß auf, dass da nichts runterfällt. Es hat lange genug gedauert, bis ich alles zusammenhatte. Den ganzen Winter hab ich Firmen angeschrieben, um die Präsente zu erhalten. Das sag ich euch – wenn eins davon kaputtgeht, ersetzt ihr das!« Und schon ist sie wieder im Haus verschwunden.

Einer der Kleingärtner fährt sich über die Haare. »Mann, Mann, Mann. Mit dir will keiner tauschen, VoSi.« Dann machen sie sich wortlos daran, die vielen Pakete auf einen der Tische an der Seite abzulegen. Währenddessen kommt Marcel Schilling hinter dem Festzelt hervor. Paula runzelt die Stirn. Sie hat sich das Gelände angesehen. Neben dem Vereinshaus steht das kleine Festzelt. Dahinter liegt eine Wiese, die an die Gärten grenzt. Keiner der Gärten hat einen Durchgang zur Wiese, allerdings ist an manchen Stellen die Hecke etwas dünner. Aber warum sollte der Schilling nicht den bequemen Weg von seinem Garten zum Vereinshaus nehmen, zumal sein Garten nicht direkt angrenzt? Von wo ist er also gekommen?

Mit eiligen Schritten geht er an dem Festzelt vorbei, wirft einen kurzen Blick auf die Tombolagewinne und ruft den Gärtnern zu: »Ich komm gleich.«

Der Vereinsvorsitzende schaut bei seinen Worten hoch. Ächzend steht er auf. Sein Gesicht ist schweißüberströmt, und lehmige Erde klebt an seiner Stirn. »Wo warst du denn? Ich dachte, du hilfst mir hier mit dem Säubern des Vorplatzes.«

»Training, das weißt du doch.«

Der Blick des Vorsitzenden geht zu den Männern am Zelt. Die sind damit beschäftigt, Holzpaletten zusammenzuschieben. »Ich muss mit dir reden.« Uwe Schulze nimmt Marcel Schilling ein Stück zur Seite und redet leise auf ihn ein. Unruhig geht sein Blick dabei immer wieder zum Vereinshaus. Drinnen hört man seine Frau mit den Kleingärtnerinnen reden: »Nicht die karierte Tischdecke, die weiße mit den Spitzen müsst ihr nehmen!« Der Vorsitzende beugt sich zu Marcel und flüstert etwas. Der macht unvermittelt einen Schritt zurück. »Spinnst du?«

»Nicht so laut!« Uwe Schulze dreht sich zu den Männern am Festzelt um. Unglücklicherweise entdeckt er dabei Paula und Walter hinter dem Jägerzaun. Verdammt. Sie hätte zu gerne ein bisschen was von der Unterhaltung mitbekommen. Aber so fügt sie sich ins Unvermeidliche und geht dem Vorsitzenden mit ausgestreckter Hand entgegen. »Ich wollte Sie nicht unterbrechen. Fahren Sie nur fort.« Auffordernd sieht sie Uwe Schulze an.

»Wir waren gerade fertig. Marcel will jetzt den anderen helfen.«

Schilling runzelt die Stirn. »Kann man so sagen.« Er tippt sich an die Schläfe, dann geht er, ohne eine Antwort abzuwarten, zu den anderen Gärtnern.

Der Vorsitzende umklammert den Fugenkratzer. »Das Sommerfest beginnt gleich, ich hab noch viel zu tun.« Er deutet auf den Vorplatz.

»Ich möchte nur kurz mit Ihnen reden. Es wird nicht lange dauern.« Paula nickt ihm aufmunternd zu. »Nur eine Kleinigkeit.«

Der Vorsitzende zögert. Für einen Moment betrachtet er unentschlossen den Fugenkratzer, dann wirft er ihn auf den Boden und deutet zum Vereinshaus. »Am besten, wir gehen hinein.«

Im Inneren des Hauses ist es dunkel und kühl. Paula steht in einem großen Raum, in dem links fünf Reihen Biertische aufgestellt sind. Auf jedem Tisch liegt eine weiße Tischdecke, in der Mitte ein grüner Läufer, auf dem kleine Porzellanvasen mit weißen Rosen, Schleierkraut und Farnen stehen. Den rechten Teil des Raumes dominiert eine riesige Biertheke aus dunklem Eichenholz. Die zarten Vasen wirken auf dem wuchtigen Tresen fast verloren, doch Agnes Schulze steht mit verschränkten Armen davor und nickt zufrieden. »Perfekt.« Sie wendet sich zu einem großen Tisch um, auf dem einige Frauen Kuchen und Torten aufbauen. Ungefragt zieht sie ein Schwarzwälder-Kirsch-Ungetüm nach vorne und schiebt einen Sandkuchen nach hinten. »Gekaufter Topfkuchen, was soll man dazu sagen?« Sie schüttelt den Kopf. »Unfassbar.«

Walter geht mit großen Schritten an Paula vorbei und begutachtet die Torten. »Ganz meine Meinung«, sagt er zu Agnes Schulze. Wobei er allerdings nicht den Sandkuchen im Blick hat, sondern eine große Cremetorte.

Agnes Schulze starrt ihn an. »Was wollen Sie?«

»Wir haben ein paar Fragen an Ihren Mann«, sagt Paula betont ruhig.

Hastig schiebt Agnes Schulze einen Tortenheber an die Cremetorte. »Ich komme sofort.«

Paula lächelt sie an. »Das wird nicht nötig sein. Wir

möchten mit Ihrem Mann in seiner Funktion als Vorsitzender reden.«

Agnes Schulze sieht sie mit großen Augen an. »Ich wüsste nicht, was Sie mit Uwe allein zu besprechen haben.« Sie wischt mit energischer Geste ihre Hände an der Hose ab. »Hase – komm! Wir gehen ins Büro.«

Es ist genauso, wie Paula erwartet hat. Agnes Schulze hat ihren Mann fest im Griff, vermutlich wird nur sie reden und ihm das Wort abschneiden. Keine gute Ausgangssituation. Und Agnes ist auch noch die Art von Mensch, die Walter regelmäßig verstummen lässt. Aber genau darin liegt die Chance.

»Also Walter, wie besprochen. Du konzentrierst dich voll auf den Vorsitzenden. Lulle ihn ein wenig ein, er soll Vertrauen schöpfen. Wenn Agnes was sagt, reagierst du gar nicht. Die übernehme ich.«

Walter nickt. »Okidoki.«

Der Vorsitzende und seine Frau sind bereits ein Stück den Flur vorausgegangen. Agnes Schulze dreht sich vor der Tür zum Büro um. »Was ist nun? Wir haben nicht viel Zeit!«

Walter wirft Paula einen Blick zu und murmelt: »Das kann ja was werden.«

Plötzlich bleibt er stehen. »Schau mal!« Er deutet durch eine offene Tür: die Küche. Dunkle Eiche mit bronzefarbenen Türgriffen.

Paulas Blick geht zur Spüle. »Eine Kuchenform.«

Walter drückt sich an ihr vorbei. »Geh schon mal vor. Ich komme gleich nach.«

PAULA

MARODIERENDE BANDEN. MINDESTENS

Das Büro ist ein winziger Raum, in dem ein mit Papieren überladener grauer Schreibtisch steht, der offenbar in den achtziger Jahren irgendwo ausgemustert wurde. Agnes bedeutet ihrem Mann, sich auf den Schreibtischstuhl zu setzen, sie selbst bleibt stehen, die Hände zu einer Merkel-Raute zusammengeschoben. »Wie können wir Ihnen helfen?«

Paula zieht ihr Handy aus der Tasche. »Sie haben doch nichts dagegen, dass ich unser Gespräch aufzeichne? Ist reine Routine.« Ihr Ton lässt keinen Zweifel daran, dass eine Weigerung verdächtig aussehen würde. Ohne eine Antwort abzuwarten, legt sie ihr Telefon in das Regal hinter sich. Sie stellt es nicht an, sie weiß, kein Gericht würde eine solche Aufnahme anerkennen. Aber das Handy wird dennoch seinen Zweck erfüllen.

Sie lehnt sich an das Regal und geht sofort in die Offensive: »Ich wundere mich, Frau Schulze, warum Sie das Sommerfest nicht abgesagt haben. Immerhin ist einer Ihrer Vereinskollegen gestorben, da erscheint eine Feier mehr als pietätlos.« Es klingt unfreundlich, und das soll es auch.

Die Reaktion kommt prompt. Vorbei ist es mit der

entspannten Kanzlerinnengeste. »Gartenfreunde. Es heißt *Gartenfreunde* bei uns, nicht Vereinskollegen«, berichtigt Agnes spitz und unterstreicht ihren Satz mit einer harschen Geste. »Das Sommerfest ist *das* Ereignis in unserem Verein, Roland hätte mit Sicherheit nicht gewollt, dass wir das Fest seinetwegen absagen. Nicht wahr, Uwe?«

»Na ja, kann sein«, sagt der zögernd.

»Ich bin mir sicher. Roland hat sich immer *sehr* auf das Fest gefreut. Absagen kommt nicht in Frage. Die Einladung hängt seit dem Frühjahr in unserem Aushang, wir haben in der Stadt Werbung gemacht, sogar die Presse ist informiert. Es ist ja nicht so, dass nur Gartenfreunde eingeladen sind. Die Menschen kommen von überall, um mit uns zu feiern. Absagen ist da eine reichlich naive Vorstellung.«

»Die Feier ist öffentlich?«, hakt Paula nach.

»Natürlich ist sie das. Unser Schrebergartengelände zählt zu den Grünflächen der Stadt. Es steht allen Interessierten offen und nicht nur Pächtern. Das Gelände wird ja auch nicht abgeschlossen. Wir sehen gerne Spaziergänger hier, sofern sie ihren Müll nicht liegen lassen oder unsere Wege mit einer Fahrradrennstrecke verwechseln. Sie glauben gar nicht, wie manche Leute sich benehmen. Jedenfalls kann jeder kommen, insbesondere zum Sommerfest. Wir möchten doch unseren Garten präsentieren.« Sie sieht ihren Mann auffordernd an und zischt ihm zu: »Jetzt sag endlich auch mal was, Uwe.« Der hebt an, doch schon fährt sie wieder dazwischen. »Da fällt mir ein: Wann wird das Absperrband an Rolands Garten endlich entfernt? Spätestens um vierzehn Uhr muss das weg sein. Und ich gehe davon aus, dass die Spurensicherung bis dahin fertig ist. Wie sieht das denn aus! Jeder Besucher muss an Rolands Garten vorbei. Die denken doch, es ist weiß Gott was passiert.«

»Es ist weiß Gott was passiert«, sagt Paula trocken.

Walter kommt herein. »IKEA-Kuchenform«, formt er mit den Lippen. Dann zieht er sich einen Stuhl heran und lässt sich darauf fallen. Das alte Holz knarzt bedenklich. »Sie haben es schön hier!« Walter sieht sich um, sein Blick wandert über die helle Kiefernholzvertäfelung zum billigen grauen Linoleum. Er deutet auf die Papierstapel auf dem Schreibtisch. Mitfühlend ergänzt er: »Als Vorsitzender hat man bestimmt immer eine Menge zu tun. Es ist wirklich toll, dass Sie Ihre Freizeit dafür opfern.«

Uwe Schulze ist sichtlich erfreut über das Lob. »Es ist tatsächlich viel Papierkram, manchmal sitze ich bis spät in der Nacht hier. Ich hab kaum noch Ruhe für meinen eigenen Garten. Letztes Jahr hatte ich Bohnen und Erbsen, aber dieses Jahr habe ich mir das gespart. Mir fehlt einfach die Zeit.«

»Ach was«, mischt sich Agnes Schulze ein. »Das meiste mache doch sowieso ich.« Ihr Blick bohrt sich in Paula. »Was meinten Sie damit, dass Gott weiß was passiert ist?«

Ohne auf die Bemerkung von Agnes Schulze einzugehen, sagt Walter: »Ich bin auch Vorsitzender eines Vereins und weiß, was das bedeutet. Es dankt einem keiner. Nur Beschwerden, sonst nichts.«

Paula weiß, dass das Gegenteil der Fall ist. Walter hat seinen Verein und das Forum fest im Griff. *Führen durch Kompetenz* ist sein Motto, und das kommt bei seinen Vereinskollegen gut an. Doch er hat den richtigen

Riecher, was den Vorsitzenden betrifft. Der nickt eifrig. »Alle wollen einen Garten, aber die Vereinsarbeit, die will keiner machen. In den Vorstand will schon mal gar keiner. Allein, was alles für Ausreden kommen, wenn jemand seinen Pflichtdienst ableisten muss.«

»Pflichtdienst?« Walter beugt sich interessiert vor.

»Mindestens einmal im Jahr muss eine Gemeinschaftsarbeit geleistet werden. Die legen wir immer direkt im Januar fest, damit es sich jeder einrichten kann. Die Frauen putzen das Vereinshaus, und die Männer mähen den Rasen und übernehmen Arbeiten rund um das Gebäude. Also ein- bis zweimal im Jahr, das ist doch wirklich nicht viel. Und trotzdem machen manche das nicht.«

»Die drücken sich, weil du sie lässt«, fährt Agnes dazwischen. »Also – was haben Sie gemeint mit Ihrer Bemerkung? Was ist mit Roland?«

Paula fixiert sie. »Wir müssen davon ausgehen, dass er ermordet wurde.«

Zum ersten Mal in dem Gespräch ist Agnes Schulze sprachlos.

Ihr Mann nutzt die Gelegenheit und ergreift das Wort. »Ermordet? Wieso das denn?« Mit einem Schlag wirkt er nicht mehr wie der nette, überforderte Vorsitzende. Sondern höchst wachsam.

Paula legt den Kopf schief. »Eine gute Frage. Genau die möchten wir klären.«

Der kurze Moment der Stille ist für Agnes Schulze schon wieder vorbei. »Wir sind eine hervorragende Gartengemeinschaft. Jeder respektiert den anderen. Von uns war das keiner. Niemals!« Natürlich, genau wie erwartet. Alles bestens. Alle haben sich super verstanden. Und doch ist einer tot.

Paula nickt Walter unmerklich zu. Der räuspert sich und sagt mit sonorer Stimme: »Es kommt ja überall mal zu kleineren Auseinandersetzungen. Das ist normal, wenn man so eng zusammenlebt. Und manchmal tanzt einer aus der Reihe. Was gibt es denn für Streit im Verein?«

»Gar keinen. Wir haben gesetzliche Vorgaben, die Streit vermeiden. Alles ist genau geregelt«, antwortet Agnes Schulze. »Und wem das nicht passt, der kann eben keinen Garten im Verein haben.«

»Nun ja, manchmal ist das schon etwas schwierig«, wendet der Vorsitzende ein. »Übertreiben muss man es mit den Vorschriften aber auch nicht, sag ich immer. Es kommt ja auch auf den Vereinsfrieden an.«

»Mit Sicherheit. Der geht vor«, bekräftigt Walter. »Ich kann mir vorstellen, dass es dem einen oder anderen nicht gefällt, die Regeln einzuhalten. Ich meine, Bundeskleingartengesetz – das klingt jetzt nicht gerade nach freiem Landleben, oder?« Wieder spricht er nur den Vorsitzenden an. Paula spürt förmlich, wie Agnes Schulze bei jedem seiner Worte angespannter wird. Sie ist es gewohnt, dass sie diejenige ist, die den Ton angibt. Dass Walter sie gar nicht beachtet, irritiert sie nicht nur, es macht sie offensichtlich wütend.

Abrupt steht Agnes auf. »Wir verstehen uns hier alle sehr gut, es gibt keinen Streit. Wir kennen unsere Gartenfreunde bestens. Niemand, ich wiederhole, niemand hatte Streit mit Roland. Es muss jemand von außerhalb gewesen sein. Jeder kann schließlich auf das Gelände, die Tore sind immer offen. Vermutlich waren es marodierende Banden aus Osteuropa. Davon liest man ja ständig in der Zeitung. Die wollen in den Garten einbrechen, Roland überrascht sie – und sie ermorden ihn heimtückisch. Man hört so was doch immer wieder. Aber die Polizei macht ja nichts gegen diese Banden. Lässt sie einfach unsere Freunde umbringen.«

»Die Umstände deuten darauf hin, dass es jemand aus dem Verein war«, sagt Paula gedehnt.

»Die Umstände. Was soll das heißen?«

»Dass die Umstände darauf hindeuten«, sagt Paula unbewegt.

»Papperlapapp. Ist die Obduktion überhaupt schon abgeschlossen? Das warten wir doch erst einmal ab, bevor wir über die Umstände nachdenken.« Ihr Blick geht demonstrativ zu der billigen Plastikuhr, die an der Wand über der Tür hängt. »Ich bleibe dabei: Suchen Sie Ihren Täter im Verbrechermilieu, und hören Sie auf, unbescholtene Bürger zu belästigen. Wenn Sie uns jetzt entschuldigen. Wir haben noch einiges zu erledigen.« Sie deutet auf die Tür.

Paulas Blick liegt auf dem Vorsitzenden. Sie ist sich sicher, dass er mehr weiß, als er bisher gesagt hat. Und dass er bereit ist zu reden. Aber Agnes verhindert das. Sie will auf keinen Fall, dass auch nur der leiseste Schatten auf den Gartenverein fällt. Im Verein verstehen sich alle. Im Verein halten sich alle an die Vorgaben. Im Verein ist alles bestens. Weil Kritik am Verein gleichbedeutend wäre mit Kritik an ihr. Und das wird sie keinesfalls zulassen. Ihr Mann fügt sich dem. Noch.

Paula nickt ihm noch einmal aufmunternd zu und verlässt den Raum. An der Küche bleibt sie stehen. Walter, der ihr gefolgt ist, sieht sie fragend an. »Und nun? Der ist so eingeschüchtert, der sagt gar nichts.«

»Stimmt. Da bleibt nur eins: Wir müssen ihm mächtiger erscheinen als seine Frau.«

»Ach? Und wie machen wir das?«

Paula spürt, wie sich ein Grinsen in ihr Gesicht schleicht. »Wart's ab.« Sie legt einen Finger auf die Lippen und winkt ihn hinter sich her.

PAULA

VON RICHTERN UND HENKERN

Im Zwielicht des Flurs blickt Paula auf die Uhr. »Sieben Minuten. Das reicht.«

Uwe und Agnes Schulze stehen noch immer im Büro und reden leise aufeinander ein.

»Du hättest es sagen müssen«, sagt Uwe Schulze gerade resigniert. »Das ist die Polizei. Was, wenn sie anfangen zu ermitteln?«

»Gar nichts werden die. Du bist einfach zu weich!«, zischt seine Frau.

»Aber du weißt doch, wie das mit Roland war. Die brauchen sich doch nur mal umzuhören. Und wir sehen plötzlich verdächtig aus. Es wäre doch besser, wir würden gleich alles sagen.«

»Was denn? Da gibt es nichts. Aber für so was hast du einfach kein Gespür. Du bist einfach ein Duckmäuser!«

Paula klopft an den Türrahmen. »Entschuldigen Sie bitte die Störung.«

Die beiden zucken zusammen, fahren auseinander. »Was ist denn?«, fragt Agnes Schulze gereizt.

Paula deutet auf das Regal. »Ich habe mein Handy liegen lassen. Das passiert mir andauernd.« Sie hebt entschuldigend die Hände.

»Das Handy?« Agnes und Uwe sehen sie entgeistert an, beider Blicke wandern zum Regal. Paula nimmt ihr

Telefon, schaut auf das schwarze Display und wendet sich zum Gehen. Doch dann dreht sie sich noch einmal um, legt den Kopf schief. »Was meinen Sie, werde ich darauf wohl zu hören bekommen?«

»Das ist, das ist …«, stottert Agnes, doch dann streckt sie den Rücken durch. »Wir haben uns nur unterhalten.«

»Ich habe doch gesagt, dass wir gleich offen sein sollten. Was ist denn schon dabei?«

»Du bist der Vorsitzende. Du hättest es sagen können. Habe ich dich etwa daran gehindert?«

»Was möchten Sie uns denn sagen?« Walter lässt sich wieder auf seinen Stuhl fallen, faltet die Hände.

»Roland hatte Streit mit Marcel Schilling«, sagt Agnes und verschränkt die Arme vor der Brust. Sie weiß, dass sie verloren hat. Doch das heißt noch lange nicht, dass sie klein beigibt. »Sonst kamen alle gut mit Roland aus. Aber Marcel gehört meiner Meinung nach rausgeworfen. Man sieht ja, wo das hinführt.«

»Immer hackst du auf Marcel herum.« Der Vorsitzende blickt zu Paula, die so aufrecht wie möglich dasteht und streng auf ihn herunterblickt. Wie zufällig spielt sie mit ihrem Polizeiausweis.

Nervös streicht sich der Vorsitzende über die Haare. Dann wendet er sich an Walter. »Es gab einen kleinen Streit wegen der Hecke. Sie ist etwas zu hoch. Roland Baumann war der Ansicht, deswegen würde sein Kirschbaum zu stark beschattet und nicht ordentlich wachsen. Wenn Sie mich fragen: Das lag nicht an der Hecke. Der Kirschbaum hat Pilze, Monilia, wenn mich nicht alles täuscht. Und warum? Weil Roland den Baum im Herbst geschnitten hat. Im Herbst! Kirschbäume schneidet man im Winter. Aber Roland meinte, dass der Baum viel zu viele Blätter abwirft und dass der grundsätzlich heruntergeschnitten gehört. Er hat ihn viel zu tief abgesägt. Ein Stümper. Dabei ist das ganz einfach, wenn man weiß, wie es geht.« Er schaut Bestätigung suchend zu Walter und erläutert: »Erst die alten und die herabhängenden Äste. Dann die steil nach oben wachsenden Triebe. Und immer oberhalb des Seitentriebs schneiden.«

Walter nickt. »Genauso würde ich es auch machen.«

»Uwe! Um den blöden Kirschbaum geht es hier gar nicht. Marcels Hecke darf nicht höher als einen Meter vierzig sein. Und sie ist fast zwei Meter. Basta.« Agnes presst empört die Lippen aufeinander. »Du hättest das bei Marcel durchsetzen müssen. Aber nein: Du sagst gar nichts. Ich weiß wirklich nicht, warum du ausgerechnet bei Marcel so zurückhaltend bist.«

Paula tritt zufrieden einen Schritt zurück und beobachtet, wie sich das Ehepaar nur noch auf sich selbst konzentriert und ihre Anwesenheit fast vollkommen vergisst. Genau darauf hat sie gehofft.

Der Vorsitzende schüttelt den Kopf. »Roland hat sich da reingesteigert. Der und sein Bundeskleingartengesetz. Den konntest du nachts wecken, und er sagt dir jeden Paragrafen auswendig auf – inklusive Kommentar.«

»Ich sehe nicht, was falsch daran ist, sich mit Recht und Ordnung auseinanderzusetzen.«

»Er hat sich über die anderen gestellt, das war falsch. Und letzte Woche diese Aktion, das ging gar nicht. Die arme Gaby, der war das so was von peinlich.«

Agnes Schulze macht eine abfällige Bewegung mit der

Hand. »Gaby. Wen interessiert die schon? Du hättest eben vorher reagieren müssen. Roland sah sich gezwungen zu handeln, weil du nichts gemacht hast. So war das.«

»Gezwungen zu handeln, von wegen. Der hat sich aufgespielt, wie immer. Dem ging es doch nie um das Bundeskleingartengesetz. Dem ging es nur darum, andere herunterzumachen. Ich sag bloß: der Baum von Siglinde.«

»Der ist nicht erlaubt. Viel zu groß, und die Eichhörnchen verteilen die Nüsse in den Gärten ringsum.«

»Und wenn schon. Der Baum steht seit fast fünfzehn Jahren dort. Wen interessiert es? Ein Riesenglück, dass Roland vom Gärtnern keine Ahnung hat. Nimmt die Heckenschere zum Baumfällen – bei einem Walnussbaum!« Er wendet sich an Walter. »Roland hat damit den Stamm natürlich nur angekratzt.«

»Selbstverständlich«, grinst Walter verschwörerisch. »Mit einer Heckenschere gegen einen Walnussbaum …, ehrlich!«

Paula ist sich ziemlich sicher, das Walter nicht die leiseste Ahnung hat, warum das nicht gehen sollte. Aber der Vorsitzende fühlt sich bestätigt. »Weiß jedes Kind, nur der Roland nicht. Und kaum merkt er, dass er bei dem Baum nicht weiterkommt, geht er rüber und nimmt sich Marcels Hecke vor. Seine eigene lässt er ja immer vom Rumänen aus Parzelle 23 schneiden, für jämmerliche fünf Euro die Stunde, das muss man sich mal vorstellen, da macht er sich nicht die Hände schmutzig. Haben Sie schon mal versucht, eine Hecke zu kürzen? Das ist richtig Arbeit. Dazu braucht man gutes Werkzeug. Das muss tipptopp gepflegt sein. Aber der Herr wusste es mal wieder besser. Das stumpfe Ding hat sich natürlich sofort festgefressen. Zum Glück hat Marcel dieser Farce ein Ende gesetzt.«

Agnes schnappt dazwischen. »Er ist gewalttätig, ich sage es immer wieder. Ich verstehe bis heute nicht, warum *du* nicht sofort eingegriffen hast. Du warst doch da. Immerhin wurde Roland verletzt.«

»Da war nichts. Roland ist nur in die Hecke gefallen.« Der Vorsitzende grinst Walter breit an. »Das ist Berberitze. Mit Dornen. Das muss ganz schön wehgetan haben. Ich selbst würde für eine Hecke nicht unbedingt Berberitze nehmen. Kirschlorbeer ist gut. Der wächst zwar nicht so schnell, ist aber immergrün. Am besten *Green Survival*.«

»Uwe, du kommst schon wieder vom Thema ab! Erzähl lieber mal, wie es wirklich war. Marcel ist ausgerastet. Das ist passiert.«

»Unsinn. Roland war derjenige, der völlig ausgeflippt ist. Er hat gezetert und geschrien. Die Spucke ist ihm aus dem Mund gespritzt, so hat er sich ereifert. Rumpelstilzchen ist gar nichts dagegen. Er würde Marcel wegen Körperverletzung anzeigen. Nach der Sache mit den Haien wäre er eh schon angezählt, und dann wäre seine Karriere endgültig vorbei. Wenn du mich fragst: Die Gerüchte, dass Marcel zu den Kölner Haien wechseln will, hat Roland in Umlauf gebracht.«

»Roland? Du spinnst. Warum?«

»Aus reiner Boshaftigkeit. Den hättest du sehen sollen, wie er da stand. Mit hochrotem Kopf, er war wie von Sinnen. Hat geschrien, er würde noch rausbekommen, was Marcel in der Laube treibt. Und dann …«

»Und dann hat Marcel zugeschlagen«, mischt sich

Agnes ein. »Roland hat es mir erzähl. Er war schwer verletzt, ich habe den blauen Fleck am Kinn ganz deutlich gesehen. Marcel gehört eingesperrt.«

»Das war ein einziger Schlag. Und wenn Sie mich fragen: Um den hat Roland geradezu gebettelt. Anders war der nicht mehr zu stoppen.«

»Angezeigt gehört das. Marcel ist gewalttätig, und was der sonst noch macht, will ich gar nicht wissen. Der verbirgt doch irgendwas hinter dieser hohen Hecke.«

Der Vorsitzende beachtet sie gar nicht, sondern beugt sich vor zu Walter. »Ich sage es Ihnen im Vertrauen: Roland war ein Denunziant. Immer wenn er meinte, einen Verstoß gegen das Bundeskleingartengesetz entdeckt zu haben, hat er das fotografiert und dem Stadtverband gemeldet. Hunderte Fotos hat der in den letzten Monaten geschossen, war nie ohne Kamera unterwegs. Wichtig machen wollte der sich, sonst nichts. Der Gaby war das total peinlich.«

»Ich würde ja zu gerne mal wissen, ob er Fotos von Marcels Garten gemacht hat«, wirft Agnes ein. »Ich sag dir: Der züchtet Drogen.«

»Da ist nichts, ich war doch da. Der will einfach nur seine Ruhe! Kann man ihm ja wohl kaum verdenken.« Er klingt, als würde er von sich selbst sprechen. Ein ruhiger Ort wäre für ihn sicher der Inbegriff des Glücks. Paula wettet, dass er kaum einen Schritt tun kann, ohne dass Agnes ihn mit Aufträgen bombardiert.

»Was braucht ein junger Mann seine Ruhe? Das ist doch Humbug! Aber du hast ja überhaupt erst dafür gesorgt, dass er den Garten bekommt.«

»Jetzt fang nicht wieder damit an.«

»Da waren noch mindestens fünf Leute vor ihm auf

der Liste, eine Wartezeit von mindestens einem Jahr. Aber nein, auf einmal hat Marcel den Garten. Und ausgerechnet die Parzelle, die eh schon verwahrlost ist, weil die alte Gründgens sie nicht mehr bearbeiten konnte.« Jetzt kommt sie selbst vom Thema ab. »Mit neunzig noch den Garten behalten wollen. Ich finde, mit spätestens achtzig sollte die Parzelle zwangsweise aufgegeben werden müssen. Was glauben Sie, wie oft es vorkommt, dass jemand ins Altenheim verschwindet, und wir stehen da mit einem völlig zugewachsenen Garten?«

»Die Leute hängen eben daran. Mein Gott – die Gründgens hat den Garten direkt nach dem Krieg übernommen. Für sie war der Teil ihres Lebens, sogar ihre Kinder sind hier groß geworden.« Der Vorsitzende fügt erklärend hinzu: »Unser Gartenverein ist eine alte Vertriebenensiedlung. Deswegen haben wir auch einige Steinhäuser. Die Leute mussten ja irgendwo wohnen damals.«

»Ich hoffe, das fällt der Politik heute nicht ein. Sonst haben wir plötzlich lauter Flüchtlinge vor der Tür. Ich sag es ja immer wieder: Diese Fremden überall. Da müssen Sie Ihren Täter suchen! Marodierende Banden …« Die Uhr an Agnes' Handgelenk unterbricht ihren Redeschwall mit einem lauten Piepsen. Sie zuckt zusammen. »Eine Stunde noch!«, sagt sie vorwurfsvoll in Richtung Paula. »Der Vorplatz ist noch voller Moos, die Theke muss dekoriert werden und überhaupt: Wir haben zu tun.« Sie deutet zur Tür.

Ihr Mann steht auf, wirft Walter einen Blick zu und zuckt mit den Schultern.

Walter nickt mitfühlend. »Frauen«, flüstert er.

Paula runzelt die Stirn. Ebenso wie Agnes Schulze. »Uwe, komm. Ich schicke dir jetzt die Männer zur Hilfe, sonst wirst du nie mit dem Vorplatz fertig. Und die Siglinde, wo bleibt die eigentlich? Die soll die Kuchenausgabe übernehmen. Die hat wohl was Besseres vor, als uns beim Sommerfest zu unterstützen. Eine Schande ist das. Jeder macht, was er will!« Und dann ist sie draußen.

COSMA

EIN HEXENRING UND DIE METAMORPHOSE DER ADOLESZENZ

Siglinde späht in Marcel Schillings Garten. »So habe ich mir das nicht vorgestellt.«

Ich dränge mich zwischen Gerda und Eddi hindurch neben sie. Wir stehen so dicht, dass ich ihr Parfüm rieche. Patchouli, es riecht so muffig, dass ich kaum atmen kann. Aber vielleicht ist es auch die Spannung, denn ich erwarte, riesige Gewächshäuser zu erblicken, in denen Drogen angebaut werden. Denn zufällig weiß ich, dass man Marihuana in unseren Breitengraden nicht ohne Schutz groß kriegt. Wir haben es mal ausprobiert, aus rein wissenschaftlichen Gründen natürlich. Eddi Mei-Zu hat hinter unserem Haus ein kleines Stück Erde umgegraben, ich habe die Samen gesetzt, die ich vorher bei dem netten jungen Mann gekauft hatte, der immer an der Ecke zum Park steht. Und dann haben wir gewartet. Es war sehr aufregend. Auch wenn erst einmal gar nichts passierte. Tagelang. Aber dann, im fahlen Licht der Morgensonne erste zarte Blätter. Ich war überwältigt. Im Geiste sah ich bereits riesige Stauden hinter unserem Haus, deren Blätter sich im Wind wiegen, und überlegte, wie wir den zu erwartenden Ertrag verarbeiten würden. Brauchten wir eine Erntemaschine? Saisonarbeiter? Lagerhäuser?

Am nächsten Morgen stand ich bereits um sieben auf und ging in den Garten. Schon auf der Terrasse fielen mir die vielen Schnecken auf. Es waren Hunderte, wenn nicht Tausende. Sie lagen auf dem Weg, dem Rasen, beim Beet, überall. Die meisten bewegten sich nicht, sie lagen einfach nur da und starrten apathisch vor sich hin. Zumindest soweit man das von einer Schnecke sagen kann. Zunächst war ich verwundert: Sollte etwa die Apokalypse genau auf unserem Grundstück beginnen? Aber dann fiel mein Blick auf unsere Plantage. Um es kurz zu machen: Alles war weg. Jeder einzelne Halm. Jedes Blatt. Jede Faser. Einfach aufgefressen. Noch tagelang wurde unser Garten von Schnecken belagert, und dabei habe ich sie jeden Morgen eingesammelt und über den Zaun zu unserer Nachbarin befördert. Ich habe ja schon oft von den Opfern gehört, die über die Jahrhunderte im Dienste der Wissenschaft gebracht wurden. Marie Curie und so. Aber es am eigenen Leib zu erleben war noch mal was anderes. Furchtbar.

Ich frage mich, wie Marcel Schilling das Problem mit den Schnecken löst. Vielleicht Gift. Bierfallen. Oder Rasierklingen im Boden. Was auch immer.

Gespannt schaue ich in den Garten. Und bin enttäuscht. »Das ist alles?« Vor uns liegt ein total langweiliges Grundstück. Eine Rasenfläche, die dringend einmal einen Schnitt benötigt hätte. Ein knorriger Apfelbaum. Eine kleine Laube. Mehr nicht. Keine Drogenplantage. Keine Gewächshäuser. Kein Garnichts.

»Das ist merkwürdig, finden Sie nicht auch, meine Liebe?«, fragt Herr von Itzenplitz.

»Allerdings«, bestätige ich. »Ich wette, die Schnecken haben seinen Bemühungen den Garaus gemacht.«

»Schnecken?« Herr von Itzenplitz sieht mich fragend an. Im gleichen Moment fällt mir ein, dass wir damals weder Gerda noch Herrn von Itzenplitz etwas von unserem Experiment erzählt haben. Gerda, weil sie einfach kein Geheimnis für sich behalten kann. Herr von Itzenplitz, weil er eine merkwürdig engstirnige Einstellung in Bezug auf halluzinogene Pflanzen hegt. Aber zum Glück geht er nicht näher auf meine Bemerkung ein, sondern sagt stattdessen: »Der Rasen ist viel zu hoch, überall wächst Unkraut. Und dort drüben: ein Hexenring.«

Siglinde schießt nach vorne. »Wo?« Sie hält zitternd ihr Vogelfederamulett hoch.

Herr von Itzenplitz deutet auf eine kreisförmige Stelle am Boden, aus der Pilze sprießen. »Ein Nelkenschwindling, wenn mich nicht alles täuscht. Offenbar ist der Boden zu nährstoffarm, er bräuchte eine Düngung. Für einen halbwegs versierten Gärtner sind diese Pilze gut in den Griff zu bekommen.« Er schüttelt den Kopf und hebt den Zeigefinger. »Für mich lässt das Ganze nur einen Schluss zu.«

Nun hat er unser aller Aufmerksamkeit. Wir starren ihn erwartungsvoll an.

Er räuspert sich. »Marcel Schilling hat seinen Garten vernachlässigt.«

Nun ja. Ich muss sagen, ich hatte etwas Großartigeres erhofft. Herr von Itzenplitz sieht unsere wenig begeisterten Gesichter und erläutert: »Verstehen Sie nicht? Der Junge entzieht sich den bourgeoisen Zwängen. Er begibt sich in den aktiven Widerstand gegen die herrschende Meinung, damit die Metamorphose der Adoleszenz ihn zur Reife führt.«

Siglinde sieht ihn fragend an. »Metamorphose der Adoleszenz?«

Gerda ballt vor Begeisterung ihre Hände vor der Brust. »Er meint: Der junge Jürgens ist ein Rebell! Er rebelliert mit seinem ungepflegten Garten gegen die kleingeistigen Kleingärtner.«

Siglinde blickt zu Eddi. »Rebellion hat kein Alter, es ist eine Frage der Leidenschaft«, haucht sie. Eddi wird rot.

»Aber«, lenkt Herr von Itzenplitz wieder unsere Aufmerksamkeit auf sich, »in diesem Fall müssen wir uns fragen, ob die Motivation tatsächlich kongruent ist.«

Ich nicke. »Ich gebe Ihnen völlig recht, mein lieber Itzenplitz.«

Die anderen sehen uns fragend an. Deswegen führe ich aus: »Marcel Schilling hat diesen Garten nicht gemietet, um zu rebellieren. Das könnte er überall. Zum Beispiel auf dem Eishockeyfeld oder bei seinen Eltern. Nein, er braucht den Garten für etwas anderes. Etwas, das er nur hier in der Abgeschiedenheit eines Gartenvereins machen kann. Etwas, das auf keinen Fall an die Öffentlichkeit gelangen darf.« Bei den letzten Sätzen habe ich die Stimme gesenkt.

Deswegen fahren alle zusammen, als Herr von Itzenplitz plötzlich ausruft: »Korrekt!« Mit Blick auf unsere entsetzten Gesichter dreht er an dem Regler des Hörgeräts an seinem Ohr.

Gerda sieht uns enttäuscht an. »Keine Rebellion?«

Ich schüttele den Kopf. »Nein, keine Rebellion.«

»Aber was macht er dann hier?«, fragt sie.

»Das werden wir gleich wissen.« Ich deute auf die Laube im hinteren Teil der Parzelle. »Ich wette, dort finden wir die Lösung!«

Die Hütte auf Marcels Grundstück ist ein winziges Steinhaus, auf dessen überdachter Terrasse eine hölzerne Hollywoodschaukel mit hübschen weißen Kissen steht. Siglinde mustert sie missmutig. »Meine Schaukel hält jetzt schon seit dreißig Jahren. Das war noch Qualität damals. Nicht so ein neumodischer Schnickschnack.« Sie klingt ein klein wenig neidisch. Aber für solche Gefühlsregungen habe ich keine Zeit. Ich versuche, durch die Fenster in das Innere der Laube zu sehen. Dicke Gardinen versperren mir die Sicht. Deswegen ziehe ich meinen Dietrich hervor. »Gerda, werden Sie auch diese Tür öffnen können?«

Sie wirft einen Blick auf das Schloss. »Ein einfaches Zylinderschloss. Kein Problem.« Sie nimmt meinen Dietrich, und keine fünf Sekunden später hat sie die Tür auf.

Siglinde hält ihr Vogelfederamulett hoch.

Eddi Mei-Zu zupft an seinen Ärmeln und versucht, einen verwegenen Ausdruck in seine Augen zu legen.

Herr von Itzenplitz streicht über sein Bärtchen und nickt mir zu. »Nach Ihnen, meine Liebe.«

Also gehe ich hinein.

COSMA

ABER SO WAS VON VERDÄCHTIG

Enttäuschend langweilig, dieser Raum, jedenfalls soweit ich in der Dunkelheit der zugezogenen Vorhänge erkennen kann. Auf einem Sisalteppich in der Mitte steht ein runder Tisch mit petrolfarbener Decke, perfekt abgestimmt auf die Sitzkissen der Stühle. Komplettiert wird das Bild durch eine zarte Vase mit einer einzelnen weißen Rose.

Aber aus kriminalistischer Sicht ist die Laube dennoch höchst spannend. Denn auf dem Tisch steht etwas, das mich veranlasst, sofort mein Diktiergerät aus dem Cape zu ziehen. »Wir befinden uns in Marcels Haus. Es ist stockduster, der Wind pfeift um die Mauern.«

Herr von Itzenplitz räuspert sich und sieht mich streng an. »Hier pfeift kein Wind.«

Ich überlege, beginne dann erneut. »Wir befinden uns in Marcels Laube. Es ist helllichter Tag.« Ich schüttle den Kopf. »Wo bleibt denn da die Stimmung?«

»Ein Ermittler sollte bei den Fakten bleiben.«

Also gut. Ich kann supersachlich sein. Auch wenn es völlig stupide, fad und geisttötend ist. Ich fahre fort: »Fakt 1: Der Tisch ist mit Tellern und Gläsern gedeckt. Fakt 2: Es sind *zwei* Teller und *zwei* Gläser. Fakt 3: Die Teller und die Gläser sind benutzt. Schlussfolgerung: Die vermummte Person war hier und hat gegessen und getrunken.« Ich frage mich, wer dieser Mensch ist. Vermutlich der Kopf der Drogenbande.

Siglinde hält ihr Vogelfederamulett hoch und bewegt sich langsam durch den Raum. »Ich spüre bedrohliche Schwingungen. Etwas Böses treibt hier sein Unwesen.«

Unbedingt. Der Raum ist derart überdekoriert, hier sieht es aus, als hätten sich Tine Wittler und ihr Team von *Einsatz in 4 Wänden* ausgetobt. Null Individualität. Wenn das die Rebellion der heutigen Jugend ist, dann sehe ich schwarz. Während die anderen an der Tür stehen bleiben und mir das Feld überlassen, begutachte ich Quadratmeter für Quadratmeter das Haus. Mein Blick fällt in den abgetrennten Anbau, und für einen winzigen Moment setzt mein Herz aus. In dem fensterlosen Raum erkenne ich einen Herd, eine Spüle – und darauf mehrere verdächtige Gegenstände. Ein gläserner Messbecher. Eine Küchenwage. Ein Spachtel. Ich wusste es. »Eine Drogenküche!«

Herr von Itzenplitz schaut stirnrunzelnd an mir vorbei auf die Spüle. Dann tritt er vor und schiebt die dunklen Vorhänge vor den Fenstern zur Seite. Auf einmal ist es taghell in der Laube. Ein Sonnenstrahl fällt auf die Spüle. Was meine Entdeckung leider nicht mehr ganz so verdächtig aussehen lässt. Jedenfalls runzelt Eddi Mei-Zu die Stirn. »Sind dat nischt Utensilien zum Tortenbacken?«

Hm, jetzt, wo er es sagt … Aber dann habe ich einen Geistesblitz: »Eine Torte! Er ist der Mörder.« Ich verschränke siegesbewusst die Hände vor meiner Brust. »Marcel hat die Torte mit dem Gift gebacken.«

»Hm«, sagt Herr von Itzenplitz gedehnt. »Aber woher

hatte er das Gift? Draußen im Garten haben wir nicht eine Blume und kein einziges Kraut gefunden.«

Zugegeben, das ist ein wunder Punkt in der Argumentationskette. Aber trotzdem: »Die Pflanze kann er überall besorgt haben. Vielleicht aus dem Botanischen Garten. Und die Reste hat er entsorgt. Abgeerntet und auf den Kompost geworfen.«

»Er hat keinen Komposthaufen«, wirft Herr von Itzenplitz ein. »Den hätten wir gesehen.«

»Dann auf den der Nachbarn. Siglinde, wir sollten Ihren Kompost kontrollieren.«

Sie sieht mich mit großen Augen an. »Sie wollen meinen Müll durchwühlen?«

Herr von Itzenplitz schiebt den Tortenschaber in der Küche nachdenklich hin und her. »Ich gehe eher davon aus, dass der junge Mann Kuchen gebacken hat. Schließlich ist heute das Sommerfest, und es soll ein Kuchenbuffet geben, wenn ich richtig informiert bin.«

Siglinde schüttelt sie den Kopf. »Kuchen backen nur die Frauen im Verein. Die Männer können das sowieso nicht.«

Ich schnappe nach Luft. Da habe ich den größten Teil der achtziger Jahre in lila Latzhosen verbracht und für die Frauenrechte gekämpft – und dann so was! Ich hebe gerade zu einer lautstarken Protestrede an, da sagt Herr von Itzenplitz: »Abseits der rollenreduzierten kategorischen Einordnung in überkommene Geschlechterverhältnisse ist der wesentliche Punkt, dass niemand von Marcel erwarten würde, einen Kuchen beizusteuern. Das lässt zwei Schlüsse zu: Erstens – er enthebt sich der aufoktroyierten Geschlechterrolle und protestiert mit einem eigenen Kuchen.«

Mit einem Mal wird mir Marcel Schilling sympathisch. Ich sehe ihn mit nacktem Oberkörper in einer lila Latzhose und erhobener Faust für Frauenrechte kämpfen. Keine schlechte Vorstellung. Wenn auch ein wenig abwegig. Schließlich haben wir ihn beobachtet. Er ist das Männerklischee schlechthin. Durchtrainiert und gewaltbereit. »Und die zweite Möglichkeit?«, frage ich deswegen.

Herr von Itzenplitz streicht über sein Bärtchen. »Er ist unser Mörder.«

Na also. Das sag ich doch die ganze Zeit.

Trotzdem. Es muss noch etwas anderes geben. Etwas, das wir einfach nicht sehen, obwohl es direkt vor unseren Augen liegt. In dem Moment bückt Herr von Itzenplitz sich.

»Haben Sie etwas gefunden?«, frage ich.

Er nickt und zeigt es mir. Hm, ich muss sagen, was ich da sehe, überrascht mich schon ein wenig. Und im nächsten Moment wird mir klar, was mir die ganze Zeit durch den Kopf schwebt. »Was uns fehlt, ist das Motiv«, sage ich, während Herr von Itzenplitz unseren Fund sorgfältig in der Brusttasche seines Jacketts verstaut. Als erfahrene Krimiautorin weiß ich natürlich, dass mit dem Motiv alles steht und fällt. Ohne Motiv kein Mord. Außer es ist Mord ohne Motiv.

»Brainstorming: Was könnte sein Motiv sein?«, sage ich und zucke zusammen, als Herr von Itzenplitz ausruft: »Mord, weil er glaubt, damit die Gerechtigkeit auf der Welt wiederherzustellen.« Sein Bärtchen zittert vor Aufregung.

Gerda schüttelt den Kopf. »Ich glaube, es liegt an seiner brutalen Natur. Er liebt es zu töten.« Sie nickt vehement.

Siglinde schielt hinüber zu Eddi Mei-Zu und haucht: »Mord aus Leidenschaft.«

Eddi Mei-Zu betrachtet seine Fledermausärmel: »Mord, um die Weltherrschaft zu erlangen.«

Alles in allem keine schlechte Sammlung. Aber ich bin mir nicht sicher, ob wir wirklich schon das eigentliche Motiv aufgeführt haben. Nachdenklich schreite ich durch den Raum. »Die hohe Hecke. Das aggressive Verhalten, wenn jemand in Marcels Garten will. Sein offensichtliches gärtnerisches Desinteresse: Wenn wir alle Indizien zusammenrechnen, bleibt nur ein einziges denkbares Motiv.« Ich bleibe stehen und recke den Finger in die Luft. »Mord zur Verdeckung einer Straftat. Eine Straftat, die hier an diesem Ort begangen wird. Hinter hohen Hecken. Wo niemand sie bemerkt.«

Plötzlich ist es sehr still in der Laube. Wir können den sanften Wind um die Mauern streichen hören. Dann räuspert sich Herr von Itzenplitz: »Aber hier ist ... nichts. Keine Drogen, keine Giftpflanzen, nichts Auffälliges.«

»Das ist richtig«, bestätige ich. »*Im Moment* ist hier nichts. Aber denken wir an die vermummte Person, die Siglinde gesehen hat. Warum schleicht sie sich nachts hierher? In welchem Verhältnis steht sie zu Schilling? Und vor allem: Wer ist sie? Das sind die Fragen, denen wir nachgehen müssen! Wenn wir die beantworten können, wissen wir, was hier vor sich geht.«

Die anderen sehen mich fragend an. »Und wie machen wir das?«

Bratwurstduft weht zu uns herüber und erinnert meinen Magen daran, dass die Mittagszeit schon längst vorüber ist. »Ganz einfach: Wir lassen ihn nicht aus den Augen. Ihn nicht und auch nicht die anderen Kleingärtner.« Ich strecke meine Hand in die Luft. »Auf zum Sommerfest!«

»Auf zum Sommerfest!«, antwortet mein begeistertes Team.

PAULA

WILLKOMMEN ZUM SOMMERFEST

Die Sonne scheint hell auf den Kiesweg, als Paula mit Walter zurück zum Vereinshaus geht. Sie streckt ihren schmerzenden Rücken durch. Die vergangenen Stunden hat sie damit zugebracht, auf ihrem kleinen Laptop alle Mitglieder des Vereins auf Akteneinträge zu prüfen und weitere Informationen zusammenzutragen. Die meisten Kleingärtner sind gesetzestreue Menschen, und abgesehen von Kleinstvergehen ist niemand auffällig. Bis auf Marcel Schilling, der vor zwei Tagen von Roland Baumann angezeigt wurde. Ganz offensichtlich ging es um den Vorfall mit der Hecke. Ein Zeuge beteuerte allerdings die Unschuld Schillings: Uwe Schulze. Der gab an, dass Marcel Schilling Roland Baumann nur versehentlich geschubst habe. Eine offensichtliche Lüge, denn die Spuren an der Leiche als auch Schulzes eigene Schilderung vorhin beweisen das Gegenteil. Paula fragt sich, warum der Vorsitzende Schilling derart zur Seite springt. Ihn gegen Agnes zu verteidigen ist eine Sache. Aber eine Falschaussage bei der Polizei ist etwas völlig anderes. Warum nimmt der Vorsitzende ein solches Risiko auf sich? Hat Marcel Schilling etwas gegen ihn in der Hand und zwingt ihn zu der Aussage? Oder handelt Uwe Schulze aus purer Freundschaft?

Schilling scheint allerdings nicht gerade der Typ Mensch zu sein, der tiefe Freundschaften schließt. Sein Vater ist ein bekannter Schläger, Vorsitzender einer Fanvereinigung, die als gewalttätig gilt. Eigentlich eine Seltenheit im Eishockey, wo die Kämpfe in der Regel auf dem Eis ausgetragen werden und nicht im Publikum. Von seiner Mutter konnte Marcel Schilling nie Hilfe erwarten, die hat die Familie früh verlassen. Marcel war erst vier, als sie sich davonmachte. So ist Marcel offenbar nichts anderes übrig geblieben, als sich zu fügen und das Leben zu leben, dass sein Vater sich für ihn wünschte: ein Eishockeyprofi der DEG in seiner Familie. Paula hatte kurzerhand Marcel Schillings Trainer angerufen. Der sagte, Marcel sei ein impulsiver, aber cleverer Spieler. Er habe Schwierigkeiten sich zu beherrschen, sei aufbrausend. Würde so jemand wirklich zu Gift greifen?

»Meinst du, sie wird ihnen gefallen?« Walter reißt Paula aus ihren Gedanken. Er balanciert die Plastikschachtel auf den Händen, die er am Morgen im Auto gelassen hatte.

Einige Männer in Jeans und Karohemd überholen sie und biegen zum Vereinshaus ein. Das Sommerfest hat begonnen. Wie Paula findet, eine perfekte Gelegenheit, um die Allianzen im Verein auszuloten. Denn in jeder Gemeinschaft gibt es einige, die sich verstehen, und andere, die sich ausgegrenzt fühlen. Welche Position nimmt Marcel Schilling ein? Welche der Vorsitzende und dessen Frau? Und viel wichtiger: Wo in der Gemeinschaft ist Roland Baumann zu verorten?

»Ich will mich nicht selbst loben, aber die Torte ist wirklich gut gelungen. Ich habe ein ganz besonderes Thema gewählt.« Walter trägt die Plastikschachtel vorsichtig, wie ein Pfarrer die Monstranz.

Seine Tortengebilde sind wahre Kunstwerke. Sie erfordern ein hohes Maß an handwerklichem Geschick und Geduld – beides Eigenschaften, die Paula an ihm schätzt. »Zeig mal!«

Er hebt vorsichtig den Deckel, damit sie einen Blick hineinwerfen kann. Es ist die Nachbildung eines Schrebergartens. Die ganze Torte ist grün eingefärbt, umrundet von einem Gartenzaun aus Zuckerguss. Obendrauf steht ein Gärtner mit einem Handrasenmäher, neben ihm ein Beet mit Möhren, Blumenkohl und sogar einem Spaten, der in der Erde steckt. Paula ist sprachlos. »Wow!«

Walter strahlt. »Zum Glück hatte ich die Grundtorte schon für ein anderes Projekt vorbereitet. Der Rasenmäher war kompliziert, die winzigen Messer haben mich fast um den Verstand gebracht. Aber schließlich habe ich es doch geschafft.« Mit Stolz betrachtet er sein Werk.

»Das ist wirklich klasse. Hast du sie für den Blog fotografiert?« Sie gehen unter einem großen Transparent hindurch, das über den sorgfältig geharkten Kiesweg gespannt ist. *Herzlich willkommen zum Sommerfest!*

»Ich habe die Bilder heute Morgen hochgeladen und schon ein paar Reaktionen bekommen.« Er strahlt. »Einige der Kuchen für das Sommerfest sahen vorhin übrigens herrlich aus. Ich bin gespannt, wie sie schmecken. Natürlich sind die Gärtner vorrangig Back-Laien, aber die darf man nie unterschätzen. Es wird das eine oder andere Highlight dabei sein.«

Inzwischen sind sie beim Vereinshaus angekommen. Schwatzende Gärtner sitzen auf langen Holzbänken, freudiges Gelächter hallt über die Büsche, und Grillgeruch wabert durch die Luft. Plötzlich schießt Agnes Schulze zwischen zwei Kleingärtnern hervor, denen das

Bier aus den Gläsern schwappt bei so viel Ungestüm. Sie starrt Paula und Walter an. »Was machen Sie denn hier? Sie wollen doch nicht etwa heute *hier* ermitteln?« Agnes Schulze trägt ein rotgeblümtes Sommerkleid und drückt einen gelben Plastikeimer mit Losen an ihre Brust.

Walter hält seine Torte hoch und lüftet den Deckel etwas. »Für das Sommerfest. Mit besten Grüßen von der Mordkommission.«

Agnes Schulze starrt auf den Marzipangärtner und die nachgebildeten Blumen. »Oh, das ist … Haben Sie das selbst gemacht?« Wider Erwarten klingt eine Spur Anerkennung mit, die allerdings nur für den Bruchteil einer Sekunde anhält. Sie deutet auf das Vereinsheim. »Der Kuchentisch ist drinnen. Aber bringen Sie nichts durcheinander, Elke wird Ihnen helfen.«

Paula folgt Walter in das Haus. Dort geht es nicht weniger geschäftig zu als draußen. Eine etwa vierzigjährige Frau mit ausladender Oberweite verteilt Tortenstücke auf Pappteller. »Jedes Stück zwei Euro«, sagt sie zu Paula. Dann fällt ihr Blick auf Walters Torte. »Ist die für uns? Moment, ich räume mal die Mitte des Tisches frei, dieses Wunderwerk bekommt einen besonderen Platz.« Eifrig schiebt sie einige Kuchen beiseite. »Stell ihn hierhin«, sagt sie zu Walter und mustert ihn von oben bis unten. Kurz bleiben ihre Augen an seinem Hawaiihemd hängen. »Das sind aber hübsche Papageien. Endlich mal ein Mann mit Mut zur Farbe, das ist selten.« Sie lächelt ihn offensiv an und nimmt dann ein Pappschild hoch. »Was darf ich draufschreiben?«

Walter sieht sie fragend an. »Bitte?«

»Dein Name. Wir versehen doch jede Torte mit Namen. Man will ja schließlich wissen, wessen Kuchen man da isst.«

Walter nennt ihr seinen Namen, und sie schreibt ihn in großen Lettern auf das Kärtchen. Dann sieht sie ihn vieldeutig an und schnurrt mit tiefem Vibrato: »Ich bin übrigens die Elke aus Lohhausen.« Sie deutet auf eine große Mohnkuchenplatte. »Das ist meiner, nach einem alten Geheimrezept meiner Großmutter. Möchtest du ein Stückchen?«

»Aber gerne. Ich nehme gleich zwei davon. Und dann noch die, die und die.« Walter deutet auf einen Marmorkuchen, einen Apfelkuchen und einen russischen Zupfkuchen.

Elke lacht. »So ist es gut. Der Meinige konnte auch nicht vom Süßkram lassen, Gott hab ihn selig. Hiervon auch?« Sie deutet auf eine interessant aussehende Torte mit gelbem Belag und Pistazienrand. »Zabaione-Creme-Torte mit Eierlikör und in Biskuit eingebackenen Johannisbeeren, ein echter Hingucker. Ist von der Großen Vorsitzenden.« Sie zwinkert ihm verschwörerisch zu. »Ich weiß nicht, wo die die Zeit hernimmt. Die ist doch schon seit Wochen nur noch mit dem Sommerfest beschäftigt.«

Walter schüttelt den Kopf. »Nein, danke. Ich bin mehr für die einfachen, aber überaus schmackhaften Dinge. Wie russischen Zupfkuchen.« Er lächelt.

Elke beugt sich unnötig weit vor, als sie die Kuchen auf den Teller schiebt. Ihre Blicke wandern zu Paula. »Möchte deine Frau auch etwas?«

»Meine Frau?« Er schüttelt den Kopf. »Das ist nicht meine Frau, das ist meine Kollegin.«

Paula zeigt ihr Wir-sind-die-Polizei-dein-Freund-und-

Helfer-Lächeln. »Kriminalpolizei Düsseldorf. Wir ermitteln im Todesfall Baumann. Sie haben davon gehört?«

Ein Funke glimmt in Elkes Augen auf. »Ja, natürlich. Das ist unvorstellbar. Ein Toter bei uns im Verein. Es heißt, er sei vergiftet worden.«

Ohne die unausgesprochene Frage dahinter zu beantworten, entgegnet Paula: »Haben Sie ihn gekannt?«

Zu Paulas Bedauern schüttelt Elke den Kopf. »Mein Garten liegt auf dem Vereinsgelände in Lohhausen. Unser Verein ist ja auf mehrere Blöcke aufgeteilt, wir haben wenig miteinander zu tun. Außer bei den Feiern sehen wir uns nicht.« Sie beugt sich vor. »Man hört aber so allerlei. Die Agnes will zwar nicht, dass wir darüber reden. So eine Geschichte in ihrem Verein … Aber ganz ehrlich: Mord!« Sie schaut zu Walter auf, als sei er Horst Schimanski persönlich. »Stimmt das denn, dass er ermordet wurde?«

»Wir können noch nichts Genaues sagen.« Paula wirft einen prüfenden Blick über die Torten. »Hat eigentlich jeder aus dem Verein etwas zur Kuchentheke beigesteuert?«

Falls Elke verwundert über die Frage ist, lässt sie es sich nicht anmerken. »Aber sicher, die Agnes achtet sehr darauf. Sie führt eine Liste.« Elke greift unter den Tisch und reicht Paula einen Zettel rüber. Hinter jedem Namen ist ein Häkchen, bei einigen hat Agnes handschriftliche Notizen dazugefügt. »Einfacher Sandkuchen. Vermutlich gekauft« oder »billigste Zutaten« und »kein Talent, nächstes Mal andere Arbeiten zuteilen«.

Paula überfliegt die Namen, es fehlt niemand. Tief in ihrem Inneren hatte sie gehofft, an der Kuchentheke zumindest einen Hinweis zu bekommen. Aber vielleicht gibt es noch eine andere Möglichkeit. Sie zieht das Foto der Gifttorte hervor. »Mein Kollege Walter würde gerne die Bäckerin dieser Torte kennenlernen. Er ist nämlich Gründer eines Schichtkuchenforums und immer auf der Suche nach Talenten. Haben Sie diesen Kuchen vielleicht schon mal gesehen?«

Elke sieht sich das Foto interessiert an, dann schüttelt sie bedauernd den Kopf. »Nein, so eine hatten wir hier noch nie. Ich müsste es wissen, ich mach immer den Kuchenverkauf.« Sie strahlt Walter an. »Die Torte auf dem Bild ist auch längst nicht so schön wie Ihre. Die könnte es mit jedem Konditormeister aufnehmen. Das ist bestimmt sehr schwer, so etwas zu zaubern.«

»Etwas handwerkliches Geschick gehört dazu. Aber es ist durchaus zu lernen. Wir haben in unserem Forum auch einen Blog mit Videos, da zeigen wir Schritt für Schritt, wie es funktioniert.«

»Ich kann mir Sie gut als Lehrer vorstellen, Sie haben so eine vertrauenerweckende Stimme.« Sie schaut ihm tief in die Augen. »Sie sollten Kurse anbieten.«

»Ach ja? Keine schlechte Idee. Wenn Sie mögen, können wir uns vielleicht nachher über Kuchen austauschen.«

Elke schmachtet ihn an, als ob sie lieber etwas völlig anderes austauschen möchte.

»Gibt es eigentlich irgendwelche Gerüchte zu Roland Baumanns Tod?«, fragt Paula.

Elke löst widerwillig ihren Blick von Walter und wendet sich Paula zu. »Es heißt, das waren Auswärtige. Vermutlich irgendwelche Einbrecher, die er überrascht hat.«

Natürlich. Marodierende Banden.

PAULA

DAS GEHEIMNIS DER ZABAIONE-CREME-TORTE

Beim Hinausgehen stupst Paula Walter an. »Wäre gut, wenn du dich nachher mal mit Elke unterhältst. Ich hab das Gefühl, die weiß noch das eine oder andere.«

»Wird gemacht.« Walter balanciert vorsichtig die Teller. Als er Paulas Grinsen bemerkt, sieht er sie fragend an. »Was ist?«

»Du hast es nicht gemerkt, oder?«

»Was?«

»Dass Elke dich attraktiv fand.«

Er reißt die Augen auf und dreht sich zum Haus um. »Attraktiv? Wie kommst du denn darauf?«

»Oh Mann, Walter. Sie hat dich angemacht. Die ganze Zeit. Das musst du doch gemerkt haben. *Ich kann mir Sie gut als Lehrer vorstellen*.«

»Wir haben über Kuchenbacken geredet.«

Paula bleibt stehen. »Sie nicht. Ganz eindeutig nicht.«

»Aber Paula, ich wollte wirklich nicht, ich hab … oh Gott.« Er schiebt seine Brille hoch und schaut verzweifelt zurück zum Vereinshaus.

»Wieso? Sie ist eine durchaus ansprechende Person.«

»Ja, schon, aber …«

Sie schüttelt den Kopf. Seit sie Walter kennt, hat er

ein Problem mit Frauen. Seit Jahren ist er in Rosalie aus der Spurensicherung verliebt. Hoffnungslos wohlgemerkt, denn Rosalie betrachtet ihn als guten Kumpel, einen Freund, bei dem sie ihren Liebeskummer abladen kann. Paula hakt sich bei ihm unter. Manchmal ist er immer noch ihr Walter, der seit der vierten Klasse neben ihr sitzt. Der von ihr morgens in der Straßenbahn die Hausaufgaben abschreibt, für den sie das Ekel Axel aus der 6b verprügelt hat und der ihr seit Jahren immer als Ruhepol zur Verfügung steht. Sie möchte ihn nicht missen.

Sie steuern einen Stehtisch am Rande des Geländes an, wo Walter vorsichtig den Teller abstellt. Seine Kuchengabel kreist über den Stücken. »Ich glaube, ich nehme den Mohnkuchen.«

»Was sagst du eigentlich zu der Zabaione-Creme-Torte der Frau Vorsitzenden? Das war die anspruchsvollste Torte auf dem Tisch. Wenn Agnes Schulze die beherrscht, könnte sie dann nicht auch die Schichttorte mit dem Gift hergestellt haben?« Sie nimmt sich von dem Apfelkuchen.

Walter schiebt sich eine Gabel Mohnkuchen in den Mund. »Der Mohnkuchen ist wirklich göttlich. Viel Schmand, viel Butter. Alles perfekt gebacken, keine Sekunde zu kurz, keine zu lang. Die Elke versteht was vom Backen. Ich sag ja, sie wollte über Kuchen reden, mehr nicht.« Er spießt ein weiteres Stück auf die Gabel, und Paula glaubt schon, er hat ihre Frage überhört. Doch dann sagt er: »Die Zabaione-Creme-Torte ist tatsächlich eine eher schwierige Komposition.«

»Wirklich? Das heißt, die Frau Vorsitzende hätte die Fähigkeiten?«

Walter schüttelt den Kopf. »Der Konditor an der Nordstraße. Der hat die Fähigkeit, so etwas zu backen. Nicht Agnes Schulze.«

Paula sieht ihn überrascht an. »Der Konditor? Du meinst, die Torte ist gekauft?«

»Ganz genau. Zabaione-Creme-Torte mit Eierlikör und in Biskuit eingebackenen Johannisbeeren. Eine Spezialität des Hauses. Ich habe sie schon einige Male gegessen. Ein Traum. Die würde ich überall erkennen.«

»Aber die frisch abgewaschene Kuchenform in der Küche …«

»Muss gar nichts heißen. Meine Tante Berta macht das genauso, wenn wir eingeladen sind. Sie gibt eine Großbestellung beim Konditor auf. Und dann tut sie so, als wäre alles selbst gemacht. Inklusive gut sichtbarer Kuchenform.«

»Das würde zu Agnes passen. Ihre Torte muss etwas Großartiges sein, gegen die anderen hervorstechen.« Paula klopft sich mit der Gabel nachdenklich gegen die Lippen. Agnes Schulze ist die unübersehbare Königin des Kleingartens, und das zeigt sie allen zu jeder Zeit. Der Verein ist ihr Werk, ihr Herzblut steckt darin, und sie verwendet ihren gesamten Ehrgeiz darauf, alles perfekt zu gestalten. Und genau dieses Werk hat Roland Baumann immer wieder angekratzt, indem er jedes noch so kleine Vergehen anzeigte. Mit jeder Beschwerde verdeutlichte er ihr und allen anderen: Ich weiß es besser. Gleichzeitig ist Agnes in der Angelegenheit an sich machtlos. Es ist ihr Mann, der den Beanstandungen nachgehen muss. Und der kennt lediglich eine Strategie: Den Weg des geringsten Widerstandes. Nur nicht auffallen. Nicht kontra geben. Und schon gar nicht kämpfen.

Kämpfen ist Agnes' Natur, nicht die ihres Mannes. Und genau das kann sie gegen Roland Baumanns Beschwerden nicht. Sie kann nur hilflos zusehen, wie er Stück für Stück ihr Lebenswerk demontiert. Baumann hat das empfindliche System des Vereins gestört. Paula stellt sich vor, wie die Wut in Agnes Schulze mit jeder Beanstandung Baumanns ansteigt. In deren Augen führte Roland keinen Krieg gegen die Gärtner als Gemeinschaft. Er führte Krieg gegen sie persönlich. Er erschütterte das, was ihr in ihrem Leben am wichtigsten ist: ihr Ansehen. Sein Vorgehen muss für Agnes ein Affront ohnegleichen gewesen sein.

An diesem Punkt ihrer Überlegungen angekommen, sieht Paula Walter an. »Es könnte auch ganz anders gewesen sein. Baumann wird wegen seiner vielen Eingriffe in das Vereinsleben für Agnes zur Bedrohung. Und sie will dem ein Ende setzen. Was, wenn sie die Kuchenform tatsächlich benutzt hat? Sie backt ihm eine Torte, überreicht sie ihm als Friedensangebot. Anschließend fehlt ihr wegen der Vorbereitungen zum Sommerfest die Zeit für ein zweites herausragendes Backwerk. Deswegen kauft sie die beim Konditor. So wahrt sie den Schein, und niemand würde darauf kommen, was wirklich passiert ist.«

Walters Augen werden groß. »Du meinst, dass sie Roland Baumann vergiftet hat?«

PAULA

EINE REDE UND EIN ÜBERRASCHENDER GAST

Paulas Blick folgt Agnes Schulze, die von Gruppe zu Gruppe geht und mit verkniffener Miene den Loseimer hochhält. Kaum einer der Besucher des Sommerfestes verweigert sich, alle zücken sofort ihr Portemonnaie. Die Gärtner, die am Vormittag die Tombola aufgebaut haben, stehen wieder beisammen und beobachten, wie Agnes nun auffordernd vor Marcel Schilling steht. Paula erkennt ihren Wortführer wieder, einen dicken Mann mit verschwitztem Gesicht und glasigen Augen. Er stupst seine Kollegen an und ruft: »Marcel, du willst doch wohl Lose kaufen?«

Marcel wendet sich ab. »Kein Bedarf.«

»Aber es gibt wieder erstklassiges Ameisengift. Hast du das nicht letztes Jahr schon zielführend eingesetzt?« Der Mann lacht schallend, die anderen fallen mit ein.

Bis ihr Blick auf Agnes Schulze fällt, deren Nase spitz in die Luft ragt. »Gerade heute einen solchen Scherz zu machen ist geschmacklos. Wenn ich euch erinnern darf: Roland ist tot.« Das Lachen verstummt schlagartig. Die Gärtner schauen betroffen zur Seite.

Das gellende Kreischen eines Mikrofons durchbricht die betretene Stille. Der Vorsitzende ist auf die improvisierte Bühne beim Festzelt getreten. »Liebe Gartenfreunde.« Ein weiterer schriller Ton lässt alle zusammenfahren. Uwe Schulze schreckt zurück, blickt hinüber zu seiner Frau. Die wedelt mit der Hand. Ihre Lippen formen ein ungeduldiges: *Mach weiter*! Er geht einen Schritt nach vorn, räuspert sich, seine Augen fliegen über den Zettel, den er mit zitternder Hand hält. »Liebe Gartenfreunde, ich möchte euch zum diesjährigen Sommerfest willkommen heißen.« Das Gemurmel erstirbt, und die Gärtner wenden sich ihm zu. Uwe Schulze umklammert das Mikrofon, weiß treten die Fingerknöchel hervor. »Unser gemeinsames Fest ist jedes Jahr der Höhepunkt unseres Vereinslebens. Viele Monate bereiten wir diesen Tag vor. Und auch in diesem … Jahr haben zahlreiche hilfreiche Hände zum Gelingen dieser Veranstaltung beigetragen. Düsseldorfer Unternehmen haben für unsere … Tombola gespendet, die Frauen fleißig gebacken und die Männer das Vereinshaus … vorbereitet. Ich, ich möchte euch für euren Einsatz danken.«

Während er spricht, formt Agnes Schulze mit den Lippen die Worte einzeln mit. Auf ihrem Gesicht spiegelt sich die gewünschte Intonierung wider. Es ist offensichtlich, wer die Rede geschrieben hat.

Der Vorsitzende streicht sich nervös über die Haare. »Das Sommerfest ist … äh … jedes Jahr ein Tag, an dem wir gemeinsam feiern, lachen und die Sorgen des … des Alltags vergessen. In diesem Jahr aber ist alles anders. Ein … ein Freund wurde gestern unvermittelt aus unserer Mitte gerissen.« Uwes fahriger Blick huscht über die Köpfe der Schrebergärtner. »Roland Baumann war erst seit einigen Jahren Mitglied in unserem Verein. Und doch … hat er sich in dieser Zeit zu einem geachteten

Gartenfreund entwickelt. Zweifellos hatte er Schwächen. Aber wir … aber wir können dennoch sicher sein: Er wollte für den Verein nur das Beste. Er war nicht nur ein Mitglied, er war ein … Freund.« Wieder schielt er auf seinen Zettel und leiert die nächsten Sätze im Eiltempo herunter. »Ein Freund, der sich für die Belange des Vereinslebens einsetzte. Ein Freund, auf den man sich verlassen konnte. Ein Freund, den wir vermissen werden.«

Die Gärtner klatschen verhalten. Ob es an der Art des Vortrages oder dem Inhalt liegt, ist schwer auszumachen. Paula sieht in einige verschlossene Gesichter, andere wiederum scheinen mit ihren Gedanken ganz woanders zu sein. Irgendwo kichert eine Frau, ein kleines Kind wirft aus dem Sandkasten ein Förmchen mit Schlamm auf den Rasen und betrachtet verzückt den Dreck, den es verursacht. Das erneute Quietschen des Mikrofons lässt es zusammenzucken, sich mit großen Augen umsehen und dann zu einem Heulen ansetzen.

»Roland Baumann hat das Sommerfest tatkräftig unterstützt. So schwer es uns fällt, wir müssen nach vorne sehen. Heute wollen wir feiern, so wie er sich das von uns gewünscht hätte. Morgen … morgen jedoch möchten wir den Tag nutzen, seiner zu gedenken. In Erinnerung an seine … Geradlinigkeit möchten wir ihm diesen Apfelbaum widmen, den wir beim Vereinshaus pflanzen werden.« Er deutet auf ein in Jute eingepacktes Bäumchen, das an der Seite des Zeltes neben den Tombolagewinnen lehnt. »Ich bin mir sicher, wenn Roland …« Unvermittelt bricht er ab und starrt über die Menge hinweg. Jeder erwartet, dass er weiterspricht, doch er hält unverwandt den Blick auf die Pforte zum Vereinsgelände gerichtet. Schließlich drehen sich die ersten Kleingärtner um. Aufgeregtes Murmeln erhebt sich, eine Gasse öffnet sich und lässt den Blick auf Gaby Baumann frei. Sie steht an der Pforte, dunkle Ringe unter den Augen, die Lippen fest aufeinandergepresst. Ein schwarzes Kleid flattert im aufkommenden Wind um ihre Waden. Ihr Auftreten wirkt wie eine Kampfansage. *Ich lasse mich nicht unterkriegen.*

Das Gemurmel erstirbt, und Stille setzt ein. Alle Augen liegen auf Gaby, die aufrecht durch die Menge schreitet und sich auf die Bank an der Bühne gleiten lässt, wo man ihr Platz macht. Sie nickt dem Vorsitzenden zu. »Fahr ruhig fort, Uwe.«

Schweiß liegt auf Uwes Oberlippe, sein Blick ist starr auf Gaby gerichtet. Er schluckt, dann schaut er auf und fährt fort: »Auch … auch wenn es uns schwerfällt, wir müssen nach vorne sehen. Ich bin mir sicher, wenn Roland heute bei uns sein könnte, würde er … er sagen: *Feiert! Feiert und denkt an mich.* In diesem Sinne wünsche ich ihm dort oben und uns hier unten viel Freude!« Er wirkt erleichtert, seine Rede beendet zu haben. Und diesmal brandet tatsächlich Applaus auf. Agnes Schulze klatscht am stärksten und blickt sich stolz um.

Der Vorsitzende steigt von der Bühne und bahnt sich den Weg zu Gaby Baumann. Die steht auf und sieht ihn mit einem müden Blick an. »Uwe«, sagt sie tonlos.

Nervös wischt der Vorsitzende sich den Schweiß von der Oberlippe, dann hält er Gaby unbeholfen die Hand hin. »Mein Beileid, Gaby.« Er wirkt steif, als überfordere ihn die Situation. Gaby Baumann steht dagegen aufrecht, nur ein leises Flackern in ihren Augen macht ihre innere Anspannung sichtbar.

Plötzlich geht Agnes Schulze auf die beiden zu, nimmt Gaby von hinten bei den Schultern und dreht sie zu sich um. »Gaby, dass du hier bist. Trotz alldem.« Sie drückt sie an sich.

Gaby Baumann lässt es wie eine Puppe mit sich geschehen. Doch Paula bemerkt den Ausdruck in ihrem Gesicht: purer Abscheu.

»Komm, du musst was essen.« Agnes Schulze schiebt Gaby Baumann in Richtung Vereinshaus, der Vorsitzende folgt ihnen mit hängendem Kopf.

Ein Sänger im Elvis-Outfit betritt die Bühne, fängt unvermittelt an zu singen. »Are you lonesome tonight? Do you miss me tonight? Are you sorry we drifted apart?« Murmeln hebt an, einige der Gärtner wenden sich erleichtert dem Bier zu, andere fangen an zu wippen. Paula, die die Szene von ihrem Stehtisch mit Walter verfolgt hat, fällt eine besonders lautstarke Mitsingerin hinter sich auf.

Sie dreht sich um, sucht die Runde nach der Stimme ab. Und seufzt. »Mutter.«

PAULA

MORD AUF DEM NIL

Cosma steht mit Herrn von Itzenplitz ein kleines Stück entfernt verdeckt hinter einer breitblättrigen Palme. Theatralisch reißt sie die Hände hoch. »Ach Kind, ich habe dich gar nicht gesehen. Bist du schon lange da?«

Paula misst mit den Augen den Abstand zwischen der Palme und sich selbst. »Das weißt du genau. Du hast uns belauscht.«

»Paula, du bist so was von misstrauisch. Als ob ich es nötig hätte, dir hinterherzuschnüffeln.«

Paula deutet nach unten. »Da sind Schleifspuren auf dem Boden. So als hätte jemand den Palmenkübel Zentimeter für Zentimeter nach vorne gerückt.«

»Manchmal glaube ich wirklich, du leidest unter Verfolgungswahn, mein Kind. Das solltest du untersuchen lassen. Walter, wie schmeckt der Kuchen?«

»Sehr gut, Frau Cosma.«

»Mutter, lenk nicht ab. Was macht ihr hier?«

»Wir? Nichts. Wir feiern. Das hier ist eine öffentliche Veranstaltung.« Cosma kommt zu ihnen an den Stehtisch geschlendert. Sie trägt rotgepunktete Gummistiefel und ihr kanariengelbes Cape. Sie lächelt ein äußerst unschuldiges Lächeln. »Und was macht ihr so? Habt ihr schon etwas herausbekommen?«

»Nichts, was wir mit dir teilen möchten. Apropos: Was habt ihr gestern Nacht im Garten des Toten gemacht?«

Cosma fährt mit der Fingerspitze einen kleinen Kratzer am Stehtisch entlang. »Wie kommst du darauf, dass wir da waren?«

»Abdrücke von Birkenstockschuhen.«

Cosma deutet auf ihre Füße. »Gummistiefel. Keine Birkenstocks.«

Paula legt den Kopf schief und schweigt. Eine gute Methode, ihre Mutter zum Reden zu bringen. Die hasst Schweigen. Und tatsächlich, nach wenigen Sekunden platzt es aus Cosma heraus: »Ja, wir waren da. Denn es weiß ja jeder, dass der Täter immer an den Tatort zurückkehrt. Ich verstehe nicht, warum die Polizei das nicht aktiv in ihre Arbeit einbindet.«

»Es ist ein Mythos. In den meisten Fällen meidet der Täter den Tatort.«

»Unsinn, seine Tat lockt ihn zurück. Und außerdem gibt uns der Erfolg recht.«

»Welcher Erfolg?«

»Wir haben den Täter gestellt.«

»Und wo ist er?«

»Entkommen.« Sie setzt ein trotziges Gesicht auf. »Du brauchst gar nicht so zu gucken. Wir haben eine sehr wichtige Entdeckung gemacht.«

»Ach?«

»Ach!«

»Und welche?«

Cosma lehnt sich verschwörerisch vor. »Der Mörder trug Gummistiefel. Dunkelgrüne Gummistiefel.«

Mit einem Mal fällt Paula auf, wie ruhig es um sie herum geworden ist. Die Schrebergärtner starren sie an, dann wandern ihre Blicke zu den Füßen der Nebenstehenden. Allerdings ist die Gummistiefel-Quote heute äußerst gering. Die meisten Gärtner sind in Zivil. Kleider und Jeans beherrschen das Bild, an den Füßen trägt man Sandalen oder Flip-Flops. Trotzdem betrachten die Kleingärtner einander misstrauisch.

Paula zieht Cosma hinter die Palme. Ein Blatt kitzelt sie im Nacken. »Mutter! Du hast nicht zu ermitteln! Ein für alle Mal. Weißt du, wie gefährlich das ist? Wenn ihr wirklich auf den Täter getroffen seid, dann hätte er euch töten können.«

»Die Gefahr bestand nicht. Wir waren in der Überzahl.«

»Halte dich in Zukunft aus dem Fall heraus. Das ist kein Spaß. Wer einmal tötet, kann es auch ein zweites Mal tun. Keine Besuche mehr im Schrebergarten. Keine Ermittlungen. Ihr seid nicht die Fünf Freunde, die aus jedem Abenteuer mit einem blauen Auge davonkommen. Das war verdammt gefährlich letzte Nacht!«

»Dann willst du nicht wissen, was wir herausbekommen haben?«

»Nein, will ich nicht.«

Diesmal ist es Cosma, die ihren Kopf schief legt und schweigt.

Paula seufzt. »Also gut – was hast du herausbekommen?«

Cosma macht eine theatralische Pause. Doch dann platzt sie heraus: »Wie gesagt, da war jemand im Garten. Der Mörder. Als er uns bemerkt hat, ist er in die Laube gelaufen. Nicht etwa geflohen. Das ist doch merkwürdig, oder?«

»In die Laube?« Diese Information ist wirklich interessant. Paula betrachtet ihre Mutter und fragt sich, ob das wieder eine ihrer Fantasiegeschichten ist. Es könnte aber auch die Wahrheit sein. Cosmas Augen leuchten vor Begeisterung, und sie nickt aufgeregt wie ein Wackeldackel. »Ja, und er hat was mitgenommen.«

»Was denn?«

»Das konnte ich nicht erkennen.«

Paula atmet tief durch. »Wie sah es denn aus?«

Cosmas Augen wandern nachdenklich nach oben. »Groß. Und unhandlich.«

»Groß wie eine Leiter oder groß wie eine Handtasche?«

»Weder noch. Irgendwas dazwischen. So länglich und hinten breiter.« Sie malt einen unförmigen Kasten in die Luft. »Ich wette, das war dieser Marcel, dieser junge Mann, der seinen Garten gegenüber von dem des Toten hat. Weißt du, wie sie ihn nennen? Den *Killer*.«

»Er ist Eishockeyspieler. Das ist sein Kampfname.«

»Mache das, was du verbergen willst, offensichtlich, und niemand wird es bemerken. Laotse. Oder war es Konfuzius? Egal. Jedenfalls kannte schon Agatha Christie den Trick, jemanden so verdächtig erscheinen zu lassen, dass er dem Leser allein deswegen unverdächtig ist. Und dann, nach etlichen Wendungen, wenn niemand mehr an ihn denkt, ist er es doch. Denk nur an *Mord auf dem Nil*.«

»Hier ist nicht der Nil, noch nicht einmal die Düssel.«

»Dieser Marcel versteckt irgendwas in seinem Garten. Hast du gesehen, wie hoch die Hecke ist? Ich habe ja gedacht, es ist eine Drogenplantage. Ich meine, das ist doch nachvollziehbar. Als ich in seinem Alter war, da waren Drogen ja noch was ganz anderes als heute. Ich erinnere mich gut an die Zeit, als ich in der Gütersloher Innenstadt …«

»Mutter!«

»Ich mein ja nur. Ich verstehe einfach nicht, warum er sich die Mühe mit der Hecke macht, wenn da nichts ist außer Rasen.«

Paula sieht sie perplex an. »Ihr wart in dem Garten von Marcel Schilling?«

»Hm?« Cosma hat offenbar bemerkt, dass sie sich verplappert hat. Ihr Blick wandert über die Menge. »Der Sänger ist schon super, oder? Meinst du, er spielt *In the Ghetto*? Das ist so wunderbar traurig.«

»Was habt ihr da gemacht?«

»Wo?«

»Im Garten von Marcel Schilling.«

»Nichts. Wir haben nur einen kurzen Blick hineingeworfen.«

»Mutter! Das ist Einbruch!« Paula seufzt. Warum? Warum kann ihre Mutter sich nicht einmal vernünftig verhalten? Warum muss sie ständig irgendwo Verbrechen vermuten oder Verbrechern hinterherjagen? »Was, wenn ihr ertappt worden wärt? Oder noch schlimmer: Wenn der Täter dort gewesen wäre?«

»Wenn man einen Mord aufklären will, muss man bereit sein, Risiken einzugehen.«

»Ihr sollt gar nichts aufklären! Das ist *unser* Job!«

Cosma sieht sie nachdenklich an. Dann zuckt sie mit den Schultern. »Gut, dann gehe ich jetzt.« In ihren Augen flackert es verdächtig. Sie wendet sich ab.

»Stopp, wo willst du hin?«

»Würstchen essen. Das macht man doch so als Gast auf einem Sommerfest.«

»Was habt ihr in Schillings Garten gefunden?«

»Wie kommst du darauf, dass wir was gefunden haben?«

»Mutter! Was – war – da?«

»Nichts. Da war nichts. Wie gesagt. Ein absolut langweiliger Garten. Rasen, ein Gartenzwerg, eine Laube.« Ein unmerkliches Zögern beim letzten Wort. Und ein Blick zu Herrn von Itzenplitz. Erst jetzt fällt Paula auf, dass der sich halb umgedreht hat und angestrengt in eine andere Richtung sieht.

Paula wendet sich wieder ihrer Mutter zu. »Was war in der Laube?«

»Nichts, sag ich doch. Hast du nicht auch Hunger? Ich glaube, es ist eine frische Ladung Wurst fertig. Itzenplitz, mein Lieber, begleiten Sie mich zum Grill?«

Der Angesprochene nickt und dreht sich zu Cosma um, den Blick starr an Paula vorbeigerichtet. Paula kennt Herrn von Itzenplitz seit Jahren. Er ist ein intelligenter Gesprächspartner, an vielem interessiert, und Paula schätzt ihn sehr. Denn obwohl er Cosma bei all ihren Unternehmungen begleitet und immer treu zu ihr steht, ist er auch ein ehemaliger Verwaltungsbeamter. Er würde die Polizei, die Staatsgewalt, nie, aber auch nie belügen.

»Was haben Sie gefunden?«, fragt Paula ihn.

Herr von Itzenplitz schluckt.

»Bleiben Sie standhaft, Itzenplitz! Die Polizei braucht unsere Hilfe nicht«, ruft Cosma.

Aber Paula weiß, dass sie gewonnen hat. Sie streckt ihren Arm aus, die geöffnete Handfläche auffordernd nach oben.

Herr von Itzenplitz atmet tief ein. Sieht zu Cosma,

dann wieder zu Paula. Schließlich schüttelt er den Kopf. »Es tut mir leid, Frau Cosma. Aber Beweise gehören der Polizei.«

»Aber das ist unser Ergebnis, wir sind ja schließlich unter Lebensgefahr in den Garten des Killers gegangen.«

Doch Herr von Itzenplitz hat sich entschieden. Er holt einen kleinen Gegenstand aus seiner Anzugtasche.

Etwas Glitzerndes fällt in Paulas Hand.

COSMA

WARUM DETEKTIVE GEGENÜBER DER POLIZEI IMMER IM VORTEIL SIND

Ich hätte es wissen müssen. Meine Tochter ist so was von undankbar. Kaum, dass ich ihr meine wichtigen Erkenntnisse mitgeteilt habe, sagt sie, dass ich nach Hause gehen soll. Aber mache ich natürlich nicht. Stattdessen habe ich mich auf eine Bank gesetzt, Herr von Itzenplitz hat mir eine leckere Wurst geholt. Paula ihrerseits bezieht Posten am Rand des Festes. Sie beobachtet den Tresen, an dem ein Bier nach dem nächsten gezapft wird. Wobei ich mir sicher bin, ihr geht es nicht um das Bier. Denn am Tresen steht Gaby Baumann, die Ehefrau des Toten, zusammen mit Marcel Schilling, der offensichtlich seinen Thekendienst ableistet. Er reicht ihr ein Alt hinüber. Sie will erst ablehnen, greift dann aber doch zu. Sie sieht traurig aus. Und gleichzeitig aufgeregt, so als würde sie darauf warten, dass etwas passiert. Meine Tochter lässt die beiden nicht aus den Augen. Ich frage mich, warum sie Gaby beobachtet. Natürlich weiß jeder, dass der Täter fast immer aus der nächsten Umgebung des Opfers stammt. Aber Gaby Baumann? Sie ist die harmlose Hausfrau par excellence. Nie im Leben ist sie unsere Mörderin. Außerdem würde meine Theorie dann nicht mehr stimmen. Also, dass der Mörder ein Mann ist und Gift benutzt, um den Mord heimtückisch einer Frau anzulasten. Diese Theorie deutet ganz deutlich auf einen Mann, und da denke ich an Marcel Schilling. Bei dem erwartet jeder, dass er mit seinen bloßen Fäusten töten würde. Und genau diese Erwartung hat er sich zunutze gemacht. Mir ist nur noch nicht klar, warum. Aber es muss mit der vermummten Person zu tun haben. Von der weiß Paula natürlich nichts. Sie hat ja schließlich keinen Insider-Informanten, so wie wir. Das ist der Grund, warum Detektive immer besser sind als die Polizei. Wir haben einfach mehr Möglichkeiten. Ermitteln im Milieu. Verdeckt direkt vor Ort. Genauso machen wir es.

Zufrieden lehne ich mich zurück. Während ich so sitze und meine Wurst esse, überlege ich, dass im Fernsehen ein völlig falsches Bild von Ermittlungen gezeigt wird. Nächtelanges Herumsitzen im Auto bei strömendem Regen. Von wegen: Wir haben strahlenden Sonnenschein, Elvis singt, und ich habe ein leckeres Bratwürstchen vor mir. Inklusive Kartoffelsalat. Angenehmer kann man nicht observieren. Alfred springt auf meinen Schoß und fixiert mich. Ich versuche seinem Blick standzuhalten, aber er ringt mich nieder. Ich gebe ihm den Rest der Wurst.

Vor der Bühne mit dem singenden Elvis ist ein Tanzboden aus Bohlen angelegt, darauf tanzen einige Kleingärtner. Paartanz oder allein, die Frauen wie immer in der Mehrzahl. Mittendrin Gerda, die lautstark mitsingt. Das war zu erwarten, nach Udo Jürgens kommt bei ihr zwar lange Zeit nichts, aber dann gleich der Elvis. In ihrem zartblauen Kostüm fällt Gerda zwischen den

Gärtnern fast gar nicht auf. Denn tatsächlich erscheinen die mir heute das erste Mal menschlich. Die grünen Hosen sind abgelegt, ebenso die Gummistiefel. Stattdessen Jeans, bunte T-Shirts, manchmal ein hübsches Tuch zum Rock. Fast könnte man sie für normal halten. Aber mir ist natürlich klar: Hinter einer dieser harmlosen Masken verbirgt sich ein Mörder. Die Frage ist nur, hinter welcher.

Ich lasse meinen Blick schweifen. Das Fräulein-Rottenmeier-Imitat, Agnes Schulze, ist leider nicht so standortversessen wie Marcel, der schon seit einer Ewigkeit hinter der Theke Bier zapft. Ständig rennt sie hierhin und dorthin und scheint nur ein Ziel zu haben: alle Leute verrückt zu machen. Zumindest den Blicken nach zu urteilen, die ihr zugeworfen werden. Als wir gekommen sind, hat sie ihre Augenbrauen fast bis an den Haaransatz hochgezogen und uns von oben bis unten betrachtet. Also wenn Marcel nicht der Mörder ist, dann ist sie es, meine Theorie hin oder her. Wer weiß – vielleicht hatte Agnes ein Verhältnis mit dem Toten? Er wollte sie abservieren, und ruckzuck war er tot. Bei näherer Betrachtung dieser Hypothese kommen mir aber doch Zweifel. Agnes schaut immer so verkniffen drein, als würde sie auf einem fiesen Zitronenbonbon lutschen. Kein Mensch tut sich den Anblick freiwillig über einen längeren Zeitraum an. Davon mal abgesehen, ist sie jedoch recht attraktiv. Schlank, die dunkelblonden Haare sorgfältig mit Spangen hochgesteckt, roter Lippenstift. Ihr Mann dagegen: eher die Sorte Kartoffelsack. Der sitzt schon seit einiger Zeit schlaff auf einer Bank, hält sich an einem Bier fest und starrt vor sich hin. Ob er an die letzten Augenblicke von Roland denkt? Vielleicht haben er und Mrs. Griesgram ihn gemeinsam umgebracht. Ich beschließe jedenfalls, neben Marcel auch den Vorsitzenden samt Frau im Blick zu behalten. Und die Ehefrau des Toten sowieso.

Im Augenblick werde ich allerdings ein wenig abgelenkt, denn die Musik gefällt mir inzwischen ausnehmend gut. Obwohl der singende Elvis-Doppelgänger strenggenommen gar nicht wie Elvis aussieht. Er hat blonde Haare, über die er eine Perücke gestülpt hat. Die ist aber bei seinen ekstatischen Bewegungen verrutscht, sodass er jetzt an ein Streifenhörnchen erinnert. Er trägt den obligatorischen weißen Glitzeranzug mit breitem Gürtel und einem roten Tuch um den Hals. Körperlich gleicht er dem älteren Elvis, und wenn er seine Hüften kreisen lässt, schwingt der mächtige Bauch mit. Aber Singen kann er. Und wie! Und dann geht es ab: »You ain't nothin' but a hound dog. Cryin' all the time.« Einige Kleingärtnerinnen werfen ihre Arme in die Luft, und auch ich muss gestehen, dass ich meine Ermittlungen für einen Augenblick vernachlässige, weil die Musik mich mitreißt. Auf der Tanzfläche fliegen die Füße in die Höhe, die Hüften schwingen, die Oberkörper rocken. Wahnsinn!

Erhitzt und ein wenig schuldbewusst, kehre ich wenig später auf meinen Beobachtungsposten zurück, wo Herr von Itzenplitz die Stellung hält. Der klammert sich krampfhaft an einem Wasserglas fest, denn eben hat eine Kleingärtnerin mit erotisch rauchiger Stimme versucht, ihn auf die Tanzfläche zu zerren. Entsetzt hat er sich an der Bank festgekrallt. Woraufhin die rasante Dame sich mit einem sehr eindeutigen Blick auf Walter gestürzt hat. Nun tanzen die beiden eng umschlungen zu *Love me tender*. Wobei – so richtig glücklich sieht Walter nicht aus. Immer wieder versucht er freizukommen, doch ihre Arme umklammern ihn wie ein Schraubstock.

Zum Glück sind meine Observationsobjekte offenbar nicht sehr musikalisch, Marcel steht immer noch an der Theke und schenkt Bier an eine nicht abreißen wollende Schlange von Kleingärtnern aus, und auch Mr. Kartoffelsack und Mrs. Griesgram stehen noch genau da, wo sie vorher waren. Alfred hat inzwischen meine Wurst vertilgt und streicht um die Theke herum. Vermutlich findet er die drei ebenso verdächtig wie ich.

»Irgendetwas passiert?«, frage ich Herrn von Itzenplitz und deute in Richtung Theke.

Er schüttelt den Kopf. »Was halten Sie von einem Kuchen zur Stärkung?«

»Kuchen? Gute Idee!« Wobei ich argwöhne, dass es ihm weniger um den Kuchen geht, denn Walter hat sich inzwischen aus der Umklammerung der Frau befreien können, und nun ist die Kleingärtnerin auf der Suche nach einem neuen Tanzpartner. Also auf ins Vereinshaus, zur Kuchentheke.

Die ist fast leergeräumt. Eine Frau in einem bunten Sommerkleid stellt jedoch gerade neue Torten auf den Tisch. Sie drapiert einen Marmorkuchen auf eine knallrote Serviette und stellt ein neues Namensschild daneben. Und was ich da lese, verschlägt mir glatt den Atem: Marcel Schilling!

Blitzschnell überschlage ich die Schlussfolgerungen:

Schlussfolgerung 1: Marcel hat nicht etwa Kuchen gebacken, um den Toten zu vergiften. Vielmehr müssen wir annehmen, dass er einen Kuchen für das Sommerfest beisteuern wollte.

Schlussfolgerung 2: Er kann backen, obwohl er ein Mann ist.

Mir war das natürlich klar, aber – und das ist das Wesentliche – den Schrebergärtnern nicht.

Schlussfolgerung 3: Er hat einen Kuchen beigesteuert, *obwohl* es niemand von ihm erwartet. Und genau das ist der springende Punkt. Warum hat er einen Kuchen gebacken, obwohl die Gärtner das nur von den Frauen erwarten? Was mich zu weiteren Überlegungen führt. Schlussfolgerung 3A: Er hat den Kuchen gebacken, weil er nett ist und anderen gerne etwas Gutes tut.

Das halte ich persönlich für unwahrscheinlich.

Schlussfolgerung 3B: Er hat den Kuchen gebacken, weil er etwas im Schilde führt.

Das halte ich für viel wahrscheinlicher!

Ich lasse Herrn von Itzenplitz an meinen Erkenntnissen teilhaben. »Meinen Sie, der Kuchen ist vergiftet?«, flüstere ich ihm zu.

Leider hat Herr von Itzenplitz sein Hörgerät runtergedreht, weil ihm die Musik zu laut war. »Was sagten Sie, meine Liebe?«

»Der Kuchen! Meinen Sie, der ist vergiftet!?«

Die Kleingärtnerin hinter der Theke wirft mir einen seltsamen Blick zu und geht einen Schritt zurück.

»Warum sollte er?«

»Weil er von Marcel Schilling ist.« Ich schnuppere an dem Kuchen.

»Was tun Sie da?« Eine schrille Stimme lässt mich hochfahren. Ich blicke in die eiskalten Augen von Fräulein Rottenmeier, auch bekannt als Agnes Schulze.

»Ich ermittle«, sage ich und wende mich wieder dem Kuchen zu. Der riecht nach Zucker und Schokolade. Eigentlich sehr lecker. Aber Marcel könnte ein geruchsneutrales Gift verwendet haben.

»Nehmen Sie Ihre Nase von dem Kuchen!«

Ich drehe mich langsam zu ihr um. Lege den Kopf schief, betrachte sie von oben bis unten. Sie trägt knallrote Stilettos, mindestens zehn Zentimeter hoch. Ich bräuchte sie nur ganz leicht anzutitschen, und sie würde zu Boden gehen. Aber nach reiflicher Überlegung entscheide ich mich dagegen. Ich kenne meine Pflichten, und das Observationsobjekt zur Strecke zu bringen ist sicherlich nicht sehr hilfreich. Also wende ich mich der Sommerkleidfrau hinter der Theke zu: »Ich nehme ein Stück von diesem Kuchen.«

Die Frau Vorsitzende kreischt: »Ein Stück? Sie nehmen ja wohl den ganzen Kuchen. Wer will den denn noch essen, wo Sie da quasi mit der Nase dran waren!«

Ich muss sagen, Agnes legt es ein wenig auf Ärger an. Aber wie gesagt: Ich kann mich zurückhalten. Außerdem werde ich wohl kaum diesen vergifteten Kuchen hier stehen lassen, damit morgen der halbe Gartenverein tot ist, lieber sterbe ich selbst. Heldenhaft.

Betont gelangweilt zucke ich mit den Schultern, sage »gerne« und gehe anschließend mit dem ganzen Kuchen nach draußen. Eine Meisterin der Selbstbeherrschung.

»Ist Ihnen nicht gut?«, fragt Siglinde mich, als wir an den Tisch zurückkommen. »Sie sind ja kalkweiß.«

»Alles bestens«, antworte ich. Zugegebenermaßen knurre ich es mehr. Jetzt, wo die Große Vorsitzende, wie sie hier treffend genannt wird, außer Sichtweite ist, lässt meine Selbstbeherrschung deutlich nach. Meine Hand zittert vor Wut. Nur mit Mühe kann ich den Teller mit dem Kuchen auf den Tisch bugsieren.

Herr von Itzenplitz stellt mehrere Pappteller dazu und beginnt den Kuchen zu verteilen.

»Was machen Sie da?«, frage ich. »Was ist mit dem Gift?«

»Ich halte die Gefahr einer Vergiftung für gering, meine Liebe.«

»Es muss ja kein tödliches Gift sein. Aber Sie erinnern sich, als wir vor ein paar Jahren auf diesem wunderbaren Treffen mit Heilpraktikern in Norddeutschland waren?«

Er hält inne, runzelt die Stirn. »Allerdings. Es war furchtbar.«

Genau genommen war es überhaupt nicht furchtbar, sondern ein rauschender Nachmittag. An diesem Punkt meiner Überlegungen angekommen, gelange ich zu dem Schluss, dass ich den Kuchen probieren werde. Todesmutig breche ich ein kleines Stück ab, kaue. Etwas trocken, aber nicht schlecht. Ich warte, ob ich ein Ziehen im Magen verspüre oder bunte Nebelschwaden über der Tanzfläche erscheinen. Aber es passiert rein gar nichts.

Enttäuschend.

COSMA

EIN ZIEMLICH VERDÄCHTIGES TREFFEN

Elvis hat inzwischen sein letztes Lied gesungen, und die Tänzer strömen zurück zu den Plätzen. Gerda lässt sich neben mich fallen, sieht den Kuchen, und Sekunden später hat sie den Mund voll. »Ewviff war kwasse!«, murmelt sie, Kuchenkrümel über den Tisch verteilend. Bevor sie sich den nächsten Bissen zu Gemüte führt, informiert sie uns: »Er hat mir sein Tuch geschenkt.« Sie deutet auf das rote Schweißtuch, das sie sich um den Hals gebunden hat. Sie dreht sich zur Tanzfläche um. Der schwarz-blond gestreifte Elvis winkt ihr beim Abbau zu.

Eddi und Siglinde nehmen sich schnell ein Stückchen, bevor Gerda wieder zugreift. Die nächsten Minuten sind sehr friedlich, muss ich sagen. Wir kauen, Herr von Itzenplitz holt uns Kaffee, und eine entspannte Ruhe hüllt uns ein. Das konstante Murmeln der Kleingärtner schwebt über dem Platz und verbreitet eine heimelige Atmosphäre. Fast könnte man vergessen, dass irgendwo in unserer Mitte ein Mörder weilt.

Siglinde teilt offenbar meine Gedanken, denn just in diesem Moment sagt sie zu Eddi Mei-Zu: »Möchten Sie auch etwas Sesamöl mit Amethyst? Es schützt vor dem Bösen und unterstützt das Gute.« Sie hält ein braunes Fläschchen hoch. »Man kann es ganz einfach in die Hände einreiben, und schon ist man geschützt. Es riecht wunderbar, finden Sie nicht auch?«

Ich sehe, wie Eddi Mei-Zu nickt, gleichzeitig aber kaum atmet. Kann ich ihm nicht verdenken, denn das Öl erinnert vom Geruch her an den China-Schnellimbiss einige Straßen weiter. Doch Siglinde scheint es nicht zu bemerken, sie reibt sich die Hände ein.

Eddi wendet den Kopf beiseite, offenbar um dem Geruch zu entkommen. Und dann werden seine Augen plötzlich groß, und er springt auf. »Ein Bagger!«, ruft er aus. Der Minibagger parkt an der Seite zum Vereinshaus. Eddi Mei-Zu rennt hinüber.

»Wahnsinn!«, schreit er. Dann wendet er sich um. »Siglinde sehen Sie doch nur – ein Bagger!«

Seine Angebetete scheint die Begeisterung nicht zu teilen. Sie reibt ihre Hände mit dem Öl ein und lächelt schief. Doch jemand anderes reagiert. Walter Körbchen taucht neben Eddi auf. »Damit haben sie heute Morgen das Pflanzloch für den Gedenkbaum ausgehoben. 1,7 Tonnen, schätze ich.«

»Sie kennen sisch aus?«, fragt Eddi, die Augen noch immer glänzend. Nachmittags schaut er immer diese Serie auf dem Männersender. Es geht um nichts anderes als um Autos, Bagger und Lastwagen. Ich finde sie todlangweilig, aber Eddi saugt jede Sekunde auf. Mehr als einmal hat er uns erzählt, dass er sich nichts sehnlicher wünscht, als einmal mit einem LKW oder einem Bagger zu fahren. Wir überhören es geflissentlich, schließlich hat er noch nicht mal einen Führerschein. Es ist nicht so, dass er es nicht probiert hätte. Doch offenbar sind diese Fahrschulen wie eine geheime Mafia und bestens vernetzt. Schon seit einer ganzen Weile kriegt er bei keiner mehr einen Termin. Dabei war der Schaden, den er am Fahrschulwagen verursacht hat, gar nicht so groß.

Nichtsahnend führt Walter aus: »Schulpraktikum in einer Baufirma.«

Eddi sieht ihn an, als wäre er ein Gott. »Sie sind schon mal einen Bagger jefahren? Donnerwetter!«

Walter ist sichtlich geschmeichelt. »Ach, das ist gar nicht so schwer«, winkt er ab.

»Wat man mit so einem Gerät alles machen kann!« Eddi Mei-Zus Gesicht bekommt einen schwärmerischen Ausdruck.

Ich dagegen rolle mit den Augen.

Walter wirft einen Blick über seine Schulter und sieht, wie sich die Kleingärtnerin, mit der er vorhin engumschlungen getanzt hat, unaufhaltsam nähert. Wie der Terminator den Kopf hin und her drehend, geht sie über die Tanzfläche. »Kommen Sie, ich erzähle Ihnen alles, was Sie wissen müssen.« Er zieht Eddi Mei-Zu hinter den Bagger.

Geraume Zeit später kommen die beiden zurück, in ein Gespräch vertieft. Walter wirft einen besorgten Blick über die Tanzfläche, aber seine Gärtnerin ist vor fünf Sekunden mit dem Elvis-Impersonator hinter dem Vereinshaus verschwunden.

Eddi setzt sich wieder zu Siglinde. »Wenn isch so einen Bagger hätte, würden wir eine Spritztour machen! Sie und ich.«

Siglinde kichert.

Eddis Blicke wandern wieder zum Bagger. »Und die Technik ist nicht so komplex, sagen Sie?«

Walter nickt. »Entweder man lernt es in fünf Minuten oder nie.«

Eddi strahlt. Keine Frage, er glaubt, dass er zu der ersten Sorte gehört. »Den Greifarm ausfahren, rumschwenken und dann graben.« Eddi führt die Bewegungen mit den Armen pantomimisch aus.

Ich würde diesem spannenden Gespräch ja gerne weiter lauschen, aber ich habe anderes zu tun. Nämlich den Fall lösen. Marcel hat gerade seinen Dienst an der Theke beendet, und Agnes, der Vorsitzende und die Witwe haben sich auf die verschiedensten Ecken des Festes verteilt. Da ich nicht allen folgen kann, beschließe ich, die am meisten verdächtige Figur zu beschatten. Und das ist nun mal Marcel, der Killer. Ich werfe einen Blick zu meiner Tochter, die sich an die Frau des Vorsitzenden hängt. Das ist gut, denn irgendwie habe ich das Gefühl, dass Paula meine Ermittlungstätigkeit untergraben würde. Aber so kann ich ungestört Marcel Schilling folgen. Der hat sich ein Alt von der Theke mitgenommen und sitzt ein Stückchen entfernt allein auf einer Bank. Ich schlendere unauffällig hin und setze mich dazu. Ich will ihn in ein Gespräch verwickeln. Jeder gute Detektiv macht das so, das ist das Einmaleins des Ermittelns. Das Objekt observieren, dann ausfragen.

Doch kaum sitze ich, schaut Marcel mürrisch auf. »Ist besetzt.«

»Hier sitzt aber niemand außer mir.«

»Ist trotzdem besetzt.«

»Wie schmeckt das Bier?«, frage ich, um das Gespräch auf eine andere Ebene zu bringen.

»Mäßig. Ich hol mir ein neues.« Und weg ist er. Hm. Dieser Teil meines Planes hat nicht besonders gut funktioniert. Vielleicht sollte ich meine Taktik ändern. Wenn ich auf direktem Wege nichts herausbekomme, dann vielleicht auf indirektem. Während ich noch überlege, wie ich das am besten anstelle, beobachte ich, wie Marcel zu dem Vereinsvorsitzenden geht und die beiden mit dem Bier anstoßen. Der Vereinsvorsitzende wirft einen prüfenden Blick in die Runde, dreht Marcel etwas zur Seite und deutet mit einem unauffälligen Kopfnicken in Richtung eines einzelnen Stehtisches auf der Terrasse des Vereinshauses. Unter dem Glasdach ist es so stickig, dass man kaum atmen kann. Niemand würde sich freiwillig dort aufhalten. Außer er will nicht gestört werden.

Kaum dass sie mir den Rücken zudrehen, renne ich los: in das Vereinshaus hinein, an der erstaunt blickenden Frau am Kuchentisch vorbei, über den Gang und zum großen Toilettenfenster wieder raus. Und schon bin ich auf der Wiese hinter dem Vereinshaus. Schnell umrunde ich das Gebäude, bis ich rückseitig an die Terrasse herankomme. Dort schleiche ich gebückt an der Mauer voran. Nach wenigen Schritten höre ich undeutlich die Stimme von Marcel. Ich arbeite mich noch ein Stück weiter vor, bis die Stimmen deutlicher werden, und schiele zwischen den rosa blühenden Geranien hindurch. Der Vorsitzende und Marcel lehnen an dem weißen Plastikstehtisch, das Alt vor sich. Sie haben die Köpfe zusammengesteckt und reden. Ich bin überrascht. Bislang hatte ich den Eindruck, sie hätten nicht viel miteinander zu tun. Klar, sie kennen sich vom Verein. Aber mehr nicht. Als ich nun jedoch die beiden so dastehen sehe, wird mir klar, dass sie sich wirklich gut kennen müssen. Es ist die Art, wie sie beisammenstehen, Seite an Seite. Wie ein Komplizenpaar.

»Siehst du Jay heute?«, fragt der Vorsitzende.

Er spricht den Namen englisch aus. Dschay. Das muss die vermummte Person sein. Der Kopf der Bande. Mir stockt der Atem.

Der Junge nickt. »Nachher, wenn die anderen zur Kneipe tingeln und hier keine Menschenseele mehr ist.«

»Marcel, ich mache heute Abend reinen Tisch«, sagt der Vorsitzende und dreht dabei sein Glas auf dem Tisch. Es ist klar, dass er dem Blick von Marcel entgehen will.

Der hat die Brauen zusammengezogen, Blitze scheinen aus seinen Augen zu schießen. »Bist du verrückt? Und was ist mit mir?«

Der Vorsitzende schüttelt resigniert den Kopf. »Ich kann nicht mehr. Du siehst doch, was passiert ist. Der Roland …«

»Ach, der Roland. Selbst jetzt, wo er tot ist, macht er nichts als Ärger. Ich dachte, nun wären wir die Probleme endlich los.« Marcel ist sichtlich ungehalten. Er umfasst sein Bierglas so fest, dass ich Angst habe, es zerspringt ihm in der Hand. Er setzt es so hart auf die Tischplatte, dass das Bier überschwappt. Marcel nimmt den Vorsitzenden an der Schulter und dreht ihn zu sich her. »Uwe, ich warne dich: Mach jetzt nicht schlapp. Du weißt doch gar nicht, was du lostrittst, wenn du jetzt aufgibst. Jay und ich brauchen nur noch ein paar Tage, dann ist alles geregelt. Wenn du jetzt alles gestehst, ist es eine Frage von Stunden, bis auch ich im Mittelpunkt der Gerüchte stehe. Dann ist nichts mehr sicher, und alles kommt heraus.«

»Roland ist tot. Das hat alles verändert. Ich kann einfach nicht mehr. Heute Abend nach dem Sommerfest erzähle ich es, ob du willst oder nicht.« Er sieht Marcel ernst an. »Jay und dich werde ich versuchen raushalten, es muss niemand wissen, was in deiner Laube geschieht. Das verspreche ich dir.«

Marcel Schillings Kiefer arbeitet, er presst wütend die Zähne aufeinander. »Du reißt uns mit in den Abgrund. Gib uns noch einige Tage. Mehr will ich nicht.«

Doch der Vorsitzende wirkt entschlossen. »Es ist vorbei. Und ich kann dir nur den einen Rat geben: Folge meinem Beispiel.« Damit lässt er Marcel stehen und geht mit großen Schritten zurück auf das Sommerfest.

Mit einem wütenden Aufschrei fegt Marcel sein Altbierglas vom Tisch. Es zerschellt auf dem Fliesenboden. Der Blick, den er dem Vorsitzenden hinterherwirft, ist voller Hass.

Mir läuft ein kalter Schauer über den Rücken.

PAULA

WAS GABY NICHT SAGT

Gaby Baumann steht seit einer halben Stunde mit einem fast vollen Glas Bier in der Hand an der Theke. Ihr Blick wandert über die Kleingärtner, ihr Fuß bewegt sich verhalten zur Musik. Sie scheint in Gedanken weit weg und hört Agnes Schulze, die die ganze Zeit auf sie einredet, überhaupt nicht zu.

Paula denkt an ihren ersten Eindruck von Gaby Baumann. Es ist unzweifelhaft, dass Roland ihr kaum Raum für die eigene Entwicklung ließ. Lange scheint sie das hingenommen zu haben. Manchmal ist es eben einfacher, mit einem Kompromiss zu leben, als allein. Doch hin und wieder braucht es nur eine kleine Initialzündung, und schon wird alles anders. Was auch immer der Auslöser bei Gaby gewesen ist: Sie hat sich innerlich von ihrem Mann befreit.

Agnes' Redefluss versiegt endlich. Offenbar wird im Vereinshaus ihre Anwesenheit dringend benötigt, denn sie verabschiedet sich, um mit Trippelschritten dorthin zu eilen. Gaby Baumann atmet sichtbar auf, dann sucht sie sich eine ruhige Ecke am Rande des Festes. Als sie sich unbeobachtet glaubt, geht ihr Blick in die Ferne. Ein Lächeln liegt auf ihren Lippen. Kaum zu sehen, aber unverkennbar: ein Lächeln der Vorfreude.

Paula entscheidet, dass es Zeit ist, mit ihr zu reden.

Sie geht zu ihr hinüber. »Frau Baumann? Ich würde Sie gerne sprechen.«

Gaby zuckt zusammen. »Jetzt? Ich …« Ihr Blick geht hilfesuchend von der Theke zum Vereinshaus.

Einer der ersten Aufträge, die Paula in ihrer Ausbildung bei der Polizei übernahm, war ein alltäglicher Fall von Fahrerflucht, ein Bagatellschaden. Ein Autofahrer hatte sich gemeldet, weil die Tür seines Wagens eine tiefe Delle aufwies. Als Paula das Auto begutachtete und die Anzeige aufnahm, fiel ihr ein Mädchen auf, das die Szenerie aus einiger Entfernung beobachtete. Die Kleine hatte einen seltsam ruhigen Gesichtsausdruck, das Einzige, was sich in ihrem Gesicht bewegte, waren ihre Augen, die aufmerksam alles wahrnahmen. Paula sprach sie an. Es kam heraus, dass sie mit einem Nachbarsjungen Kricket gespielt und aus Versehen den harten Ball mit Wucht gegen die Autotür gedonnert hatte.

Der Blick in Gabys Augen ist der gleiche wie damals bei dem Mädchen: Angst, sich zu verraten.

»Am besten, wir setzen uns dort drüben hin.« Paula deutet auf einen leeren Tisch an der Wiese. Sie geht vor und lässt sich auf der Bank nieder.

Gaby folgt ihr zögernd, das schale Bier wie einen Schutzschild vor sich haltend. »Was möchten Sie wissen?« Ihre Stimme klingt dünn in dem lauten Gemurmel der Feiernden.

Angehörige eines Opfers zu befragen ist eine schwierige Angelegenheit. Noch dazu, wenn diese Angehörigen beim Auffinden des Toten dabei waren. Meist sind sie verstört, oftmals sogar traumatisiert. Es ist wichtig, im Gespräch eine Vertrauensbasis zu schaffen und so sanft wie möglich vorzugehen. Doch Paula entscheidet sich instinktiv dagegen. Manchmal ist es hilfreicher, erst einmal ganz anders anzufangen.

Paula beugt sich vor. »Halten Sie Schildkröten in Ihrem Garten?«

Die Überraschung gelingt. Was auch immer Gaby erwartet hat, diese Frage bestimmt nicht. Mit großen Augen sieht sie Paula an. »Wie kommen Sie denn da drauf?«

»Wir haben eine in Ihrem Gartenteich gefunden.«

»Das kann ich kaum glauben.«

»Könnte es sein, dass Ihr Mann sie angeschafft hat? Als Überraschung vielleicht?«

»Mit Sicherheit nicht. Er konnte Tiere nicht leiden, er wollte ja noch nicht mal Goldfische, und die Frösche hätte er am liebsten einen nach dem anderen erschlagen.«

Das trifft in etwa Paulas Einschätzung. Die Frage ist, wer das Tier im Teich ausgesetzt hat. Und vor allem: warum? »Kennen Sie denn jemanden im Verein, der Schildkröten besitzt?« Gaby schüttelt den Kopf, aber Paula hat den kurzen Moment des Zögerns bemerkt. »Sind Sie sicher, Frau Baumann? Denken Sie noch einmal nach.«

Gaby Baumann weicht Paulas Blick aus. Sie weiß, wem das Tier gehört. Zumindest ahnt sie es. Trotzdem antwortet sie: »Nein, tut mir leid. Ich kann Ihnen nicht helfen.« Sie nippt an ihrem Bierglas. Ein Stück weiter lachen Menschen und albern herum. Schlagermusik wird gespielt, einige der Kleingärtner tanzen ausgelassen. Ein Kontrast zu Gaby Baumann, bei der jede einzelne Faser ihres Körpers angespannt ist.

»Wie hat sich Ihr Mann mit den anderen Vereinsmitgliedern verstanden?«

Es ist offensichtlich, dass Gaby mit dieser Frage gerechnet hat. Ihre Antwort kommt schnell. Zu schnell. »Roland war nicht gerade beliebt, das werden Sie schon bemerkt haben. Er konnte eben nicht aus seiner Haut. Wenn jemand gegen Gesetze verstößt, ärgerte ihn das, und er hat versucht, etwas dagegen zu unternehmen.«

»Hatte er mit einem der Kleingärtner besonders häufig Streit?«

Gaby Baumann zuckt mit den Schultern. »Mal so, mal so. Je nachdem, was ihm gerade aufgefallen ist. Aber niemand Spezielles.«

Interessant. Jeder andere, mit dem Paula gesprochen hat, erwähnte bei dieser Frage zuerst den jungen Eishockeyspieler. Für alle war klar, dass zwischen den beiden Männern eine besondere Feindschaft bestand.

»Vielleicht fühlte sich jemand durch das Verhalten Ihres Mannes bedroht?«

Gabys Blick ist fest auf Paula gerichtet. »Die meisten mochten ihn nicht, er ging ihnen auf die Nerven. Manche haben über ihn gespottet. Aber was soll das mit seinem Tod zu tun haben? Es bringt ihn doch niemand nur wegen des Bundeskleingartengesetzes um.«

»Manchmal reicht eine Kleinigkeit, und jemand lässt sich zu einer Tat hinreißen. Es kommt eben darauf an, wie reizbar derjenige ist und wann seine oder ihre Grenze erreicht ist.«

Gabys Mundwinkel zuckt. »Trotzdem, das waren doch alles nur Unstimmigkeiten. Und auch wenn niemand es wahrhaben will: Mein Mann hatte auch seine guten Seiten.« Paula vermutet, dass sie die guten Seiten, die sie so hervorhebt, selbst seit Langem nicht mehr sehen kann.

»Wie war das Verhältnis zwischen Ihnen und Ihrem Mann?«

Gaby setzt das schale Bier ab und ringt die Hände, sodass das Weiße an den Knöcheln hervortritt. »Nicht besonders.« Das erste Mal in ihrem Gespräch hat Paula das Gefühl, dass Gaby offen ist. »Zu Anfang war er sehr zuvorkommend. Er wirkte so geradlinig, ich habe mich einfach sicher bei ihm gefühlt. Aber nach einer Weile … Ich meine, so kann man doch nicht sein ganzes Leben leben: ständig Vorschriften und Prinzipien. Es gibt doch mehr als das.«

»Und was zum Beispiel?«

»Keine Ahnung. Freiheit.«

»Frau Baumann, ist Ihnen klar, dass viele hier denken, dass Sie ein Verhältnis mit Marcel Schilling haben?«

Es ist nur für den Bruchteil einer Sekunde zu sehen. Ein kleines Zögern, mehr nicht. Wie ein amüsiertes Lächeln. Als wüsste sie etwas, das niemand sonst weiß. »Ich verstehe mich gut mit ihm. Mehr nicht. Mir ist schon klar, dass die anderen reden. Aber ehrlich: Da ist nichts. Der Marcel ist eher so etwas wie ein kleiner Bruder für mich.«

Paula langt in ihre Tasche. »Dieser Ohrring wurde gefunden.« Sie zieht das Schmuckstück heraus.

Gabys Augen werden groß, als sie es betrachtet. Unbewusst geht ihre Hand ans Ohr. Doch sie sagt nichts.

»Das ist Ihrer, nicht wahr?«

»Kann schon sein, ich bin mir nicht sicher.«

Ohne auf ihren Einwand einzugehen, sagt Paula: »Wissen Sie noch, wann Sie ihn zuletzt getragen haben?«

»Keine Ahnung. Vielleicht vor ein paar Tagen.«

»Das ist 585-er Gold mit einer echten Perle. Ein teures Schmuckstück. Es überrascht mich, dass Sie nicht genauer wissen, wann es verlorengegangen ist.«

Gaby nippt an ihrem Glas und schweigt.

»Als wir gestern Morgen den Tatort untersucht haben, da trugen Sie so einen Ohrring im linken Ohr. Ihr anderes Ohrloch war leer.« Paula macht eine kurze Pause. »Wo waren Sie in der Nacht, als Ihr Mann starb?«

Gabys Fuß wippt hektisch auf und ab. »Ich war in der Wohnung.«

»Und Ihr Mann?«

»Der hat im Garten übernachtet. Das hat er oft gemacht, er mag die Ruhe dort. Als er morgens nicht zum Frühstück kam, bin ich rüber zu unserer Parzelle und habe gehört, dass er tot ist.«

»Wie war das genau?«

»Uwe und Agnes standen auf dem Weg vor unserem Garten und haben geredet. Sie haben mich gesehen, und dann hat Agnes es mir gesagt. Also, dass Roland tot im Garten liegt.« Gaby Baumann lügt. Zu glatt gehen ihr die Worte über die Lippen.

»Frau Baumann, ich glaube, Sie waren in der Nacht nicht in Ihrer Wohnung. Sie waren in der Laube von Marcel Schilling. Und dort haben Sie diesen Ohrring verloren. Kurz bevor Ihr Mann starb.«

PAULA

PENELOPE AURORA UNDINE LUDOWIKA AGATHA

Paula sieht Gaby hinterher, die eiligen Schrittes in der Menge der Feiernden verschwindet. Sie hat auf ihrer Version bestanden. Angeblich hat sie den Ohrring schon am Nachmittag zuvor bei Marcel verloren, als sie sich einen Spaten bei ihm geliehen hat, weil ihr eigener gebrochen sei. Dieser Teil der Geschichte hatte so wenig glaubwürdig geklungen wie der ganze Rest.

»Hallo, Frau Hauptkommissarin Pongs.« Eine samtig dunkle Stimme lässt Paula herumfahren. Sie sieht in die bernsteinfarbenen Augen von Doc Fischgrät.

»Was machen Sie denn hier?« Kaum ist es raus, fällt ihr auf, wie unhöflich das klingt. Aber er ist nun mal nicht die Sorte Mann, die sie auf dem Sommerfest eines Schrebergartenvereins erwarten würde. Schließlich ist das hier keine hippe Grillparty mit exquisiten Rindersteaks aus Argentinien, wo die Gäste Bourbon Whiskey schlürfen und darüber reden, welche Elektrofunk-Konzerte sie in der letzten Zeit besucht haben. Doc Fischgrät wirkt auf dem Sommerfest in etwa so deplatziert wie Mick Jagger auf einer Tupperparty.

»Ich hatte eine Wohnungsbesichtigung in der Nähe und dachte, ich schau mal, was Sie so machen.« Er trägt ein dunkles Hemd, eine graue Cordhose, und seine Haare sind gekonnt verstrubbelt. Ein typischer Großstadtjunge, der mit Ende dreißig immer noch das Auftreten eines Anfang-Zwanzig-Jährigen pflegt. Eigentlich sieht der Gerichtsmediziner bei näherer Betrachtung gar nicht so übel aus. Paula fühlt ein leichtes Kribbeln in ihrem Magen. »Hat die Frau des Vorsitzenden Sie abgefangen?«, fragt Paula schnell und deutet auf die Lose, die er in der Hand hält.

»Die hat mich regelrecht gezwungen. Ich dachte, wenn ich nichts kaufe, tut sie mir was an.« Er streicht mit der Hand über seine Haare.

»Könnte passieren. Agnes Schulze weiß, was sie will. Sie ist die uneingeschränkte Herrscherin der Kleingärten. Queen Schrebergarten.«

Der Doc scheint ihre Bemerkung witzig zu finden. Er grinst. »Ist sie verdächtig? So, wie die mich vorhin angesehen hat, würde ich ihr alles zutrauen.« Er schüttelt sich und zwinkert ihr zu.

»Tatsächlich weiß man nie, wer einen Mord begeht. Manchmal sind es die Unauffälligen, die ihren Zorn jahrzehntelang unterdrücken und sich dann plötzlich durch eine Eruption der Gewalt ein Ventil verschaffen.«

»Klingt sehr literarisch, so wie Sie das sagen.«

Jetzt ist es Paula, die lachen muss. »Wenn das meine Mutter hört. Die ist die Schriftstellerin in der Familie.« Sie geht mit dem Doc durch die Menge, und es fühlt sich irgendwie gut an, wie er sie ansieht und ihr zuhört. Paula versucht, die laute Schlagermusik zu übertönen. »Sie schreibt Kurzkrimis. In allen tritt eine supererfolgreiche Detektivin auf: die charismatische C. P. Um die sechzig, mit einem messerscharfen Verstand und fast hellseherischen Fähigkeiten. Leider verwechselt meine Mutter Fantasie und Realität und glaubt, sie kann selbst Fälle lösen.«

»Und – kann sie?«

»Ich hoffe nicht. Bisher hat sie vor allem in eingebildeten Fällen ermittelt. Tote, die nicht tot waren. Banküberfälle mithilfe von Tunneln, die sich als neues Abflussrohr der Stadtreinigung erwiesen. Das hier ist ihre erste echte Leiche, und ich hoffe inständig, dass sie nicht den Täter findet. Wenn das passiert, kann nichts und niemand sie mehr aufhalten.« Paulas Blick wandert hinüber zum Tisch, an dem ihre Mutter sitzt. Beziehungsweise sitzen sollte, denn ihr Platz ist leer.

»Entschuldigen Sie mich kurz.« Sie lässt den Doc stehen und geht mit schnellen Schritten hinüber. »Walter, wo ist Cosma?«

Ihr Kollege unterbricht abrupt sein Gespräch mit Eddi Mei-Zu und blickt sich um. »Sie ist zum Vereinshaus gegangen, sie wollte zur Toilette.«

»Sie macht nie etwas so Harmloses wie Zur-Toilette-Gehen. Ich wette, sie verfolgt schon wieder jemanden.« In Windeseile scannt Paula die Menge, aber sie kann ihre Mutter nicht entdecken.

»Doc Fischer! Sie auch hier?« Walter winkt den Rechtsmediziner zu sich heran. Ein klares Ablenkungsmanöver, um Paula darüber hinwegzutäuschen, dass er Cosma aus den Augen verloren hat. »Sie haben Lose gekauft?«

Der Doc zeigt die Papierröllchen vor. »Ich bin förmlich gezwungen worden. Dabei weiß ich noch nicht mal, was es zu gewinnen gibt. Bitte keine gold-rosa Porzellanhäschen. Ich glaube, das überlebe ich nicht. Obwohl – ich könnte sie einer meiner Tanten schenken.«

»Es gibt hauptsächlich Gartengeräte. Und der Hauptgewinn ist immerhin ein Weber-Grill!«, antwortet Walter. »Kettle Premium, 57 Zentimeter, mit integriertem Deckelthermometer. So einen wollte ich schon immer«, sagt er sehnsüchtig. Leider hat Walter noch nicht einmal Lose, Agnes hat die Polizei bei ihrer Runde durch die Menge geflissentlich ausgespart.

Der Doc lacht. »Grillen ist überhaupt nicht meins.« Er lässt die Lose in Walters Hand fallen. »Viel Glück. Aber beschwer dich nicht, wenn du einen Sack Erde gewinnst«, geht er beiläufig zum *Du* über.

Walter sieht aus, als hätte er gerade eine Dauerkarte für Fortuna Düsseldorf geschenkt bekommen. »Echt jetzt?« Er schaut auf die Lose in seiner Hand. »Willst du was trinken? Ich hole eine Runde.« Sorgfältig verstaut er die Lose in der Brusttasche seines Hawaiihemdes und ist weg. Kurz darauf kommt er mit zwei Wasser für sich und Paula und einem Alt für den Doc zurück. Er schiebt die Gläser hinüber und lässt sich neben ihm auf die Bank fallen. »Wie heißt du eigentlich mit Vornamen, Doc?«

»Ole. Aber Doc ist ok.«

»Ich bin Walter. Und das hier ist Pe …«

»Paula«, unterbricht sie ihn. »Einfach Paula.« Alfred springt zu ihnen auf den Tisch und streicht schnuppernd um ihre Gläser. Der Doc streichelt ihn und setzt ihn dann sanft auf den Boden.

Walter nippt an seinem Wasser. »Na ja, wenn man es genau nimmt, heißt du nicht Paula.«

»Ist eigentlich noch Kuchen da?« Paula setzt sich neben ihn auf die Bank.

»Ja, klar. Ich habe vorhin noch mal welchen geholt.« Walter schiebt ihr einen vollbeladenen Teller zu.

»Ist von deiner Torte nichts dabei?«, fragt sie enttäuscht. »Ich wollte doch ein Stück probieren.«

»Tut mir leid. Elke sagt, die ging zuerst weg.« Walter strahlt stolz. »Sie haben sie ihr regelrecht aus den Händen gerissen.«

Während sie den Apfelkuchen auf eine Serviette legt, spürt Paula, wie der Doc sie neugierig mustert. »Du heißt nicht Paula?«

Sie merkt, wie sie die Lippen aufeinanderpresst. »Der Apfelkuchen ist wirklich total lecker. Du solltest dir auch welchen nehmen, Ole.«

Doch der Doc ist nicht so schnell vom Thema abzubringen wie Walter. »An deiner Tür im Präsidium steht *Paula Pongs*. Ich habe es gestern gesehen.«

Walter schiebt sich ein Stück Sandkuchen in den Mund. »Das sind nur die Anfangsbuchstaben ihrer Namen. Eigentlich heißt sie Penelope Aurora Undine Ludowika Agatha.«

»Penelope Aurora Undine *was*?« Der Doc sieht sie mit großen Augen an. »Ach, du Schande. Und ich fand es schon schlimm, dass mein Vater mich Ole Friedrich genannt hat.«

»Ich mag meine Namen«, erwidert Paula trotzig. »Sie sind nur ein wenig zu lang.« Um das Thema zu beenden, wendet sie sich an Walter. »Wie war es eigentlich mit Elke? Du hast dich ja vorhin bestens mit ihr unterhalten, hab ich gesehen.«

Tatsächlich hat Walter vorhin eine ganze Weile bei der Kleingärtnerin gestanden, immer bemüht, den Blick nicht auf ihre perfekt präsentierte Oberweite zu werfen. Sie dagegen hatte ihn mit lechzenden Blicken angegurrt.

»Ganz interessant.« Walters Blick geht in die Ferne, und er sieht nicht gerade glücklich aus.

»Und, habt ihr über Kuchen geredet?« Paula kann sich ein Grinsen nicht verkneifen.

»Ein wenig.« Er schiebt seine Brille hoch. »Du hattest recht. Sie wollte eigentlich was ganz anderes.« Seine Miene lässt offen, ob er von Elkes Interesse geschmeichelt ist oder entsetzt. Wobei Paula Letzteres vermutet. Flirten liegt in Walters Fähigkeiten in etwa auf der gleichen Linie wie Pirouettendrehen. Es ist hoffnungslos.

»Hast du zumindest irgendwas Interessantes erfahren? Über den Fall?«

Walter sieht sich um und senkt die Stimme. »Das kann man wohl sagen.«

PAULA

NICHT PROVOZIEREN LASSEN. NICHT PROVOZIEREN LASSEN. NICHT PROVOZIEREN LASSEN.

»Letztes Jahr beim Sommerfest gab es einen Vorfall«, sagt Walter nach einem konspirativen Räuspern. »Roland, unser Toter, hat einen Aufstand gemacht, weil unter den Gewinnen für die Tombola auch Produkte der Henkel AG waren. Liegt ja nahe, die haben schließlich ihren Standort in Düsseldorf. Roland sagte, es sei unverantwortlich, Unkrautvernichter und Ameisengift zu verlosen. Offenbar hatte er kurz vorher im Kleingartenmagazin einen Artikel über die Wasserschutzverordnung gelesen und bestand darauf, dass die Präsente von Henkel aus der Verlosung genommen werden. Die Frau vom Vorsitzenden war fuchsteufelswild deswegen, und rate mal, wer sich durchgesetzt hat.«

»Keine Frage. Agnes Schulze.« Paula sieht, wie der Doc bei ihren Worten grinst.

»Genau. Aber es kommt noch besser. Marcel Schilling hat das Ameisengift gewonnen. Roland Baumann lag ihm dann die ganze Zeit in den Ohren, er solle die Annahme des Preises verweigern, und hätte wohl noch bis zum Ende der Veranstaltung keine Ruhe gegeben, wenn er nicht plötzlich von einer Sekunde auf die andere einen hartnäckigen Durchfall bekommen hätte.« Wieder dreht er sich prüfend um. Eddi Mei-Zu und Siglinde sitzen kichernd ein Stück abseits am Rand der Bierbank. Eddi malt ihr offenbar gerade in den buntesten Farben aus, wie er mit ihr eine Spritztour mit dem Bagger unternehmen wird. Immer wieder geht sein Blick sehnsüchtig zu dem Gefährt.

»Elke sagt, beim Aufräumen habe sie die Packung Ameisengift im Mülleimer gefunden. Sie war angebrochen.« Walter zieht vielsagend die Augenbrauen hoch.

»Du meinst, jemand hat Roland das Gift ins Bier gemischt?«

»Nicht jemand. Der Schilling. Alle glauben, er war es.«

»Und davon der plötzliche Durchfall?« Paula wendet sich an den Gerichtsmediziner. »Kann das sein, Ole?«

»Gut möglich. Eine kleine Menge könnte für starken Durchfall sorgen. Nichts Ernstes, aber durchaus unangenehm.«

Aus dem Augenwinkel sieht Paula den Vorsitzenden mit großen Schritten von der Terrasse des Vereinshauses kommen und sich suchend umblicken. Er wirkt völlig anders als noch vor einer halben Stunde, als er wie ein trauriger Geist neben seiner Frau stand. Der Rücken ist durchgedrückt, die Schultern gerade. Uwe Schulze wirkt wie von einer großen Last befreit. Fast gelöst geht er ins Vereinshaus zur Kuchentheke, wo seine Frau gerade die letzten Gebäckstücke auf einem Teller zusammenlegt. Paula kann durch das Fenster sehen, wie sein Blick suchend über die Torten gleitet.

Walter hält das Thema Elke, Marcel und Ameisengift offenbar für abgeschlossen, denn unvermittelt fragt er: »Sag mal, Doc, warum bist du eigentlich in Düsseldorf gelandet? Rosalie von der Spurensicherung hat gesagt, du hättest eine Spezialausbildung in forensischer Entomologie und überall hingehen können. Wolltest du nicht wieder nach Hamburg, wo du herkommst?« Er hat inzwischen die Lose aus seiner Hemdtasche geholt und friemelt sie auf.

Für einen Moment werden die Lippen des Rechtsmediziners schmal. »Gott bewahre.«

»Warum?« Paula mustert ihn, fährt mit den Blicken an seinem braungebrannten Arm entlang, bis hin zu seinen gepflegten Fingernägeln, mit denen er gegen das Altbierglas klopft. Sie spürt ein Kribbeln in ihrem Bauch. Erstaunlich. Das hat sie sonst nur, wenn sie einem Geheimnis auf der Spur ist.

Der Doc nimmt einen Schluck Altbier. Als er bemerkt, wie Paula ihn interessiert mustert, zuckt er mit den Schultern. »Mein Vater will, dass ich das Familienunternehmen übernehme. Ich dachte, ich bringe lieber etwas Entfernung zwischen uns.«

Entfernung ist genau das, was sich Paula auch zwischen sich und ihrer Mutter wünscht. Aber Wünsche gehen nicht immer in Erfüllung, und just in diesem Moment kommt Cosma durch die Menge auf sie zugeschlendert. An ihren Knien klebt Erde, und in ihren Haaren hängen rosa Blütenblätter. Sie winkt Paula zu und macht eine vielsagende Kopfbewegung Richtung Doc, reckt den Daumen nach oben. »*Schmeiß dich ran, mein Kind*«, formen ihre Lippen. Wieder deutet sie auf den Gerichtsmediziner.

Sofort rückt Paula von Doc Fischgrät ab und atmet tief durch. *Nicht provozieren lassen. Nicht provozieren lassen. Nicht provozieren lassen.* Betont gelangweilt blickt sie über die Menge. Der Vorsitzende kommt aus dem Vereinshaus, in der Hand einen Teller mit Sandkuchen. Die kurze Begegnung mit Agnes hat dazu geführt, dass sein eben noch federnder Gang wieder schwer ist. Er wirkt in sich gekehrt. Fast besorgt.

Seine Frau folgt ihm, schreitet wie die Queen durch die Menge. Ein aufgeregtes Murmeln setzt ein.

»Die Tombola geht los!« Walter springt auf. Gespannt verfolgt er, wie Agnes Schulze zum Stand mit den Preisen geht und einer der Kleingärtner unter dem Applaus der Menge die bereitstehende gläserne Trommel zu drehen beginnt. Die Lose wirbeln durcheinander.

Cosma dagegen beachtet den Trubel gar nicht und unterhält sich leise mit Herrn von Itzenplitz. Der dreht immer wieder an seinem Hörgerät. »Was haben Sie gesagt, meine Liebe?« Doch sehr zum Ärger von Paula wird Cosma nicht lauter. Sie stellt ihm das Hörgerät ein und flüstert weiter. Paula kann nur einige Wortfetzen ausmachen. Wortfetzen, die ihr Unbehagen verursachen. *Der Killer – geheimes Treffen – mit Sicherheit ein Verbrechen.*

»Stopp!« Agnes' Stimme lässt alle zusammenzucken. Die Trommel hält an, Lose flattern auf den Boden.

Agnes Schulze greift mit einem Ausdruck hinein, als sei sie die Lottofee persönlich. »Die Nummer 37 gewinnt dieses hübsche Windspiel!« Agnes deutet auf geschwungene Metallbänder, die sich im Lufthauch drehen. Der mehr oder minder glückliche Besitzer – ein bulliger Kleingärtner um die sechzig mit tätowierten Oberarmen und einer viel zu eng sitzenden kurzen Hose – nimmt den Gewinn entgegen.

Dieses Spiel wiederholt sich scheinbar endlos, und

rings um Paula beginnen Menschen zu gähnen. Die meisten unterhalten sich leise. Der Einzige, der aufgeregt dem Geschehen folgt, ist Walter. Nachdem diverse Gartengeräte, kitschige Porzellanfiguren und ein selbstgebasteltes Vogelhäuschen einen Besitzer gefunden haben, nähert sich die Verlosung dem Ende.

»Kommen wir nun zum Hauptgewinn: dem Grill.«

Plötzlich wird die Menge still und verfolgt gebannt, wie die Lostrommel sich ein letztes Mal in Bewegung setzt, die Lose in der Glaskugel wirbeln. Als sie stoppt, greift Agnes hinein. Umständlich rollt sie das Los aus. Blickt hoch. Zögert den Moment hinaus. Es ist ihr anzusehen, wie sehr sie es genießt. Alle warten nur auf sie. Dann ruft sie laut: »Der Weber-Grill geht an das Los Nummer 178.«

Ein Raunen geht durch die Menge, und mindestens fünfzig Kleingärtner schauen auf ihre Lose. Auch Walter liest seine Nummer und erstarrt.

»Nicht gewonnen?«, fragt Paula. Sie zuckt mit den Schultern. »Du hast doch eh keinen Balkon.«

Walter ist blass. »Ich hab noch nie was gewonnen. Und schon gar nichts wirklich Schönes.« In seinen Augen glitzern Tränen.

Agnes sieht sich fragend um. »Niemand? Niemand mit der Losnummer 178? Dann losen wir noch mal.«

Im gleichen Moment springt Walter auf. »Ich, ich habe das Los!« Er hält es in die Luft.

Paula sieht ihn überrascht an. Er strahlt über das ganze Gesicht.

Agnes zögert. »Sie?« Ihrem Gesichtsausdruck ist abzulesen, dass sie gar nicht begeistert ist. »Dürfen Sie als Polizist eigentlich Geschenke annehmen? Das verstößt doch gegen das Gesetz.«

Walters Lächeln erstirbt. Er blickt entsetzt zu Paula. »Oh, nein!«

Ole steht auf. »Eigentlich ist es mein Los, ich habe es ihm nur überlassen. Aber das hat sich jetzt erledigt. Wer lässt schon einen Weber-Grill stehen.« Er nimmt Walter das Los aus der Hand und wirft Agnes ein äußerst charmantes Lächeln zu. »Sie haben mir vorhin Lose verkauft, Sie erinnern sich?« Zu Paulas Erstaunen erzielt sein Lausbubenlächeln seine Wirkung.

»Richtig, der junge Mann!« Ihre Stimme klingt fast weich. Sie winkt den Doc heran. »Kommen Sie!« Dann wirft sie Walter einen gehässigen Blick zu.

Der lässt sich auf die Bank sinken. »Aber ich dachte, dass ich das Los …«

»Falsch gedacht«, sagt der Gerichtsmediziner kalt. »Mein Los. Mein Grill.« Paula sieht ihm überrascht hinterher, als er mit federnden Schritten nach vorn geht. So hatte sie Ole nicht eingeschätzt. Ein wenig oberflächlich, vielleicht ein Dandy … aber das?

Der Doc lässt sich den Grill aushändigen, schäkert mit Agnes, die tatsächlich anfängt, wie ein Teenager zu kichern. Paula kann es nicht glauben. Angewidert wendet sie sich ab. Und stellt fest, dass Cosma verschwunden ist.

COSMA

IMMER MEHR GEHEIMNISSE KOMMEN ANS LICHT

Ich bin wirklich froh, dass dieser Gerichtsmediziner auf dem Sommerfest ist. Er lenkt meine Tochter so schön ab. Denn während alle aufgeregt der Verlosung folgen und meine Tochter den Blick nicht von den braungebrannten Armen des Doc lösen kann, ist mir aufgefallen, wie der verhuschte Vorsitzende sich argwöhnisch umschaut und dann dermaßen unauffällig Richtung Vereinshaus schlendert, dass alle meine Alarmglocken läuten. Ich gehe sofort hinterher.

Erst denke ich, er geht in das Gebäude, doch stattdessen zwängt er sich zwischen Zelt und Vereinshaus hindurch auf die dahinter liegende Wiese.

Natürlich folge ich ihm sofort. Die Dämmerung hat eingesetzt, die blaue Stunde begonnen. Dunkel heben sich Büsche vom Himmel ab, erste Sterne funkeln. Der Vorsitzende geht zielgerichtet auf den Busch neben der Grube für den Gedenkbaum zu. Zuerst glaube ich, es geht um den Baum, und bin enttäuscht. Doch dann kommt jemand hinter dem Busch hervor.

Mir bleibt die Luft weg: Es ist die Frau des Toten.

»Gaby!«, Uwe Schulze greift nach ihrer Hand. »Wie geht es dir?«

Er will sie umarmen, aber sie weicht zurück. »Nein, nicht.«

Ich stehe zwar ein Stückchen entfernt im Schutz des Vereinshauses, kann aber sehen, wie sie ihn mustert, als ob sie sich nicht sicher ist, was sie von ihm halten soll.

Der Vorsitzende weiß offenbar nicht, wohin mit seinen Händen, schließlich quetscht er sie in seine Hosentaschen. »Ich wollte dir nur sagen, wie leid es mir tut.« Seine Worte klingen hohl, und auch Gaby scheint sie ihm nicht recht abzunehmen. »Wirklich?« Sie hört sich an wie Agnes.

Er zuckt zurück. »Gaby, ich …«

Mit einem Mal wird ihr Blick weicher. »Entschuldige. Ich weiß auch nicht, was mit mir los ist. Die ganze Situation überfordert mich. Ich sehe immer wieder das Bild vor mir. Roland auf dem Kartoffelbeet. Es war so schrecklich. Aber dann … dann sitze ich da und denke: endlich. Endlich ist es vorbei.« Ihre Stimme zittert.

Wieder macht Uwe Schulze eine Bewegung auf sie zu, wieder zuckt sie zurück. »Nein, kein Mitleid. Das wäre nicht ehrlich. Du bist doch auch erleichtert, dass er tot ist. Oder etwa nicht?«

Der Vorsitzende sieht sie hilflos an. Dann nickt er zögernd. »Das stimmt. Ich bin froh, dass alles so gekommen ist. Und wenn ich die Zeit zurückdrehen könnte: Ich würde es wieder genauso machen.«

Gabys Unterlippe zittert. Sie flüstert: »Ich auch. Und das ist es, was mir zu schaffen macht.« Sie schnieft, doch dann streckt sie ihren Rücken durch. »Hast du es Marcel gesagt?«

Er nickt.

»Wie hat er es aufgenommen?«

»Er ist wütend geworden, hat mir gedroht. Du weißt doch, wie aufbrausend er ist.«

Sie schüttelt den Kopf. »Wir haben lange genug gezögert, sag ihm das. Morgen. Keinen Tag später. Ich will nicht mehr warten.«

Ein Vogel schreckt von einem Baum auf und fliegt flatternd über sie hinweg. Der Vorsitzende dreht sich zum Vereinshaus um, selbst auf die Entfernung sehe ich, wie müde er aussieht. Dunkle Ringe liegen unter seinen Augen, so als hätte er seit Tagen nicht geschlafen. »Alles klar. Wir treffen uns morgen um sieben Uhr. Am Parkplatz beim Haupteingang.«

»Morgen.« Sie drückt seine Hand, hält sie fest. »Es wird alles gut gehen, glaub mir. Ich wünschte, es wäre schon so weit. Das Warten macht mich verrückt.« Sie zögert. »Ich glaube, diese Kommissarin ahnt etwas. Sie wollte von mir wissen, wo ich in der Nacht gewesen bin, als Roland starb. Uwe, sie weiß, dass ich in Marcels Häuschen war.«

Seine Augen werden groß. »Woher?«

»Ich habe meinen Ohrring dort verloren. Sie hat ihn gefunden und eins und eins zusammengezählt.«

Jetzt ist er es, der ihre Hand drückt. »Und wenn schon. Morgen brauchen wir uns um solche Fragen nicht mehr zu kümmern.« Agnes' Stimme tönt über die Lautsprecher bis zu ihnen hinüber. *Der Weber-Grill geht an das Los Nummer 178!* »Ich muss weiter, die Verlosung ist gleich zu Ende. Außerdem muss ich noch was klären.« Für einen Moment sieht es so aus, als wolle er weiterreden, doch dann bleibt er stumm.

Doch Gaby hat sein Zögern bemerkt. »Mit Agnes?«

Er schüttelt den Kopf. »Mit der kann man nicht reden.

Da helfen bloß Fakten. Nein, es ist nur eine Unstimmigkeit. Die will ich geklärt haben, bevor …« Er wird immer leiser bei den letzten Worten, sodass ich ihn kaum noch höre. Gleichzeit scheint seine Frau bei der Verlosung immer lauter zu werden: *Niemand? Niemand mit der Losnummer 178? Dann losen wir noch mal!*

Ich gehe einen winzigen Schritt nach vorn. Das stellt sich als keine gute Idee heraus. Ich trete auf einen Ast, und ein lautes Knacken ertönt. Augenblicklich springen Gaby und der Vorsitzende auseinander. Verdammt. Habe ich gesagt, dass so eine Schrebergartenkolonie tipptopp aufgeräumt ist? Das war eine Fehleinschätzung.

Der Vorsitzende schaut sich gehetzt um, blickt in meine Richtung. Aber ich bin mir sicher, dass er mich nicht sieht. Zur Sicherheit drücke ich mich an die Hauswand, verschmelze mit der nahenden Nacht. Doch es nützt nichts. Die beiden verabschieden sich hastig und gehen auseinander.

Nachdenklich bleibe ich noch einen Moment stehen. Sieben Uhr morgen früh. Am Parkplatz beim Haupteingang. Ein geheimes Treffen! Was haben die beiden vor? Am wahrscheinlichsten ist, dass sie ein Verhältnis haben und zusammen durchbrennen wollen. Immerhin ist Gaby recht ansehnlich, nicht so ein klapperdürres Gestell wie die Frau des Vorsitzenden. Was aber gegen diese These spricht: der Vorsitzende. Selbst ein Sack Kartoffeln ist agiler als der. Warum sollte eine lebendige Person wie die Gaby etwas mit ihm anfangen? Außerdem ist die einfachste Möglichkeit nicht immer die wahrscheinlichste. Was ist mit Marcel? Er ist immerhin mein Hauptverdächtiger. Vielleicht hat der Vorsitzende nur eine Nachricht von ihm überbracht. *Wir haben lange genug gezögert, sag ihm das. Morgen. Keinen Tag später. Ich will nicht mehr warten.* Das waren ihre Worte. Sie kann nur Marcel gemeint haben. Aber wie passt das alles zusammen? Warum trifft sich der Kartoffelsack erst heimlich mit Marcel und dann mit Gaby? Und was haben sie morgen vor?

Nun, eins ist klar: Ich werde es herausfinden.

PAULA

EIN GRILL. EIN ECHTER GRILL

Kaum ist Doc Fischgrät losgezogen, um seinen Grill abzuholen, taucht Cosma unvermittelt wieder auf.

»Wo warst du?« Paula kann nicht verhindern, dass die Wut, die sie eigentlich auf den Doc hat, sich nun gegen ihre Mutter richtet.

»Was meinst du?« Cosma ist offensichtlich bemüht, sehr unschuldig auszusehen.

Augenblicklich fangen bei Paula alle Alarmglocken an zu läuten. »Wo warst du gerade?«

»Auf der Toilette.«

»Never ever.«

»Auch ich muss hin und wieder das stille Örtchen aufsuchen.«

»Du hast wieder irgendwas *ermittelt.* Was hast du gemacht?«

»Da geht man einmal für kleine Königstiger, und schon ist die Tochter argwöhnisch.« Cosma hebt theatralisch die Hände, was Paula noch misstrauischer werden lässt.

»Das Klo ist im Vereinshaus. Du bist aber zwischen dem Vereinshaus und dem Zelt von der Wiese gekommen. Was hast du da gemacht? Und wieso bist du so dreckig? Bist du etwa von dort ins Vereinshaus eingebrochen? Mutter!«

»Ich bin nirgendwo eingebrochen.« Nachdenklich tippt sie sich gegen die Lippen. »Meinst du, dass würde sich lohnen? Der Vorsitzende hat da sein Büro, oder?«

»Nichts ist da!«, fährt Paula ihre Mutter an. »Halt du dich zurück. Keine Ermittlungen!«

Doc Fischgrät kommt zurück, zieht den Grill hinter sich her. Walter wendet sich demonstrativ ab. Der Doc lässt sich auf der Bank nieder. »Wirklich ein schönes Stück. Aber verdammt schwer.« Der Doc sieht sich nach Agnes um, die schon wieder geschäftig durch die Menge läuft und beugt sich dann zu Walter. »Gefällt er dir?«

Walters Lippen werden schmal. »Ein Weber-Grill halt«, schnappt er.

»Ich dachte, das ist was Besonderes.«

»Ja, ist es auch. Viel Spaß damit. Du kannst ja heute Abend noch Würstchen darauf grillen. Ich hoffe, sie werden schwarz.«

Der Doc sieht ihn überrascht an. »Ich wohne in einem Hotelzimmer, schon vergessen? Den Grill behalt mal schön selbst.« Er sieht sich noch mal nach Agnes um. »Ganz ehrlich: Die Eiskönigin war harte Arbeit. Dafür schuldest du mir was. Mindestens ein Rindersteak.«

Walter sieht ihn an. Er braucht eine Weile, bis er versteht. »Du meinst, du hast ihn für mich geholt?«

»Ja, sicher, für wen denn sonst?«

»Das ist, das ist … Wahnsinn!« Walter springt auf, umrundet den Grill mehrfach, hebt den Deckel, kniet sich davor, betrachtet ihn von unten. »Feinstes Edelmetall. Beste Beschichtung auf dem Rost. Und hier – sogar eine Grillzange! Wenn ich den meiner Backgruppe zeige! Ein echter Weber-Grill.« Er schaut zum Doc, und in einem Überschwung an Gefühlen drückt er ihn an sich, nur um ihn nach dem Bruchteil einer Sekunde wieder loszulassen, seine Brille verschämt zurechtzurücken und den Grill abermals begeistert zu umrunden.

Der Doc lacht. »War wirklich kein Ding.« Er strubbelt seine Haare, sieht verlegen zu Paula rüber.

Paula grinst. »Wo hast du eigentlich gelernt, mit jemandem wie Agnes umzugehen? Die frisst dir ja förmlich aus der Hand.«

Er lässt sich neben ihr auf der Bank nieder und zuckt mit den Schultern. »Viele Tanten. Viele gehässige Tanten, um genau zu sein. Da muss man Strategien entwickeln. Ein kleines Kompliment kann Wunder bewirken.«

»Und was hast du der Großen Vorsitzenden gesagt?«

»Dass ich noch nie ein Sommerfest besucht hätte, das so gut vorbereitet und geplant gewesen ist.« Er nimmt sich sein Bier und trinkt einen großen Schluck. Lachfalten kräuseln sich an seinen Augen. »Ich finde übrigens, dass dein graues Shirt ganz wunderbar schlicht unter diesen bunten Kleingärtnern hervorsticht.«

Paula lacht. »Schleimer!«

Er grinst selbstzufrieden und nimmt sich ein Stück Kuchen. Paulas Blick wandert zwischen den Kleingärtnern hindurch zu Agnes Schulze. Sie steht an der Tür des Vereinshauses, für einen winzigen Moment scheint sie sich Ruhe zu gönnen, betrachtet scheinbar zufrieden die murmelnde Menge. Doch auch von Weitem sieht Paula die Falte von Missmut, die sich tief in ihre Stirn gegraben hat. Mit einem Mal tut Agnes Schulze ihr leid. Den ganzen Tag war sie unterwegs, hat alles kontrolliert und vorbereitet, war an der Theke, an der Tombola, am Kuchenstand. Keine Sekunde hat sie stillgestanden. Hier eine Decke geradegezogen, dort einen Fleck weggewischt. Während die anderen feierten und sich entspannten, lag ihr Augenmerk nur auf einem: Perfektion. Das Vereinshaus picobello sauber, auf der Terrasse kann man vom Boden essen, die Dekoration sieht aus wie aus *Schöner Wohnen*. Doch um welchen Preis? Agnes Schulze scheint keine Sekunde zu genießen. Jede Faser ihres Körpers ist angespannt. Was hat diese Frau dazu gebracht, so zu werden, wie sie ist?

»Habt ihr eigentlich inzwischen etwas herausgefunden?«, reißt der Doc sie aus ihren Gedanken.

Bevor Paula ihm antwortet, blickt sie sich um. Ihre Mutter redet angeregt mit Herrn von Itzenplitz. Eddi schwärmt lautstark vom Bagger. Siglinde sieht inzwischen leicht genervt aus. Gerda tanzt wild mit dem Elvis-Impersonator zu den Klängen von Udo Jürgens' *Ehrenwertes Haus*. Das Fest scheint seinem Ende entgegenzugehen, der Großteil der Leute steht an der Theke und ordert eine letzte Bierrunde. Mittlerweile ist es dunkel, und überall leuchten Lampions. Agnes hat angekündigt, dass sich um 22 Uhr die Pforten schließen werden, und aus dem Gemurmel der Menge hat Paula herausgehört, dass sich fast alle danach in die nahegelegene *Brauerei am Zoo* aufmachen wollen. »Eine heiße Spur haben wir noch nicht«, sagt sie. »Fest steht, dass der Tote nicht beliebt war. Ich glaube, er war ein penibler Mensch, der es sich zur Aufgabe gemacht hat, das Bundeskleingartengesetz bis ins Letzte durchzufechten. Damit hat er sich keine Freunde gemacht.«

»Ist irgendjemand besonders verdächtig?«

»Eigentlich alle. Uns fehlt ein Ansatz für ein Motiv.« Sie deutet zur Theke. »Marcel Schilling, der junge Mann dort drüben, hat den Garten schräg gegenüber von dem des Toten. Er hatte Streit mit Roland Baumann, hat ihn angegriffen. Und sein Garten ist von einer undurchdringlichen Hecke umgeben, als würde er etwas verbergen.«

»Marcel Schilling? DEG?«

»Ja, stimmt. Er ist Eishockeyspieler.«

»Der hat einen Kleingarten?«

»Ganz genau.«

»Da gehen sie hin, meine Illusionen. Erst verlässt Hamburg die erste Eishockeyliga, und nun höre ich, dass das geheime Leben vom *Killer* ein Schrebergarten mit zu hoher Hecke ist.«

Paula grinst. »Du interessierst dich für Eishockey?«

»Ein schnelles Spiel, immer für Überraschungen gut.« Er deutet auf Marcel. »*Der Killer* ist ein ziemlich aggressiver Spieler, wenn der zum Check ausholt, steht so schnell keiner mehr auf. Er ist wendig, geschickt, zielbewusst. Aber auch unberechenbar, was ihn beim Spiel zum Risiko macht. Vor einigen Monaten kamen Gerüchte auf, er verhandele mit den Kölner Haien. Das wäre in etwa so, als wenn der Topspieler von Schalke mit Dortmund reden würde. Ein Riesenaufschrei ging durch die Lokalpresse. Köln hat alles abgestritten. Fakt ist aber, dass die DEG seinen Vertrag noch nicht verlängert hat.«

»Ich frage mich, was ihn dazu verleitet hat, eine Parzelle zu mieten. Am Gärtnern hat er jedenfalls kein großes Interesse.«

»Steckt bei so was nicht normalerweise eine Frau dahinter? Männer machen seltsame Sachen, um Frauen zu beeindrucken.« Seine bernsteinfarbenen Augen liegen auf ihr.

Im gleichen Moment fällt Paula auf, dass ihre Mutter sie grinsend betrachtet. Ihre Blicke huschen von Paula zum Doc und wieder zurück, sie zieht vielsagend die Brauen hoch. Paula will gerade etwas sagen, da lässt ein lautes Rumoren sie zusammenzucken. An der Wiese stieben Menschen auseinander.

Paula braucht nicht lange, um zu begreifen, warum: Der Bagger ist zum Leben erwacht.

COSMA

WAS ZU VIEL IST, IST ZU VIEL

Natürlich muss meine Tochter mal wieder alles verderben. Kaum hat sich Eddi auf den Bagger gesetzt und ihn kurzgeschlossen, hat sie ihn mit einem gekonnten Griff auch schon wieder heruntergezogen.

»Was machen Sie da?«, herrscht sie ihn an und drückt ihn unsanft gegen das Fahrzeug. »Hier sind an die hundert Menschen. Das ist lebensgefährlich!«

»Isch will et doch nur mal ausprobieren!«, ruft Eddi und versucht sich aus ihrem Klammergriff zu lösen.

Eigentlich gebe ich Paula recht, denn ein fahrender Untersatz und Eddi – das geht nicht. Andererseits kann ich diese Art der Bevormundung nicht hinnehmen. »Das ist Freiheitsberaubung. Wenn nicht gar Polizeigewalt«, rufe ich daher. »Lass sofort den Mann los!«

Wir stehen um sie herum: Herr von Itzenplitz, der Doc, Walter, Siglinde und Gerda auf der einen Seite. Uns gegenüber das Fräulein Vorsitzende Rottenmeier, ihr Kartoffelsack-Mann und ungefähr zwanzig andere Kleingärtner. Im Zentrum des Geschehens Paula, die Eddi am Kragen hält.

»Sie bleiben hier stehen und rühren sich nicht!«, faucht meine Tochter Eddi an. Der lässt sich aber nicht wirklich einschüchtern, sondern verschränkt die Arme.

»Wat is denn jegen 'ne Spritztour zu sajen?« Ich verzichte darauf, ihn an sein Hochdeutsch zu erinnern. Stattdessen rufe ich: »Ein Bagger ist Gemeingut des schaffenden Volkes!« Herr von Itzenplitz nickt mir wohlwollend zu.

Paula dagegen sieht nicht ganz so begeistert aus. Und wie immer, wenn irgendetwas nicht so läuft, wie sie sich das vorstellt, kennt sie nur eine Lösung: »Mutter – Platzverweis! Du und deine gesamte Kommune.«

Ich überlege, ob ich einige Kleingärtner überreden könnte, sich auf unsere Seite der Barrikade zu schlagen. Aber ich fürchte, sie sind noch nicht bereit, für die unterdrückte Schicht der Intellektuellen zu kämpfen. Nur Siglinde tritt demonstrativ neben Eddi. Und das, obwohl der Vorsitzende die ganze Zeit auf sie eingeredet hat. Ich bin ein wenig stolz darauf, dass sie so deutlich Partei ergreift.

An Paulas Gesichtsausdruck sehe ich, dass eine Revolte im Moment vielleicht nicht so gut wäre. Tiefe Falten haben sich auf ihrer Stirn gebildet. Aus Erfahrung weiß ich: Wenn sie so schaut, ist es besser, für eine Weile aus ihrem Aufmerksamkeitsradius zu verschwinden. »Wir wollten eh gerade gehen.« Das habe ich natürlich nicht im Mindesten vor. Aber vielleicht können wir ein paar der Parzellen durchsuchen. Schließlich sind fast alle Kleingärtner hier versammelt, eine bessere Gelegenheit gibt es ja wohl kaum.

»Sie lassen die doch nicht so davonkommen, Frau Kommissarin? Die sind gemeingefährlich. Die gehören eingesperrt!« Agnes' schrille Stimme lässt uns alle zusammenzucken.

Walter versucht sie zu beruhigen. »Da war doch wirklich nichts. Herr Eddi fasst den Bagger bestimmt nicht mehr an – oder?«

Eddi grummelt, und ich bin mir sicher, dass er gern noch mal würde. Doch dann fällt sein Blick auf Siglinde. Die sieht gar nicht begeistert aus. Eher angegriffen. Offenbar verträgt sie Tumulte ebenso wenig wie Herr von Itzenplitz.

»Ich muss jetzt leider gehen.« Ihre Stimme gleicht einem Windhauch.

Eddi nimmt entsetzt ihre Hand. »Aber Sichlinde – wir wollten doch noch ein Tänzchen wajen.«

»Heute nicht mehr. Eher morgen.« Es klingt so vage, dass ich das Schlimmste befürchte.

Eddi bemerkt es offenbar auch. »Sind Sie mir böse? Es tut mir leid, ich hätt misch mehr um Sie kümmern sollen. Aber isch wollte doch nur eine Fahrt für uns beide.«

Siglinde schüttelt wenig überzeugend den Kopf. »Es war nett gemeint.« Oha. Nett gemeint. Ein Tiefschlag. Eddi sieht ihr fassungslos hinterher, als sie über den mit Lampions beleuchteten Weg weggeht. Ihr knallroter Pudelkopf ist noch eine ganze Weile über die Hecken hinweg sichtbar. »Isch habe allet falsch jemacht.« Seine Schultern sacken herunter.

»Nun, mein Lieber, ich denke, Sie hätten sich durchaus mehr für sie und weniger für dieses Fahrzeug interessieren können«, gibt Herr von Itzenplitz zu bedenken. »Aber das wird schon. Morgen sieht die Welt wieder anders aus.« Er klopft ihm aufmunternd auf die Schulter.

»Was ist jetzt? Verhaften Sie die endlich?« Die Rottenmeier fuchtelt wie wild mit ihren rotlackierten Fingernägeln direkt vor meinen Augen. Dabei kreischt sie derart laut, dass es in meinen Ohren fiept. »Das war Sachbeschädigung! Die gehören allesamt ins Gefängnis! Das sind lauter Verrückte!«

Drei Sätze mit Ausrufezeichen hintereinander mag ich überhaupt nicht. Vor allem nicht, wenn sie direkt in mein Ohr geschrien werden.

Ich mache einen Schritt vor.

PAULA

NOCH EIN PLATZVERWEIS

Nein, Mutter, du hast sie geschubst.« Paula stemmt ihre Arme in die Hüften.

»Ach was, ich bin lediglich ganz leicht an sie gestoßen, als wir gehen wollten. Ein Unglück.«

»Von wegen! Das war Absicht!« Agnes Schulzes Stimme überschlägt sich. Sie sitzt auf dem Boden und ist knallrot angelaufen.

»Du hast sie gestoßen, keine Frage.«

»Paula, ich weiß wirklich nicht, was du meinst. Du hast gesagt, wir hätten Platzverweis, und ich wollte lediglich deinen Anweisungen folgen. Die Frau Vorsitzende stand bedauernswerterweise im Weg.« Etliche der Schrebergärtner stehen mit einem Bier in der Hand gelassen in der Nähe und sehen hochzufrieden aus mit dem Schauspiel, das ihnen geboten wird. Cosma ist sich offenbar ihres Publikums wohl bewusst und schaut um Zustimmung heischend in die Menge. »Ich meine, jetzt sieh dir doch mal das Schuhwerk an! Da muss sie ja fallen, wenn eine Unbeteiligte versehentlich gegen sie stößt.«

Agnes rappelt sich, um Fassung bemüht, auf und wischt sich die Erde von den Händen. Mit einem Mal wird sie blass. »Oh Gott … Ich blute!«

»Lassen Sie mal sehen.« Ole nimmt ihre Hand, und

für einen Moment wirkt er wie der junge Sascha Hehn in der Schwarzwaldklinik. Er inspiziert die kleine Abschürfung sorgfältig. »Ist nicht weiter schlimm. Wir sollten die Wunde aber zur Sicherheit desinfizieren. Wann hatten Sie Ihre letzte Tetanus-Impfung?«

»Tetanus-Impfung?« Agnes wird noch blasser. Gleichzeitig scheint ihr etwas anderes klar zu werden. »Sind Sie nicht Gerichtsmediziner? Sie behandeln doch eigentlich Tote, oder?«

»Behandeln würde ich das nicht nennen.« Der Doc zwinkert ihr zu. »Kommen Sie, ich schau mir das im Vereinshaus genauer an, da haben wir mehr Licht. Vertrauen Sie mir.« Er umfasst Agnes' Schulter und geht mit ihr weg.

Paula sieht ihm dankbar hinterher. Dann wendet sie sich um. »Mutter. Machen wir es kurz: Du und deine WG, ihr geht jetzt. Inklusive Kater. Der liegt übrigens hinter der Theke, offenbar fand es jemand witzig, ihm Alkohol einzuflößen.«

»Tierquäler!«, empört Cosma sich, während Gerda mit einem panischen Aufschrei losrennt, um Alfred aufzusammeln.

»Nee, nee«, mischt sich ein Schrebergärtner ein, »dem hat keiner was gegeben. Der hat die ganze Zeit am Tresen rumgelungert und immer wenn wir nicht aufgepasst haben, ist er rauf auf die Theke und hat sich über das Bier hergemacht. Eine Plage, dieser Kater.«

Gerda kommt mit dem schlafenden Kater im Arm zurück. »Alfred ist keine Plage. Er hat ein Alkoholproblem. Sie hätten ihn abhalten müssen!«

Cosma schaut in die Runde, nickt Herrn von Itzenplitz, Eddi und Gerda zu. »Meine Lieben – wir gehen!«

Paula hebt die Hand. »Nur dass wir uns verstehen: Ihr verlasst sofort das Gelände, keine Umwege. Platzverweis einschließlich des gesamten morgigen Tages. Das betrifft nicht nur die Wiese hier und das Vereinshaus, sondern das gesamte Gelände.«

Cosmas Augenlid zuckt, doch der Rest ihres Gesichts bleibt ausdruckslos. »Wenn du meinst«, sagt sie gedehnt. Doch Paula sieht, wie es in Cosmas Kopf arbeitet. Zur Sicherheit ergänzt sie: »Wenn ich dich und deine Gang heute Nacht, morgen früh oder wann auch immer hier treffe, verbringst du eine Weile in der Arrestzelle. Zur Sicherheit aller.«

Cosma verzieht das Gesicht. »Ich weiß nicht, warum du immer so misstrauisch bist. Also ob wir jemals gegen das Gesetz verstoßen hätten.«

COSMA

GANZ SICHER HAT SIE DAS SO NICHT GEMEINT

Platzverweis. Wenn Paula glaubt, mich damit beeindrucken zu können, dann hat sie sich aber geschnitten. »Ich lasse mich nicht von dem Schrebergartengelände ausschließen«, empöre ich mich eine halbe Stunde später noch immer. Aufgeregt gehe ich in unserer Küche auf und ab.

»Frau Cosma, Paula repräsentiert die Staatsgewalt. Es ist ihr Recht, Platzverweise auszusprechen.« Herr von Itzenplitz sitzt an unserem Versammlungstisch und tunkt seinen Teebeutel – ohne Metallklammer, Hanfsäckchen, aus einer indischen Kolchose – in seine Lieblingstasse, die er in einem vornehmen Geschäft auf der Oxford Street erstanden hat. »Außerdem war die Anweisung sehr deutlich.«

Ich verstehe wirklich nicht, warum er das betonen muss. Er hat schon immer eine Schwäche für Paula gehabt. Die hat leider in den letzten Jahren dazugelernt, was ihre Anweisungen betrifft. *Platzverweis bis einschließlich morgen. Das betrifft nicht nur die Wiese hier und das Vereinshaus, sondern das gesamte Gelände.* Verdammt. Ich wünschte, sie wäre weniger explizit gewesen. So wird es schwierig sein, Herrn von

Itzenplitz zu überzeugen, das Verbot zu übertreten. Verdammt. Verdammt. Verdammt. Sie weiß ganz genau, wo unser schwächstes Glied ist.

»Meinen Sie, Sichlinde wird mir verzeihen?« Eddi Mei-Zu hat sich einen Killepitsch eingeschenkt und dreht ihn nachdenklich zwischen seinen dicken Fingern. »Sie ist so eine besondere Frau. Klug, charmant, zuvorkommend. Ihr erster Mann hat sie verlassen. Ist einfach auf und davon, von einem Tag auf den anderen. Angeblich nach Indonesien mit einer Arbeitskollegin. Sie hat nie wieder von ihm gehört. So etwas ist schwer zu verkraften.« Sein Blick gleitet ins Leere. Vermutlich denkt er an Hanne, seine Frau. Sie ist während eines Aufenthalts auf Gran Canaria mit einem zwanzigjährigen Animateur durchgebrannt. Seitdem taucht sie alle Jubeljahre mal auf, meist mit einem neuen jugendlichen Liebhaber an ihrer Seite. Obwohl sich Eddi nie etwas anmerken lässt, glaube ich doch, der Stachel sitzt tief.

»Siglinde hat Ihnen schon längst verziehen, mein Lieber. Sie hat gesagt, dass Sie sich morgen treffen, sie war einfach nur müde«, wirft Herr von Itzenplitz ein. Er scheint verärgert, was aber weniger an Eddi liegen dürfte als an dem Teebeutel. Der ist nämlich gerade an einer Seite aufgerissen.

Eddi schüttelt traurig den Kopf. »Isch kenne die Anzeichen. Man darf nichts für jarantiert nehmen. Isch werde ihr morjen ein besonderes Geschenk machen, um ihre Liebe für mich zu jewinnen.«

Sofort sehe ich Eddi mit einem riesigen Strauß roter Rosen vor dem Schrebergarten stehen. Ich hoffe, er erwägt nicht erneut, den Spionageroman zugunsten von

Cornwall-Kitsch mit Landhaus und Herzschmerz aufzugeben. Als Hanne ging, schrieb er monatelang herzerweichende Schmonzetten, die in der rauen Landschaft um Newquay spielten. Bis irgendwann auch dort der Frühling einsetzte und der Held der Geschichte in eine aufregende Agentenstory verwickelt wurde, die ihn an den Niederrhein führte.

Gerda kommt herein. »Alfred schläft jetzt.« Sie flüstert. Dabei bin ich mir sicher, dass Alfred uns bestimmt nicht hört. Er liegt nebenan in ihrem Bett, und ich glaube sogar, ein leises Schnarchen zu hören. »Ich habe ihn mit dem Tuch von Elvis zugedeckt, das scheint ihn gefreut zu haben, denn er hat geschnurrt.« Ihr treten Tränen in die Augen. »Wenn Alfred etwas zustoßen würde … Ich wüsste nicht, was ich machen soll.«

»Alfred wird es morjen wieder besser jehen. Ansonsten frajen wir Sichlinde, sie weiß bestimmt, was wir machen können, wenn der Kater einen Kater hat. Sie sagt, Mutter Natur hilft uns bei allem. Sichlinde weiß überhaupt so viel, sie ist so eine aparte Person.«

Oh je. Ich fürchte, die nächsten Tage werde ich mitten in einem Rosamunde-Pilcher-Roman verbringen. Deswegen lenke ich das Thema zurück auf mein eigentliches Anliegen: »Wenn man es ganz genau nimmt, dann gilt der Platzverweis nur für das Vereinshaus und die Wiese. Von den einzelnen Gärten hat Paula nichts gesagt.«

»Sie hat aber auch das Gelände erwähnt«, wirft Herr von Itzenplitz ein und fischt mit einem Löffel den Teebeutel aus seiner Porzellantasse.

Ich wiege den Kopf. »Das ist Auslegungssache. Ich

gehe davon aus, dass das besagte *Gelände* nur das Stück um das Vereinshaus ist. Auf gar keinen Fall kann sie jeden einzelnen Garten gemeint haben.« Um jede Diskussion im Keim zu ersticken, ergänze ich: »Wie dem auch sei: Wir können den Täter nicht ungeschoren davonkommen lassen. Ich bin mir sicher, heute Nacht werden wir in Marcel Schillings Schrebergarten die Lösung des Falles finden.«

Herr von Itzenplitz hört auf, Teekrümel aus dem Wasser zu picken. »In Marcel Schillings Schrebergarten, meine Liebe? Heute Nacht?«

»Allerdings!« Ich gehe in unserer Küche auf und ab und fühle mich ein wenig wie Sherlock Holmes kurz vor der Lösung des Falls, als ich in die fragenden Augen meiner Mitbewohner blicke. »Siglinde hat gesagt, dass sie die vermummte Person nachts in Marcels Garten gesehen hat. Ergo: Sie kommt, wenn es dunkel ist. Wir legen uns auf die Lauer und reißen der Person die Maske des Grauens vom Gesicht!«

Herr von Itzenplitz hebt eine Augenbraue, vermutlich weil ich meine Ausführung mit einer dramatischen Armbewegung unterstrichen habe. Etwas ruhiger fahre ich fort: »Marcel Schilling hat gesagt, dass er sich heute Nacht mit Jay treffen wird. Ich bin mir sicher, das ist die vermummte Person. Der Kopf der Bande. Denn ganz offensichtlich stecken Schilling, der Vorsitzende, Gaby und dieser Jay unter einer Decke. Noch wissen wir nicht, was sie vorhaben. Aber es ist etwas Grausames. Etwas Furchtbares. Etwas durch und durch Ungesetzliches. Und wir müssen es verhindern!«

Meine Mitbewohner reagieren nicht ganz so enthusiastisch, wie ich gehofft habe.

»Aber es ist schon spät, und isch möschte doch morjen früh zu Sichlinde! Da muss ich ausjeruht sein.«

»Ich bin mir nicht sicher, ob Ihre Auslegung des Platzverweises korrekt ist, meine Liebe. Wenn uns nun Ihre Frau Tochter in der Nacht bemerkt? Sie ist immerhin Kommissarin.«

»Wir sollten Alfred nicht allein lassen, er braucht Pflege!«

Ich verschränke meine Arme. »Wir dürfen dem Verbrechen nicht nachgeben. Heute Nacht ist das Böse im Schrebergarten unterwegs, und wir müssen es aufhalten.« Gut, vielleicht ist das etwas theatralisch – aber wirkungsvoll.

Die drei sehen mich nachdenklich an. Dann nicken sie zögernd. »Also gut«, kommt es dreistimmig.

Ich blicke zur Uhr. »Jetzt ist es halb elf. Wir brechen kurz vor Mitternacht auf. Bis dahin sollten wir uns alle ein wenig entspannen.«

Eddi nickt. »Gleich fängt ein James Bond auf dem Dritten an, den wollte ich sehen. *Man lebt nur zweimal*. Natürlich mit dem richtigen Bond. Es geht nichts über Sean Connery.« Er steht auf und verschwindet in seinem Zimmer.

Gerda reckt sich. »Ich wache bei Alfred.«

Herr von Itzenplitz bleibt sitzen, schiebt den Tee beiseite und zieht ein Buch unter dem Tisch hervor. »Eine Biographie von Fidel Castro. Ist heute Morgen gekommen. Die Wechselwirkung zwischen Gesellschaft und Politik ist darin wunderbar herausgearbeitet, heißt es in den einschlägigen Rezensionen.« Er schlägt das Buch auf und vertieft sich umstandslos darin.

Ich bin zufrieden. Jeder macht das, was ihn vor einer

so wichtigen Ermittlungsphase am besten die innere Ruhe finden lässt. Und genau das werde ich auch tun.

Ich nehme meinen Mantel von der Garderobe.

Zehn Minuten später stehe ich vor dem Haus meiner Tochter.

COSMA

WAS SCHAUT SICH PAULA DA NUR SO INTERESSIERT AN?

Ich klingele im Erdgeschoss. Nach kurzem Warten öffnet sich ein Fenster. Ein kahler Männerkopf erscheint. »Frau Cosma, sind Sie das?« Sekunden später ertönt der Türsummer.

Im Hausflur geht eine Wohnungstür auf, und der Hausmeister kommt heraus. Sein grün-blau karierter Schlafanzug spannt ein wenig über dem Bauch, während die Hose um die Beine schlabbert. Seine Füße stecken in praktischen und sehr schicken rosa Clogs. »Zu so später Stunde, Frau Cosma? Aber das macht nichts, ich war ohnehin noch wach.« Er wedelt mit einem Stapel A4-Bögen. »Frau Gerdas neuestes Manuskript ist so was von spannend! Ich weiß nicht, wie sie immer auf diese Ideen kommt.«

»Das liegt an unserem anregenden WG-Leben«, sage ich nicht ohne Stolz. »Ich werde ihr von Ihrem Lob berichten, das freut sie bestimmt.« Der Hausmeister ist einer von Gerdas größten Fans. Als sie letztes Jahr eine Lesung in unserer Lieblingskneipe gemacht hat, ist er mit einem selbstgebastelten Plakat hereingekommen und hat nach fast jedem Satz begeistert geklatscht. Zu Anfang fürchtete ich, er würde sich zu einem Stalker entwickeln. Aber zum Glück bewundert er Gerda lieber aus der Ferne. Wann immer er sie persönlich trifft, wird er rot und stottert.

»Sie möchten zu Ihrer Tochter?« Er sieht ein wenig besorgt aus. »Leider wird das schwierig. Sie hat ein neues Schloss einbauen lassen und sich geweigert, mir einen Zweitschlüssel auszuhändigen. Ich fürchte, sie hat unsere Abmachung durchschaut.«

Das sieht ihr ähnlich. Da will man als Mutter sein Kind hin und wieder überraschen, und sie verdirbt alles mit einem neuen Schloss. Ich denke jedoch an den Dietrich in meinem Cape. Schließlich hat Gerda es vorgemacht: reinstecken, rumprokeln, Tür auf. »Ich werde es auch auf anderem Wege schaffen«, sage ich zuversichtlich.

Diese Zuversicht war trügerisch, wie sich kurz darauf herausstellt. Der Dietrich ist für das Schloss viel zu breit. Gerade überlege ich, einen Schlüsseldienst zu rufen, da wird die Tür aufgerissen. »Mutter.«

»Paula … Du bist zu Hause?«

»Du wusstest, dass ich hier bin. Du hast durch den Briefschlitz gesehen.«

»Aber nein, ich dachte, du bist noch auf dem Sommerfest. Ist es schon vorbei? Hast du diese Hexe auf Stöckelschuhen wegen Falschaussage verhaftet?« Ich dränge mich an ihr vorbei. Stimmen kommen vom Balkon, Walter und der reizende Gerichtsmediziner stehen draußen vor einem Grill, aus dem es mindestens so stark raucht wie weiland aus dem Schlot der Stahlfabrik in Duisburg.

Ich drehe mich zu meiner Tochter um. »Wusste ich es doch!«

»Was wusstest du?«

Muss man ihr denn wirklich alles erklären? »Der Doc. Hier. Bei dir.«

»Was willst du?« Sie faucht wie Alfred, wenn er auf den Nachbarskater trifft.

»Nichts. Nur plaudern.«

»Du willst nicht plaudern. Du willst wissen, wie der Stand unserer Ermittlungen ist.« Sie setzt sich auf die Couch und zieht ihren Laptop heran. Schade, ich wollte gerade einen Blick darauf werfen.

»Hallo Doc! Hallo Walter!«, rufe ich laut Richtung Balkon. »Ihr grillt?«

»Frau Cosma, wie schön, dass Sie da sind!« Walter steckt seinen Kopf durch die Balkontür herein. Asche klebt in seinen Haaren. »Wir mussten doch den Grill gleich ausprobieren. Und Paula ist die Einzige von uns, die einen Balkon hat. Möchten Sie eine Wurst?«

»Da sage ich nicht nein. Am liebsten mit Ketchup und einer Prise Kakao!« Ein altes Geheimrezept meiner Großmutter. Angeblich schärft es den Verstand.

Walter gibt mir mit stolzgeschwellter Brust eine Wurst, die etwas viel Hitze abbekommen hat, aber von den schwarzen Stellen mal abgesehen hervorragend schmeckt. Ich werfe währenddessen einen Blick auf Walters Jacke, die über dem Sessel liegt. Leider hat er keine Pistole dabei. Schade. Ich finde, die Polizei trägt viel zu selten Waffen. »Es war ein wunderbarer Tag, nicht wahr?«, frage ich meine Tochter, während ich mich neben sie aufs Sofa fallen lasse. Unauffällig schiele ich auf ihren Bildschirm. »Liest du was Spannendes?«

Sie klappt ruckartig den Rechner zu. »Nein.« Sie nimmt sich eine Handvoll Flips vom Tisch. Übersprungshandlung, ganz klar.

Walter setzt sich mit einer schon etwas besser gelungenen Wurst zu mir, sie ist nur noch zur Hälfte schwarz. Der Doc kommt auch herein, er hat ein Bier in der Hand, das fast die gleiche Farbe hat wie seine Augen. Ich mache meiner Tochter ein Zeichen, sie soll zur Seite rücken, damit er sich zu ihr setzt. Aber sie tut, als würde sie mich nicht verstehen.

»Haben Sie heute Morgen wirklich Spusen-Ali angegriffen, Frau Cosma?«, fragt Walter kauend.

»Er hat angefangen. Ich verstehe nicht, wieso der frei herumläuft, der ist gemeingefährlich.«

Walter nickt zustimmend: »Ganz Ihrer Meinung. Gemeingefährlich.«

»Wenn wir nicht bei Siglinde Zuflucht gefunden hätten, dann weiß ich nicht, was passiert wäre. Ich habe um mein Leben gefürchtet.«

Meine Tochter hat inzwischen ihren Laptop wieder aufgeklappt, sie scrollt wie wild rauf und runter. »Walter, ich bin gleich so weit. Du wirst nicht glauben, was ich entdeckt habe, es ist unfassbar.« Gleichzeitig rückt sie schräg von mir ab, sodass ich nicht mehr auf den Bildschirm schauen kann. Noch während sie weitersucht, sagt sie zu mir: »Du hast also um dein Leben gefürchtet, Mutter? Das überrascht mich, denn immerhin ist Spusen-Ali der mit dem blauen Auge, und du bist völlig unversehrt.«

Ich würde zu gerne wissen, was sie da so Interessantes entdeckt hat. Unauffällig rücke ich auf dem Sofa ein wenig in ihre Richtung. »Dieser Mann ist unberechenbar. Wären wir nicht geflohen, hätte er uns vermutlich erschlagen.«

»Übertreib nicht. Spusen-Ali ist im Grunde ein netter Mensch. Wenn man ihn zu nehmen weiß.«

»Er ist ein Verrückter. Aber gegen die Elfen konnte er nichts machen. Die haben uns beschützt. Die und der Walnussbaum, der hat nämlich magische Kräfte.«

Paula schaut kurz auf. »Der Walnussbaum hat magische Kräfte?«

»Genau. Er hält das Böse unter sich verschlossen, sagt Siglinde. Aber das glaubst du ja wieder nicht. Du standest dem Sphärischen nie aufgeschlossen gegenüber. Schon damals, als ich an dieser Schweigewoche teilgenommen habe, hast du gegen mich gearbeitet.«

Sie zieht die Augenbrauen hoch. »Die Äbtissin hat mich am Abend des ersten Tages angerufen und mich angefleht, dich abzuholen.«

Stimmt. Jetzt wo sie es sagt. Diese Äbtissin war recht intolerant in der Auslegung des Begriffs Schweigen. »Ist ja auch egal, du warst auf jeden Fall schon immer engstirnig. Dieser Alexander Philipp zu Hohenlohe, dein Exfreund, war diesbezüglich auch keine Hilfe. Ich hoffe, dein nächster Freund wird netter.« Ich zwinkere dem Doc zu, der sich daraufhin an seinem Bier verschluckt und erstickt hustet. Paula schaut auf. Das ist schade, denn im gleichen Moment bemerkt sie, dass ich schon fast neben ihr sitze. Sie klappt den Laptop wieder zu. »Ach, was soll's, wir machen für heute Feierabend, Walter«, sagt sie. Zum Glück konnte ich einen kurzen Blick auf den Bildschirm werfen. Es war eine Bestandsliste der Gegenstände am Tatort. Was ist denn daran so spannend?

»Willst du deinem Gast nicht deine Wohnung zeigen?«, frage ich meine Tochter und nicke Richtung Schlafzimmertür.

Sie legt den Kopf schief, betrachtet mich einige Sekunden. »Du willst mit Walter allein sein. Damit du ihn aushorchen kannst.«

Das stimmt natürlich überhaupt nicht. Ich möchte nur, dass sie sich ein wenig mehr um den Doc kümmert. Kann man einer Mutter vorwerfen, wenn sie sich um ihr Kind sorgt?

Meine Tochter sieht auf die Uhr an der Wand. »Mutter, es ist schon spät. Musst du nicht gehen?«

Ich folge ihrem Blick. Ups, gleich halb zwölf. »Tatsächlich! Wie die Zeit vergeht. Ich muss los.«

Paula sieht mich überrascht an. »Ach ja? Wohin?«

»Nach Hause natürlich. Ich brauche meinen Schlaf. Früher war das anders. Ich sage dir, das waren vielleicht Nächte in Worpswede. Habe ich dir eigentlich schon mal erzählt, wie ich bis zum Morgengrauen …«

Sie bekommt diesen genervten Ausdruck, wie immer, wenn ich ihr meine Erfahrungen vermitteln will. »Gute Nacht, Mutter.«

Ich bin ein wenig beleidigt. Ich hätte die Geschichte mit Guru Hanashi wirklich gerne erzählt. Andererseits ist es schon spät, und meine Mitbewohner warten. Deswegen rüste ich mich zum Aufbruch. »Gute Nacht, mein Kind!« Ich werfe dem Doc einen vielsagenden Blick zu. »Ihnen auch. Paulas Bett ist superbequem. Vielleicht etwas eng. Aber das stört Sie sicher nicht.«

Dann werde ich auch schon aus der Wohnung geschoben.

PAULA

VERDÄCHTIGES AMEISENGIFT

Ist sie weg?«

»Ja, gerade in der Parallelstraße verschwunden.« Walter beugt sich über das Balkongeländer.

Paula steht auf. »Okay, schnapp dir deine Jacke. Wir müssen los.«

Walter erstarrt. »Was? Jetzt? Wohin?«

»Zum Schrebergartenverein. Ich habe etwas entdeckt, hab ich doch gesagt.«

»Paula, wir haben FEIERABEND! WIR GRILLEN! Was auch immer das ist, es kann warten.«

Sie klappt ihren Rechner auf. »Auf Roland Baumanns Laptop waren Hunderte Fotos, jeden Tag hat er fotografiert, ohne Ausnahme. Ich habe mir alle angesehen: Hecken, Bäume, Unkraut. Lauter Verstöße gegen das Bundeskleingartengesetz. Aber die letzte Datei ist mehr als eine Woche alt. Wo sind die Fotos, die er in der Zwischenzeit geschossen hat? Es war kein Chip in der Kamera. Ich habe mich gefragt, wo der Chip sein kann«

»Und?« Der Doc sieht sie neugierig an. »Hast du eine Spur?«

»Möglicherweise. Ich habe vorhin die Bestandsliste aus der Laube des Toten überprüft.« Sie deutet auf den Bildschirm. »In dem Regal in der Laube steht Ameisengift.«

Walters schaut sie fragend an. »Ameisengift.«

»Genau.«

»Toll. Aber für einen Schrebergärtner auch nicht so überraschend.«

»Letztes Jahr beim Sommerfest gewinnt Marcel Schilling Gift, und Roland Baumann hat einen riesigen Aufstand gemacht. Da frage ich mich doch, warum er eine Dose davon im Schrank hat.«

Walter beißt ungerührt von der nicht-schwarzen Seite seiner Wurst ab. »Ist doch egal, vielleicht sammelt er Nägel in der Dose.«

»Kann sein. Aber es könnte auch ein Versteck sein. Wer würde schon in Ameisengift suchen?«

Der Doc legt den Kopf schief und betrachtet sie mit einem Schmunzeln. Paula fühlt, wie sie rot anläuft. Ruckartig klappt sie ihren Laptop zu. »Ich gehe jedenfalls nachschauen.«

Walter steht mit der Grillzange in der einen und der Wurst in der anderen Hand da. Dann lässt er den Kopf sinken und seufzt. »Also gut.«

COSMA

IN DER HÖHLE DES LÖWEN

Es ist kurz nach Mitternacht, und wir sind wie geplant auf unserer Mission. Ich vorneweg, hinter mir Eddi Mei-Zu, danach Gerda und der schwankende Alfred, die Nachhut bildet Herr von Itzenplitz. Wir sind spät dran, was vor allem daran liegt, dass wir für die Auswahl der passenden Kleidung lange gebraucht haben. Denn obwohl ich durchaus offensiv die Auffassung vertrete, meine Tochter kann mit dem Platzverweis nicht das gesamte Gelände gemeint haben, erscheint es mir doch angebracht, nicht allzu sehr aufzufallen. Deswegen müssen wir kleidungstechnisch mit der Nacht verschmelzen. Herr von Itzenplitz trägt seinen dunklen Beerdigungsanzug, Gerda ein elegantes schwarzes Kleid, das sie für ihre erste Buchpremiere vor einigen Jahren gekauft hat und welches nun luftig um ihren Körper flattert. Und sogar ich habe schweren Herzens auf mein gelbes Cape verzichtet und mich stattdessen in mein schwarzes Sportdress gezwängt. Meiner Meinung nach repräsentiert diese Farbe genau den Gemütszustand, mit dem man Sport begegnen sollte.

»Die Strumpfhose juckt«, mault Eddi Mei-Zu und kratzt sich am Bein.

Ich rolle mit den Augen und bemühe mich zu schweigen. Doch ich verliere den Kampf gegen mich selbst.

»Sie waren ja für andere Lösungen nicht offen«, fahre ich ihn an. Ich bin extra unter mein Bett gekrochen, um die Plaka-Farbe hervorzuholen. Die ist ohne Zusatzstoffe, und eins, zwei, drei wäre auch Eddi dunkel wie die Nacht gewesen. Aber nein: Als ich mit dem Pinsel vor ihm stand, hat er angefangen zu zetern, dass er sich auf keinen Fall die Beine anmalen lasse.

»Die Nato-Hose hätte es auch getan«, grummelt er. »Die ist tarnfarben, genau richtig für ein grünes Gartengelände.«

»Die hat Reflektorstreifen!«

»Das fällt doch gar nicht auf«, wendet Eddi ein und kratzt sich wieder am Oberschenkel. Längst hat sich eine große Laufmasche gebildet. Gerda atmet empört ein, ist es doch ihre Strumpfhose, die Eddi da trägt.

Nun schaltet sich Herr von Itzenplitz ein. »Wir haben vorhin basisdemokratisch abgestimmt. Diese Entscheidung ist nicht mehr in Frage zu stellen. Vielmehr sollten wir uns jetzt auf unsere Mission konzentrieren.« Er wendet sich an mich. »Und Sie sind völlig sicher, dass die vermummte Person heute Nacht auftauchen wird?«

Hm. Das ist so eine Sache. Je länger ich darüber nachdenke, desto unsicherer werde ich. Auch wenn Siglinde die vermummte Person nachts gesehen hat, heißt das eigentlich noch lange nicht, dass sie heute Nacht hier auftauchen muss. Trotzdem sage ich im tiefsten Brustton der Überzeugung: »Absolut!« Für einen Anführer ist es wichtig, eine gewisse Zuversicht auszustrahlen. »Das Sommerfest ist vorbei, die Kleingärtner bierselig zu Hause. Diese Nacht ist prädestiniert für ein Treffen mit der vermummten Person. Außerdem wissen wir, dass sich Gaby morgen früh mit jemandem treffen will. Vielleicht mit dem Vorsitzenden, vielleicht mit Marcel Schilling, vielleicht aber auch mit der vermummten Person.«

»Er sah göttlich aus«, merkt Gerda an. Ich nehme an, dass sie nicht den Vorsitzenden meint, sondern Marcel. Ich glaube zu hören, dass sie ganz leise *Siebzehn Jahr, blondes Haar* summt. Dabei hat Marcel noch nicht einmal blondes Haar.

Schritt für Schritt nähern wir uns unserem Ziel. Es ist totenstill auf dem Gartengelände, nicht mal ein Käuzchen ruft. Nur der aufkommende Wind weht durch die hohen Büsche und Bäume und kündigt einen Wetterumschwung an. Inzwischen ist es drückend schwül, und ich fürchte, es wird anfangen zu gewittern. Dann stehen wir endlich vor der ungeschnittenen Hecke.

»Unheimlich«, flüstert Gerda. Als ob diese Bemerkung noch unterstützt werden müsste, hören wir in der Ferne einen Schrei. Er kommt aus der Richtung der Straße. Es klingt nach einem Jetzt-hab-ich-aber-die-Schnauze-voll-von-dieser-Parkplatz-Sucherei-Schrei. Es könnte aber auch einer der Kleingärtner sein, auf dem Rückweg von der Kneipe in seine Laube. Bevor uns noch jemand entdeckt, sollten wir jedenfalls lieber verschwinden.

Ich drücke vorsichtig die Klinke an Marcel Schillings Gartentor nach unten. Abgeschlossen. Nicht gerade ermutigend. Wenn die vermummte Person im Garten warten würde, müsste eigentlich offen sein. Andererseits: Es könnte auch sein, dass Marcel und seine Kumpane sich eingeschlossen haben, um nicht unliebsam überrascht zu werden. Dazu ist nur eines zu sagen: »Gerda – öffnen!«

Sofort tritt Gerda an mir vorbei, nimmt den Dietrich und beginnt mit ihrer Arbeit.

Ich beobachte inzwischen die Gegend. Was sich als überaus hilfreich erweist, denn plötzlich sehe ich drei Personen langsam den Weg entlangkommen. »Machen Sie schnell, Gerda! Da kommt jemand!«, flüstere ich. In diesem Schrebergarten ist es nachts so überlaufen wie auf der KÖ beim Sommerschlussverkauf.

»Eine Sekunde noch«, antwortet sie. Ihre Hände arbeiten bewundernswert ruhig. Mir dagegen zittern die Beine. Was, wenn das Marcel, der Vorsitzende und die vermummte Person sind? Gewaltbereit und mordlüstern?

Wir drücken uns an die ungeschnittene Hecke und hoffen, dass sie uns nicht sehen. Die drei Schatten sind stehen geblieben, offensichtlich diskutieren sie. Eine Frauenstimme, zwei Männer. Die Frauenstimme kommt mir bekannt vor, viel zu bekannt. »Wir müssen hier weg! Jetzt!«

Im nächsten Augenblick schnappt das Schloss auf.

»Voilá!« Gerda tritt zur Seite und gibt der Tür einen Stoß. Zum Glück ist die gut geölt und quietscht kein bisschen. Ganz langsam schwingt sie auf. Wir starren in ein düsteres Nichts. Alfred schlüpft an uns vorbei, setzt sich auf den Rasen und fängt an, sich das Fell zu lecken. Er ist ein eiskalter Einbrecher, das muss man ihm lassen. Mir dagegen schlägt das Herz bis zum Hals. Leise schließe ich die Tür hinter uns. Wolken türmen sich mehr und mehr im Nachthimmel, löschen das Licht der Sterne. Ein Uhu schreit. Schritte ziehen direkt hinter der Tür an uns vorbei. Ich höre unterdrücktes Murmeln. Dann nur noch das Rauschen des zunehmenden Windes und ein fernes Donnergrollen.

Ich atme auf. »Das war knapp«, sage ich und wische

mir den Schweiß von der Stirn. Ich brauche einige Minuten, um meinen Atem zu beruhigen. Doch im gleichen Augenblick bemerke ich etwas, das meinen Herzschlag kurzfristig erneut aussetzen lässt: »Da vorne in der Laube ist Licht!«

Langsam schleichen wir voran, was in der Dunkelheit gar nicht so einfach ist. Mehr als einmal droht einer von uns zu stolpern. Maulwürfe sind in ihrer Gefährlichkeit wirklich enorm unterschätzt. Doch irgendwann haben wir die Laube erreicht. Durch das Fenster an der Seite fällt ein Lichtspalt auf die Terrasse. Wir schleichen uns dorthin, die letzten Meter kriechen wir, bis wir direkt unter dem Fenster sind. Ganz, ganz langsam schiebe ich meinen Kopf hoch. Drinnen warme Beleuchtung. Kerzen flackern auf einem Regal, auf dem Tisch steht eine Flasche Wein, daneben benutztes Geschirr. Schilling sitzt auf einem Stuhl, er gähnt und reckt seine muskulösen Arme. Und vor ihm steht eine schlanke Gestalt mit Kapuzenpullover, den Rücken zu uns. »Die vermummte Person!«, entfährt es mir. Herrn von Itzenplitz', Eddis und Gerdas Kopf schießen neben mir in die Höhe. »Tatsächlich!«

Und im nächsten Moment passiert etwas Grauenhaftes. Die Person mit dem Kapuzenpullover dreht ruckartig den Kopf zu uns herum. Fixiert uns mit eiskalten Augen. Sie hebt ein Messer in die Höhe.

»Ahhhhh!«, schreit Gerda.

»Ahhhhh!«, kreischt Eddi Mei-Zu.

»Ahhhhh!«, ruft Herr von Itzenplitz.

»Weg hier!«, brülle ich.

PAULA

DIE NACHT DER NÄCHTE

Und wir grillen morgen wirklich noch mal bei dir? Als Ersatz für heute?« Walter ist schon wieder stehen geblieben. Ungefähr das zehnte Mal, seitdem sie aufgebrochen sind.

»Ja, machen wir. Versprochen.« Paula versucht, den genervten Unterton in ihrer Stimme zu unterdrücken.

»Richtig mit allem? Und du steuerst Kartoffelsalat bei?«

»Ja, Walter.« Sie geht ein paar Schritte voran.

»Du machst ihn aber selbst, nicht wahr? Nach dem Rezept von deiner Mutter. So wie es den immer auf deinen Geburtstagsfeiern gab. Der schmeckt wunderbar.«

»Nun komm endlich.«

»Ein Geheimrezept?«, fragt der Doc. Im Gegensatz zu Walter hatte Ole gleich seine Jacke gegriffen, als Paula loswollte. Er scheint eine echte Abenteurernatur zu sein.

Paula denkt über seine Frage nach. In den Supermarkt gehen, einen Kartoffelsalat kaufen, ihn umfüllen und etwas Kapuzinerkresse darauflegen. »Sehr geheim«, antwortet sie schließlich.

Walter bleibt erneut stehen, schaut angestrengt über die dunklen Gärten.

Der Doc beugt sich zu Paula. »Was ist denn mit ihm? Warum bleibt er ständig stehen?«

»Angst vor der Dunkelheit. Das liegt an der Nachtwanderung, die wir als Kinder gemacht haben.«

»Gar nicht!« Walter verschränkt bockig die Arme. Im gleichen Moment zuckt er zusammen. »Habt ihr das gehört? Ein Schrei!«

Tatsächlich hat auch Paula etwas gehört. Es kam vom Parkplatz vor dem Gelände. »Vielleicht ein betrunkener Kleingärtner auf dem Rückweg«, sagt sie ohne Überzeugung.

»Was denn für eine Nachtwanderung?«, fragt der Doc im Plauderton und geht weiter. Paula erkennt die Taktik. Er versucht, Walter durch Fragen abzulenken.

Es scheint zu klappen. Walter folgt ihm, die Arme verschränkt. »Ich würde halt nur lieber grillen, als mitten in der Nacht zu arbeiten. Mit der Nachtwanderung hat das gar nichts zu tun.«

»Hat es doch.« Sie wendet sich an den Doc. »Als wir Kinder waren, hat meine Mutter einmal eine Nachtwanderung organisiert.«

Walters Blick gleitet in die Ferne. »*Die Nacht der Nächte*«, sagt er schaudernd.

»*Die Nacht der Nächte*«, wiederholt Paula. »Unter diesem Namen ging sie in die Geschichte ein. Wir waren zu zwölft, die ganze Mathe-AG wollte dabei sein. Nachdem es dunkel geworden war, gingen wir in den Hofgarten in der Innenstadt. Im flackernden Schein unserer leuchtenden Fackeln zogen wir zum Weiher in der Mitte des Parks. In der Nähe wartete Herr von Itzenplitz in einem Geisterkostüm hinter einem Busch. Was man eben so macht auf einer Nachtwanderung. Jedenfalls setzten wir uns alle in einen Kreis, Cosma in unserer Mitte. Sie beleuchtete ihr Gesicht von unten mit einer Kerze.

Eigentlich hätte jetzt eine Gespenstergeschichte folgen sollen. Aber sie hat sich entschieden, die Geschichte von Peter Kürten zu erzählen, dem Vampir von Düsseldorf.«

»Sie hat sie erzählt, weil *du* es wolltest«, wirft Walter ein, nun mit schnellen Schritten empört neben ihr gehend.

»Und wenn? Ich bitte dich: Dein Vorschlag war *Casper, das freundliche Gespenst*.«

»Das ist eine sehr schöne Geschichte. Ich mag sie.« Walter kickt einen Stein über den Weg. Der rollt unter die nächste Hecke.

»Peter Kürten?«, fragt der Doc.

»Ein Mörder, der Ende der zwanziger Jahre Düsseldorf in Angst und Schrecken versetzt hat. Angeblich hat er das Blut seiner Opfer getrunken«, fährt Paula fort, senkt dabei ihre Stimme. »Wir befinden uns kurz vor dem Ende der Goldenen Zwanziger Jahre. Das Land ist im Aufschwung, die Kunst blüht, gewaltige Umbrüche haben die Gesellschaft verändert. Frauen haben gerade das Wahlrecht erhalten. Die Industrialisierung hat Millionen von Menschen in die Städte gelockt, Elendsviertel sind entstanden, eine kleine Elite beherrscht das Land. Zu dieser Zeit lebte im Hofgarten in Düsseldorf ein leicht verkrüppelter Schwan, der von den anderen Schwänen geächtet wurde. Es war ein besonderer Schwan, von heller weißer Farbe und einer Zutraulichkeit wie kein zweiter. Mit großen dunklen Augen sah er zuversichtlich in die Welt, und er hatte Grund dazu. Denn aus Mitleid fütterten ihn die Parkbesucher mit Brot und anderen Leckereien. So wurde der Schwan zahm, und die Kinder kamen in den Park, um ihn zu streicheln. In einer dunklen Nacht im Dezember 1929 schlich jedoch ein einsamer Mann durch den Hofgarten. Den ganzen Tag schon hatte er ein Verlangen in sich gespürt und nun, im Schutze der Dunkelheit, wollte er es befriedigen. Peter Kürten nahm ein Stück Brot aus seiner Tasche und lockte am Teich mit sanfter Stimme. Unser Schwan wachte auf, und arglos kam er an den Rand des Weihers, watschelte auf den Mann zu. Kürten streckte ihm das Brot hin, und gerade als der Schwan danach pickte, ließ Peter Kürten es fallen, griff den Hals des Tieres, zog ein Messer hervor und …« Für einen Moment glaubt Paula, etwas auf dem Weg bei Marcel Schillings Garten zu sehen. Einen Schatten. Beziehungsweise mehrere Schatten.

»Und?« Nun ist es der Doc, der stehen bleibt. »Was war mit dem Schwan?«

»Meine Mutter kam nur bis zu dieser Stelle der Geschichte. Denn in genau dem Augenblick überschlugen sich die Ereignisse. Dazu muss man wissen, dass auch heute noch Enten und Schwäne an dem Weiher leben. Und als wir da so saßen, hatte eine neugierige kleine Ente …«

»Das war keine kleine Ente, das war ein riesiger Erpel!«, korrigiert Walter.

»… hatte eine kleine Ente sich in der Dunkelheit an uns herangeschlichen. Walter saß mit mir zusammen auf einer Decke, neben sich eine große Dose mit selbstgebackenen Plätzchen. Und gerade als Cosma die Hand hob, um zu zeigen, wie Peter Kürten den Schwan greift und mit einem langen Schnitt seinen Hals öffnet, um sein Blut zu trinken – gerade da flatterte die kleine Ente auf Walters Schoß und schnappte nach den Keksen. Walter sprang auf, und bevor auch nur irgendjemand reagieren konnte, lief er schreiend den Weg hinunter. Wo Herr von Itzenplitz im Geisterkostüm wartete.«

»Es war schrecklich!«, flüsterte Walter.

»Das war sie. *Die Nacht der Nächte.*«

Inzwischen sind Paula und ihre beiden Begleiter vor dem Garten des Toten angelangt. Bevor Walter auf die Idee kommt, noch einmal stehen zu bleiben, öffnet Paula das Gartentor. »Die Dose mit dem Ameisengift muss irgendwo in dem Schuppen bei der Laube sein.« Ein lautes Grummeln ertönt aus dem Himmel. Dunkle Wolken ziehen schnell dahin, die Luft ist trotz der späten Stunde stickig. »Ich fürchte, es wird gleich anfangen zu gewittern. Wir sollten uns beeilen.«

»Na super. Mitten in der Nacht und dann auch noch Unwetter«, murmelt Walter mit leichter Verzweiflung. »Was soll da schon noch passieren?«

PAULA

TADA!

Paula tastet sich langsam den dunklen Weg zur Laube entlang. Sie hört Walter hinter sich tief ein- und ausatmen. Auf dem Hauptweg hatte noch eine altersschwache Lampe am Wegesrand geleuchtet, aber hier im Garten ist es stockdunkel. Im Beet wiegen sich geisterhaft die Schatten von Stockrosen, Rittersporn und Sonnenblumen. Paula zieht ihr Handy hervor. Eine Sekunde später scheint ein kalter Lichtstrahl auf den Weg.

»Du hast eine Taschenlampen-App? Warum hast du die nicht schon eher angemacht?« Walters Stimme schwankt zwischen weinerlich und gereizt.

»Das war doch noch hell genug.« Sie leuchtet auf den Schuppen, der neben der Laube steht. »Hier muss es sein.«

»Ich finde, wir sollten das auf morgen verschieben. Im Dunkeln können wir doch eh nichts finden.«

Die Tür ist nicht abgeschlossen. Suchend fährt Paula mit ihrer Hand an der Innenseite der Wand entlang, Spinnweben heften sich an ihre Finger. »Verdammt. Kein Lichtschalter.«

Sie lässt den Lichtkegel durch den Raum fahren. Der Boden ist sauber gefegt, Gartengeräte hängen akkurat in einer Halterung an der Wand. Die Abstände dazwischen exakt gleich. Nichts steht oder liegt herum. Es ist hier so ordentlich, dass Paula ein Schauer über den Rücken rinnt. Roland Baumann muss wirklich ein Fanatiker gewesen sein.

Sie lässt das Licht langsam über die Gartengeräte wandern. Ein Rechen, eine Harke, ein Grubber. Dann fällt der Schein auf einen Spaten. Vorsichtig nimmt Paula ihn aus der Halterung, prüft den Stiel des Werkzeugs.

»Hast du was entdeckt?« Der Doc steht neben ihr. Sie kann sein Aftershave riechen. Pfeffer und ein Hauch Orangenblüte.

Sie versucht, sich wieder auf das Wesentliche zu konzentrieren. »Gaby Baumann hat ausgesagt, dass sie am Nachmittag vor dem Tod ihres Mannes bei Marcel im Garten war und dort den Ohrring verloren haben muss. Angeblich wollte sie sich einen Spaten leihen, weil ihrer kaputt war.«

»Und … ist er?«

Paula schüttelt den Kopf. »Voll funktionsfähig.« Wie erwartet. Gaby Baumann ist bei Weitem nicht so verstört über den Tod ihres Gatten, wie man es von einer liebenden Ehefrau erwarten könnte. Traurig ja, vielleicht sogar trauernd, aber verstört – auf keinen Fall. Paula spürt ein ungeduldiges Kribbeln im Bauch. Irgendwo hier im Schrebergarten liegt die Lösung des Falls. Sie muss nur genau hinsehen. »Wo ist denn nun diese blöde Dose?« Sie stampft mit dem Fuß auf und fühlt sich gleich besser. Was auch daran liegen mag, dass sie gefunden hat, wonach sie sucht. »Bingo!« Der Schein ihrer Taschenlampen-App ist auf eine saubere Plastikdose gefallen, die ordentlich zwischen Düngemittel und organisch abbaubarer Farbe steht. *Vorsicht – Ameisengift!*, steht auf dem Etikett. Darauf ist eine riesige Ameise zu sehen, einen Arm zum Salut erhoben.

Plötzlich steht Walter hinter ihr. »Da war irgendwas. Schreie. Ganz in der Nähe, ich glaube, aus dem Garten gegenüber«, sagt er zittrig und krallt sich in ihren Mantel.

Im Himmel grummelt es wieder, in weiter Ferne zucken Blitze. »Mensch, Walter, das war das Gewitter oder irgendein Tier.« Dabei hat sie es auch gehört. Schreie und danach eine irgendwie endgültige Stille. Die ganze Situation ist unheimlich. Vielleicht ist es doch keine gute Idee, mitten in der Nacht im Schuppen eines Mordopfers rumzukriechen. Das Licht ihres Handys beginnt zu flackern, geht aus. »Mist, ich fürchte, der Akku ist alle. Hat noch jemand Licht?« Sie hört, wie der Doc nach seinem Telefon kramt. Kurz darauf leuchtet das Display des Handys sein Gesicht gespenstisch von unten an. Er richtet den hellen Lichtstrahl auf die Dose.

»Stets zu Diensten.« Seine Augen glitzern im Dunkeln.

Paula nimmt die Dose. Sie ist sich sicher, dass der Chip darin ist. Er muss einfach.

Vorsichtig schraubt sie den Deckel ab, dann sieht sie hinein: Es ist Ameisengift.

Enttäuscht blickt sie auf. Wenn er nicht hier ist, wo dann? Warum sollte Roland jeden Tag fotografieren, nur um dann plötzlich einen Tag vor seinem Tod damit aufzuhören?

»Gib mir mal die Dose.« Walter scheint seine Angst plötzlich vergessen zu haben. Nachdenklich betrachtet er den weißen Puder, wirbelt ihn durch leichtes Pusten auf. Dann leckt er seinen Zeigefinger an. Steckt ihn in das Pulver.

»Was machst du?«, fragt Paula. »Bist du verrückt? Das ist giftig!«

Walter riecht an dem Pulver an seinem Finger – und leckt daran. Dann schüttelt er den Kopf. »Nein, das ist Mehl, 405-er würde ich sagen. Keine besonders gute Qualität. Ich nehme ja lieber voll geschrotetes.« Er gibt der überraschten Paula die Dose zurück. »Jetzt bin ich aber mal gespannt, ob es sich gelohnt hat, mitten in der Nacht herzukommen. Du bist echt die Tochter deiner Mutter. Viel zu neugierig.«

Sie überhört seine letzte Bemerkung und schiebt vorsichtig ihre Hand in die enge Dose. Zuerst rinnt das Mehl nur durch ihre Finger, setzt sich unter ihre Nägel. Doch dann berührt sie etwas Festes. Sie greift vorsichtig danach und zieht es heraus, pustet das Mehl von einem Tütchen. Etwas Schwarzes liegt darin. Es ist ein Fotochip. »Tada!«

»Wow!« Walter scheint echt beeindruckt. »Du hast wirklich recht gehabt.«

Selbst der Doc sieht überrascht aus.

Sie merkt, wie sie anfängt stolz zu grinsen, kann es aber nicht verhindern. Es sind diese Momente, die sie an ihrem Job liebt. Wenn sich ein Puzzlestück ans andere fügt. Sie holt ihren Laptop aus der Umhängetasche und steckt den Chip hinein. »Dann wollen wir mal schauen, was drauf ist.«

Im Display erscheint die erste kleine Vorschaukachel mit einem Bild. Paula wartet, dass weitere auftauchen. Aber offenbar ist der Chip vollständig ausgelesen. Also nur ein Foto. Nicht gerade viel, um es so sorgfältig zu verstecken.

Paula öffnet die Datei. Das Foto ist grobkörnig und

in der Dunkelheit aufgenommen. In der Mitte ist ein erleuchtetes Fenster zu sehen. Paula zoomt darauf. Die Umrisse von zwei Personen kommen zum Vorschein.

Plötzlich spürt sie Walters Hand, die um ihren Arm greift. »Da ist wer!«

Ein lauter Donner tost durch die Finsternis. Und im gleichen Moment kommen mehrere Personen schreiend in den Garten gerannt.

COSMA

AUGE IN AUGE MIT DEM MÖRDERPAAR

Wir laufen um unser Leben. Marcel Schilling und die vermummte Person sind direkt hinter uns, fast schon kann ich ihren geifernden Atem auf meiner Haut spüren. Ich mache Tempo. Doch plötzlich baut sich ein Hindernis vor uns auf. Eine Laube! Abrupt stoppe ich ab.

Ich kann es nicht fassen! Ein Anfängerfehler. Und das mir. Niemals, aber auch niemals, sollte man auf ein abgeschlossenes Gelände flüchten. In wie vielen Filmen habe ich das gelernt? Nie nach oben in das Hochhaus. Nie in den Hinterhof. Und nie, nie, nie in einen blöden umzäunten Schrebergarten laufen! Es muss die Panik gewesen sein, als die vermummte Person das Messer gezückt hat. Ich habe mich einfach umgedreht und bin weg, raus aus dem Garten … und rein in den nächsten. Das war nicht gut. Das war gar nicht gut.

Schwer atmend, blicke ich meine Mitbewohner an, die neben mir stehen, kreideweiß. Langsam drehen wir uns um. Wenn wir schon sterben müssen, dann Auge in Auge mit unserem Mörder. Herr von Itzenplitz zieht sich den Beerdigungsanzug gerade, Eddi Mei-Zu kratzt noch mal schnell sein Strumpfhosenbein, um dann Kampfstellung einzunehmen, Gerda in ihrem dunklen Abendkleid lässt Alfred vorsichtig auf den Boden nieder und ballt ihre Hände zu Fäusten. Ich stelle mich vor meine Truppe und danke dem Himmel, dass ich alle meine wichtigen Utensilien vom Cape in mein Sportdress umgeräumt habe. Ich ziehe meine Waffe und halte sie den Angreifern entgegen. Langsam kommen sie auf uns zu, Schatten aus der Dunkelheit. Es ist nur eine Frage von Sekunden, bis der Kampf beginnt.

Und dann passiert etwas Unerwartetes.

Jemand taucht hinter mir auf. »Was ist hier los?«

»Paula!« Also ist das vorhin tatsächlich ihre Stimme gewesen. Ich bin wirklich erleichtert, dass sie hier ist. »Du musst sie verhaften. Sie wollen uns ermorden!« Ich deute auf Marcel Schilling und die Kapuzenperson.

»Mutter – hast du da etwa eine Waffe?«

Ich nicke. »Eine Gabel.« Die habe ich immer bei mir. Das ist praktisch, wenn man unterwegs etwas essen will, und außerdem verdammt furchteinflößend.

»Pack sie weg.« Die Stimme meiner Tochter ist ganz ruhig.

Sie hat offenbar nicht richtig verstanden, was ich vorhin gesagt habe. »Die beiden wollen uns umbringen!«, wiederhole ich deshalb und deute auf Marcel Schilling und seine Begleitung. »Sie bedrohen uns mit einem Messer!«

»Die Einzige, die hier mit Besteck rumfuchtelt, bist du.«

Plötzlich geht auf der Terrasse ein blendend weißes Licht an. »Ich habe einen Lichtschalter gefunden!«, höre ich den Rechtsmediziner vom Inneren der Laube rufen.

Ich kneife die Augen zusammen. Und als ich sie wieder öffne, muss ich meiner Tochter wider Willen recht geben. Die vermummte Person hat gar kein Messer in der Hand. Und besonders kriminell sieht sie auch nicht aus. Es ist eine junge Frau, Anfang zwanzig. Sie trägt eine enge Jeans und einen dunklen Kapuzenpullover, der ihr mindestens zwei Nummern zu groß ist. Lange braune Haare, hellblaue Augen. Recht attraktiv. Wie sie so neben Marcel steht, bilden die beiden ein hübsches Paar. Aber ich lasse mich nicht täuschen. Hinter jeder hübschen Maske kann sich die Fratze des Bösen verstecken. Und da meine Tochter sich vom äußeren Erscheinungsbild der beiden blenden lässt, kläre ich sie auf: »Dieser Mann ist ein Drogenbaron!« Gut, das ist nicht gesichert. Sogar ziemlich unwahrscheinlich. Aber trotzdem. Irgendwas Illegales muss er ja in seinem Garten treiben, und etwas Besseres fällt mir auf die Schnelle nicht ein.

Marcel zeigt sich völlig abgebrüht. Er leugnet. »Was soll der ganze Scheiß? Wieso waren Sie in meinem Garten?« Er tritt einen Schritt vor, bleibt direkt vor mir stehen und deutet mit dem Finger auf mich. »Diese Verrückte ist in meinen Garten eingebrochen und hat mich ausspioniert!« Die Muskeln an seinem Oberarm zucken nervös.

Hinter mir höre ich Gerda begeistert aufseufzen. Aber mit so billigen Methoden lasse ich mich nicht einschüchtern. Ich halte ihm meine Gabel unter die Nase. »Sie verstecken etwas in Ihrem Garten! Sie und Ihre Komplizin.« Ich deute mit der Gabel auf das Kapuzenpullovermädchen und drehe mich zu Paula um. »Sie hat uns mit dem Messer bedroht, als sie uns im Garten entdeckt hat. Mordversuch, eindeutig.«

Meine Tochter seufzt genervt auf.

Das Mädchen tritt vor. »Ich habe niemanden bedroht. Ja, ich hatte ein Messer, aber …«

»Ha!«

»Wir haben Abendbrot gegessen, ich war gerade dabei, ein Brot zu schmieren. Ich habe mit Sicherheit niemanden bedroht.«

Fast bin ich bereit, ihr zu glauben. Aber da raunt Eddi Mei-Zu: »Ist dat etwa ein Pullover der Kölner Haie, den dat Mädsche da anhat?«

Ich kann es nicht fassen. Eine Kölnerin! Sofort umschließt meine Hand die Gabel wieder fester. Denn wie jeder Düsseldorfer weiß ich: Kölnern ist nicht zu trauen. Sie sind das personifizierte Böse. Mindestens.

Der Doc, ein unbedarfter Hamburger, ist offenbar mit dem langen Krieg zwischen Köln und Düsseldorf nicht vertraut. Im Plauderton wirft er ein: »Tatsächlich, ein Trikot der letzten Saison, nicht wahr? Haben die Kölner Haie die Düsseldorfer EG nicht aus den Play-offs geworfen?«

Oha. Der Doc wartet mit Insiderwissen auf. Er steht neben meiner Tochter und sieht aus, als mache ihm dieser Abend sehr viel Spaß.

Meine Tochter wirkt dagegen … hm, genervt. »Kann mich jetzt vielleicht mal jemand aufklären, was das Ganze soll?«, fragt sie im rüdesten Polizeiton.

Ich antworte: »Marcel und diese Kölnerin machen etwas Illegales in dem Garten und …«

Weiter komme ich nicht. Meine Tochter schneidet mir das Wort ab. »Mutter, du bist jetzt mal still. Und steck endlich die verdammte Gabel weg!« Zwischen ihren Augenbrauen ist wieder diese tiefe Falte. Ich glaube, ich sollte erst einmal eine Weile still sein, in diesem Zustand ist sie nicht zurechnungsfähig, da kann alles passieren. Langsam, damit sie es sehen kann, stecke ich die Gabel in meine Jackentasche.

Paula wirft mir noch einen Blick zu, der sich gewaschen hat. Dann atmet sie durch, nimmt ihren Laptop, den sie – warum auch immer – die ganze Zeit in der Hand hält, und zeigt ihn Marcel Schilling. »Sind Sie das?«, fragt sie ihn.

Marcel nimmt ihr den Rechner ab, hält ihn in das Licht. »Wo haben Sie das her?«, fragt er heiser. Ich versuche ebenfalls, einen Blick auf das Foto zu erhaschen, aber meine Tochter stellt sich zwischen uns. Aus der Ferne dringt ein Geräusch zu uns herüber. Eine Motorsäge, wenn ich mich nicht täusche. Schrebergärtner sind mehr als wunderlich, das sage ich ja schon die ganze Zeit. Die können es selbst in der Nacht nicht lassen, sich die Natur untertan zu machen. Während ich darüber nachdenke, ob Schrebergärtner generell polizeilich überwacht oder zumindest regelmäßig auf geistige Gesundheit überprüft werden sollten, fällt mir plötzlich das Schweigen auf, das sich ausgebreitet hat. Marcel Schilling wartet auf eine Antwort von Paula. Aber da kann er lange ausharren. Die Methode meiner Tochter kenne ich nur zu gut, die wendet sie bei mir laufend an.

Und es zeigt sich, dass auch Marcel davor kapituliert. »Ja, das sind wir. Jay und ich. Das muss vorige Woche aufgenommen worden sein, bei unserem letzten Treffen in der Laube.«

Jay! Das Mädchen ist also der Kopf der Verbrecherbande. Sie tut völlig unschuldig, streicht sich die Haare aus dem Gesicht und bestätigt: »Stimmt, da hattest du das T-Shirt an, das ich dir in diesem kleinen Laden in Nippes gekauft habe.«

»Und Sie sind?«, fragt meine Tochter.

»Entschuldigung. Jennifer Engel. Die meisten nennen mich Jay.«

Engel. Von wegen. Ich weiß zwar nicht, was hier vorgeht. Aber nie und nimmer ist es was Gutes.

Paula steckt den Rechner in ihre riesige Tasche. »Warum treffen Sie sich heimlich im Garten?«

»Dat is doch wohl klar!«, wirft Eddi Mei-Zu ein. Mit Abscheu blickt er auf Marcel. »Pfui. Mit den Kölner Haien fraternisieren!«

»Fraternisieren?« Dieses Wort kommt offenbar nicht in Marcel Schillings Wortschatz vor. Trotzdem versteht er die Tendenz. »Ich mach überhaupt nicht mit dem Feind rum. Was, verdammt, ist so schlimm daran, wenn Jay und ich zusammen sind?«

»Das fragt der noch«, empört Eddie sich.

»Wenn Cupido seine Pfeile verschießt ...«, seufzt Gerda.

»Seit einem Jahr müssen wir uns heimlich treffen. Ich habe sogar diesen Scheiß-Schrebergarten gepachtet, damit wir endlich unsere Ruhe haben. Und was passiert? Auch hier wird man auf Schritt und Tritt verfolgt. Als ob wir Verbrecher wären!« Er ist laut geworden. Die Ader an seiner Stirn pocht.

Jay nimmt Marcels Hand, stellt sich dicht neben ihn. »Was machen wir jetzt?«, fragt sie. »Die werden uns die Hölle heißmachen.«

»Wer?«, fragt Paula. Gut, dass sie fragt, denn auch mir ist völlig unklar, was das Ganze soll.

»Alle: unsere Eltern, der Verein, die Presse. Wenn

rauskommt, dass wir ein Paar sind, dann werden wir keine ruhige Minute mehr haben. Die werden uns hassen.« Jay treten Tränen in die Augen. Eigentlich sieht sie doch ganz nett aus.

Marcel streicht ihr zärtlich über die Haare. Dann sagt er: »Mein Vater ist seit über dreißig Jahren der Vorsitzende eines Fanclubs der DEG, Gelb-Rot-Zoo. Nach den Vereinsfarben und dem Stadtteil, in dem unser Stadion früher war. Er hasst die Kölner Haie wie die Pest. Da ist nichts mit Fanfreundschaft. Meine Mutter ist mit einem Kölner durchgebrannt, das hat er nie verwunden. Sie müssten den mal erleben, wenn wir gegen die Haie spielen. Und Jays Vater …«

»… und mein Vater ist Sponsor der Haie. Der will alles, aber keine schlechte Presse für sich und den Verein. Was glauben Sie, was passiert, wenn rauskommt, dass wir beide zusammen sind?«

Der Doc runzelt die Stirn. »Düsseldorfer Topspieler mit Tochter des Sponsors der Kölner Haie? Es gab schon glücklichere Verbindungen. Ihr Verein dürfte nicht begeistert sein.«

Marcel nickt düster. »Die glauben, Jay kommt dadurch an Insiderwissen. Als ob ich abends im Bett die Startaufstellung verrate. So ein Quatsch! Aber wenn erst einmal die Presse davon erfährt, dann ist es sowieso vorbei. Glauben Sie, dass die DEG meinen Vertrag dann noch verlängert? Das würde niemals funktionieren, unsere Sponsoren werden auch mächtig Druck machen. Es mag ja viel gehen. Aber das nicht.«

»Romeo und Julia«, seufzt Gerda und faltet die Hände begeistert über der Brust. »Wie romantisch!«

»Tatsächlich stellt die Verquickung von kapitalistischer Abhängigkeit und privater Freiheit ein Problem dar«, überlegt Herr von Itzenplitz.

»Ich sag es ja: Fraternisierung!«, knurrt Eddi Mei-Zu. Obwohl ich sehe, wie sein Auge zuckt. Jemand, der abends heimlich im Bett Rosamunde-Pilcher-Romane verschlingt, kann sich der Dramatik einer solchen Geschichte nicht ganz entziehen.

Ich sage lieber nichts. Denn erstens bin ich viel zu überrascht von der Wendung (Wo bleiben die Drogen? Die Gewalt? Die Kriminalität?), und zweitens reift eine andere Erkenntnis in mir. Eine ungeheuerliche Erkenntnis. »Das Motiv!« Zugegeben, das war vielleicht etwas laut. Aber die Begeisterung reißt mich mit. »Das ist das Motiv! Sie haben den Gärtner umgebracht. Weil Sie fürchteten, enttarnt zu werden!«

PAULA

EIN 1-A-FUSSABDRUCK

Mutter. Du hältst ab sofort deinen Mund!« Paula spürt ihren Herzschlag bis zum Hals. Warum schafft es ihre Mutter immer wieder, sie so aufzuregen? Leider würde es überhaupt nichts bringen, Cosma von Walter aus dem Garten führen zu lassen, weil die dessen Angst vor der Dunkelheit skrupellos auszunutzen wüsste. In null Komma nichts wäre sie weg, um auf anderem Wege wieder zum Garten zu schleichen und zu lauschen. Dann soll sie doch lieber hier sein, mehr oder weniger unter Kontrolle.

Cosma presst die Lippen aufeinander und macht eine Geste, als würde sie einen Reißverschluss zuziehen. »Ich sage keinen Ton mehr«, presst sie hervor. »Ehrenwort. Nicht ein einziges Wort. Ich werde still sein wie eine Maus.« Sie verzieht nachdenklich den Mund. »Wobei Mäuse streng genommen nicht gerade sehr leise sind.«

»Mutter!«

»Ich sag doch gar nichts.«

Paula wirft ihr einen warnenden Blick zu, wendet sich dann wieder an Marcel. »Hat Roland Baumann Sie erpresst? Gedroht, mit den Fotos zu Ihren Eltern, dem Verein oder zur Presse zu gehen?«

Jay macht instinktiv einen Schritt zurück. Im gleichen Augenblick ist Paula klar, dass es so war.

Trotzdem schüttelt Marcel vehement den Kopf. »Wir haben von dem Foto nichts gewusst.« Unbewusst schiebt er sich vor Jay, als müsse er sie schützen.

»Roland Baumann hat den Fotochip sehr gut versteckt. Er wollte nicht, dass jemand ihn findet. Warum?« Paula steht vor Marcel, spricht aber mit Jay.

Die schlägt ihre Augen nieder. Ihre Hand zittert und sucht Halt an Marcels Arm. Doch bevor sie etwas sagen kann, antwortet ihr Freund. »Er war halt ein komischer Typ, hat sich überall eingemischt. Wissen Sie, dass er einmal eigenhändig meine Hecke absäbeln wollte? Ich konnte ihn nur mit Mühe stoppen.«

»Sie haben ihn niedergeschlagen.«

»Unsinn. Ich habe ihn von der Hecke weggerissen. Aber er war wie von Sinnen, meinte, er müsse auf großen Max machen. Und da habe ich ihn in die Schranken gewiesen.«

»Ihnen ist schon klar, dass Sie sich gerade verdächtig machen?«

Wieder fixiert Paula Jay. Deren Blicke huschen unruhig hin und her. »Marcel, sag es ihr.«

»Jay! Verdammt! Ich habe es versprochen!«, zischt er.

»Was haben Sie versprochen?«, schaltet sich Paula ein.

Auf Marcels Gesicht spiegeln sich widersprüchliche Gefühle wider. Einerseits spürt Paula deutlich, dass er kurz davor ist zu reden. Aber etwas hält ihn zurück.

»Sie werden es verstehen«, sagt Jay leise und streichelt ihm über den Arm. »Immerhin wollt ihr reinen Tisch machen.«

Paula ist froh, dass sie dem Kern der Sache endlich näherkommen. Und tatsächlich: Marcel strafft seine

Haltung. »Wenn Sie es denn unbedingt wissen wollen, ja, es stimmt, Roland hat uns ständig hinterherspioniert. Und ja, ich wusste von dem Foto. Er hat es vor ein paar Tagen gemacht und uns gedroht, es der Rheinischen Post zu schicken. Er war ein Arsch. Mein Vertrag soll nächste Woche verlängert werden. Dann bin ich wieder für ein Jahr sicher. Nur noch diese eine Woche. Roland hat es so genossen, mir das Foto unter die Nase zu halten. *Jetzt bist du fällig,* hat er gesagt. Was für ein mieser, hinterhältiger Wicht.«

»Also haben Sie etwas unternommen.«

»Aber ich habe ihn nicht umgebracht.«

»Sondern?«

Mit einem Mal wirkt Marcel unsicher wie ein Zehnjähriger. Er schaut zu Jay hinüber und wird rot. »Es war kindisch. Aber ich kam nach Hause und hab mein Terrarium gesehen. Ich hab Elfriede genommen und sie in der Nacht bei ihm ausgesetzt.«

»Elfriede?«

»Meine Schildkröte. Ich hab sie seit ein paar Jahren, aber sie ist inzwischen viel zu groß für das Terrarium und bissig wie der Teufel. Ich wollte sie längst im Tierheim abgeben, aber …«

»Aber Sie halten sie illegal«, vervollständigt Paula seinen Satz. »Und deswegen haben Sie die Schnappschildkröte bei Roland in den Teich gesetzt.«

»Ich wollte nicht, dass ihm was passiert. Er sollte sich nur erschrecken. Und wenn er immer noch nicht einsichtig gewesen wäre, hätte ich ihn angezeigt. Wie gesagt, das Tier ist illegal. Wenn sie die in seinem Teich gefunden hätten, wär er aus dem Verein geflogen, und ich hätte endlich Ruhe gehabt.«

Paula sieht, wie Cosmas Mitbewohnerin Gerda ihren Kater auf den Arm nimmt und streichelt. »Gemeiner Tierquäler! Die arme Schildkröte«, flüstert sie. Auch der Rest der WG betrachtet Marcel Schilling mit Abscheu.

»Sie haben billigend in Kauf genommen, dass das Tier Ihren Gartenkollegen verletzt«, wendet Paula ein.

»Ja, und wenn … Aber mit seinem Tod habe ich deswegen noch lange nichts zu tun.«

»Wer dann?«

»Das weiß ich doch nicht! Das ist Ihr Job, das rauszufinden.«

»Möchten Sie wirklich, dass ich Sie verhafte?«

»Marcel, jetzt sag es doch endlich!« Seine Freundin hat seinen Arm längst losgelassen. »Wenn du es nicht kannst, sage ich es.« Sie atmet tief durch: »Roland ging es nicht um uns beide. Es ging um Gaby, es ging immer nur um Gaby. Er war eifersüchtig, weil Gaby und Marcel sich so gut verstanden haben. Im Frühjahr hat Marcel ihr über einen Sponsor Karten zur Großen Prunksitzung besorgt. Roland hat sie gefunden und war außer sich. Er hat die Karten klitzeklein gerissen. Seine Wut auf Marcel war bodenlos. Egal was Marcel gemacht hat, in Rolands Augen war immer alles schlecht. Als er uns beide erwischt hat, hatte er endlich die Gelegenheit, sich zu rächen, weil er immer noch glaubte, dass Gaby was mit Marcel hatte. Dabei war alles ganz anders.«

»Und wie war alles?«

Sie atmet durch. »Gaby hat ein Verhältnis … mit Uwe, dem Vorsitzenden des Vereins.«

Jay fährt fort: »Die beiden sind seit einem Jahr ein Paar. Auf dem letzten Sommerfest sind sie sich nähergekommen. Und dann brauchten sie einen Ort, wo sie sich treffen konnten.«

Plötzlich wird auch Marcel redselig. »Gaby ist ein echter Kumpel, für sie würde ich alles machen. Sie hat mich immer unterstützt. Letzte Saison, als ich Stress wegen der Steuer hatte, ist sie eingesprungen und hat alles geregelt. Als sie gefragt hat, ob sie auch mal meine Hütte nutzen darf, konnte ich nicht ablehnen. Ich meine, das ist doch ideal. Dort hat die beiden niemand vermutet, und wegen der hohen Hecke waren sie geschützt. Den Scheiß-Roland hat das gewurmt bis zum Geht-nicht-mehr, dass er nicht wusste, was Sache ist. So sehr, dass er schließlich selbst Hand angelegt und versucht hat, die Hecke zu kürzen. Danach wurde er vollkommen paranoid. Hat meinen Garten vom Balkon aus mit dem Fernglas beobachtet, immer gehofft, dass er mich bei was Illegalem erwischt. Aber das mit der Gaby und dem Uwe, das hat er nie rausbekommen.« Marcel wirkt sehr zufrieden.

»Und das Foto? Was war damit?«, hakt Paula nach. Sofort verschließt sich Marcels Gesicht wieder.

Doch Jay antwortet. »Roland muss nächtelang auf der Lauer gelegen haben, um Marcel zu überführen. Und irgendwann hat es geklappt. Was für eine Genugtuung für diesen Spießer. Endlich konnte er Marcel drankriegen. Wir haben natürlich sofort mit Uwe und Gaby geredet. Die beiden waren genauso entsetzt wie wir. Uns war klar, wir müssen reagieren. Uwe hat gesagt, er kümmert sich drum.« Sie zögert. »Und am nächsten Tag war Roland tot.«

Ein Geräusch hinter einem Busch lässt alle herumfahren.

»Da ist jemand!« Paula springt vor, prallt aber mit

Cosma zusammen, die im gleichen Moment losstürzt. Beide landen auf dem Boden. Sekunden später quietscht das Gartentor, und eilige Schritte entfernen sich. Walter wendet sich zögerlich in Richtung des Tors, beschließt dann aber offensichtlich, dass der Weg deutlich zu dunkel ist. »Wer auch immer es war: Er ist weg«, stellt er lapidar fest.

»Verdammt, Mutter!« Paula reibt sich den Ellenbogen. Ein stechender Schmerz zieht sich bis zu ihrer Schulter.

»Warum hast du mich umgestoßen, Paula? Ich hätte ihn fast gehabt!« Cosma hockt neben ihr, im Gesicht etwas Dreck, aber ansonsten unversehrt.

»Fast gehabt? Du hast im Weg gestanden, sodass ich ihm nicht folgen konnte!« Paula steht auf und betrachtet die Schürfwunde an ihrem Ellenbogen.

Der Doc tritt zu ihr und wirft einen Blick darauf. »Besser, wir desinfizieren das, und ich mache ein Pflaster drauf.«

Herr von Itzenplitz hat inzwischen Cosma auf die Beine geholfen. Die blickt zum Gartenweg. »Hinterher!«, schreit sie und will losstürmen.

Paula reißt sie rüde zurück. Sofort schießt wieder der Schmerz durch ihren Ellenbogen. Mit zusammengebissenen Zähnen stößt sie hervor: »Du – hast – nicht – zu – ermitteln. Ich habe es dir oft genug gesagt: Hör auf, dich einzumischen. Aber du willst es nicht anders. Mutter, ich nehme dich jetzt fest. Wegen Störung einer Amtshandlung.«

»Du willst unbescholtene Bürger wegsperren, um wichtige Ermittlungen zu unterdrücken? Polizeistaat! Die Freiheit der Meinung des Volkes ist eine Grundfeste der Demokratie.« Sie reckt ihre linke Faust hoch.

Paula presst die Zähne zusammen. »Mutter. Du bist verhaftet. Keine …« Weiter kommt sie nicht.

Denn Gerda ist in der Zwischenzeit verträumt ein Stückchen in den Garten hineingegangen und deutet nun auf den Boden. »Da ist ein Fußabdruck.«

Paula blickt Cosma wütend an. Dann lässt sie mit Schwung deren Arm los. »Du bleibst hier stehen.« Sie atmet tief durch und geht zu Gerda.

Tatsächlich. In der dunklen Erde zwischen den Rosen ist ein 1-a-Fußabdruck.

COSMA

WACHPERSONAL VOR DER TÜR. PFFT …

Was war das für eine interessante Nacht gestern! Ich beiße herzhaft in mein Brötchen. »Ich habe doch gleich gesagt, dass mit diesem Marcel Schilling etwas nicht stimmt«, sage ich kauend. Wir sitzen am Küchentisch und bereiten uns auf unsere nächste Mission vor. Es ist noch wahnsinnig früh, wir haben kaum sechs Stunden geschlafen.

Gerda nimmt sich die Erdbeermarmelade und lässt einen großen Klecks auf ihre Brötchenhälfte tropfen. »Wie romantisch, nicht wahr? Er hat ein heimliches Liebesverhältnis.« Ihre vor Müdigkeit geröteten Augen haben einen verklärten Ausdruck.

»Unfassbar. *Der Killer* mit der Tochter von den Kölnern«, Eddi Mei-Zu gibt sich noch immer entsetzt. Dabei müsste doch gerade er Verständnis haben. Er hat noch weniger geschlafen als wir, ist um sechs aufgestanden und hat ewig das Bad blockiert, weil er meinte, sich hübsch machen zu müssen. Er trägt ein weißes Seidenhemd mit breitem Kragen und silbernen Knöpfen. Die wenigen Haare hat er mit Pomade nach hinten gelegt. Eine penetrante Duftwolke umwabert ihn. Wir alle versuchen, so flach wie möglich zu atmen. Nicht einmal Alfred hat es ausgehalten. Als er hörte, dass wir den Frühstückstisch deckten, kam er wie immer herein, streckte sich und reckte schnuppernd die Nase in die Luft. Normalerweise riecht er Leberwurst, die ihm Gerda vor die Nase hält. Aber dieses Mal hat ihn Eddis Duft vertrieben. Jetzt liegt er in der Küchentür und wirft ihm böse Blicke zu.

»Mein lieber Herr Meier-Zuhorst, ich möchte Sie nicht kompromittieren, aber Sie riechen sehr stark nach Aftershave«, sagt Herr von Itzenplitz schließlich.

Eddi strahlt Herrn von Itzenplitz an. »Tabak Original. Dat hatte isch noch im Schrank. 1978 habe ich damit meine Hanne rumgekriegt. Sie fand den Geruch immer sehr aufregend.«

Ich stehe auf und öffne das Fenster. »Ich fürchte, Siglinde erstickt, wenn sie Ihnen zu nahe kommt. Sie riechen wie eine Skatrunde nach einem Saufgelage.«

Eddi runzelt die Stirn und schnuppert an seinem Hemd. »Sie meinen, es ist etwas viel?«

Wir alle nicken. Eddi überlegt, etwas zu sagen. Doch dann geht er einfach hinaus. Als wir kurz darauf die Dusche hören, sind wir erleichtert.

»Was ist der Plan für heute?«, fragt Gerda, während sie nach der Leberwurst greift. Kurz darauf springt Alfred ihr auf den Schoß.

»Wir gehen in den Schrebergarten. Konfrontieren den Vorsitzenden und Gaby mit unserem Wissen und lösen den Fall«, sage ich.

Gerda nickt. »Oh, fein.« Alfred beginnt zu schnurren. Ich glaube, er ist ein Abenteurer durch und durch. Er liebt es, mit uns zu ermitteln. Inzwischen hat er offenbar sogar seinen Rausch ausgeschlafen, er sieht sehr frisch aus, im Gegensatz zu uns.

»Aber Paula hat gesagt, wir dürfen uns dort nicht blicken lassen«, wendet Herr von Itzenplitz ein und gähnt verstohlen.

Mit diesem Einwand habe ich gerechnet. »Mein lieber Itzenplitz, wir haben einen Fall zu lösen. Glauben Sie, Sherlock Holmes hätte sich von einem Platzverweis durch Inspector Lestrade beeindrucken lassen? Nein. Und warum? Weil er wusste, dass man hin und wieder die Gesetze übertreten muss, wenn man ermittelt.« Er sieht nicht überzeugt aus, also versuche ich es anders: »Hat nicht Marx dazu aufgefordert, sich der herrschenden Klasse zu widersetzen, und hat er dies nicht als Voraussetzung für Freiheit gesehen?«

»Nun ja, aber es ging ihm um die Entfremdung der Menschen aufgrund ihrer vollständigen Eingliederung in die kapitalistische Produktion. Die Dominanz des Arbeitens in der modernen Gesellschaft konsumiert den Einzelnen. Seine Überlegung war, sich dem zu widersetzen und sich so zu befreien.«

»Sehen Sie! Widersetzen und befreien. Wir dürfen eben nur nicht den Fehler machen, meiner Tochter über den Weg zu laufen.« Das wäre wirklich nicht gut.

»Und was ist mit dem Polizisten vor der Tür?« Herr von Itzenplitz ist noch immer nicht überzeugt. Dazu muss man wissen, dass meine Tochter gestern nicht ganz so versöhnlich war, wie ich gehofft hatte. Als sie mit Marcel und Jay zum Präsidium gefahren ist, hat sie mich mitgenommen, um mich in die Arrestzelle zu stecken. Zum Glück hatte es aber einen Rockerstreit in der Altstadt gegeben, sodass alles belegt war. Daraufhin hat sie mich von einem Streifenpolizisten nach Hause bringen lassen. Und der steht noch immer vor unserer Haustür.

»Ein sehr höflicher Mensch. Ich habe ihm eben Brötchen und einen starken Kaffee gebracht. Er war wirklich überrascht und meinte, eine so nette Bewirtung hätte er bei einer Überwachung noch nie gehabt.« Ich schaue auf die Uhr. In spätestens fünf Minuten ist es so weit. Dann sollte der Polizist verzweifelt eine Toilette suchen. Es geht nichts über extra starken Kaffee.

Eddi Mei-Zu kommt aus der Dusche. Er riecht dezent nach Sandelholz. Außerdem hat er die Kleidung gewechselt und trägt jetzt ein dunkelgrünes Hemd mit einem gestickten Drachen am Kragen. Sehr schick, wie ich finde. »Siglinde wird begeistert sein«, sage ich deswegen.

Eddi strahlt. »Dann los!«

»Dann los!«

Eine knappe halbe Stunde später sind wir im Schrebergartenverein. Der Weg dorthin war etwas umständlich. Aus dem Kellerfenster zu klettern war in der Theorie einfacher als in der Praxis. Und unsere Nachbarin ist auch bestimmt nicht begeistert. Ich wette, sie beschwert sich wieder einmal über uns, die ist so eigen mit ihrem Rosengarten. Aber wegen der in Mitleidenschaft gezogenen Blumen werde ich sie an meine Tochter verweisen. Schließlich hat die uns den Polizisten vor die Tür gestellt, sonst wären wir niemals durch das Beet gelaufen.

Nach dem Gewitter gestern hat es aufgefrischt. Mein Cape flattert im Wind, und ich habe meine hübsch gepunkteten Gummistiefel an. Die sind superbequem und auch praktisch. Fast bin ich etwas traurig, dass es keine Pfützen gibt.

Auf dem Schrebergartengelände ist es sehr ruhig.

Schließlich ist kurz vor sieben ja beinahe noch nachtschlafende Zeit. Kein Rasenmäher. Keine Heckenschere. Kein gar nichts.

»Da steht das Wohnmobil! Ich nehme an, damit wollen sie abhauen.« Ich deute auf ein hellbeiges Gefährt, das auf dem Parkplatz vor dem Gelände steht. Es hat den Charme der frühen Achtziger. An der Seite klebt ein Friedenstauben-Aufkleber und *Ein Herz für Kinder*.

»Glauben Sie, der Vorsitzende hat seiner Frau alles gebeichtet? Immerhin hat er das angedeutet, als er mit Marcel Schilling auf der Terrasse gesprochen hat.« Herr von Itzenplitz streicht sich nachdenklich über sein schmales Bärtchen.

»Ich denke nicht. Er ist mehr der Typ, der sich nachts klammheimlich aus dem Staub macht und einen Brief auf dem Küchentisch hinterlässt.«

Langsam schleichen wir uns an den Wagen heran. »Ich wette, der Vorsitzende ist schon da drin und wartet auf Gaby«, flüstere ich. Vorsichtig versuche ich, durch eines der Fenster zu blicken. Aber die sind offenbar lange nicht geputzt worden, braun-rote Dreckschlieren laufen die Scheibe herunter und machen es unmöglich, etwas zu sehen. Ich lausche, denn selbst wenn der Vorsitzende da drin allein ist, müssten wir ihn hören. Aber kein Räuspern, kein Atmen, nicht mal leise Musik. Absolut nichts. Ich drücke die Klinke des Campingwagens hinunter. Abgeschlossen. Ich bin enttäuscht und lasse den Kopf hängen. Was wieder gut ist. Denn sonst hätte ich sie vielleicht gar nicht gesehen. Aber so rufe ich aus: »Da! Spuren!«

Herr von Itzenplitz folgt meinem ausgestreckten Finger. »Wo?« Er kneift die Augen zusammen und beugt sich ganz tief hinab. Ich wusste gar nicht, dass er so gelenkig ist. Vielleicht sollte auch ich trotz meiner Aversion gegen Sport ein paar morgendliche Übungen am offenen Fenster in Erwägung ziehen. »Oh ja. Tatsächlich.« Durch den Regen in der Nacht ist der Schotterboden aufgeweicht, und es zeichnen sich deutlich Abdrücke ab. Ein dicker Reifen, der tief in den Boden eingesunken ist. Vermutlich eine Schubkarre. Dahinter Abdrücke von Gummistiefeln. Gummistiefeln mit einem deutlichen Riss in der Sohle!

Ich blicke auf. »Sehen Sie das?«, frage ich heiser.

Die anderen nicken.

Ich spreche aus, was alle anderen denken: »Der Vorsitzende ist also der Mörder!«

COSMA

DAS HÄTTE ICH JETZT NICHT ERWARTET

Die Reifenspuren führen auf das Vereinsgelände. Doch schon bald werden sie schwächer. Offenbar ist der Boden hier fester, der Vorsitzende mit seiner Schubkarre nicht mehr so tief eingesunken. Eddi Mei-Zu wirft sich auf den Boden, die Nase wie ein Jagdhund an die Spur gedrückt. Dann springt er auf: »Da lang!« Er weist den Weg und rennt los. Wir hinterher. An der Kreuzung bleibt er stehen. Vor uns ist der Garten des Toten, rechts neben uns ragt Marcels Hecke in die Höhe, nach links geht es zum Vereinshaus. Die Spur führt nach links. Wir gehen langsam weiter, die Augen fest auf den Kiesweg gerichtet. Plötzlich enden die Spuren. Ich blicke auf. Wir stehen vor dem Vereinshaus.

Der Vorplatz ist leer, es sieht alles noch aus wie gestern Nacht: das Festzelt, die Tische mit den Bierbänken, der Metalltresen, auf dem sich Tau abgesetzt hat. Es riecht nach abgestandenem Bier und erkalteter Grillkohle.

»Wo geht die Spur weiter?«, flüstert Gerda. Irgendwas liegt in der Luft, das sie flüstern lässt. Eine Spannung, fühlbar für jeden von uns. Wir sind nah dran, das Geheimnis des toten Schrebergärtners zu lüften. Ich spüre es in meinem kleinen Finger. Ich gehe langsam vorwärts, versuche, im Kies weitere Spuren auszumachen, kontrolliere mit meinen Blicken jeden Stein.

»Da!« Ich deute auf eine Stelle vor mir. »Wir müssen am Zelt vorbei Richtung Wiese.« Dann sehe ich in einem Maulwurfshaufen einen tiefen Fußabdruck. Um ganz genau zu sein: Es ist nicht nur ein Fußabdruck. Es ist ein Fuß. Allerdings ohne das dazugehörige Bein.

Abrupt richte ich mich auf. Und bin doch etwas überrascht über das, was ich da sehe.

PAULA

MAUSETOT

Paula reibt sich müde über die Augen. Gestern Abend ist es spät geworden, die Vernehmung von Marcel Schilling und seiner Freundin hat fast bis drei Uhr gedauert. Gebracht hat sie wenig Neues. Sowohl Jay als auch Marcel bestreiten vehement, Roland Baumann ermordet zu haben. Was den Vorsitzenden betrifft, bezweifelte Marcel ausdrücklich, dass der etwas mit dem Mord zu tun haben könnte. Paula ist aufgefallen, wie extrem vorsichtig Marcel bei seinen Aussagen war, so als wolle er den Vorsitzenden und auch Gaby vor jedem Verdacht schützen. Jay ist dagegen deutlicher geworden, offenbar ist sie mit den beiden nicht so eng befreundet wie Marcel. Gaby habe sehr unter Rolands Pedanterie gelitten. Er sei ein Paragraphenreiter gewesen, habe auf das Peinlichste genau immer darauf geachtet, dass alles seine Richtigkeit habe. Mit fast allen im Gartenverein sei es zum Streit gekommen. Jedes noch so kleine Vergehen, vom Vorsitzenden großzügig ignoriert, wurde angeprangert, dokumentiert und – wenn keine Besserung eintrat – an den Stadtverband gemeldet. Ein Kleingärtner hatte eine nigelnagelneue Terrassenüberdachung abbauen müssen, ein anderer einen Swimmingpool entfernen. Es wurden Hecken nachgemessen, mit Baumfällung gedroht, nachlässige Gartenpflege gerügt. Gaby ist das Ganze extrem peinlich gewesen, sie hatte sich kaum noch unter die Schrebergärtner getraut. Dabei empfanden die eher Mitleid mit ihr.

Irgendwann setzte sich Roland dann in den Kopf, dass Marcel Schilling sich zu gut mit Gaby verstand. Nicht dass Roland Gaby nicht aus den Augen gelassen hätte. Im Gegenteil, er verbrachte die meiste Zeit damit, Marcel zu verfolgen.

Es war deutlich herauszuhören, dass Jay Gaby einen Mord zutraute und noch deutlicher, dass sie glaubte, es war der Vorsitzende. »Der Uwe ist völlig vernarrt in Gaby. Ich meine, wenn man Agnes kennt, kann man es auch verstehen. Die gibt ihm keine Freiheiten, meckert immer nur an ihm herum. Je mehr er ihr entgleitet, desto biestiger wird Agnes. Irgendwann hat Uwe sie einfach ignoriert. Rolands Verhalten dagegen konnte er nicht übersehen. Er hat es jedes Mal mitbekommen, wenn der Gaby gegängelt und ihr vorgeworfen hat, sie sei unordentlich, übergewichtig und undiszipliniert. Und das hat ihn gestört. Jeden Tag mehr. Wenn Sie mich fragen, ob er Roland etwas angetan haben könnte: Ich denke, ja.«

Paula liest sich die Aussagen von Marcel und Jay noch einmal durch und gähnt. Es ist kurz nach sieben Uhr morgens. Sie hat kaum drei Stunden geschlafen. Walter kommt rein, in der Hand eine Bäckertüte. »Der Brötchenman ist da!«, flötet er.

»Das ist eine Supersache. Aber wir müssen jetzt los, mit Gaby und dem Vorsitzenden reden.«

Walter nickt. »Hab ich mir schon gedacht und deswegen belegte Brötchen besorgt. Können wir auf dem

Weg essen. Und Kaffee habe ich auch.« Er hält eine schmale Papiertüte mit zwei Pappbechern hoch.

»Walter: Du bist der Beste!« Paula steht auf. Im gleichen Moment klingelt ihr Handy. Sie schaut auf die Nummer, seufzt, geht nach kurzem Zögern ran. »Was willst du? Ich muss zum Gartengelände.«

Walter wedelt mit den Autoschlüsseln. »Ich fahre?« Paula nickt und greift sich ihre Jacke.

»Du weißt es schon?« Cosma klingt überrascht.

»Was weiß ich?«

»Na, die Leiche.«

Abrupt bleibt Paula stehen. »Welche Leiche?«

»Die hier liegt.«

»Wo?«

»Auf der Wiese neben dem Vereinshaus.«

Paula fühlt, wie ihr Blutdruck in Sekundenschnelle ansteigt. »Neben dem Vereinshaus? Mutter, was machst du im Gartenverein? Du solltest doch ...« Paula atmet tief durch. Es hat ohnehin keinen Zweck. »Was ist los?«

»Du kannst mir enorm dankbar sein, Paula. Jetzt siehst du, wie wichtig es war, dass ich gleich beim ersten Toten die Polizei gerufen habe. Dieser Verein ist eine Brutstätte der Gewalt, das habe ich dir immer gesagt. Er liegt hier, dahingeschieden für immer. Das wäre nicht passiert, wenn wir ungestört hätten ermitteln können. Aber bei dir heißt es ja immer gleich Platzverweis und Arrestzelle. Und jetzt sehen wir, wohin das führt. Sein Kopf ist nicht mehr da, wo er hingehört, und der Rest von ihm auch nicht.«

»Mutter, wovon redest du?«

»Von seinem Körper. Überall verstreut. Ich sage dir, das ist überhaupt kein schöner Anblick. Ich meine, er war auch kein schöner Anblick, als noch Leben in ihm war. Aber jetzt – mich schaudert!«

»Mutter: Was genau ist los? Wer ist tot?«

»Aber Paula, das sage ich doch die ganze Zeit. Hörst du denn nie zu? Was lernt ihr eigentlich bei der Polizei?«

»WER?«

»Der schlaffige Vorsitzende des Vereins. Mausetot. Und zerteilt.«

»Zerteilt?«

»Genauso ist es. Ich glaube, es ist besser, du kommst her.«

Das glaubt Paula auch.

COSMA

WIRKLICH SEHR SCHLÜSSIGE SCHLUSSFOLGERUNGEN

Ich habe immer gesagt, mit dem nimmt es kein gutes Ende«, sage ich zu Herrn von Itzenplitz, nachdem ich aufgelegt habe. »Allein schon diese Augen.« Womit ich natürlich die Augen des lebenden Toten meine. Jetzt sehen sie nicht mehr ganz so schwammig aus. Jetzt starren sie eher. Was nicht besser ist.

Alfred schleicht sich vorsichtig an den Kopf des Toten heran. Der liegt ein paar Meter entfernt vom Torso. Der Kater schnuppert. »Alfred!« Gerda nimmt ihn hoch. Dabei bin ich mir sicher, dass er gerade Witterung aufnehmen wollte, um uns zum Täter zu führen. Doch das hat sich jetzt erledigt. Denn Gerda hält Alfred die Augen zu. »Schau da nicht hin, Alfilein. Das ist grausam.«

»Isch wette, der Kater hat schon schlimmere Massaker verursacht«, sagt Eddi Mei-Zu. Er ist blass, und kalter Schweiß hat sich an seiner Stirn gebildet. »Isch glaub, isch setz mich mal kurz da hinten hin.«

»Wir kommen mit«, sagt Gerda. Sie hat auch die Augen geschlossen. »Das ist nichts für uns.« Offenbar hat sie kein Interesse daran, echtes Material für ihren nächsten Splatterkrimi zu sammeln. Was ich gut verstehen kann, denn so genau will man die Innereien eines

Menschen nun auch nicht kennenlernen. Obwohl ich nicht gedacht hätte, dass ein Darm … Ach lassen wir das.

Gerda nimmt Eddis Hand, und aufeinander gestützt, verlassen die beiden die Wiese in Richtung Vorplatz. Kurz darauf höre ich, wie Eddi an der Theke hantiert. Vermutlich ein Beruhigungs-Alt. Was keine schlechte Idee ist, denn auch mir ist ein wenig flau. Aber uns bleibt keine Zeit, in wenigen Minuten wird meine Tochter auftauchen, und irgendwie habe ich das Gefühl, dass sie als Erstes uns vom Tatort entfernen wird.

Herr von Itzenplitz ist ebenfalls blass, aber offensichtlich gewillt, mich zu unterstützen. Auch wenn er stur geradeaus schaut und jeden Blick auf den Toten vermeidet. »Ich dachte, er ist der Mörder. Jetzt liegt er selbst da. Warum?«

»Das ist eine sehr gute Frage, mein lieber Itzenplitz. Auch ich bin überrascht.« Ich gehe auf und ab, um meine Gedanken zu sortieren. Dann nehme ich mein Diktiergerät heraus und drücke die Aufnahmetaste. »Sonntag, achter August. Wir haben soeben den Vorsitzenden tot auf der Wiese hinter dem Vereinshaus aufgefunden. Er wurde mit einer Säge oder Ähnlichem zerteilt.« Ich fühle mich ein wenig wie Special Agent Dale Cooper. Nur dass ich nicht in Twin Peaks stehe, sondern in Düsseldorf. »Erster Ansatzpunkt: Der Vorsitzende ist der Mörder von Roland Baumann, und heute Nacht hat er seine gerechte Strafe erhalten. Mögliches Motiv: Rache für den ersten Mord.«

»Aber warum hat der Täter ihn hier abgeladen? Mitten auf der Wiese, wo ihn jeder finden kann?«, fragt Herr von Itzenplitz stirnrunzelnd.

Ich zücke wieder mein Diktiergerät. Immer wenn ich es in der Hand habe, kann ich besonders klar denken. »Zweite These: Der Mörder wollte, dass wir die Leiche finden. Vielleicht als Zeichen an die Welt: Niemand mordet ungestraft. Was aber ein wenig widersinnig wäre, weil dann der zweite Mörder auch irgendwann bestraft werden müsste.« Mein Blick wandert über das Gelände. Und wieder wird mir etwas klar. Offenbar regt so eine zerteilte Leiche meine kriminalistische Begabung ungemein an. Ich deute auf die Grube für das Erinnerungsbäumchen. »These 3: Der Täter wollte gar nicht, dass wir die Leiche finden. Er wollte den Mord vertuschen und die Leiche vergraben!«

Ich gehe hinüber und sehe in das Loch. Es ist viel tiefer und breiter als gestern. So, als habe eine Person noch mal nachgegraben. »Jemand wollte den Vorsitzenden unter dem Baum verschwinden lassen«, schlussfolgere ich.

Wow. Jetzt bin ich aber von mir selbst ein wenig begeistert. »These 4: Der Mörder ist durch irgendwas gestört worden und konnte sein teuflisches Werk nicht vollenden. Ansonsten hätte er den Vorsitzenden reingeworfen, etwas Erde drauf, und wenn heute der Baum gepflanzt worden wäre, dann hätte niemals jemand den Vorsitzenden gefunden. Alle hätten gedacht, er sei geflohen, weil er Roland umgebracht hat.«

Herr von Itzenplitz nickt. »Ich denke, Sie haben recht. Ich frage mich jedoch, warum er überhaupt getötet wurde.«

»Weil der luschige Vorsitzende ein gewissenloser Mörder war. Hinter der Maske der Unscheinbarkeit verbarg sich ein Monster, das seine wehrlosen Opfer in der heimeligen Umgebung eines Schrebergartens kaltblütig ermordete!«, sage ich mit Inbrunst. »Irgendjemand wollte seinem grausamen Treiben ein Ende setzen.« Doch. Hört sich gut an. Ich werde das genauso in meinem nächsten Roman verarbeiten.

Herr von Itzenplitz scheint jedoch nicht überzeugt. Er runzelt die Stirn. »Hm.« Langsam geht er hinüber zu dem Fuß des Toten. Den, den wir zuerst entdeckt haben. »Sehen Sie?«

Ich folge seinem ausgestreckten Finger. Der Fuß hört kurz oberhalb des Knöchels auf. Blutige Fetzen Fleisch und Haut ragen aus einer Socke, die in Sandalen steckt. Kein schöner Anblick. Ich habe noch nie verstanden, wie Männer das tragen können. Beige Socken in braunen Sandalen. Doch dann wird mir schlagartig klar, dass es Herrn von Itzenplitz nicht um die modische Entgleisung geht. »Das sind keine Gummistiefel!«

Herr von Itzenplitz nickt. »Und es gibt auch keinen Riss in der Sohle.«

Von der Straße her höre ich Polizeisirenen. Mein kleiner Finger kribbelt wie verrückt. Ich blicke Herrn von Itzenplitz an. »Er ist ein Opfer. Das wehrlose Opfer eines kaltblütigen Täters. Das Opfer eines Serienkillers!«

PAULA

DAS DÜSSELDORFER KETTENSÄGENMASSAKER

»Sieht aus, als hätte sich ein Tier darüber hergemacht.« Doktor Fischer deutet mit dem Stift auf das, was von der Nase des Vorsitzenden übriggeblieben ist. Blutrotes Fleisch klebt faserig auf der wachsbleichen Haut.

Paula hockt sich interessiert neben ihn. »Ist das ein Zahnabdruck?« Sie weist auf ein kleines Stück Fleisch.

Paula kann zwar gut verstehen, warum ihre Kollegen deutlichen Abstand halten. Aber wann hat man schon einmal Gelegenheit, eine zerstückelte Leiche zu sehen? Sie versucht, durch den Mund zu atmen, und ignoriert ihren flauen Magen.

»Sehr gut beobachtet. Hier sieht man deutlich, wie das Tier ein Stück abgekaut hat. Vermutlich ein Marder. Ein Fuchs hätte den Kopf in ein Gebüsch gezogen, um ihn für spätere Zeiten zu sichern.«

»Und da vorne am Hals? Das sind keine Fraßspuren, oder?«

Doc Fischgrät schüttelt den Kopf. »Die Gliedmaßen wurden vorsätzlich abgetrennt. Die Schnittstelle ist sehr grob.« Mit glänzenden Augen deutet er auf den Hals. »Kettensäge, würde ich sagen. Die scharfen Zähne der Säge arbeiten nach dem Hobelprinzip, treffen sie auf

Fleisch, reißen sie es heraus.« Begeisterung ist in seiner Stimme zu hören. Wahrscheinlich denkt er das Gleiche wie sie: wow – ein Kettensägenmassaker! Beide grinsen sich für einen winzigen Moment an, und sie fühlt sich plötzlich mit ihm verbunden. Sie weiß, dass sie entsetzt sein müsste, und tatsächlich fühlt sie Mitleid mit dem Vorsitzenden. Das ganze Leben ist er nicht gegen seine Frau angekommen, hat sich nie zur Wehr gesetzt, immer nur gekuscht und getan, was andere von ihm erwartet haben.

Trotzdem überwiegt Paulas professionelle Begeisterung. »Das muss ziemlich gespritzt haben. Das heißt, der Täter muss von oben bis unten voller Blut gewesen sein.« Sie lässt ihren Blick über die Wiese gleiten. »Das heißt, er ist nicht hier zerteilt worden. Dafür ist auf dem Boden zu wenig Blut.«

»Mit Sicherheit ist der eigentliche Tatort ein anderer. Die Schnitte erfolgten post mortem. Aber es gibt noch etwas sehr Interessantes. Schau mal hier.« Er dreht den Kopf der Leiche und deutet auf einen tiefen Einschnitt an der linken Stirnseite. »Das ist nicht von einer Kettensäge verursacht worden, aber ich bin mir fast sicher, dass das den Tod verursacht hat. Ein heftiger Schlag gegen den Kopf. Ich würde auf eine Schaufel tippen.«

»Also wurde er erschlagen, zerteilt und dann hierher transportiert.«

»Genauso dürfte es gewesen sein.« Der Doc richtet sich auf, drückt seinen Rücken durch und dehnt unter genüsslichem Seufzen seine Arme. Sein schwarzes Shirt ist hochgerutscht. Paula hockt nach wie vor auf dem Boden und hat beste Aussichten auf den Anker auf seinem Bauch. Warum er den wohl hat? Sie ruft sich zur

Ordnung. Im Augenblick geht es nicht um Doc Fischgrät und seine Tätowierung. Sie blickt hinüber zur Pflanzgrube. »Der Mörder wollte ihn vergraben, aber irgendwas muss ihn gestört haben. Die ganze Situation wirkt nicht so, als wäre die Tat geplant gewesen. Der erste Mord war kaltblütig. Gift, gezielt vorbereitet. Dieser dagegen: ein Schlag mit der Schaufel, anschließend wird die Leiche zerteilt, um sie unter dem Bäumchen zu vergraben. Es könnte eine spontane Aktion gewesen sein. Die Frage ist: warum letzte Nacht?« Sie runzelt die Stirn, bedankt sich beim Doc und geht zu Spusen-Ali hinüber.

Der kniet auf dem Boden. »Passen Sie bloß auf, wo Sie hintreten«, begrüßt er sie, ohne aufzublicken. Er scheint nicht gerade bester Laune. »Ich sichere hier Fußabdruck 89. Und ich rede nicht von den gesamten Fußabdrücken, sondern nur von den unterschiedlichen.«

»Gestern war das Sommerfest. Waren halt viele Leute da.«

Spusen-Ali steht auf und blickt zu Rosalie, die ein Stück entfernt mit Walter redet. Dessen Gesichtsausdruck entspricht dem eines Dackels vor dem gedeckten Küchentisch.

»Rosalie – zu viel Zeit, oder was? Was ist mit den Vergleichsproben?«, bellt Spusen-Ali.

Rosalie schaut gelassen zu ihrem Chef. »Fang ich gleich mit an.« Sie grinst Walter an, zwinkert ihm zu. Walter läuft knallrot an.

»Walter, du hast auch einen Auftrag!«, erinnert Paula ihn. Der schaut Rosalie hinterher, die ihm noch einmal zuwinkt – Paula ist sicher, dass er sehnsüchtig aufseufzt.

Sie setzt sich in Bewegung, doch Spusen-Ali hält sie zurück. »Wir brauchen Vergleichsabdrücke von jeder

Person, die gestern auf dem Sommerfest war. Sie können Ihre gleich dalassen. Und Ihr Kollege auch.«

Paula nickt. Sie spürt, dass er noch etwas für sie hat. Ein Bonbon, das er sich extra für sie aufgehoben hat. »Was ist es?« Sie kann ein Lächeln nicht unterdrücken.

»Was?«

»Das, was Sie mir noch zeigen möchten.«

Spusen-Ali betrachtet sie nachdenklich. »Was hat mich verraten?«

Sie zuckt mit den Schultern. »Weibliche Intuition.«

Spusen-Alis Gesichtsausdruck verändert sich kein bisschen. Und trotzdem scheint es so, als sei er amüsiert. Zumindest auf seine Art und Weise. Er bleckt die Zähne und deutet auf einen weißen Kegel am Rand der Wiese. »Da vorne habe ich einen guten Teilabdruck gefunden. Von einem Gummistiefel. Mit einem Riss in der Sohle.«

Paula ist sofort klar, was das heißt: »Also hat der gleiche Täter ein zweites Mal zugeschlagen.«

»Davon ist auszugehen.«

»Der Doc sagt, der Vorsitzende wurde vermutlich mit einem Spaten erschlagen.«

»Sagt er das? Er soll sich gefälligst direkt an mich wenden, wenn er was weiß. Sind denn hier nur Stümper unterwegs?« Er dreht sich um. »Rosalie – sag den Jungs drinnen, sie sollen nach einem Spaten Ausschau halten. Am besten, sie fangen noch mal von vorne an! Wir haben ja sonst nix zu tun!«

»Haben Sie die Kettensäge, mit der unser Toter zerteilt wurde?«

Spusen-Ali schüttelt den Kopf. »Nein, keine Spur. Wir durchsuchen noch das Vereinshaus, aber ich habe mir vorhin einen ersten Überblick verschafft. Da ist nichts.«

»Noch etwas«, sagt Paula, als sich Spusen-Ali wieder vor den Fußabdruck kniet, um ihn zu fotografieren. Was sie jetzt fragen muss, ist etwas heikel. Aber sie will auf Nummer sicher gehen. »Ich habe mir Ihre Unterlagen angesehen. Der erste Tote hatte in seinem Portemonnaie einen Bon von einem Baumarkt. Er muss vor Kurzem eine Kettensäge gekauft haben. Aber auf der Inventarliste der Laube war nichts. Kann es sein, dass sie nicht aufgenommen wurde?«

Das leise Gefühl der Verbundenheit zwischen ihr und Spusen-Ali verschwindet im Bruchteil einer Sekunde. Er schenkt ihr einen tödlichen Blick. »Wenn da keine Kettensäge auf der Liste stand, dann war da auch keine.«

»Das habe ich mir gedacht«, murmelt Paula nachdenklich. Irgendetwas sagt ihr, dass Uwe Schulze mit genau jener Kettensäge zerstückelt wurde, die Roland Baumann nur zwei Tage zuvor gekauft hat. Die Frage ist, wie diese beiden Ereignisse zusammenhängen.

COSMA

WENN SICH EIN SICHTZAUN VERSCHIEBT

Das ist wirklich das Letzte! Da haben wir einen Superplatz direkt am Gartenzaun ergattert, sodass wir alles perfekt verfolgen konnten – und dann hat uns einfach jemand eine weiße Sichtschutzwand vor die Nase gestellt! Aber nicht mit mir.

»Frau Cosma, Sie können da nicht rein.« Walter steht plötzlich zwischen mir und den Stellwänden, die Finger auf den Handschellen. »Paulas Anweisungen waren sehr strikt.«

Natürlich. Meine Tochter! Kaum dass sie am Tatort war, hatte sie nichts Besseres zu tun, als uns von der Wiese zu werfen und Walter zu beauftragen, uns keine Sekunde aus den Augen zu lassen. Und dann ist auch noch dieser Irre mit den Augenbrauen aufgetaucht. Ich weiß nicht, wie sie so jemanden bei der Polizei arbeiten lassen können. Hat der doch einfach so einen faltbaren Sichtschutz aus einem Köcher gezogen und ihn mir mit breitem Grinsen direkt vor die Nase gestellt. Selbstredend habe ich lautstark protestiert. Aber er hat sich ohne ein Wort umgedreht, mir hämisch zugewunken und ist auf die Wiese verschwunden. Ich überlege, ob ich die Sichtschutzzäune einfach umwerfe.

In dem Moment sagt Eddi: »Da vorne steht Sichlinde!«

Tatsächlich steht sie ein wenig abseits und verfolgt ebenso wie wir das Geschehen im Garten. Eddi winkt ihr zu. »Sichlinde! Hallo, wir sind hier!« Seine Stimme ist unnatürlich hoch.

Siglinde sieht sich fragend um. Dann erkennt sie Eddi und kommt zu uns herüber. »Ist das nicht schrecklich?«, fragt sie. »Das Böse hat das Gelände fest im Griff.« Sie hält ihr Amulett hoch und schwenkt es in der Luft. Die Rabenfeder hat offenbar in der letzten Zeit etwas gelitten, sie ist abgeknickt und flattert traurig hin und her.

Eddi stellt sich zu ihr: »Am besten bleiben Sie bei uns. Hier sind Sie sicher.« Für einen Moment erwarte ich, dass er heldenhaft seinen Arm um sie legt. Aber er lässt es, denn sie ist immerhin einen halben Meter größer als er, und er ist sich nicht so sicher, ob sie ihm wegen des Baggers gestern Abend vergeben hat.

»Man muss sich dem Bösen entschlossen entgegenstellen.« Siglinde nickt bedeutungsvoll zu ihren Worten.

»Genau das machen wir«, betone ich. »Aber wir werden ständig in unseren Ermittlungen behindert.« Ich werfe Walter einen strengen Blick zu, aber der verzieht keine Miene. Das ist mal wieder typisch. Die Polizei will ihre Fehler nicht einsehen. Dabei wette ich, wenn man uns nur machen lassen würde, dann hätten wir den Täter längst geschnappt.

»Wir haben ihn heute Morgen jefunden, den Vorsitzenden. Jenau dort drüben. Er lag verteilt über die Wiese. Mausetot.«

»Haben Sie jemanden gesehen? Den Mörder?«, fragt Siglinde mit großen Augen. Ihre Hände streichen nervös über das Amulett.

Eddi nickt und drückt heldenmäßig den Rücken durch. »Tatsächlisch. Dat habe ich.«

Ich blicke ihn überrascht an. »Ach ja?«

»Da hinten an den Sträuchern zu den angrenzenden Gärten, da war wat.«

»Und was?« Siglinde hängt an seinen Lippen.

»Ein Schatten. Ein großer dunkler Schatten. Aber bevor ich genauer hinsehen konnte, war er zwischen den Sträuchern verschwunden.«

Siglinde fasst wieder an ihr Amulett. »Die Götter beschützen diejenigen, die auf dem richtigen Pfad sind.«

Das sind ja mal Nachrichten! Da haben wir in Lebensgefahr geschwebt und es noch nicht einmal gemerkt. Ich will gerade Eddi eingehender befragen, da sehe ich plötzlich etwas, das meine ganze Aufmerksamkeit erfordert: Gaby Baumann, die Witwe des ersten Toten und Freundin des zweiten Toten, kommt um die Ecke. Rumpelnd zieht sie einen Rollkoffer hinter sich her über den Kiesweg. Sie trägt ein adrettes rosa T-Shirt und einen engen Jeansrock. Bieder, aber hübsch. Als sie den Menschenauflauf vor dem Vereinshaus sieht, werden ihre Augen groß. Die Menge teilt sich vor ihr wie das Rote Meer und gibt den Weg frei. Sie fährt mit ihrem Koffer bis direkt vor Walter. »Was ist hier los?«, fragt sie alarmiert.

Walter schluckt. Dann schiebt er den Sichtschutz etwas zur Seite: »Paula! Ich brauche dich hier! Jetzt sofort!«

Er wendet sich wieder Gaby zu. »Meine Kollegin kommt in einer Minute.«

»Ich will wissen, was los ist«, sagt Gaby mit Nachdruck.

Walter schluckt. Dreht sich noch mal um. »Paula!« Dabei verschiebt er unwillentlich den Sichtschutz, und eine Lücke entsteht.

Ich stelle mich auf die Zehenspitzen, um über Gaby hinwegzuschauen. Nicht dass ich nicht schon alles auf der Wiese gesehen hätte. Aber mich interessiert trotzdem, was der Irre im weißen Ganzkörperanzug mit meinem Tatort veranstaltet.

Gaby hat die Lücke ebenfalls bemerkt. Sie wendet sich langsam Richtung Wiese. Dort legt der Doc gerade mit behandschuhten Händen vorsichtig den Kopf des Vorsitzenden in eine Styroporkiste. Ich finde es ja spannend, aber zugegeben: Für die Gaby ist das nicht so schön. Ich kann ihr nicht verdenken, dass sie anfängt zu schreien. Sie schreit, als ob es kein Morgen gäbe. Und gerade, als ich denke, es geht nicht schlimmer, kommt eine Krähe von einer Birke heruntergesegelt und setzt sich neben den Fuß, der noch immer auf dem Maulwurfshügel steht.

Der Verrückte mit dem Schutzanzug verscheucht den Vogel und stülpt einen Plastikkegel über den Fuß des Toten. Gabys Schreie enden abrupt, und sie fängt plötzlich an, ziemlich hektisch zu atmen. Dann kippt sie unvermittelt nach hinten, einfach so. Meine Tochter kann sie gerade noch auffangen.

PAULA

DAS DUELL DER SCHWARZEN WITWEN

Langsam ein- und ausatmen.« Doc Fischgrät presst Gaby Baumann eine braune Papiertüte vor den Mund. Die Tüte bläht sich knisternd auf. Allmählich bekommt Gaby wieder Farbe. »Geht schon«, sagt sie undeutlich in die Tüte hinein.

Doc Fischgrät schaut sie noch einmal prüfend an, steht dann auf und wendet sich an Paula. »Sie soll noch einige Minuten so sitzen bleiben. Wenn etwas ist, ruf mich einfach.« Paula nickt. Sie ist froh, dass er sich so schnell um Gaby gekümmert hat. Er streicht mit den Händen über seine Cordhose und deutet Richtung Wiese. »Ich mache dann mal weiter.«

Paula bemerkt, wie Gaby Baumann wieder hektischer in die Tüte atmet und Doc Fischgrät panisch hinterherschaut. Der schiebt sich zwischen dem Sichtschutz durch, bemüht, ihr keinen Blick hinein zu gewähren.

Gaby keucht weiter in die Tüte, bis sie nach einigen Minuten tatsächlich besser aussieht und den Arm schlaff beiseitefallen lässt. Ihr Blick geht ins Leere. »Es ist vorbei. Alles vorbei«, flüstert sie.

»Was ist vorbei?« Paula setzt sich neben Gaby Baumann. Unschlüssig nimmt sie ihre Hand. Gaby Baumann scheint es noch nicht einmal zu bemerken.

»Unser neues Leben. Uwes und mein Leben. Wir wollten heute Morgen los, aber er war nicht am Wohnmobil. Ich hatte schon so ein komisches Gefühl. Deswegen bin ich her. Und als ich die Menschenmenge gesehen habe …« Ihre Augen füllen sich mit Tränen. »Das kann doch nicht sein. Das kann doch alles nicht sein!«

»Was ist hier los?« Eine eiskalte Stimme lässt alle herumfahren. Agnes Schulze ist unbemerkt herangekommen. Sie trägt ein knallrotes Sommerkleid und passende Stöckelschuhe.

Paula richtet sich auf. »Frau Schulze, gut, dass Sie hier sind.« Sie mustert Agnes, um herauszufinden, ob die vielleicht schon weiß, was passiert ist. Aber deren Gesicht ist unbewegt. Paula sieht, wie Cosmas Augen sich zusammenziehen. Sie murmelt etwas von *Schwarze Witwe*. Paula wirft ihr einen warnenden Blick zu. Dann führt sie Agnes ein wenig zur Seite.

Walter hat die Situation erfasst und tritt zwischen sie und die Gang ihrer Mutter.

»Frau Schulze. Es tut mir sehr leid. Aber wir haben Ihren Mann tot aufgefunden.«

Agnes' Augenlid zuckt. »Wurde er umgebracht?«, fragt sie harsch.

»Wie kommen Sie darauf?«

Ohne zu antworten, deutet Agnes auf die Absperrwand, die Spurensicherung und schließlich auf Paula.

Die nickt. »Wir müssen davon ausgehen.«

Agnes tritt einen Schritt zurück, presst die Lippen aufeinander. Ihr Blick liegt auf Gaby, die immer noch auf dem Boden sitzt. »Hat sie schon gestanden?«

Gaby stemmt sich in die Höhe, baut sich kerzengerade vor Agnes auf. »Was soll ich gestanden haben?«

»Den Mord.«

»Warum sollte ich Uwe töten? Ich habe ihn geliebt! Bedingungslos. Nicht so wie du.«

»Sei nicht albern. *Ich habe ihn geliebt.* Du liest wohl zu viele Groschenromane.«

Gaby geht noch einen Schritt vor. »Er wollte frei sein. Mit mir!« Sie schreit es heraus.

»Hirngespinste. Schau dich doch mal an!« Agnes' Augen gleiten angewidert an Gabys rosa T-Shirt hinunter, über den engen Jeansrock bis zu den drallen Waden. »Glaubst du wirklich, dass er eine wie dich gewollt hätte? Ich habe schon lange gemerkt, dass du dich da in was reingesteigert hast.«

»Er wollte weg. Ein neues Leben anfangen. Ohne deine Nörgeleien und dein griesgrämiges Gesicht. Uwe ist ein warmherziger Mensch, er braucht Zuneigung, Verständnis. Aber du bist kalt bis ins Herz. Warum musste der Uwe denn den Vorsitzenden machen, obwohl er es gar nicht wollte? Nur wegen dir und deinem Ehrgeiz. Weil dein Vater schon Vorsitzender im Gartenverein war und du unbedingt etwas darstellen wolltest. Frau des Vorsitzenden. Dich hätten die Gärtner nie gewählt. Wer will schon eine als Vorsitzende, die alle nur nervt.«

»Lächerlich!« Agnes gibt sich ungerührt, aber es ist klar, dass Gaby einen wunden Punkt getroffen hat.

Jetzt macht Gaby einen Schritt auf Agnes zu, ihre Fäuste sind geballt. »Er wollte dir alles sagen. Dass er mich liebt. Dass es mit dir keinen Sinn mehr hat. Dass er ein neues Leben will. Ohne dich.«

»Er hätte mich nie verlassen. Liebe und Zuneigung,

dass ich nicht lache. Uwe braucht jemanden, der ihm die Entscheidungen abnimmt, der ihn lenkt und ihn fordert. Der fest an seiner Seite steht und die wichtigen Dinge für ihn regelt.« Sie streicht über ihr Kleid. »Er hat gestern Abend gar nichts gesagt. Er war ganz normal, wie immer. Wir haben noch gemeinsam das Gröbste weggeräumt.« Ein unbarmherziges Lächeln gleitet über ihr Gesicht. »Uwe war sogar ziemlich anhänglich gestern Nacht. Wollte mehr als nur aufräumen. Wie so oft in letzter Zeit.«

Gaby lacht auf. »Das glaubst du doch selber nicht. Der fasst dich doch schon seit Jahren nicht mehr an.«

Agnes' Augenlid zittert. »Du hast dir das so schön vorgestellt, oder? Du und Uwe im Wohnmobil auf dem Weg in den Sonnenuntergang. Aber daraus wird nichts. Uwe ist ein Feigling. Was auch immer er dir versprochen hat: Er hätte mich nie verlassen. Ich sag dir, wie es war: Du bist mit deinem ganzen Gepäck angerauscht. Den Kopf voller Träume. Doch dann sagt Uwe, dass er nicht mitkommt. Da stehst du dann mit dem gepackten Koffer. Und eine Welt bricht zusammen. Da bist du ausgerastet und hast ihn getötet.« Ihre Augen verengen sich. »Uwe war nicht dein erstes Opfer, oder? Du hast auch Roland auf dem Gewissen. Ich habe es mir von Anfang an gedacht. Dein Mann war dir im Weg.« Sie wendet sich an Paula. »Haben Sie sich je gefragt, warum Gaby den Kuchen nicht probiert hat? Wir wissen doch alle, wie sehr sie Kuchen liebt. Man muss sich ja nur ihre Figur ansehen, da weiß man, dass sie nichts Süßes stehen lässt. Aber nein, sie hat nichts genommen. Weil sie wusste, was drin war. Sie ist eine Doppelmörderin!«

COSMA

VON ZIEGEN UND SCHWEINEN

Gerade wo es spannend wird, funkt meine Tochter dazwischen.

»Frau Schulze, Frau Baumann. Wir besprechen das im Vereinshaus weiter. Wenn Sie mir bitte folgen.« Sie weist den Weg zum Haus.

Gaby zögert, Agnes lächelt mit schmalen Lippen. »Sie wird dich verhaften. Und dann verbringst du den Rest deiner Tage hinter Gittern. Du hast es verdient.«

»Unterzuckerte, missgünstige Ziege«, antwortet Gaby Baumann.

Sie spricht mir aus der Seele. Diese Agnes fand ich schon immer mehr als verdächtig. Habe ich schon gesagt, dass sie mich enorm an *Schneewittchen* erinnert? Also nicht an Schneewittchen selbst, sondern an deren Stiefmutter. Genauso habe ich mir die böse Königin immer vorgestellt, wenn sie den Jäger losschickt, um das arme Mädchen kaltherzig zu töten. Ich wette, wenn Agnes jetzt einen vergifteten Apfel hätte, würde sie ihn Gaby zwischen die Zähne schieben.

Doch so bleibt ihr nur das verbale Gift. »Das lasse ich mir von jemandem, der aussieht wie Miss Piggy, nicht sagen.«

Wow. Auch nicht schlecht. Ich schaue zu Gaby Baumann und warte auf den Gegenschlag. Aber meine Tochter verdirbt alles. Sie tritt zwischen die beiden.

»Es reicht.« Manchmal hat sie wirklich was Autoritäres. Sie wirkt völlig ruhig, hat die Arme aber in die Seiten gestemmt, und ich zweifle nicht, dass sie die beiden bei der geringsten Bewegung auf den Boden wirft. »Ins Vereinshaus. Jetzt!«

Agnes macht ganz auf die Queen. Sie wirft einen vernichtenden Blick auf Gaby, dann stolziert sie Richtung Vereinshaus. Gaby sieht ihr nach, die Hände zu Fäusten geballt, vor Wut zitternd. Dann setzt auch sie sich in Bewegung.

Paula nimmt Walter an die Seite. »Setz sie in getrennte Zimmer. Wir reden zuerst mit Gaby Baumann und lassen Agnes Schulze ein wenig schmoren.«

Walter nickt und tippt sich an die Schläfe. »Okidoki.«

Ich trete vor. »Ich werde euch unterstützen, Paula.« Aber als ich mich zum Vereinshaus wende, werde ich überraschend von meiner Tochter aufgehalten.

»Du gehst nirgendwohin.«

»Aber ich kann während des Verhörs wichtige Hinweise geben. Ich hätte da einige Methoden, die ich immer schon mal ausprobieren wollte. Vor Kurzem habe ich einen sehr interessanten Aufsatz über Verhöre im Mittelalter gelesen. Manches ist sicherlich zu aufwändig, aber ein, zwei Dinge waren dabei, denen könnte man eine Chance geben. Hast du zufällig einige Nägel dabei?«

»Mutter, wir brauchen keine Hilfe.« Sie schiebt mich Richtung Kiesweg. »Wir haben deine Personalien. Wenn wir noch etwas wissen wollen, melden wir uns. Tschüss.«

»Aber ich habe dir doch noch gar nicht erzählt, wie

ich die Leiche gefunden habe. Wie willst du denn da die verschiedenen Versionen abgleichen?«

»Walter hat vorhin deine Aussage aufgenommen. Das reicht.«

»Unsinn. Wir wissen alle, wie viel bei Hörensagen verlorengeht.« Sofort kommen die Bilder wieder in mein Gedächtnis. Fast fotografisch. »Wir gehen nichts ahnend in den frühen Morgenstunden durch den Garten. Nebel wabert durch die Bäume, irgendwo schreit ein Käuzchen. Dann ein Knacken, Donner zerreißt die Stille. Und plötzlich sehen wir im Gebüsch den Schädel, der uns mit toten Augen anstarrt.«

Doch Paula hört nicht zu. Stattdessen steckt sie ihren Kopf am Sichtschutz vorbei und winkt dem Irren. Der blickt auf, die buschigen Augenbrauen zusammengezogen. Sie ruft ihm zu: »Auf dem Parkplatz steht ein Wohnmobil. Ein Team muss sich das ansehen.«

Der Augenbrauentyp sieht nicht so aus, als ob er sich gerne Anweisungen geben lässt. Für einen Moment glaube ich, dass er explodiert. Aber stattdessen winkt er drei seiner Leute zusammen und scheucht sie wie ein Feldwebel von der Wiese. »Ihr: zum Parkplatz. Sperrt dort alles ab, bevor diese Laien und Stümper kommen und alles anfassen.«

Walter runzelt die Stirn. »Meint der uns?«

Paula rückt die Sichtwand wieder sorgfältig zurück und wendet sich mir zu. »Und nun zu dir. *Nebel waberte durch die Bäume.* Heute Morgen war es weder neblig, noch hat es gedonnert. Außerdem dachte ich, du hast zuerst den Fuß gefunden.«

Mein Gott, ist die vielleicht pedantisch. »Habe ich auch, das war danach, das mit dem Kopf. Wie dem auch sei. Es ist viel besser, wenn ich als Zeugin beim Verhör dabei bin. Dann können wir alles haarklein abgleichen. Ich meine, es ist ja wohl klar, wer es war. Diese Frau von und zu Eiskalt, Queen Agnes I. Sie wird mit Sicherheit ein harter Brocken sein. Du brauchst nichts zu sagen, ich unterstütze euch. Mit meinen Methoden haben wir sie in null Komma nichts geknackt.«

»Mutter, ihr habt Geländeverbot. Wir kommen auf euch zu, wenn wir mehr wissen wollen. In eurer WG.«

Und dann lässt sie mich stehen. Einfach so. Ich bin so was von enttäuscht. Meine eigene Tochter. Lehnt meine fachmännische Hilfe ab.

Herr von Itzenplitz stellt sich neben mich. »Was machen wir nun?«

Ich blicke meiner Tochter hinterher. Meiner abtrünnigen Tochter. Kurz überlege ich, seitlich am Vereinshaus vorbeizuschleichen und das Verhör von dort aus zu verfolgen. Aber ich fürchte, das wird dieser Augenbrauentyp im weißen Außerirdischenkostüm verhindern.

»Glauben Sie wirklich, dass Agnes ihn getötet hat?«, fragt mich Siglinde.

Ich nicke. »Das steht für mich außer Frage.« Denn dass diese eiskalte Stiefmutterhexe Agnes alles andere als unschuldig ist, war von der ersten Sekunde an klar. Dieser verkniffene Ausdruck. Dieser viel zu dürre Körper, der die ganze Zeit zu rufen scheint: Seht her, ich ernähre mich gesund und fettarm, ich werde hundertfünfzig Jahre alt. So ein Mensch kann im Inneren nur vollkommen verdorben sein.

Siglinde blickt gedankenverloren zum Vereinshaus. »Ohne Beweise wird sie niemals reden.«

Das denke ich auch. Und sofort habe ich einen Einfall. Einen sehr guten Einfall. »Wir gehen zum Garten des Vorsitzenden.«

»Und was machen wir da?« Gerda sieht mich fragend an.

»Wir sichern Beweise.«

Sie legt den Kopf schief. »Was für Beweise?«

»Für den Mord.«

»Aha. Und welche?«

Also wirklich. Wenn Dr. Watson Sherlock Holmes jemals derart angesehen hätte, wäre die *Studie in Scharlachrot* nie entstanden. »Das weiß ich noch nicht. Aber wir müssen sie sichern«, sage ich mit einer Spur Gereiztheit.

Zum Glück versteht Siglinde die Wichtigkeit unserer Mission sofort. »Was für eine hervorragende Idee!«

»Isch bin dabei«, beeilt sich Eddi daraufhin zu sagen.

Herr von Itzenplitz nickt ebenfalls. »Selbstverständlich unterstützen wir Sie, meine Liebe.«

Alfred kommt plötzlich aus der Hecke des Nachbargartens. Er hat die Seele eines echten Ermittlers, ich sag es ja. Gerda nimmt ihn hoch. »Okay.«

Jetzt sind wir vollzählig. Mein Team. Ich bin ein wenig stolz.

COSMA

UNFASSBAR! NOCH EINE WICHTIGE ENTDECKUNG

Der Garten des Vorsitzenden sieht gar nicht so schaurig aus, wie ich ihn mir vorgestellt habe. Ich hatte dunkle Bäume erwartet, knarzende Äste. Was Düsteres eben. Aber er sieht aus wie alle Schrebergärten: genau abgesteckte Blumenrabatte, ein Gemüsebeet, eine Laube. Ich hebe das Absperrband hoch, schlüpfe drunter durch und lege meine Hand auf das niedrige Gartentor aus Eisen. »Gehen wir rein.«

»Warten Sie!« Siglinde hält mich auf. »Ich spüre das Böse!«

Wind kommt auf, und ein kalter Schauer jagt über meinen Rücken. Gerda macht einen Schritt zurück. Alfred, der hinter ihr steht, faucht. Aber ich bin bereit, für unsere Mission jedes Opfer zu bringen. »Wir müssen trotzdem rein«, sage ich entschlossen.

Eddi wendet sich an Siglinde. »Könnten sie nischt einen Schutzzauber sprechen?«

»Natürlich, lieber Eddi. Eine sehr gute Idee.« Siglinde zieht mit der Fußspitze ein Pentagramm in den Kies. Dann pflückt sie eine Ringelblume vom Wegrand, reißt die Blütenblätter ab und legt den kargen Rest in die Mitte des Zeichens. Mir kommt es vor, als würde für einen winzigen Moment der Wind abflauen, das beständige Rauschen der Autos auf der nahegelegenen Bundesstraße verstummen und die Zeit stillstehen. Leise flüstert sie eine Beschwörung. Dann schaut sie auf. »Die Lichtgestalten werden unseren Weg schützen.«

Sofort fühle ich mich sicherer. Es ist schon gut, sphärische Unterstützung zu haben, wenn man eine verbiesterte Hexe überführen will.

Zu sechst betreten wir den Garten: ich, Eddi Mei-Zu, Gerda, Alfred, Siglinde und Herr von Itzenplitz. Das Gartentor fällt hinter uns mit einem Schlag zu. Wir zucken zusammen.

»Ist das unheimlich ...«, flüstert Gerda.

»Was haben Sie gesagt?« Herr von Itzenplitz dreht an seinem Hörgerät.

»Es ist unheimlich«, sagt Gerda noch mal, nun etwas lauter.

»Da muss ich Ihnen recht geben, meine Liebe«, antwortet Herr von Itzenplitz.

Vorsichtig gehen wir Schritt für Schritt in den Garten hinein. Mit jeder Sekunde wird meine Beklemmung größer. Alles ist genau abgesteckt, kein Fitzelchen Unkraut schaut aus dem Boden. Ich kann förmlich spüren, dass hier was nicht stimmt, so unauffällig ist es. In einem der Betonpflanzkästen am Weg sehe ich blaue Irgendwas-Blumen, hellrosa größere Blumen, die sich bedenklich im Luftzug wiegen, und etwas Weißes, widerlich süß Riechendes, was mich an Verwesung erinnert.

»Jasmin«, sagt Herr von Itzenplitz.

Ich mache mir eine gedankliche Notiz, dass Jasmin auf die Liste der Blumen kommt, die ich nicht mag.

Gleich hinter den Tagetes, die unsere Nachbarin im Vorgarten hat. Beziehungsweise hatte. Ich konnte es einfach nicht mehr mit ansehen.

Die Laube liegt ganz oben im Garten. Rote Holzverkleidung, weiß gestrichene Fensterläden, eine hölzerne Veranda.

»Wie hübsch!« Gerda klatscht in die Hände. Als Kind hat sie ihre Ferien immer auf einer kleinen schwedischen Insel verbracht.

Siglinde dagegen macht ein Zeichen zum Himmel und zum Boden. »Mutter Erde steh uns bei.«

Sie spricht mir vollkommen aus der Seele. Diese rot-weiße Bullerbü-Welt beweist nur eins: Hier stimmt etwas ganz gewaltig nicht. Doch offenbar meint Siglinde gar nicht das Haus. Sie deutet hektisch auf eine Blume.

»Wat ist?«, fragt Eddi besorgt.

»Ein Hexenzauber«, flüstert Siglinde. Ich folge ihrem Finger, der auf einen Fingerhut zeigt.

»Wo?«, frage ich.

»Dort, sehen Sie nicht den Dorn eines Weißdorns direkt neben der Blüte?«

Ich sehe eigentlich gar nichts. Siglinde scheint jedoch überzeugt. Sie zieht eine kleine Porzellanelfe aus der Tasche und platziert sie vor der Blume.

Am Haus schlägt uns eine gespenstische Stille entgegen. Vor den Fenstern blühen rosa Geranien in lackierten Tontöpfen.

»Das sieht ganz so aus wie damals in Skåne.« Gerda hat einen verträumten Jungmädchen-Ausdruck im Gesicht.

Ich atme durch, lege die Hand auf die Klinke. Und mit

einem Ruck reiße ich die Haustür auf. Ein unwirkliches Bild bietet sich uns: An den Fenstern hängen Spitzengardinen, in der Mitte des Raumes steht ein runder Kiefernholztisch mit einer Blumenvase in der Mitte, an der Wand auf einem Regal eine Porzellanente. Über allem liegt der scharfe Geruch von Essigreiniger. Mich schaudert. Aber ich bin auch ein wenig enttäuscht. Irgendwie hatte ich gehofft, dass wir etwas anderes vorfinden. Umgestürzte Stühle, eine Kettensäge, Blut. Aber hier ist es so sauber, dass jede OP-Reinigungsfachkraft Tränen des Glücks in den Augen hätte.

Doch so leicht lasse ich mich nicht beirren. Denn noch wissen wir nicht, wonach wir suchen. Also gehe ich unerschrocken hinein. Direkt neben der Tür steht ein Schrank. Ich öffne ihn. Auf der rechten Seite hängen Kleider, die meisten in rot, maximal Größe 36. Doch trotz der leuchtenden Farbe ist es nicht diese Seite des Kleiderschranks, die mir sofort ins Auge springt. Es ist das, was ich auf der anderen Seite sehe. Beziehungsweise nicht sehe.

»Der Vorsitzende hat seine Sachen gepackt.« Von wegen, er hätte bleiben wollen. Das bestätigt die Annahme, die ich schon seit geraumer Zeit hege. Spätestens seit Marcel als Täter ausgeschlossen wurde und der Vorsitzende wegen seines vorzeitigen Ablebens ebenfalls nicht mehr in Frage kommt. Gaby erscheint mir doch allzu naiv für ein derartiges Verbrechen. »Agnes ist definitiv die Täterin!«

»Sie hat also ihren Mann ermordet und zerstückelt?«, fragt Eddi. Er ist ein wenig blass.

Ich nicke. »Es sieht ganz danach aus.«

Herr von Itzenplitz streicht sich über sein dünnes

Bärtchen. »Aber warum hat sie den ersten Kleingärtner getötet? Sie hatte doch gar keinen Grund dazu.«

Aber bevor ich dazu komme, mich dieser Frage zuzuwenden, macht Gerda eine wichtige Entdeckung. Eigentlich ist es eher Alfred. Denn der ist mit uns gemeinsam in die Laube gekommen und sogleich auf das Regal gesprungen, wo er die Porzellanente umgeworfen hat. Vom Regal ist er auf den Tisch, hat neugierig die Vase beschnuppert und ein wenig mit den Krallen an dem Spitzendeckchen gezogen. Siglinde hat ihn hinuntergescheucht, woraufhin er sich den Rest des Raumes vorgenommen hat. Und dann ist er in die Ecke neben der Garderobe gepirscht und hat interessiert an einem Spaten geschnuppert. Gerda ist zu ihm, weil sie wissen wollte, was er entdeckt hat. Was ein Glück für uns ist, denn sonst hätten wir den Hinweis von Alfred vielleicht gar nicht bemerkt. Aber so ruft Gerda plötzlich: »Da ist Blut am Spaten!«

PAULA

EIN GARTENVEREIN IST KEIN PARADIES

Gaby Baumann sitzt an einem der Tische im großen Vereinsraum. Sie schiebt eine Vase mit zierlichen Anemonen und Schleierkraut hin und her. Walter sitzt ihr gegenüber, die Hände entspannt über seinem Bauch gefaltet. Normalerweise beruhigt diese Geste den zu Vernehmenden, und tatsächlich wirkt Gaby gefasst, als Paula sich zu ihr setzt.

»Frau Baumann. Ich würde gerne von Ihnen hören, was sich in der Nacht, in der Ihr Mann starb, wirklich zugetragen hat.«

Ihr Blick geht ins Leere. »Als wir den Garten angeboten bekommen haben, dachte ich, hier ist das Paradies«, sagt sie wie zu niemand Bestimmtem. »Wir sind so nah an der Stadt und doch mitten im Grünen. Ich wollte schon immer einen Garten, ich mag es, etwas anzupflanzen, zu sehen, wie es wächst. Wissen Sie, was für ein gutes Gefühl das ist, wenn man im Sommer einen ganzen Eimer Erdbeeren pflücken kann? Im Büro, da sieht der Schreibtisch jeden Tag gleich aus, egal wie viel ich arbeite. Aber hier sehe ich abends, was ich gemacht habe.« Gaby fährt zärtlich mit den Fingern über die Blütenblätter der Anemone. Dann lässt sie ihre Hand sinken. »Aber der Gartenverein ist kein Paradies. Es ist eine Ansammlung von Menschen, die ihre eigenen Vorstellungen von Gut und Schlecht haben. Manche wollen einfach nur ihre Ruhe haben. Und manche wollen, dass alle ihren Vorstellungen folgen. Das kann aus einem Paradies eine Hölle machen.«

»Und Ihr Mann war so einer?«

Sie nickt. »Er war schon immer so. Als wir uns kennengelernt haben, fand ich das beruhigend. Es war so einfach: Alles, was Roland dachte und empfand, war richtig. Alles, was dem nicht entsprach, war falsch. Aber so simpel ist das Leben nicht. Es gibt viele Lebensweisen, und jede kann für sich genommen richtig sein. Aber Roland konnte das nicht stehen lassen.«

»Was ist an seinem letzten Tag passiert?«, hakt Paula sanft nach.

»Roland war schon den ganzen Tag merkwürdig. Nervös, fast schreckhaft. Er wollte aber nicht sagen, was los ist. Ich habe geglaubt, dass er mal wieder jemandem etwas zu sehr auf die Pelle gerückt ist. Ich habe ihm x-mal gesagt, dass er übertreibt, aber er wollte nicht hören. An dem Morgen hat jemand vom Stadtverband im Vereinshaus angerufen, weil so viele Beschwerden von Roland eingegangen waren. Sie wollten eine Kontrolle ansetzen, um sich selbst zu überzeugen, wie die Situation im Verein ist. Agnes hat mit ihnen gesprochen. Nachdem sie aufgelegt hat, ist sie fuchsteufelswild zu uns gerannt gekommen und hat Roland als Nestbeschmutzer und Verräter beschimpft. Die beiden sind heftig aneinandergeraten. Als Uwe dazukam, hat der sein Fett auch noch abbekommen. Er sei schuld an der Misere, schließlich habe er nichts gegen Roland unternommen.« Gaby blickt auf. »Uwe wollte nie Vorsitzender werden, das war alles Agnes' Idee. Sie hat ihn jeden Tag getriezt, weil er nicht so war, wie sie sich einen Vorsitzenden vorstellt.«

»Warum hat sie sich nicht selbst zur Vorsitzenden wählen lassen?«

Gaby hebt eine Augenbraue. »Eine Frau als Vorsitzende? Als Schriftführerin vielleicht, aber mehr nicht. Es mag sich rückschrittlich anhören, aber sehen Sie sich doch mal um, wer im Verein ist. Das sind mehrheitlich Leute, die Wert auf Tradition legen, die eher konservative Ansichten haben. Natürlich haben alle mit der Zeit gemerkt, wer die Fäden in der Hand hält. Aber da der Schein gewahrt blieb, hat sich niemand daran gestört. Im Gegenteil: Sie haben darüber gelacht, dass Uwe unter der Fuchtel seiner Frau steht. Uwe hat es all die Jahre hingenommen. Aber nach der Geschichte mit dem Stadtverband hatte er genug. Er wollte weg. Er hat es mir an dem Abend gesagt, als wir uns in Marcels Laube getroffen haben. Er konnte nicht mehr.«

»Das war zu dem Zeitpunkt, als Ihr Mann starb.«

Sie nickt, ihre Unterlippe beginnt zu zittern. Fast wütend beißt sie darauf. »Wir haben die Nacht zusammen in Marcels Laube verbracht. Da war mir egal, ob Roland etwas merkt oder nicht. Am liebsten wäre ich schon den nächsten Tag aufgebrochen, auf der anderen Rheinseite in Meerbusch ist ein Campingplatz direkt am Wasser, da hätten wir sofort ein Plätzchen bekommen können. Aber Uwe wollte noch bis nach dem Sommerfest warten. Er meinte, das sei er Agnes schuldig. Sie würde es nie ertragen, als verlassene Ehefrau auf dem Fest bloßgestellt zu werden. Und sie arbeite doch schon seit Monaten auf die Feier hin. Also habe ich zugestimmt. Und als ich am nächsten Morgen in unseren Garten rüber bin, lag Roland da. Tot.« Ihre Finger gleiten über die Tischdecke, ziehen Kreise und Striche. »Uwe hat ziemlich umsichtig reagiert. Zuerst hat er Agnes angerufen, die ist sofort gekommen. Ich bin in der Zwischenzeit einmal um das Gelände herumgegangen und dann wie zufällig wieder aufgetaucht. Agnes hat mich abgefangen und mir gesagt, dass Roland tot im Garten liegt.« Sie schaut Paula ernst an. »Es war für Uwe nie leicht, gegen Agnes anzukommen. Er hatte Angst vor ihr. Zu Recht, wie sich jetzt gezeigt hat.« Trotzig wischt sie sich eine Träne aus dem Gesicht. »Er hat ihr gesagt, dass Schluss ist, und sie hat ihn umgebracht. Weil sie es nicht ertragen konnte, dass es einmal nicht nach ihrem Willen geht. Sie konnte ihn nicht ziehen lassen. Und das mit Roland war sie auch. Sie hatte Angst, dass er sich zum neuen Vorsitzenden aufspielen würde. Wenn Uwe vom Stadtverband gezwungen worden wäre abzudanken – und das war absehbar bei der Vielzahl der Beschwerden –, dann hätte Roland übernommen. Und sie stünde ohne alles da. Roland war ihr im Weg. Und sie hat ihn beseitigt.«

Gaby Baumanns Worte hallen in Paulas Kopf nach, als sie wenig später mit Walter auf dem Flur steht. »Glaubst du ihr?«, fragt sie.

Walter nickt. »Zumindest traue ich ihr nicht zu, dass sie Uwe oder ihren Mann getötet hat. Sie ist einfach nicht der Typ dafür.«

Paula wiegt den Kopf. »Gaby mag hilflos wirken.

Aber das heißt nicht, dass sie die beiden nicht umgebracht haben kann. Wut kann eine starke Triebfeder sein. Ebenso wie Angst. Sie wollte ein neues Leben, unbedingt. Manchmal ist man bereit, dafür Grenzen zu überschreiten.« Trotz ihrer Worte stimmt Paula Walter aber insgeheim zu. Es ist schwierig, sich vorzustellen, dass die warmherzige Gaby zu solchen Mitteln greifen würde.

»Wo sitzt Agnes Schulze?«, fragt sie Walter.

Der deutet den Flur hinunter zur Bürotür. »Da drin. Sie hat ganz schön gezetert und gedroht, sie wird sich beim Polizeipräsidenten beschweren.« Er sieht zur Tür. »Ihr würde ich es zutrauen. Den Mord an Roland und an ihrem Mann. Die hat doch mit Sicherheit gewusst, dass da was lief zwischen Gaby und Uwe, so was merkt man doch.«

»Sie wusste es«, bestätigt Paula. Sie zieht ihr Handy heraus. »Hast du heute Morgen auf ihre Schuhe geachtet? Rote Pumps mit hohem Absatz. Die hatte sie gestern schon an. Und sieh mal hier: Das ist der Abdruck, den wir gestern Abend im Garten gefunden haben.« Sie zeigt Walter das Foto.

»Pumps mit Absatz.«

»Sie war gestern Nacht im Garten und hat gehört, dass ihr Mann und Gaby am nächsten Tag durchbrennen wollen …«

»… und dann hat sie ihn erschlagen«, ergänzt Walter ihren Satz.

»Ich habe das Gefühl, dass Roland der Schlüssel ist. Warum wurde er umgebracht, und was ist an seinem letzten Tag wirklich passiert? Wir müssen Agnes zum Reden bringen. Du setzt dich ihr gegenüber, ich halte mich zurück. Lulle sie ein. Ich will wissen, was sie beobachtet hat.« Sie legt die Hand auf die Türklinke. Aber sie kommt nicht mehr dazu, sie herunterzudrücken. Denn auf einmal wird die Tür des Vereinsheims aufgerissen. Cosma stürmt herein. Das kanariengelbe Cape flattert hinter ihr, ihre rotgepunkteten Gummistiefel quietschen über die Fliesen. Hoch über dem Kopf hält sie einen Spaten.

»Hilfe! Er will uns umbringen!«

COSMA

ENDLICH WIRD UNSERE LEISTUNG ANERKANNT

Der irre Typ von der Spurensicherung ist nur wenige Zentimeter hinter mir.

»Sie lassen jetzt auf der Stelle die Schaufel fallen!«, geifert er.

Es ist aber auch zu blöd: Kaum sind wir mit dem Spaten auf das Vereinsgelände gegangen, hat er sich plötzlich vor mir aufgebaut. Auf meinen Hinweis, er solle aus dem Weg gehen, hat er nicht gehört. Im Gegensatz zu seinem Hörvermögen ist sein Sehvermögen bestens. Als Nächstes hat er nämlich auf den Spaten gezeigt und gefragt, ob das da Blut sei. Ich habe »ja« gesagt und wollte weiter zu Paula. Kann sein, dass ich ihn dabei leicht berührt habe. Aber allerhöchstens ein kleines bisschen. Touchiert, wenn überhaupt. Seitdem verfolgt er mich.

»Das ist keine Schaufel, das ist ein Spaten«, kläre ich ihn auf. Ich versuche, furchtlos zu wirken. Aber angesichts der Augenbrauen fällt mir das schwer.

»Was ist hier los?«, fragt meine Tochter. Sie hat eine steile Falte auf der Stirn. Sie sollte wirklich mal eine Entspannungstherapie machen, das würde helfen. Ab einem gewissen Alter können Mimikfalten zum Problem werden.

»Ich habe den Beweis.« Ich halte ihr den Spaten vor die Nase. »Agnes ist die Mörderin.«

»Legen Sie endlich die Schaufel weg, das ist ein Beweisstück!« Der Augenbrauen-Irre im weißen Schutzanzug ist rot angelaufen. Seine Stimme erinnert mich sehr an Rufus, den Beißer, den Nachbarsdackel. Ich spüre bis heute seine spitzen Zähne in meiner Hand, weil ich einmal seinem Knochen zu nahe kam.

Vorsichtshalber gehe ich einen Schritt zurück. »Das ist ein Spa–ten!«, wiederhole ich nochmal deutlich. Ich wende mich an Paula. »Hast du sie schon verhaftet?«

»Mutter – her mit dem Ding.« Paula streckt ihre Hand aus.

»Sie fassen das Teil auf keinen Fall ohne Handschuhe an!«, brüllt das Dackel-Imitat.

Meine Tochter zeigt sich ungerührt. Sie fasst in ihre Tasche, zieht zwei Gummihandschuhe heraus, schlüpft hinein und nimmt mir den Spaten ab. »Also: Was ist das für eine Schaufel, und wo hast du sie her?«

»Spaten. Das ist ein Spaten. Wir haben ihn aus der Laube des Toten. Des zweiten Toten. Also des Vorsitzenden. Er stand in der Ecke.«

»Sie waren unerlaubt im Garten des Vorsitzenden? Haben Sie denn das Absperrband nicht gesehen?«

»Pfff. Absperrband«, sage ich und betrachte ihn aufmerksam. »Wenn Sie nicht besser absperren können.« Walter fängt plötzlich an zu grinsen. Der Irre hat dagegen Schnappatmung. Wenn er so weitermacht, müsste er eigentlich gleich umfallen.

Leider tut er mir den Gefallen nicht. »Wer – war – alles – dabei?«, presst er hervor.

Endlich scheint unsere Leistung anerkannt zu werden. »Natürlich habe ich den Fund nicht allein gemacht. Es war eine Gemeinschaftsleistung. Denn es braucht eine Vielzahl von Fähigkeiten, um so einen Fall zu lösen. Gott sei Dank haben wir alle notwendigen Kenntnisse, jeder von uns trägt ein wenig zu unserem Erfolg bei«, sage ich stolz. »Herr von Itzenplitz, Eddi Mei-Zu, Gerda, Siglinde und auch Alfred gebührt ebensolche Ehre wie mir.«

»Sechs Personen?«

»Fünf Personen, ein Kater«, berichtige ich ihn. »Der Kater hat den Fund gemacht.«

Jetzt ist der Irre im Schutzanzug sprachlos. Meine Tochter hat sich in der Zwischenzeit das Beweisstück genau angesehen. »Mutter, wo stand der Spaten?«

»Hab ich doch schon gesagt. Im Haus des Vorsitzenden. In der Ecke, bei der Garderobe.«

»Wie seid ihr in die Laube gekommen?«

»Durch die Tür.«

Sie rollt mit den Augen. »Das dachte ich mir. War abgeschlossen?«

Ich rufe mir die Szene ins Gedächtnis. Sehe, wie ich die Hand auf die messingfarbene Klinke lege und die weiß gestrichene Tür aufgeht. »Definitiv nicht.«

Meine Tochter sieht nachdenklich aus. Dann macht sie etwas, das ich ihr nicht verzeihen werde: Sie übergibt den Spaten an diesen Spusen-Ali. Der reißt ihn ihr förmlich aus der Hand. »Ich untersuche das Beweisstück jetzt nach Fingerabdrücken. Wenn überhaupt noch welche da sind.« Er klingt irgendwie vorwurfsvoll.

Dabei bin ich ein Profi. »Ich habe Handschuhe an«, sage ich und zeige die Hände vor. Gott sei Dank trage ich immer hübsche lila-pink gestreifte Wollhandschuhe bei mir, die ich mir selbstverständlich übergestreift habe, bevor ich den Spaten angefasst habe.

»Und damit alles verwischt, was an Spuren zu finden war«, brüllt der Augenbrauen-Mensch. »Wollhandschuhe!«

Langsam habe ich von diesen Anschuldigungen genug. »Sie werden ja wohl noch in der Lage sein, einen Holzstiel auf Fingerabdrücke zu untersuchen. Da liefern wir Ihnen eine 1-a-Beweislage, und Sie können nichts als meckern!«

»Wie dem auch sei«, meine Tochter geht mal wieder dazwischen. Sie hat irgendwie immer das Bedürfnis, kontroverse Konversationen zu unterbrechen. Es ist fast schon pathologisch. »Mutter, wir nehmen das Beweisstück an uns. Danke, dass du es uns gebracht hast.«

Ich werfe Spusen-Ali einen vielsagenden Blick zu. Er schaut verkniffen zurück.

Paula winkt Walter. »Du begleitest sie nach draußen vor das Gelände. Nimm Klaus als Unterstützung mit, nicht Oskar. Der hat heute Morgen stundenlang ein leeres Haus bewacht, nachdem er es vorher aus dem Blick gelassen hatte, um zur Toilette zu gehen.«

»Du schickst uns weg?«, frage ich. »Geht die Polizei so mit ihren beratenden Detektiven um?«

»Walter. Meine Mutter möchte gehen.«

PAULA

DAS KNACKEN DER AUSTER

Cosmas Widerstand ist wie erwartet heftig. Aber Walter lässt Handschellen um ihre Gelenke klicken und zieht sie nach draußen. Siebzehn Minuten später ist er wieder da, in der Hand der Rest einer Eiswaffel. »Alles erledigt.«

»Wo hast du das Eis her?« Kurz denkt sie, ihre Mutter könnte ihn bestochen haben.

»An der Straße war ein Eiswagen. Ich habe mir schnell eins geholt.«

»Hast du gesehen, ob meine Mutter und ihre Wohnungsgenossen nach Hause gegangen sind?«

»Sie sind vor dem Gelände stehen geblieben. Klaus hält am Eingang Wache und passt auf, dass sie das Gelände nicht wieder betreten. Der Vorplatz ist inzwischen abgesperrt, Spusen-Alis Mannschaft ist beim Wohnmobil und nimmt es auseinander. Sieht so aus, als wäre das der Tatort. Ich habe einen Blick reingeworfen. Nicht schön. Gar nicht schön. Es war alles voller Blut und Fleischreste.« Walter schiebt sich das letzte Stück Waffel in den Mund und klatscht in die Hände. »Los?«

Agnes Schulze blickt demonstrativ auf die Uhr, als sie hereinkommen. »Wissen Sie, wie lange ich hier schon warte? Eine halbe Stunde! Was denken Sie sich eigentlich? Mein Mann ist getötet worden, und Sie lassen mich hier endlos sitzen. Ich habe Dinge zu erledigen. Die Beerdigung. Aufräumen nach dem Sommerfest. Und wie es weitergeht im Vorstand, muss auch überlegt werden.«

Paula bleibt wie schon beim letzten Mal am Regal stehen, Walter lässt sich auf den Stuhl vor dem Schreibtisch plumpsen. »Frau Schulze, wir möchten Sie nicht länger als nötig aufhalten, aber es haben sich einige Fragen ergeben.«

»Dann fragen Sie endlich.« Agnes Schulze beachtet Walter überhaupt nicht, sondern fixiert Paula.

»Was ist gestern Nacht passiert?« Walter lässt sich nicht beirren und faltet die Hände über dem Bauch.

Widerwillig blickt Agnes nun doch zu ihm. »Wie ich gesagt habe: Wir haben aufgeräumt. Nur das Gröbste natürlich. Normalerweise treffen wir uns alle am nächsten Tag Punkt zehn, dann wird saubergemacht. Meistens werden dabei die restlichen Würstchen gegrillt und die Altbierfässer leergemacht. Aber es ist ganz gut, wenn am Abend wenigstens die Tische einmal abgewischt und aufeinandergestellt werden. Das bleibt immer an mir und Uwe hängen, die anderen gehen ja weiter, in die Kneipe.«

»Sie haben also aufgeräumt«, unterbricht Walter sie. »Und dann?«

»Dann bin ich zu uns in die Laube. Uwe ist mitgekommen. Wie gesagt, er war recht anhänglich in dieser Nacht.« Sie hebt den Kopf ein wenig. »Heute Morgen war er dann schon unterwegs, als ich aufgestanden bin. Ich habe gedacht, er holt Brötchen. Als er nicht zurückkam, bin ich los, um ihn zu suchen.«

Keine schlechte Geschichte, denkt Paula. Leider mit einem Schönheitsfehler. »Sie waren gestern nicht mit Ihrem Mann in der Laube. Sie waren in Gabys und Rolands Garten und haben uns belauscht.« Sie zeigt ihr das Foto, das sie am Vorabend mit dem Handy gemacht hat. »Sie tragen heute sogar die gleichen Schuhe. Pumps, Größe 38, mit einem Rillenmuster und einem kleinen viereckigen Absatz.«

Agnes' Gesicht versteinert. Sie starrt auf das Foto. »Das kann jeder sein. Ich bin ja nicht die Einzige mit solchen Schuhen.«

Paula schaut sie unverwandt an. Schließlich zuckt Agnes mit den Schultern. »Dann war ich eben da. Mein Gott, was ist so schlimm daran? Ich habe Stimmen in Rolands Garten gehört. Im Garten des Mannes, der vor Kurzem umgebracht wurde. Ich wollte wissen, wer sich da rumtreibt. Man hört ja die schlimmsten Geschichten. Von Jugendlichen, die auf Tatorten lungern. Deswegen habe ich nachgesehen. Aber als ich gemerkt habe, dass Sie es sind, bin ich wieder gegangen.«

»Der Fußabdruck war ziemlich tief, was heißt, dass Sie eine ganze Zeit dort gestanden haben. Sie haben alles gehört. Vor allem, dass Ihr Mann Sie ein Jahr lang mit Gaby betrogen hat und Sie verlassen wollte.«

Agnes presst die Lippen zu schmalen Strichen zusammen. Sie lehnt sich zurück. Paula kreuzt ihre Arme und wartet. Pausen sind für die meisten Menschen schwer auszuhalten. Sie haben das Gefühl, die Lücke füllen zu müssen. Agnes Schulze scheint nicht zu dieser Sorte Mensch zu gehören. Sie schweigt annähernd fünf Minuten. Doch dann schleudert sie unvermittelt heraus: »Ja, dann habe ich diese Sache eben gehört. Aber ich wusste es schon längst. Uwe hat es mir vor Tagen gebeichtet. Er wollte mit Gaby Schluss machen.«

Paula schüttelt den Kopf. »Sie haben es vielleicht geahnt, aber Sie haben es nicht gewusst.« Agnes Schulze ist schwer zum Reden zu bringen. Arroganz gepaart mit Angst ist eine schlechte Ausgangslage für ein Verhör. Es ist Zeit, der Angst Raum zu geben. »Frau Schulze, ich bin mir nicht sicher, ob Sie sich Ihrer Lage hinlänglich bewusst sind. Wir verdächtigen Sie des Mordes an Ihrem Ehemann. Sie waren gestern Nacht nachweislich in unmittelbarer Nähe des Tatortes.« Paula macht eine kurze Pause. Dann fährt sie fort: »Und nun ist in Ihrer Laube die Tatwaffe entdeckt worden.«

Die Taktik greift. Das erste Mal seit Paula Agnes kennt, lässt diese ihre Maske fallen. Sie reißt die Augen auf und blickt Paula mit offenem Mund an. »Die Tatwaffe?«

Paula nickt.

Agnes braucht einige Sekunden, um sich zu sammeln. Dann ist sie wieder hart und undurchdringlich. »Und das macht Sie nicht stutzig, dass ausgerechnet in meiner Laube die Tatwaffe gefunden wird? Vermutlich wird Gaby sie in der Laube deponiert haben. Anschließend kommt sie hierher und spielt die Trauernde.« Sie sitzt stocksteif auf dem Stuhl und versucht Haltung zu bewahren. Doch Paula sieht, wie ihre Hand zittert, als sie damit zur Tür weist. »Sie war das. Gaby. Sie hat mir das Ding untergeschoben. Die Laube war nicht abgeschlossen, und sie kannte sich aus. Ich hatte tatsächlich das Gefühl, dass jemand da gewesen ist, kurz bevor ich losgegangen bin. Ich dachte, ich hätte die Tür gehört.«

Paula nimmt sich einen Stuhl, setzt sich Agnes direkt gegenüber. »Wer könnte das gewesen sein?«

Agnes zuckt mit den Schultern. »Gaby, sage ich doch.«

Paula betrachtet sie eine Weile. Trotz des abweisenden Gesichtsausdrucks spürt sie Agnes' Angst. Angst, die sie sonst sorgfältig in ihrem Inneren verschließt und hinter Unnahbarkeit verbirgt. Agnes muss ein einsames Leben führen. Niemand im Verein mag sie wirklich. Sie arbeitet wie besessen, versucht, alles perfekt zu machen, aber kaum jemand würdigt das. Agnes kämpft immerzu um Respekt und Anerkennung. Und nun will ihr Mann mit einer anderen Frau durchbrennen. Was muss das für sie bedeuten? Das Ende ihres Traumes. Sie wird nicht mehr die Frau des Vorsitzenden sein. Die sich um alles kümmert, die Fäden in der Hand hält, die Kontrolle hat. Sie wird plötzlich zu der Frau, deren Mann mit einer anderen Gärtnerin durchgebrannt ist. Kann es Schlimmeres für jemanden wie Agnes geben? Ihr Ruf ist ihr wichtiger als alles andere. Das ist der Hebel, an dem Paula ansetzen muss.

»Frau Schulze, Ihr Mann ist tot. Morgen wird die Presse darüber berichten. Sie müssen sich darauf einstellen, dass alles breitgetreten wird: sein Verhältnis mit Gaby, Rolands mysteriöser Tod, die vielen Vorfälle in der Anlage. Ich will Ihnen nichts vormachen, im Moment sind Sie unsere Hauptverdächtige. Sie hatten ein Motiv, und Sie hatten die Gelegenheit. Wir werden natürlich versuchen, Sie so weit wie möglich aus der Presse rauszuhalten. Aber ich fürchte, Journalisten werden jede noch so kleine Einzelheit Ihres Privatlebens ausbreiten. Selbst wenn sich in einigen Wochen herausstellt, dass wir falschlagen, wird das allenthalben eine kleine Meldung unter Vermischtes geben. Damit wir uns auf die wirklich wichtigen Dinge konzentrieren können, wäre es gut, wenn Sie uns jetzt erzählen, was Sie wissen.«

Agnes Schulze blickt auf. Von einer Sekunde auf die andere wirkt sie verunsichert. »Die Presse?«

COSMA

HINTEREINGANG? ES GIBT EINEN HINTEREINGANG?

Und wieder zeigt sich, wie gut es ist, einen Insider zu kennen. Walter hat uns bis vor das Gelände begleitet und einen Polizisten am Eingang postiert, ein dürrer Typ, mit großer Nase und stechendem Blick. In der Hand hält er ein Eis, das Walter ihm vom Wagen ein Stück die Straße hinunter mitgebracht hat. Während er genüsslich daran schleckt, lässt er uns keine Sekunde aus den Augen. Nachdem Walter verschwunden ist, sagt Siglinde: »Wie wäre es mit einen Sektchen bei mir? Zur Feier des Tages?«

»Das ist ein wunderbares Angebot, meine Liebe«, antwortet Herr von Itzenplitz. »Aber offensichtlich ist uns der Zugang zum Gelände derzeit verwehrt.«

»Wir nehmen einfach den Hintereingang«, sagt Siglinde schulterzuckend.

Ich drehe mich zu ihr um. »Den Hintereingang?« Es gibt einen Hintereingang? Wieso weiß ich davon nichts?

»Vom Altenheim aus führt eine Tür zum Gartenverein.«

Das sind mal Neuigkeiten. Wir machen uns natürlich

sofort auf den Weg. Fast jedenfalls, denn einen Eiswagen können wir nicht unbeachtet lassen. Außerdem ist es schon wieder drückend heiß. Ich werfe einen Blick in den Himmel, und tatsächlich: Aus Richtung Köln ziehen Gewitterwolken auf. Ein Grund mehr für eine kurze Rast.

»Sechsmal Zitroneneis«, nennt Eddi Mei-Zu dem Eismann unsere Bestellung. »Sie möchten doch auch, Siglinde?«

Doch die schüttelt zu unserer Überraschung den Kopf. »Nein, Eis mag ich nicht. Das ist mir zu kalt.«

Eddi sieht sie mit großen Augen an. Das erste Mal scheint er mit einer ihrer Äußerungen nicht einverstanden zu sein. Was ich verstehen kann. Ich meine, wer mag denn kein Eis? Selbst Alfred liebt Eis. Aber wir sind tolerant. Natürlich darf jemand diese ungemein wunderbare Leckerei nicht mögen. Auch wenn es merkwürdig ist. Sehr merkwürdig.

Eddi wendet sich zögernd dem Verkäufer zu. »Also nur fünfmal. Viermal mit Waffel, einmal im Becher.«

Das Altenheim liegt nur wenige Schritte vom Eiswagen entfernt. Es ist ein modriges Hochhaus aus den siebziger Jahren, das abgerissen werden soll. Es wirkt verlassen, an der Eingangstür hängt eine vergilbte Pappgirlande von der Auszugsfeier. In den oberen Stockwerken klaffen dort, wo die Fenster entfernt wurden, riesige Wunden. Irgendwie macht der Anblick mich traurig.

»Wir müssen hier entlang.« Siglinde weist auf einen vermoosten Weg, der vom Parkplatz abzweigt.

Der Garten des Altenheims ist weniger ein Garten im klassischen Sinne als vielmehr ein kümmerliches

Stück Rasen, umgeben von Sträuchern und beschattet von mächtigen Bäumen. Das Tor zum Kleingartenverein ist entfernt worden. An seiner Stelle stehen kleine Büsche, die offensichtlich einmal die Hecke vervollständigen sollen. Wir steigen einfach hinüber und folgen dem Weg hinten herum zu Siglindes Garten. Wie praktisch, dass das Gelände von mehreren Seiten betreten werden kann. So gehen wir der Polizei wunderbar aus dem Weg. Siglinde geht voran, Herr von Itzenplitz, Gerda und Alfred folgen. Ich bilde mit Eddi die Nachhut. Aber an einer Biegung bleibt er plötzlich wie angewurzelt stehen, starrt den Weg entlang. Ich folge seinem Blick: ein Flatterband, der Bagger von gestern, weitere langweilige Gärten. »Was ist?«, frage ich.

»Isch komme nach!«, sagt er mit heiserer Stimme.

Ich zucke mit den Schultern. »Wie Sie meinen.«

Keine zehn Minuten später stehen wir bei Siglinde am Tor. Wir setzen uns in der Laube um den gemütlichen Tisch. Die Puppe mit dem grässlichen Gesicht starrt mich an. Siglinde hat beim letzten Mal seltsam geschaut, als ich sie umgedreht habe, deswegen lasse ich sie nun unangetastet. Wenn mir auch ein leichter Schauer über den Rücken läuft.

Siglinde wühlt in ihrem Kühlschrank. Ich bete, dass sie keinen Holunderblütenlikör mehr hat. Die Götter sind mir gnädig, und Siglinde taucht mit einer Flasche Sekt wieder auf. »Den habe ich aufgehoben für besonders gute Freunde!« Sie wirft einen Blick in die Runde. Enttäuschung macht sich in ihrem Gesicht breit. »Wo ist denn Eddi?«

»Der kommt gleich nach.« Als der erste Sekt in das

Glas perlt, überschwemmt mich ein Hochgefühl. Ich hebe das Glas. »Auf unseren ersten gelösten Fall!«

»Auf unseren ersten gelösten Fall!«, wiederholen Herr von Itzenplitz und Gerda.

Sekt an einem schwülwarmen Tag hat eine herrliche Wirkung. Die Perlen kitzeln in meiner Nase, und ich fühle mich von Minute zu Minute besser. Ich bin nicht die Einzige.

»Wahnsinn!«, sagt Siglinde nun schon zum fünften Mal. Wir sind inzwischen bei der zweiten Flasche angelangt. Offenbar hat sie eine ziemlich große Reserve für besonders gute Freunde im Kühlschrank. »Herzlichen Glückwunsch! Sie haben den Fall gelöst, die gewissenlose Täterin wurde verhaftet.« Sie strahlt uns an. Was ich ihr nicht verdenken kann, schließlich hat man nicht jeden Tag die Gelegenheit mit der besten Detektivgruppe der ganzen Stadt zu feiern.

»Das war nur eine Kleinigkeit«, wehre ich ab. »Routine.« Trotzdem merke ich, wie mir Röte ins Gesicht steigt. Das muss an dem Sekt liegen. Ich stelle das Glas ab und lehne mich zurück, die Sonne scheint durch das Fenster auf mein Gesicht. »Wissen Sie, Siglinde, wenn uns die Polizei nicht ständig behindern würde, hätten wir den Fall noch eher gelöst. Schließlich sind wir erfahrene Kriminalautoren, da erkennt man doch falsche Fährten auf den ersten Blick. Aber die Polizei will unsere Erkenntnisse einfach nicht einbinden.«

Siglinde schenkt eine Runde nach. »Das ist wirklich unfassbar.« Sie scheint etwas abgelenkt, denn sie schaut fortwährend aus dem Fenster. »Wo bleibt denn Eddi? Ich dachte, wir wollten zusammen feiern.«

Ich nippe an meinem Sekt und denke an meine abtrünnige Tochter. »Paula fördert uns in keinster Weise«, beklage ich mich. »Ich kenne Hunderte Autoren, die in ihrem Nachwort der örtlichen Polizei für die gute Zusammenarbeit danken. Und meine eigene Tochter ist Polizistin. Da sollte man doch meinen, dass ich die besten Voraussetzungen hätte. Aber Paula lässt mich ja noch nicht einmal ihre Pistole anfassen. Wie soll ich da einen vernünftigen Kriminalroman schreiben? Ein Roman lebt von den persönlichen Erfahrungen.« Ich seufze. Mit einem Mal bin ich wirklich sehr, sehr traurig.

Herr von Itzenplitz blickt zu mir her. »Meine Liebe, Sie sollten sich mit dem Sekt zurückhalten. Sie wissen, dass Sie davon immer melancholisch werden.«

Ich schniefe. Das Leben ist so dunkel, wenn einem die eigene Tochter ständig in den Rücken fällt. Herr von Itzenplitz nimmt mir den Sekt weg und drückt mir stattdessen eine Kaffeetasse in die Hand.

»Vielleicht meint sie, ich mache etwas kaputt«, lamentiere ich. »Dabei weiß ich mit einer Waffe umzugehen. Ich habe mehrere Wikipedia-Einträge dazu gelesen. Entsichern, zielen, schießen. Als Autorin muss ich es aber auch mal ausprobieren, um ein Gefühl dafür zu kriegen.«

»Wenn Sie möchten, können Sie sich meine Waffe ansehen«, sagt Siglinde.

Ich trinke einen Schluck Kaffee und bin so in Gedanken bei meiner abtrünnigen Tochter, dass ich erst gar nicht realisiere, was Siglinde gesagt hat. Aber dann schaue ich auf. »Sie besitzen eine Waffe?«

Siglinde nickt. »Habe ich von meinem Vater bekommen. Er meinte, ein Mädchen muss sich verteidigen können. Ich habe seit Jahren nicht mehr dran gedacht.« Sie steht auf und geht an eine Truhe in der Ecke, klappt den Deckel auf. »Ich glaube, sie ist irgendwo hier drin.« Sie wirft eine Elefantenstatue, Gummistiefel und ein Wandbild mit psychedelischem Muster beiseite. Dann ruft sie: »Da ist sie ja!« Mit einer Spinnenwebe über den Haaren strahlt sie mich an, in der Hand eine Pistole.

COSMA

JETZT GEHT ES LOS

Es ist eine alte Luger, etwas angestaubt, aber wunderbar. »Die ist ganz schön schwer«, sage ich, als sie die Waffe in meine Hand gleiten lässt.

»Das ist die Wehrmachtswaffe von meinem Vater, er hat sie mir zu meinem siebten Geburtstag geschenkt. Ich habe sie etwas verschönert, sehen Sie.« Sie deutet auf ein kleines rosa Elfenabziehbild auf dem Griff.

Hübsch. »Können Sie schießen?«, frage ich und fühle den Knauf angenehm fest in meiner Hand.

»Aber sicher. Mein Vater hat es mir beigebracht. Es ist ganz leicht: Kimme und Korn müssen übereinstimmen, die Hand ruhig halten und abdrücken.« Sie nimmt meine Hand und hält sie hoch. Ich ziele auf die Elefantenfigur aus der Truhe. Wider Erwarten löst das kein gutes Gefühl aus, ein eisiger Block liegt plötzlich in meinem Magen, als ich in die traurigen Augen des Elefanten blicke. So eine Waffe verleiht große Macht. Zu große Macht. Die Macht über Leben und Tod.

Ich gebe ihr die Pistole zurück. Es hat mir weniger gefallen als gedacht, und ich bin froh, dass ich nur eine Gabel in meinem Cape habe. Die Waffenindustrie ist ein skrupelloses Gewerbe. Ich denke, ich werde in den nächsten Wochen einmal vor den hiesigen Gebäuden protestieren.

Fast liebevoll nimmt Siglinde mir die Pistole aus der Hand. »Ich habe so lange nicht mehr an sie gedacht.« Sie streichelt über das Abziehbild.

»Ein Instrument des Todes«, sage ich nachdenklich, denn nach der durch den Sekt ausgelösten Melancholie-Phase habe ich meist eine überaus poetische Ader.

Siglinde scheint von meiner poetischen Ader wenig beeindruckt. Sie zuckt mit den Schultern. »Töten kann man mit fast allem. Aber das hier«, sie streicht über den Lauf, »ist Kunst.«

Ich hätte ja gerne weiter mit Siglinde diesen gehaltvollen Austausch vertieft, aber ein bedrohliches Grollen von draußen lässt uns alle zusammenzucken.

»Jetzt geht es los«, murmelt Herr von Itzenplitz.

Er hat recht. Es geht los. Aber anders als erwartet. Denn das da draußen ist kein Donnergrollen.

PAULA

AMEISENGIFT, UNKRAUTVERNICHTER UND EINE ENTSCHEIDENDE SPUR

Was wollen Sie wissen?«, fragt Agnes Schulze. Zusammengesunken sitzt sie auf dem Stuhl und umklammert die Kante des Sitzes. Sie hat aufgegeben. Zumindest für den Moment. Paula denkt kurz nach. Viele Fragen schießen ihr durch den Kopf. Natürlich will sie am dringendsten wissen, was gestern Nacht passiert ist. Aber Agnes' Panzer hat nur Risse. Es ist das Beste, die Risse deutlich zu erweitern. Die Angst zu verstärken. Und da kommt für Paula nur eine Frage in Betracht. »Warum haben Sie Roland Baumann im letzten Jahr das Ameisengift ins Bier gegeben?«

Treffer. Agnes Schulzes linkes Augenlid beginnt zu zittern. »Wie kommen Sie denn darauf?«

Es ist nur eine Eingebung gewesen. Hätte Marcel Schilling Roland das Ameisengift verabreicht, hätte er sich längst mit der Tat gebrüstet. Also musste es jemand anderes sein. Jemand, der schweigen konnte. Jemand, der sein wahres Temperament sorgfältig verschlossen hält und im Stillen genießt. Jemand wie Agnes Schulze. »Erzählen Sie einfach, Frau Schulze.«

Agnes Schulze zögert, doch dann beginnt sie zu reden.

»Es war eine Kurzschlusshandlung. Ich verstehe bis heute nicht, warum ich das getan habe. Aber Roland hatte so eine Art, jeden gegen sich aufzubringen. Er hat sich von Anfang an aufgespielt. Kaum hatte er die Parzelle übernommen, glaubte er, alles besser zu wissen und jeden zurechtweisen zu müssen. Nicht dass wir uns falsch verstehen: Ich finde das Bundeskleingartengesetz sehr notwendig. Wir brauchen Regeln, sonst ginge es drunter und drüber. Jeder würde machen, was er will. Aber Roland hat an wirklich allem etwas auszusetzen gehabt. Als wir letztes Jahr mit den Vorbereitungen zum Sommerfest beschäftigt waren, ist er doch tatsächlich gekommen und hat gesagt, dass es nicht erlaubt sei, den Vorplatz zur Terrasse mit Unkrautvernichter zu besprühen. Dabei haben wir das immer so gemacht. Wenn man mit dem Fugenkratzer arbeitet, dauert es mindestens einen ganzen Tag und sieht nach ein paar Wochen wieder aus, als wäre nichts gemacht worden. Sie haben ja selbst gesehen, wie Uwe dieses Jahr dabei geschuftet hat. Aber es ist leider so, dass wir die Fläche tatsächlich nicht chemisch behandeln dürfen, ich habe es nachgelesen. Wie dem auch sei. Roland war strikt gegen jeden Einsatz von Gift. Bei der Tombola hat Marcel dann das Ameisengift gewonnen und Roland einen Wahnsinnsaufstand gemacht. Er hat mich beschuldigt, ich würde den Grund und Boden im Kleingartenverein verseuchen. Er wurde richtig unverschämt, hat verlangt, dass Uwe zurücktritt. Mir war klar, was das sollte: Er wollte selbst Vorsitzender werden. Ich war so wütend. Dann ging Roland auf die Toilette und ließ sein Altbier unbeaufsichtigt an der Theke zurück. Das Ameisengift stand direkt daneben. Ich habe nur eine winzige Prise hineingegeben.« Sie blickt Paula trotzig an. »Es hat damals niemand gesehen, ich war geschickt genug. Später haben alle geglaubt, es sei Marcel gewesen.«

»Weil Sie die Gerüchte entsprechend gestreut haben.«

Agnes nickt, wenn auch wenig schuldbewusst. »Marcel hat sich das selbst zuzuschreiben. Das hätte niemand geglaubt, wenn er nicht sowieso schon die ganze Zeit Ärger mit Roland gehabt hätte. Ich habe Uwe tausendmal gesagt, dass Marcels Hecke zu hoch ist und geschnitten gehört. Aber er wollte partout nicht eingreifen.« Mit einem Mal scheint ihr klar zu werden, wie die Zusammenhänge sind. Sie lässt den Kopf hängen. »Natürlich wollte er nichts tun. Er brauchte einen Platz für sich und Gaby.« Agnes blickt auf. »Aber ich war es nicht. Ich habe Uwe nicht umgebracht und Roland auch nicht.«

»Sie hatten Streit mit Roland an dem Tag, als er starb?«

Agnes nickt. »Der Stadtverband hat angerufen, einen Prüftermin angekündigt. Wie Verbrecher haben die uns behandelt; gesagt, wir hätten den Verein nicht mehr unter Kontrolle. Roland war völlig überdreht, jetzt war die Chance groß, dass Uwe endlich abgesetzt werden würde. Außerdem würden nun alle Gärtner seinen Forderungen nachkommen müssen, denn mit dem Stadtverband ist nicht zu spaßen. Die sehen nicht wie Uwe über eine illegal erbaute Überdachung hinweg. Ich bin den ganzen Nachmittag herumgelaufen und habe die Gärten besichtigt, die Roland beanstandet hat. Ich sage Ihnen: Da waren einige Leute darunter, die Mordlust verspürten. Wenn man einen Pool zurückbauen muss, ist das nicht nur ärgerlich, sondern geht auch ins Geld. Aber wir als Verein sind machtlos, sobald sich der Verband einschaltet. Wenn nötig, hätten wir auch Zwangsmaßnahmen durchgeführt, es muss sogar ein Baum gefällt werden. So weit hat uns Roland getrieben. Mich hat es gar nicht gewundert, dass ihn jemand umgebracht hat.« Sie atmet durch. Offensichtlich hat sie die Wut auf Roland lange für sich behalten und ist erleichtert, ihr nun nachzugeben. Etwas in ihrem Redefluss hat in Paula eine vage Erinnerung ausgelöst. Aber bevor sie sie fassen kann, redet Agnes weiter. »Das heißt aber nicht, dass ich ihn getötet habe. Ich war in der Nacht, als er starb, zu Hause. Allein, Uwe war unterwegs, er musste noch was besprechen.« Sie zögert. »Jedenfalls habe ich das geglaubt. Ich habe ihm immer geglaubt. Und dabei war er die ganze Zeit mit Gaby zusammen.« Sie streicht ihr Haar zurück. »Ich war so wütend gestern Nacht, als ich gehört habe, dass er über ein Jahr schon ein Verhältnis mit Gaby hat. Ein Jahr! Alle haben es gewusst und sich hinter meinem Rücken über mich lustig gemacht. Das kann ich ihm nicht verzeihen, das nicht.« Sie sieht Paula an. »Hören Sie mir überhaupt noch zu?«

Paula zuckt zusammen. Es ist ganz plötzlich in ihr aufgestiegen. Eine Unruhe. Sie hat mit dem zu tun, was Agnes vorhin gesagt hat. Paula steht auf. »Einen Moment bitte. Ich muss eben was klären.« Sie zieht ihr Handy heraus. Aber leider hat sie es im Eifer des Gefechts gestern Nacht nicht mehr aufgeladen. Sie blickt auf ein schwarzes Display. »Bin gleich zurück.« Sie lässt die überraschte Agnes und den noch überraschteren Walter zurück und geht hinaus.

Draußen hat Spusen-Ali in einem großen Zelt beim Vereinshaus ein provisorisches Labor eingerichtet. Er wirkt nicht erfreut, als Paula hereinkommt. »Sie stören.«

»Haben Sie zufällig einen Rechner hier mit Internetanschluss? Ich muss kurz etwas nachschlagen.«

»Da vorne das Laptop.« Spusen-Ali deutet auf den Tisch in der Ecke des Zeltes. Paula geht hinüber. Dabei fällt ihr Blick auf den Spaten, der an der Zeltwand lehnt. Sorgfältig eingetütet wartet er auf den Abtransport. »Sie haben schon Ergebnisse zu den Fingerabdrücken auf dem Spaten?«, fragt Paula überrascht.

Spusen-Alis Augenbrauen ziehen sich zusammen. »Normalerweise braucht eine gezielte Analyse Zeit und gutes Equipment. Also nicht das, was ich hier vorfinde. Aber natürlich bin ich in der Lage, auch unter widrigsten Bedingungen eine erste Einschätzung zu geben.«

»Und?«

Spusen-Ali sieht aus, als wolle er nicht mit dem Ergebnis herausrücken. Doch schließlich siegt seine Eitelkeit. »Keine Fingerabdrücke. Die hat Ihre Frau Mutter dank ihrer Handschuhe abgewischt. Möglicherweise finde ich in meinem Labor noch Teilabdrücke, aber unter den hier gegebenen Umständen ist selbst für einen Experten wie mich nicht viel zu machen. Trotzdem habe ich etwas Interessantes entdeckt. Jemand weniger Versiertes hätte es vermutlich übersehen. Doch mir ist es gleich aufgefallen.« Er deutet auf den Stiel des Spatens. »Sehen Sie das hier?«

Paula bemerkt einen dunklen Fleck am oberen Ende des Stiels. »Was ist das?«

Er hält ihr den Spaten unter die Nase. »Schnuppern Sie.«

Paula verzieht das Gesicht. »Bah, riecht nach Chinapfanne.«

»Das ist Sesamöl.«

COSMA

RITTER LANZELOT AUF SEINEM STÄHLERNEN ROSS

Das bedrohliche Dröhnen im Garten wächst an. Wir springen auf. Gerda reißt Alfred an sich, der daraufhin faucht. Siglinde steht zitternd neben ihr. »Auf dem Gartenweg ist etwas«, flüstert sie.

»Das ist nicht zu überhören«, antworte ich. Meine Melancholie ist wie weggeblasen. Ich stehe auf, gehe zum Fenster. Und atme scharf ein. Da draußen ist Eddi Mei-Zu. Auf dem Bagger vom Sommerfest.

Wir laufen hinaus. Ich muss sagen, ich verliere etwas die Contenance. »Was machen Sie da? Kommen Sie sofort da runter!« Mir ist noch zu gut in Erinnerung, was bei dem letzten Vorkommnis dieser Art passiert ist. Auch der Betreiber der Kartbahn hätte nicht gedacht, dass ein einzelnes Fahrzeug so viel Schaden anrichten kann. Aber in den Händen von Eddi Mei-Zu entwickelt sich jedes Gefährt in eine gefährliche Waffe.

Eddis Gedächtnis in Bezug auf seine Fahrkünste ist dagegen ein wenig eingeschränkt. Strahlend thront er auf dem Bagger. »Der stand einfach so am Weg! Es ist, wie Walter jesagt hat: Entweder man lernt es in fünf Minuten oder nie.«

»Mein lieber Ewald Meier-Zuhorst, Sie sollten besser

sofort absteigen«, wirft Herr von Itzenplitz ein. »Das könnte gefährlich werden.«

Eddi winkt ab. »Ach wat, jefährlich.« Er wendet sich an unsere Gastgeberin: »Sichlinde, du wolltest doch einen Jartenteich. Kein Problem, ich heb ihn aus!«

Siglinde wird blass. »Ich hatte eher an ein kleines Plastikbecken gedacht.«

Eddi nickt. »Sag mir nur, wo es hinsoll. Ich mache das Loch jenauso, wie du willst. Mit so einem Bagger kann man janz filigran arbeiten.« Eddi drückt einen Schalter. Ruckartig dreht sich der Bagger um die eigene Achse. Siglinde schreit auf. Hektisch drückt Eddi einen weiteren Schalter. »Alles unter Kontrolle!«, versichert er. Im gleichen Augenblick setzt sich das Gefährt in Bewegung. Wir springen gerade noch rechtzeitig zur Seite, bevor Eddi Siglindes Jägerzaun plattwalzt und in den Garten rumpelt.

»Eddi, bleib sofort stehen!«, schreit Siglinde. Tränen stehen in ihren Augen.

Eddi drückt hektisch verschiedene Knöpfe, ruckelt an einem Schalter. »Ich hab et jleich.« Der Bagger schießt nach vorne. Seine mächtige Schaufel schlägt an den Walussbaum, das Gefährt rumpelt weiter und drückt wie ein Elefant gegen den Stamm.

Siglinde zieht scharf die Luft ein, Gerda hält sich die Augen zu, Herr von Itzenplitz sagt »nein, so etwas«. Ich löse mich endlich aus meiner Starre und rufe: »Rechter Fuß! Die Bremse ist ein Pedal, kein Knopf!«

Eddi drückt den Fuß durch. Der Motor erstirbt mit einem lauten Gluckern. Ruckartig bleibt der Bagger stehen.

Schwankend und kreidebleich steigt Eddi vom Bagger herunter. »Natürlisch werde isch allet reparieren«, flüstert er. »Siglinde, dat tut mir allet wahnsinnich leid, isch verspreche …« Weiter kommt er nicht, denn plötzlich geht ein Zittern durch den Walnussbaum. Für einen Moment ist es mucksmäuschenstill. Dann kippt der Baum langsam zur Seite. Unsere Schreie werden von ohrenbetäubendem Knacken übertönt, Erde wird hochgeschleudert, der Boden unter unseren Füßen bebt. Dann schlägt der Baum auf den Boden auf.

Nur langsam legt sich der Dunst. Vor uns liegt der Walnussbaum. Seine Äste sind gebrochen, die Wurzeln erheben sich in die Luft.

Und dazwischen ragt eine knöcherne Hand aus der Erde.

PAULA

DER TODESBAUM

Gedankenverloren geht Paula zurück zum Büro des Vorsitzenden. Agnes Schulze blitzt sie wütend an, als sie hereinkommt. »Und, haben Sie alles erledigt, weswegen Sie rausgerannt sind und mich hier sitzengelassen haben, Frau Kommissarin?«

Paula lässt sich auf dem Stuhl vor ihr nieder. Ihr geht durch den Kopf, was sie gerade von Spusen-Ali gehört hat.

»Frau Schulze. Gestern Nachmittag haben Sie an der Kuchentheke ausgeholfen. Als Ihr Mann vor der Tombola zu Ihnen kam, hat er da etwas Besonderes gesagt? War er da nervös?«

Agnes sieht sie überrascht an. »Nein, was soll er denn gesagt haben?«

»Ich habe ihn beobachtet, und er schien mir ziemlich nachdenklich, als er von Ihnen zurückkam. So als hätte etwas, das er von Ihnen gehört hatte, ihn beunruhigt.«

»Er kam rüber, weil er mir sagen wollte, dass wir gleich mit der Tombola starten. Mehr nicht.«

»Da muss noch etwas gewesen sein. Bitte denken Sie nach. Es ist wichtig.«

Agnes' Blick geht in die Ferne. »Er war ganz normal, hat mir gesagt, dass fast alle Lose verkauft worden sind. Dann hat er mich gefragt, ob noch ein Stück von Siglindes Torte da ist. Die mag er nämlich immer besonders gerne. Aber wissen Sie, was die uns gebracht hat? Einen Sandkuchen aus dem Supermarkt!«

»Was hat er dazu gesagt?«

»Er war enttäuscht. Ich fand es etwas übertrieben, schließlich war ja noch was von meiner Torte da. Den ganzen Tag habe ich in der Küche gestanden und gebacken, und er will unbedingt die Torte von Siglinde.«

»Sie haben Ihre Torte auch nicht selbst gemacht«, wirft Walter empört ein.

Agnes' Augen werden zu Schlitzen. »Natürlich habe ich die eigenhändig gebacken.«

Walter schüttelt den Kopf. »Auf keinen Fall.« Er nimmt sein Handy heraus, gibt etwas ein, dann zeigt er Agnes die Webseite der Konditorei. »Die Torte oben links. Zabaione-Creme-Torte mit Eierlikör und in Biskuit eingebackenen Johannisbeeren.«

Agnes schwankt, dann gibt sie wütend zu: »Und wenn schon. Wissen Sie, wie viel vor dem Sommerfest zu tun ist? Um alles muss ich mich kümmern. Um alles! Ich verrate Ihnen mal was: Ich hasse backen. Das ist eine Arbeit für Blöde.«

»Ach ja? Und trotzdem stellen Sie gebrauchte Tortenformen ins Spülbecken vom Vereinshaus, damit jeder glaubt, dass Sie selbst backen. Ich nenne das Betrug.« Walter ist rot angelaufen.

»Ich nenne es geschickt. Sollen sich doch die anderen mit diesen blöden Schichttorten abquälen. Wer so etwas gerne zusammenmanscht, muss schon ein etwas schlichtes Gemüt haben. Siglinde, die ist so eine. Die backt normalerweise irgendwas Aufwändiges. Aber Siglinde ist ohnehin ein wenig … Sie wissen schon.« Sie macht eine eindeutige Bewegung vor ihrer Stirn.

»Wie hat Ihr Mann reagiert, als er gemerkt hat, dass es keinen selbstgemachten Kuchen von Siglinde gibt?«

»Er hat gesagt, das könne nicht sein. Regelrecht fassungslos war er. Und er hatte recht. Das gehört sich einfach nicht. Jede Frau im Verein hat einen Kuchen beigesteuert. Selbst Marcel hat einen mitgebracht, wobei den seine kleine Kölner Freundin gebacken hat. Und da kommt Siglinde mit einem Sandkuchen aus dem Supermarkt. Das war eine Kampfansage, keine Frage. Nur wegen ihres blöden Baumes.«

Der Walnussbaum! Genau das ist es, was Paula die ganze Zeit im Kopf herumging. Sie nimmt Spusen-Alis Laptop und gibt etwas ein. »Können Sie Ihre Mails nicht später abrufen?«, empört sich Agnes. Doch Paula hat schon gefunden, was sie gesucht hat. Die ganze Zeit hat es in ihrem Unterbewusstsein geschwebt. *Siglinde sagt, ihr Walnussbaum hat magische Kräfte.* Genau das hatte Cosma gesagt. Magische Kräfte. Alex, Paulas letzter Freund, ist Mitglied bei den Skeptikern gewesen, einer Gruppe von Menschen, die es sich zur Aufgabe gemacht haben, pseudowissenschaftliche Behauptungen und esoterische Heilslehren zu hinterfragen. Paula hat ihn einige Male zu Informationsveranstaltungen begleitet und einmal einen Vortrag über die Bedeutung von Bäumen in der Esoterik gehört. Wozu die Liebe einen manchmal treibt. Trotzdem war es interessant. Nun überfliegt sie den Text auf der Webseite, und ihre Erinnerung wird bestätigt. *Der Walnussbaum gilt bei Esoterikern als Todesbaum, unter dem der Teufel und die Verstorbenen leben. Der Baum ist ein böses Omen, gelegentlich wird er für schwarze Rituale genutzt. Realer Hintergrund des Mythos sind vermutlich die wachstumshemmenden Stoffe in den abgeworfenen Blättern des Baumes, die die Vegetation unter dem Baum erschweren.*

Sie wendet sich wieder an Agnes. »Hat Roland Siglinde wegen des Walnussbaums angezeigt?«

»Ja, natürlich. Laut Vereinsordnung ist das Anpflanzen von Waldbäumen und anderen stark wachsenden Arten nicht gestattet. Der Walnussbaum gehört dazu. Das weiß Siglinde schon lange, aber sie will ihn partout nicht fällen. Sie hängt an dem Baum, den hat sie gepflanzt, als ihr Mann sie verlassen hat. Ich finde das ja ziemlich pathetisch, aber so ist Siglinde eben.« Sie senkt die Stimme. »Ihr Mann konnte ziemlich gewalttätig werden. Ich glaube ja, dass Siglinde damals einen leichten Knacks wegbekommen hat. Die hat sich regelrecht in diesen Esoterikkram hineingesteigert. Überall Elfen. Sie glaubte, ihre Götter würden helfen. Naja, haben sie letztlich auch, er hatte einfach irgendwann genug von ihrem Gefasel und ist mit einer anderen Frau auf und davon.«

»Das heißt, er war von einem auf den anderen Tag verschwunden?« Paulas Stimme ist heiser.

»Ich habe ja gedacht, der steht in ein paar Tagen wieder vor der Tür. Aber er hatte offenbar wirklich genug. Ich will ja nichts sagen, aber so ganz normal ist die Siglinde nicht. Wissen Sie, was sie gemacht hat, kaum dass ihr Mann weg war? Sie hat alle Eiben aus dem Garten gerissen und stattdessen den Walnussbaum gepflanzt. Mitten in der Nacht. Angeblich wirkt sich das Mondlicht fördernd auf frische Pflanzungen aus.« Ihrem Gesichtsausdruck ist anzusehen, was sie von dieser Einschätzung hält.

»Wie lange ist das her?« Walter ist plötzlich auch hellhörig geworden und hat sich aufgerichtet.

Agnes tippt auf ihre Oberlippe und denkt nach. »Das war so ungefähr vor zehn Jahren. Seitdem ist der Baum mächtig gewachsen. Siglinde hat ihn wohl zu Anfang sehr gut gedüngt.«

»Und sie hat ihn mitten in der Nacht gepflanzt?«

»Das sagte ich ja bereits. Wir haben vielleicht geschaut, als da auf einmal dieser Baum stand. Da ging es nicht um die Förderlichkeit des Mondlichts. Siglinde ist durchtrieben, die wusste ganz genau, dass ein Walnussbaum nicht erlaubt ist. Sie hat einfach Fakten geschaffen.«

Paula blickt noch einmal auf den Webseiteneintrag. *Unter dem Walnussbaum leben die Verstorbenen.* »Ihr Mann verschwindet ...«, sagt sie tonlos und schaut zu Walter.

»... und findet seine letzte Ruhe unter dem Walnussbaum«, vollendet der ihren Gedankengang.

COSMA

OH, OH!

Wir stehen alle rund um den entwurzelten Baum und blicken in den riesigen Krater, den er hinterlassen hat. Direkt vor uns liegt eine skelettierte Hand.

»Ob die menschlich ist?«, fragt Gerda.

Ich nicke. »Zweifellos.«

»Wo mag wohl der Rest sein?« Herr von Itzenplitz starrt auf den Boden.

Ich deute in den dunklen Himmel, zu den über uns ragenden Wurzeln. Dort oben hängt unverkennbar ein Skelett, eingewachsen zwischen den Wurzeln. Der Schädel ist von einem Ausläufer durchbohrt, der wie eine Schlange aus dem Nasenloch herauskommt.

Ich schlucke. Was weniger an dem Skelett liegt als an dem Geräusch, das ich hinter mir gehört habe.

»Alles in Ordnung?«, fragt Herr von Itzenplitz besorgt. Ein Donnergrollen kündigt an, dass das Gewitter nun wirklich kurz bevorsteht. Der Himmel ist pechschwarz.

Meine Augen wandern an unserer Gruppe entlang. Eddi, Gerda, Herr von Itzenplitz und Alfred, der aufgeregt die Nase in die Luft reckt. Eine fehlt.

Ich drehe mich langsam um.

Es ist nicht schön, in den Lauf einer Waffe zu schauen. Selbst wenn ein hübscher Elfenaufkleber daran befestigt ist. Überhaupt nicht schön. Ich fange an zu zittern. Die anderen bemerken es und drehen sich ebenfalls um.

»Oh, Sichlinde, die ist aber hübsch. Hast du die gerade gefunden?«, sagt Eddi Mei-Zu. Offenbar hat er den Ernst der Lage nicht erfasst. »Das ist eine Luger, nicht wahr? Pistole 08. Produziert bis 1945, Standardpistole der deutschen Wehrmacht, heute bei Sammlern begehrt. Mögliche Magazinfüllung: acht Patronen. Leichter Rechtsdrall, offene Visierung, Kaliber 9 mm Parabellum.«

»Schluss mit dem Geschwafel«, Siglinde macht einen Schritt zurück. »Rüber zum Haus!« Erstaunlich, wie sich die Stimme eines Menschen ändert, wenn er eine Pistole in der Hand hat.

»Aber was ist denn los?«, fragt Gerda. »Warum haben Sie denn eine Waffe in der Hand?« Gerda blickt sich um. »Da ist doch niemand hinter uns. Außer dem Skelett. Und vor dem brauchen Sie keine Angst zu haben. Das ist tot, ganz sicher.«

»Sie meint uns«, sagt Herr von Itzenplitz. Er schüttelt bedauernd den Kopf. »Sie waren es also, Siglinde.«

Eddis Augen werden riesig. »Itzenplitz – was meinen Sie damit?«

»Sie hat die Morde begangen«, antworte ich. »Alle. Den an dem Gärtner, den an dem Vorsitzenden, und ich denke, dieses Skelett da oben geht auch auf ihre Rechnung.«

»Aber Sichlinde … Dat kann doch nischt sein. Du bist doch meine Miss Moneypenny.«

Ich schüttle den Kopf. »Das ist nicht Miss Moneypenny. Das ist Blofeld, Dr. No, Goldfinger. Das Böse eben.«

Eddi schluckt. Seine Schultern sacken herab. »Sichlinde!«

Ein gewaltiger Blitz lässt uns alle zusammenzucken.

»Wird das jetzt langsam was!« Siglinde wedelt mit der Waffe und deutet hinüber zur Laube. Gezwungenermaßen setzen wir uns in Bewegung. Eddi schlurft vor mir her. Ich überlege, ob wir einfach die Tür der Laube hinter uns zuwerfen können, aber Siglinde ist direkt hinter mir, presst mir den Lauf in den Rücken.

»Wenn jemand eine falsche Bewegung macht, ist Frau Cosma tot.«

Im Gänsemarsch gehen wir hinein. Alfred schlüpft an uns vorbei und springt auf den Schrank. Dann schlägt die Tür hinter uns zu.

Langsam drehen wir uns zu Siglinde um. Ihre Laube wirkt auf einmal gar nicht mehr gemütlich. Draußen donnert es laut, Blitze leuchten, hier drinnen ist es duster. Die Puppe verfolgt uns mit starren Augen. Wir weichen zurück, bis wir an den Schrank stoßen. Mein Blick fällt auf die Truhe daneben. Auf einmal weiß ich, warum ich vorhin so ein ungutes Gefühl hatte, als ich darauf gezielt habe. Es war gar nicht nur wegen der traurigen Augen des Elefanten. Es war wegen der Gummistiefel. Die hat Siglinde vorhin aus der Truhe geräumt und achtlos zur Seite geworfen. Ich schlucke. »Das sind Ihre Gummistiefel, Siglinde, oder?«

Sie lächelt verträumt. »Aber natürlich, ich trage sie sehr gerne. Als Sie mir gesagt haben, dass der Täter Gummistiefel anhatte und es einen verräterischen Riss in der Sohle gibt, habe ich sie leider vor Ihren neugierigen Augen verstecken müssen.«

Manchmal sollte ich wirklich vorsichtiger sein, wem

ich was erzähle. Insbesondere, wenn ich mit dem Täter rede. Ich mache mir eine geistige Notiz, dass man niemals jemandem trauen sollte. Schon gar nicht jemandem, den man nett findet. Gefunden hat. Denn im Augenblick erscheint mir Siglinde eher gespenstisch. Sie ist kalkweiß, ihre dunkel geschminkten Augen glitzern im Licht der Blitze.

Sie geht einen Schritt vor. »Denken Sie nur, was passiert wäre, wenn ich die Stiefel an dem Morgen angezogen hätte, als ich Sie das erste Mal getroffen habe. Aber es war in der Früh schon so heiß, da habe ich mich für meine Sandalen entschieden. Das war Vorsehung, die Götter begleiten meinen Weg. Das tun sie schon seit Jahren.«

»Seit Sie diese Person unter dem Walnussbaum beerdigt haben.« So schwer es mir fällt, ich falte die Hände über dem Bauch und versuche superberuhigend auszusehen. Eine Geste, die ich mir bei Walter abgeguckt habe.

»Diese Person war mein Mann. Die Götter haben mir gesagt, dass es Zeit für ihn ist, die ewige Reise anzutreten. Die Zeichen der Tierknochen, die ich geworfen habe, waren eindeutig. Ich musste handeln.«

»Und Sie haben ihn getötet.«

Sie zuckt mit den Schultern. »Mein Vater hat mir die Waffe gegeben, und ich bin eine gute Schützin. Es war viel leichter als erwartet. Er saß am Abendbrottisch, ich habe ihm den Lauf auf den Hinterkopf gesetzt und abgedrückt. Finden Sie nicht auch, er hatte es schön hier im Garten? Das ist doch ein friedliches Plätzchen. Allerdings hatte er zu Lebzeiten die Tendenz, immer wieder aufzutauchen. Für alle Fälle habe ich den Walnussbaum gepflanzt. Unter dem Walnussbaum lebt der Teufel, und ich war mir sicher, dass mein Mann aus der Hölle nicht zurückkehrt.«

Äh, ja. Diese Walnussbaum-Theorie scheint mir zwar nicht schlüssig, aber ich habe das untrügliche Gefühl, dass es besser ist, diesbezüglich nicht mit Siglinde zu diskutieren. An der Wand hinter ihr tickt eine Uhr, der Zeiger rückt gerade eine Minute vor. Eine Idee ploppt in mir auf. Ich muss Zeit gewinnen. Irgendwann wird jemand kommen, um uns zu retten. Das ist immer so. In jedem Roman. In jedem Film. Immer.

Also warum nicht bei uns?

Leider zeigt sich, dass das wahre Leben sich nicht so ganz mit dem in Romanen deckt.

COSMA

WAS PASSIERT, WENN DIE KAVALLERIE NICHT KOMMT

Mutig frage ich: »Aber mir ist nicht klar, warum Sie Roland getötet haben.«

Sie lächelt. »Liebe Cosma, das ist doch sonnenklar. Er wollte meinen Pakt mit dem Bösen aufdecken.« Als sie bemerkt, dass wir sie fragend ansehen, erläutert sie: »Er wollte den Walnussbaum fällen. Er war so durchtrieben. Wissen Sie, dass er sogar schon einmal versucht hat, den Baum selbst abzuholzen? Ist einfach gekommen und hat daran rumgesägt. Damals hat er es nicht geschafft, weil er nicht das richtige Werkzeug hatte. Aber letzte Woche, als er mit Uwe den Grill gekauft hat, haben die beiden auch eine Motorsäge besorgt. Und mir war klar, wofür er die nutzen wollte. Nur weil ein Gesetz vorschreibt, dass man hier keine Walnussbäume pflanzen darf. Ich frage Sie: Fühlt ein Baum nicht? Atmet er nicht? Hat er nicht auch ein Recht zu leben?«

»Nun ja«, sagt Herr von Itzenplitz. »Tatsächlich habe ich erst vor Kurzem eine höchst interessante Abhandlung dazu gelesen. Eine ethisch komplizierte Frage. Ich persönlich bin der Meinung, dass der Staat dem Bürger nicht vorschreiben sollte, welche Bäume er pflanzt.«

»Ich finde, sie hat recht«, sagt Gerda empört. »Das Bäumchen stört doch keinen.«

Ich denke darüber nach. Lange. Schließlich komme ich zu einem Schluss. »Ein Baum hat genauso ein Recht zu leben wie wir alle.«

Nur Eddi seufzt und lässt den Kopf hängen. »Sie wollte nischt den Baum retten. Sie wollte ihre Tat verdecken.«

Tatsächlich. Das haben wir irgendwie aus den Augen verloren.

Siglinde zuckt mit den Schultern. »Und wenn. Ich war gezwungen zu handeln.«

»Und dann haben Sie Roland erschossen«, sagt Gerda. Sie bekommt den verträumten Ausdruck im Gesicht, den sie immer beim Schreiben hat. »Das Blut spritzte bis an die Laube, Teile des Gehirns flogen in die Erdbeeren und …«

Siglinde schaut sie verwirrt an. »Erschossen? Nein, vergiftet. Das ist viel sauberer. Wenn man einen Menschen in eine andere Welt befördern will, gibt es eine Reihe guter Methoden. Für Roland erschien mir Gift am besten.«

»Aber wie?«, frage ich. Mein Blick geht wieder zur Uhr. Fünf Minuten schon. Jetzt wird es aber langsam Zeit für die Kavallerie. Sollte meine Tochter nicht über ein unsichtbares Band mit mir verknüpft sein und merken, dass etwas nicht stimmt? Ich bin mir sicher, sie taucht gleich auf.

»Es war leicht. Die Tollkirschen ernte ich jedes Jahr, Belladonna gibt eine wunderbare Augencreme. Aber in diesem Jahr habe ich meine Ernte als Belag für die Torte genommen. Roland mag ein Stiesel gewesen sein, aber er liebt meine Torten, wie alle übrigens. Wahrscheinlich wegen der beruhigenden Kräuter, die ich immer mit hineingebe. Jedenfalls bin ich rüber zu ihm, habe ihm gesagt, dass ich klein beigebe und er den Baum fällen kann. Als Friedensangebot habe ich ihm die Torte geschenkt und darauf bestanden, dass er sofort ein Stück isst. Danach bin ich wieder zu mir und habe gewartet, was passiert. Erst einmal nichts. Als der Vollmond sein schönes Gesicht am Himmel zeigte, kam Roland heraus. Er stand etwas neben sich, aber das ist vermutlich so, wenn man vergiftet wurde. Erst bat er um was zu trinken, und gerade als ich ihm etwas über den Zaun reichen wollte, hat er sich an den Hals gegriffen und ist röchelnd zu Boden gegangen. Kurz darauf hat sein Körper losgelassen. Er hat noch einmal aufgeschrien, die Seele verlässt schließlich nicht lautlos die schöne Welt. Dann war er frei.«

Wieder huscht mein Blick zur Uhr. Wo bleibt Paula? So langsam wird es wirklich, wirklich Zeit. »Und der Vorsitzende? Warum musste er sterben?«

»Auch das war Vorsehung. Die großen Götter wollten ihn bei sich haben, da bin ich mir sicher. Er war an dem Morgen, als ich die Torte gebacken habe, bei mir. Ich habe ihm gesagt, die sei für das Sommerfest. Aber das stimmte natürlich nicht, die war schließlich für Roland. Eigentlich wollte ich noch eine neue backen, doch dann blieb mir keine Zeit mehr, weil ich eure nette Bekanntschaft gemacht habe«, sie blickt Eddi tief in die Augen. »Uwe hat auf dem Sommerfest eins und eins zusammengezählt und wollte unbedingt mit mir reden. Ich war so durcheinander, ich wollte nur noch weg vom Sommerfest und von ihm.«

»Deswejen bist du wegjegangen. Nicht wejen dem Bagger.« Eddi wirkt erleichtert.

Siglinde nickt. »Es tut mir so leid, Eddi. Ich wäre gerne bei dir geblieben. Du bist etwas Besonderes.«

Eddi strahlt, wird dann aber schlagartig wieder ernst.

Siglindes Blick geht in die Ferne. »Ich bin zurück in mein Häuschen und habe die Götter befragt, wie ich mit dem Vorsitzenden verfahren soll. Aber das Ergebnis war nicht eindeutig. Uwe hatte gesagt, er wartet im Wohnwagen auf mich, er wollte mir eine letzte Chance geben, um alles zu erklären. Nachdem die anderen in die Kneipe verschwunden sind, bin ich rüber zu ihm. Er war mitten in den Vorbereitungen für seine Abfahrt am nächsten Morgen. Als er so vor mir stand, wurde mir der Weg klar. Den Göttern sei Dank, hatte ich vorsorglich meinen Spaten mitgenommen. Ich habe ausgeholt, er hat noch komisch geguckt, und schon war er tot. Danach habe ich ihn mit der Schubkarre zum Vereinshaus gebracht. Ich wollte ihn in das Loch für den Erinnerungsbaum legen. Die Götter wollten, dass ich ihn dort beerdige. Sie weisen mir meinen Weg und geleiten mich.«

Womit wir die zwei Morde im Schrebergarten geklärt haben. Drei Morde, um genau zu sein, denn ihren Ehemann dürfen wir nicht vergessen. Leider kann ich mich nicht so ganz darüber freuen. Denn erstens mochte ich Siglinde bisher, und zweitens hat sie immer noch die Waffe in der Hand, die sie jetzt zu allem Überfluss auch noch anhebt. »Würden Sie bitte dahinüber gehen«, sagt sie und deutet auf die Küchenzeile.

Wir beugen uns der Gewalt. Unter Protest. Aber wir beugen uns. Wir sind schließlich auch nur Menschen. Selbst als Krimiautoren.

Siglinde hält uns mit der Waffe in Schach, während sie mit einer Hand im Regal tastet. Alfred, der dort bis vor einigen Sekunden noch friedlich gesessen hat, faucht und springt auf den Schrank hinter uns. Siglinde beachtet ihn nicht, sondern holt ein gefülltes Marmeladenglas hervor. Sie stellt es vor uns auf den Tisch.

»Wenn Sie das bitte aufmachen würden«, sagt sie.

Gerda sieht sie fragend an. »Konfitüre? Aber wir haben schon gefrühstückt.«

»Tollkirsche«, sagt Herr von Itzenplitz mit rauer Stimme. Er hat, wie wir alle, die Hände erhoben. Das macht man schließlich so, wenn man mit einer Waffe bedroht wird. Wobei ... ich hab nur eine Hand oben. Mit der anderen wühle ich unauffällig im Besteckkasten hinter mir. Der Donner von draußen übertönt das leise Klirren, als ich einen Löffel beiseiteschiebe.

»Bitte aufmachen«, flötet Siglinde und lächelt Eddi Mei-Zu an. Der bekommt einen bitteren Ausdruck im Gesicht. Dann öffnet er das Glas. Draußen beginnt es zu regnen. Immer wieder fahren Blitze herab, es scheint, als würde ein Inferno losbrechen. Im Besteckkasten fühle ich ein Messer. Ein scharfes, großes Messer. Ganz, ganz langsam ziehe ich es heraus.

Eddi Mei-Zu bemerkt es aus dem Augenwinkel. Er nickt mir unmerklich zu, schiebt sich ein wenig vor, sodass ich vor Siglindes Blicken geschützt bin. »Aber warum hast du ihn zerteilt, Sichlinde? Dat hätte ich dir gar nicht zugetraut«, sagt er mit einer Spur Bewunderung in der Stimme.

Ich versuche, das Messer fest zu greifen, den Schwerpunkt der Waffe auszutarieren. Ich weiß, was ich tue. In meinem letzten Roman hat der Messerwerfer Toni

Amorillo eine Liaison mit der zersägten Jungfrau. Die Geschichte endet tragisch für Toni, der die Großzügigkeit der zersägten Jungfrau hinsichtlich seines Umgangs mit anderen Frauen etwas überschätzt. Jedenfalls habe ich mich damals intensiv mit dem Messerwerfen auseinandergesetzt, etliche Löcher in der Wand neben der Spüle erinnern daran.

Ein fanatisches Glitzern tritt in Siglindes Augen. »Das allein zeigt, wie sehr die Götter mich unterstützen. Sein Körper war so schwer, ich konnte ihn nicht bewegen. Also habe ich die Motorsäge geholt. Was für ein Glück, dass ich sie in weiser Voraussicht nach Rolands Tod aus dessen Laube geholt habe. So konnte ich Uwe im Wohnmobil zerteilen und auf die Wiese zu der bereits ausgehobenen Grube transportieren.« Sie blickt mich an. »Leider bin ich gestört worden. Denn ihr musstet ja unbedingt mitten in der Nacht in Marcels Garten einbrechen und anschließend in Rolands Garten rennen. Ich habe euer Schreien gehört, dann die Polizei. Mir ist so ein Schreck in die Glieder gefahren, dass die Schubkarre umgekippt ist und der ganze Uwe sich verteilt hat. Ich bin Hals über Kopf geflohen. So kenne ich mich gar nicht. Nachdem ich einen Lavendelblütentee getrunken hatte und wieder ruhiger war, wollte ich den Rest erledigen. Aber kaum war ich in den frühen Morgenstunden hinter dem Vereinshaus, seid ihr schon wieder aufgetaucht.«

Ich habe das Messer inzwischen gut in der Hand.

Eddi Mei-Zu macht einen Schritt nach vorne. »Du solltest dich erjeben. Dat bringt doch nichts. Du bist eine so wunderbare Frau, mit vielen Talenten. Der Richter hätte bestimmt Verständnis.« Leise fügt er hinzu. »Isch würde auf dich warten.«

Sie sieht ihn lächelnd an. »Ich danke dir. Unter anderen Umständen wären wir uns sicherlich nähergekommen. Der verwegene Ausdruck in deinem Gesicht …« Sie seufzt. »Leider hab ich andere Pläne. Wenn ihr also bitte alle ein kleines Häppchen von der Tollkirsche naschen würdet?«

Eddi Mei-Zu lässt den Kopf hängen. Offenbar hatte er gehofft, sie umstimmen zu können. Dann rafft er sich auf, nickt mir unmerklich zu und tritt zur Seite.

Damit habe ich freie Bahn.

Ich ziehe den Arm durch, werfe das Messer. Es fliegt, zieht einen wunderschönen Bogen nach links, die Schneide glitzert in einem aufflackernden Blitz. Siglinde blickt überrascht auf.

Und duckt sich.

Das Messer prallt gegen die Wand und fällt klappernd zu Boden.

Jetzt wäre es wirklich an der Zeit, dass meine Tochter auftaucht. Wirklich, jetzt wäre der perfekte Moment.

Siglinde blickt mich an. In den Augen einen ganz hässlichen Ausdruck, ein weiterer Blitz wirft einen wilden Schatten auf ihr Gesicht. Mir läuft es kalt über den Rücken. Das wird noch schlimmer, als Siglinde anfängt zu lächeln. Jetzt kommt was Gemeines, ich spüre es ganz genau. Und tatsächlich, sie richtet die Pistole auf mich.

»Liebe Cosma, Sie nehmen den ersten Löffel.« Sie mustert mich von oben bis unten. »Besser einen sehr großen Löffel, wenn man Ihren Leibesumfang berücksichtigt.«

Unverschämtheit. Ich bin nicht dick, ich bin körperlich ausgeprägt, damit meine immensen Fähigkeiten Platz haben.

Ich mustere die Luger. Was passiert eigentlich mit einer Pistole, wenn sie lange gelagert wird? Wird das Magazin irgendwann alt und verrostet? Wird diese Art von Pistolen überhaupt mit einem Magazin bedient? Wenn mich meine Tochter nur einmal an ihre Waffe gelassen hätte, wüsste ich jetzt mehr. Natürlich könnte ich Ewald Meier-Zuhorst fragen, aber etwas sagt mir, dass Siglinde ihn nicht zu Wort kommen lassen wird. Also muss ich meine Entscheidung ohne Faktenwissen allein aufgrund meines Bauchgefühls treffen. »Ich esse das nicht. Lieber lasse ich mich erschießen.«

Siglinde honoriert meinen Heldenmut nicht sonderlich. Sie zuckt mit den Schultern. »Wie Sie möchten.«

Dann drückt sie ab. Einfach so.

Eine Kugel rast auf mich zu, für einen winzigen Augenblick sehe ich mein gesamtes Leben an mir vorbeirauschen: die Wochen im Ashram, meine Wanderung durch die Wüste, Paula, wie sie mir ihr erstes selbstgemaltes Tatortbild zeigt. Dann sehe ich nur noch diese Kugel, die auf mich zukommt, plötzlich auf wundersame Weise langsam abdreht … und an mir vorbeischießt. Ich spüre den Lufthauch.

»Leichter Rechtsdrall«, sagt Eddi Mei-Zu. »Typisch für eine Luger. Wie isch jesagt habe.«

Und dann bricht Alfred hinter mir auf dem Schrank zusammen.

In der nächsten Sekunde passieren folgende Dinge gleichzeitig:

Wir schreien entsetzt auf.

Alfred fällt vom Schrank. Gerda fängt ihn auf.

Eddi Mei-Zu und Herr von Itzenplitz springen nach vorne, um Siglinde aufzuhalten.

Ein weiterer Schuss fällt.

Ich spüre einen stechenden Schmerz.

PAULA

ZU SPÄT

Paula braucht nur Sekunden, um zu einem Entschluss zu kommen. »Frau Schulze, Sie bleiben hier. Walter, komm, wir müssen sofort zu Siglinde Lorenz.«

Agnes will etwas sagen, kommt aber nicht mehr dazu, denn schon ist Paula aus der Tür. Vorbei an Spusen-Alis Zelt. Raus aus dem Garten des Vereinshauses. Laut knirscht der Kies unter ihren Füßen, als sie mit großen Schritten über den Weg läuft. Regen platscht auf sie herunter, Blitze zucken im Himmel. Sie hört Walter hinter sich, aber sie hat keine Zeit, auf ihn zu warten. Was ist mit Cosma?

Mit pochendem Herzen kommt sie an Siglinde Lorenz' Garten zum Stehen. Hier sieht es aus, als wäre ein Krieg ausgebrochen. Der Eingang ist niedergewalzt, der Jägerzaun liegt plattgedrückt in der feuchten Erde. Wenige Meter weiter steht ein Bagger vor einem umgekippten Baum. Ein Blitz erhellt den Himmel, und für eine winzige Sekunde meint Paula ein Skelett in den in der Luft ragenden Wurzeln hängen zu sehen. Als sie Walter hinter sich scharf die Luft einziehen hört, begreift sie, dass es Wirklichkeit ist. Paula versucht, ihren Atem zu beruhigen, zieht ihre Waffe aus dem Halfter, geht vorsichtig auf die Laube zu. Dann hört sie einen Schuss.

Sie spurtet los, reißt die Tür auf. Cosma steht in der Mitte des Raumes. Einen überraschten Ausdruck in den Augen. Dann sackt sie zusammen.

Hinter ihr steht Siglinde.

Mit einer rauchenden Pistole in der Hand.

PAULA

WAS WICHTIG IST IM LEBEN

Müde reibt sich Paula mit einer Hand über die Augen. Es scheint ihr Jahre her, seit sie das erste Mal in den Gartenverein kam, weil Cosma eine Leiche gefunden hatte. Dabei sind es gerade mal zehn Tage. Sie blickt sich in Siglinde Lorenz' Garten um. Der Baum ist inzwischen gefällt und abtransportiert worden, die Beete sind von dem schweren Gerät vollständig zerstört. Ein grellgrüner Papagei fliegt in rasendem Tempo über sie hinweg, dreht einen Kreis und setzt sich auf eine Sonnenblume, die die Zerstörung überlebt hat. Er beginnt in aller Seelenruhe, die Kerne herauszupicken. Ein friedlicher Anblick. Wäre nicht gleich daneben der Krater, in dem einst der Baum wurzelte. Einige Menschen haben Kerzen am Rand des Lochs aufgestellt. Sie sind längst heruntergebrannt und erloschen. Verwelkte Blumensträuße liegen daneben, ein Zettel hängt am Zaun. *Wir vermissen euch*, steht dort in Kinderschrift. Ein Stück abseits liegt eine frische rote Rose auf einem Foto des Vorsitzenden. *In Liebe, Gaby*.

Walter niest lautstark und schnäuzt sich die Nase. »Ich fürchte, ich bekomme Heuschnupfen. Bist du fertig?«

Paula reißt sich vom Anblick der Zerstörung los. Vor der Laube liegen einige umgekippte Porzellanelfen. Paula nimmt sie auf und legt sie in einen Korb. »Jetzt sind es sieben, das ist eine gute Zahl.«

Walter schüttelt den Kopf. »Du bist wirklich zu gutherzig. Sie ist eine kaltblütige Mörderin. Und du versprichst ihr Elfen.«

»Sie hat erst gestanden, als ich ihr gesagt habe, dass sie die Elfen bekommt.«

»Dann ändere ich meine Meinung: Du bist nicht gutherzig, du bist durchtrieben.« Er pflückt vom Wegrand eine Ringelblume und steckt sie sich hinters Ohr. »Wusstest du, dass ihre Anwältin auf Unzurechnungsfähigkeit plädiert?«

»Und wenn. Der Staatsanwalt hat heute Morgen angerufen. Er geht von Mord aus. Sie hat die Taten sehr klar geplant, Elfen hin oder her. Er hält sie für voll zurechnungsfähig.« Paula erinnert sich an den Ausdruck in Siglindes Augen, als sie ihre Taten gestand. Ein irres Glitzern lag darin. Ein Schauer läuft ihr über den Rücken. Wieder sieht Paula ihre Mutter vor sich, hört den Schuss, sieht, wie Cosma ihre Hand mit dem Blut daran betrachtet und langsam zusammensackt. Sie hört ihren eigenen entsetzen Schrei: »Mutter!«, und das Murmeln ihrer Mutter. »Cosma. Mutter macht mich alt.« In diesem Augenblick schien die Welt stehen zu bleiben: die weinende Gerda, die den reglosen Alfred in den Händen trägt, Eddi Mei-Zu, der Siglinde im Schwitzkasten umschließt, Herr von Itzenplitz, der die Hand ihrer Mutter nimmt. Bis zu diesem Moment war Paula nicht klar gewesen, was ihre Mutter samt deren Wohngemeinschaft ihr bedeutet. Paula schluckt gegen den Kloß an, den sie plötzlich im Hals hat.

Ein Knattern lässt sie herumfahren. Auf dem Gartenweg stehen Marcel Schilling und Jay Engel. Er trägt eine Latzhose über dem blanken Oberkörper, in der Hand eine Heckenschere.

»Herr Schilling – Sie kürzen Ihre Hecke?«

Marcel hält inne. »Auftrag von der Großen Vorsitzenden. Der Stadtverband kommt morgen zur Inspektion, da muss alles tipptopp in Ordnung sein.«

»Die Große Vorsitzende?«

Marcel grinst. »Haben Sie es noch nicht gehört? Vorgestern war eine außerordentliche Sitzung des Vereins. Es musste ja ein neuer Vorstand gewählt werden, nachdem Uwe tot ist. Agnes wurde mit überwältigender Mehrheit als seine Nachfolgerin gewählt. Wir hatten aber auch keinen Gegenkandidaten. Agnes hat eine flammende Rede auf Uwe und seine Leistungen gehalten und dass sie sein Lebenswerk fortsetzen möchte. Klar, dass sie da gewählt wird. Und kaum war sie an der Macht, hat sie uns allen die Hölle heißgemacht. Sie hat jeden Garten inspiziert und Listen übergeben, was in Ordnung gebracht werden muss, bevor der Stadtverband seinen Kontrollbesuch abhält. Mir kann es egal sein, wir haben den Garten gekündigt. Ich schneide die Hecke, nächste Woche zieht jemand Neues ein.«

Jay zieht die Gartenhandschuhe aus und reicht Paula die Hand. »Wir wollten uns bei Ihnen bedanken, weil Sie versucht haben, uns aus der Presse rauszuhalten.«

»Es tut mir leid, dass es nicht geklappt hat. Was haben Ihre Eltern gesagt, als sie den Artikel gelesen haben?«

Jay sieht mit einem Mal traurig aus. »Sie haben den Kontakt zu uns abgebrochen. Das muss man sich mal vorstellen, wie im tiefsten Mittelalter.« Sie streicht sich eine Strähne hinters Ohr. »Wir kommen gut klar. Ich glaube, uns konnte gar nichts Besseres passieren, jetzt sind wir frei. Wir ziehen weg. Nach Straubing, Marcel hat ein Angebot vom dortigen Eishockeyclub bekommen. Denen ist es völlig egal, wer ich bin. Sie wollen Marcel wegen seiner Leistung und haben ein sehr gutes Gehalt geboten. Die waren froh, dass er überhaupt noch zu haben ist.« Sie räuspert sich. »Wir haben das mit Ihrer Mutter gehört, tut uns wirklich leid. Wer hätte gedacht, dass Siglinde zu so etwas fähig ist. Wir haben doch alle geglaubt, dass sie eine harmlose Spinnerin ist. Stattdessen ist sie eine Serienmörderin, hat Roland und Uwe auf dem Gewissen, und ihren Ehemann soll sie auch noch getötet haben.«

Um das Thema zu wechseln, fragt Paula: »Haben Sie etwas von Gaby Baumann gehört?«

Marcel lässt die Heckenschere sinken. »Ihr geht es nicht gut, aber sie ist eine Kämpfernatur, sie wird es schaffen. Sie hat sich einen Campingwagen gekauft, will erst einmal eine Weile weg aus Düsseldorf. Ich hab ihr angeboten, mit nach Straubing zu kommen, dort findet sich bestimmt was für sie. Sie hat gesagt, sie überlegt es sich.« Er wendet sich wieder der Hecke zu. »Ich muss dann mal loslegen. Agnes kommt in zwei Stunden vorbei und überprüft, wie weit wir sind. Glauben Sie mir, die ist schlimmer als der härteste Coach. Ich wette, sie wird den Verein ganz schön auf Vordermann bringen. Die lässt sich nicht so hinhalten wie Uwe.«

Walter sieht auf die Uhr. »Wir müssen auch los.«

Als sie einige Schritte gegangen sind, fragt Paula. »Wieso drängelst du eigentlich so? Es ist doch ganz egal, wann wir in der WG ankommen.«

»Nein, der Doc wartet. Ich hab ihn eingeladen.«

Paula bleibt abrupt stehen. »Walter, du hast gerade den gleichen Ausdruck wie meine Mutter, wenn sie mich verkuppeln will.«

Walter geht einfach weiter. »Na und? Er ist nett. Er ist vom Fach. Rosalie meint auch, ihr würdet perfekt zusammenpassen.«

»Ach, meint Rosalie das? Ich sag dir mal was, Walter: Ich suche mir meine Freunde gerne allein aus.« Paula geht mit großen Schritten hinter ihm her. Sie spürt das Blut in ihren Schläfen und weiß selbst nicht so genau, warum es sie so aus der Bahn wirft, dass alle sie mit dem Gerichtsmediziner zusammenbringen wollen. Es geht ihr einfach gegen den Strich.

»Aber er mag dich.« Walter steht vor dem Fiat und wartet darauf, dass Paula ihm aufschließt.

Sie zieht den Schlüssel heraus. »Und das weißt du woher?«

»Er hat nach dir gefragt.«

Paula rollt mit den Augen. »Er hat nach mir gefragt, weil er mit mir den Abschlussbericht abstimmen wollte. Sonst nichts.«

»Ich habe ihm gesagt, dass wir uns vor der Haustür treffen. Die WG braucht jetzt unsere Unterstützung, nach allem, was sie durchmachen mussten. Ich habe Kuchen gebacken. Es ist eine neue Komposition. Johannisbeerkefir mit einer ganz feinen Zitronennote. Ich bin sehr gespannt auf euer Urteil. Wenn ihr den Daumen hebt, nehme ich die Torte in meinen Newsletter auf.« Er sieht wieder auf die Uhr. »Was ist, fahr los!«

COSMA

DAS ENDE IST NAH

Wirklich. Man sollte meinen, dass sich alle um einen kümmern, wenn man fast tödlich angeschossen wurde. Jedenfalls deutlich mehr als sonst. Ist aber nicht so.

Stattdessen sitzen alle um Alfred herum. Er liegt auf dem Sofa, um seinen Bauch einen dicken, weißen Verband. Gerda ist über ihn gebeugt und füttert ihn mit kleinen Fischhäppchen. »Iss, Alfilein, dann wird alles wieder gut.«

Alfred sieht schon wieder ziemlich gesund aus, jedenfalls längst nicht mehr so schlaff wie in den letzten Tagen. Ich glaube sogar, er simuliert inzwischen nur noch. Obwohl er angeblich noch nicht springen kann, habe ich heute Morgen in der Butter auf dem Tisch ganz deutlich Katzenpfoten-Abdrücke gesehen.

»Meine Wunde schmerzt heute entsetzlich«, sage ich und hebe demonstrativ den Arm. Mein Verband ist viel dicker als der von Alfred.

Gerda nickt abwesend.

Herr von Itzenplitz sagt: »Lassen Sie ihn mich auch mal füttern.«

Eddi Mei-Zu blickt auf. »Nein, jetzt bin isch dran. Isch war bei der Runde vorhin unter der Dusche.«

Von wegen – ich darf Alfred jetzt füttern. Ich habe genau mitgerechnet: Gerda hat ihn fünf Minuten gehabt, davor war Herr von Itzenplitz dran. Eddi Mei-Zu ist selbst schuld, wenn er duschen geht, statt seine fünf Minuten mit Alfred zu bekommen. Ohne eine Antwort abzuwarten, setze ich mich neben Alfred und stecke ihm ein Fischstück ins Mäulchen.

»Hören Sie nur: Er schnurrt!«, sagt Gerda glücklich.

»Natürlich«, entgegne ich. »Wir sind schließlich geeint im Leid, Alfred und ich. Uns beide hat die Hexe erwischt.« Demonstrativ hebe ich meinen Arm hoch. Das Einschussloch sieht man zu meinem Bedauern wegen des Verbands nicht. Ich wollte ihn ja abmachen, aber Herr von Itzenplitz meinte, das sei keine gute Idee. Dabei sieht es wirklich dramatisch aus. Die Kugel ist vorne durch den Muskel rein und hinten wieder raus. 28 Zentimeter weiter rechts, und sie wäre in mein Herz eingedrungen. Aber das war es wert. Ich habe mich auf Siglinde geworfen und sie unter mir begraben, bis Paula ihr die Handschellen anlegte. Glaube ich zumindest, denn die letzten Minuten sind etwas verschwommen. Paula sagt, Eddi Mei-Zu hat Siglinde niedergerungen. Doch die konnte sich befreien und wollte zur Tür raus. Aber Paula hat sie sich geschnappt, ihr den Arm auf den Rücken gedreht und Handschellen angelegt. Kann sein, dass es so war. Kann aber auch sein, dass meine Erinnerung stimmt. Ich streiche mir die Haare aus dem Gesicht, blicke auf meine Kameraden und fühle mich wie eine Freiheitskämpferin.

Es klingelt. Ich sehe Eddi Mei-Zu auffordernd an, schließlich bin ich verletzt. Nach etwas Genörgel steht Eddi auf und öffnet die Tür. Es ist meine Tochter, ihr Kollege und der smarte Gerichtsmediziner. Sie würdigt den Doc keines Blickes, dabei hat er so etwas Verwegenes an sich. Eine Mischung aus dem jungen Erol Flynn und Anthony Quinn. Bestimmt ist der tätowiert. Aber nichts Bescheuertes, eher klassisch: Herz oder Anker oder so. Paula schaut angestrengt in die andere Richtung. Sie will es sich nicht eingestehen, aber im Grunde sucht sie das Abenteuer. Das Problem ist nur, dieses Abenteuer darf auf keinen Fall wie ein Abenteuer wirken. Und der Doc sieht ganz eindeutig danach aus. Deswegen versucht sie ihn zu ignorieren. Aber sie hat schon wieder diese goldigen Apfelbäckchen. Sie mag ihn, auch wenn sie es selbst noch nicht weiß. Ich bin schließlich ihre Mutter, ich sehe doch, wenn etwas zusammenpasst. Sie brauchen beide nur noch einen Schubser in die richtige Richtung.

»Für Sie«, sagt Walter und hält Gerda eine gelbe Blume hin, deren Kopf herunterhängt.

Gerda nimmt sie strahlend entgegen und stellt sie in eine kleine Vase. »Wie hübsch. Alfred mag sie auch, nicht wahr?« Der Kater sieht nicht so aus, als ob ihn die Pflanze interessiert. Seine Blicke ruhen auf dem großen Plastikbehälter, den Walter mit sich trägt. Kuchen, wenn mich nicht alles täuscht. Sofort macht sich ein Magengrummeln bei mir bemerkbar. Wenn man so schwer verletzt wurde, braucht man Nervennahrung. Das weiß jeder.

»Geht es ihm wieder gut?«, fragt der Gerichtsmediziner und kniet sich vor das Tier, um ihm über den Kopf zu streicheln. Alfred schnurrt. Besonders, als er bemerkt, dass der Doc ihm ein Fischstück hinhält. Dabei muss er inzwischen wirklich satt sein, ich habe ihm auch gerade noch fünf Häppchen gegeben.

»Er ist wirklich böse getroffen worden, nur Millimeter am Herzen vorbei. Er hatte solches Glück«, sagt Gerda. Sie hat schon wieder Tränen in den Augen. Mit Blaulicht hat Walter den Kater in die Tierklinik gebracht, wo er sofort notoperiert worden ist. Wir waren gestern zur Kontrolle da, der Arzt meint, Alfred wird bald wieder der Alte sein. Nur die Leberwerte machten ihm Sorgen.

Wir setzen uns an den Küchentisch. Alfred mauzt empört, als Gerda ihn abseits in den Sessel in der Ecke setzt. »Alfilein, du weißt doch, was der Arzt gesagt hat. Nur noch Katzenfutter. Keine Sahne, keine Schokolade und vor allem kein Alkohol.«

Alfred beginnt, vorwurfsvoll an seinen Pfoten zu lecken.

Ich sitze neben meiner Tochter. Meiner ehemals abtrünnigen Tochter. Seit Tagen ist sie unglaublich nett zu mir. Widerspricht mir nicht, sieht mich nur mit diesem Blick an, der eigentlich in einen ZDF-Sonntagnachmittag-Film gehört. Es ist furchtbar.

»Hast du etwas gehört?«, frage ich, während ich mir ein großes Stück von der rot-weißen Torte nehme. Sie hebt meinen Teller hoch, damit ich mich nicht zu sehr anstrengen muss. Ich komme mir vor wie eine alte Frau.

»Was meinst du?«, fragt sie sehr ruhig.

»Siglinde«, sage ich und sehe missmutig dabei zu, wie sie mir die Gabel gerade rückt.

»Wieso?« Sie klingt schon nicht mehr ganz so ruhig. Das ist gut. Denn ihre Fürsorge geht mir gewaltig auf die Nerven. Zu Anfang wollte sie mir sogar eine Krankenschwester besorgen, die mich rund um die Uhr betreut. Es wird Zeit, dass wir wieder die alten Verhältnisse herstellen. »Nur so, ich dachte, dass … du mir vielleicht mehr erzählen kannst«, sage ich.

Paulas Miene verschließt sich. »Ich darf euch nichts sagen, das weißt du genau.«

»Aber es ist *unser* Fall. Wir müssen doch wissen, was los ist. Wie sollen wir sonst für unsere nächsten Ermittlungen lernen?«

Sie klatscht sich ein Stück Torte auf den Teller. »Mutter: Ich dachte, du hättest etwas begriffen! Mordermittlungen sind nichts für Laien. Das ist gefährlich. Du bist angeschossen worden. Wer weiß, was noch alles passiert wäre, wenn ich nicht gekommen wäre. Ein für alle Mal: Halte dich aus Ermittlungen raus.«

Ich schiebe mir einen Happen Kuchen in den Mund. »Ich war gestern beim Gefängnis, um Siglinde zu besuchen. Aber die wollen mich nicht reinlassen.«

»Ach! Das ist ja überraschend.«

»Meinst du, wir können Herrn von Itzenplitz als Gefängnispfarrer einschleusen?«

»Mutter! Hör auf, dich einzumischen.« Ihre Augen sind zwei schmale Schlitze.

Na also. Da ist sie wieder: meine Tochter, so, wie sie sein muss. Das war ja nicht auszuhalten, dieses Geglucke.

»Haben sie dich denn wenigstens befördert?«, frage ich versöhnlich. »Schließlich hast du die Mörderin festgenommen, wenn auch nur dank unserer Hilfe. Soll ich mal mit deinem Chef reden und ihn auf deine Verdienste hinweisen?«

»Mutter – ihr nähert euch meinem Chef auf gar keinen Fall. Du weißt ganz genau, dass er panische Angst vor dir hat, seitdem du ihn in der Leichenkammer erschreckt hast.«

»Was macht er da auch mitten in der Nacht?«

»Er hat gearbeitet. Und es ist kein Wunder, dass er sich erschreckt, wenn sich plötzlich eine Leiche bewegt.«

»Ich wollte nur mal wissen, wie das ist, unter so einem Tuch zu liegen. Wie soll ich das sonst in meinen Büchern glaubwürdig beschreiben?«

»Mutter, wenn ich mitbekomme, dass du vor dem Präsidium auftauchst, lasse ich euch verhaften.«

»Ich kann Sie morgen Abend durch die Gerichtsmedizin führen, Frau Pongs.« Der Arzt zwinkert mir zu.

»Meine Mutter will sich bestimmt nicht morgen mit dir treffen.«

»Ach nein? Dann wir beide? Morgen Abend vor der Gerichtsmedizin? Sagen wir zwanzig Uhr?«

Paula wird augenblicklich so rot wie Tortenfüllung. Wusste ich es doch. Sie mag ihn.

»Haben Sie nichts von Siglinde gehört, mein lieber Walter?«, flötet Gerda. Die beiden verstehen sich seit der Sache mit Alfred ausnehmend gut. Walter hat mit Gerda in der Tierklinik gewartet, bis die OP vorbei war. Seitdem hat er bei ihr einen Stein im Brett.

»Siglinde hat lückenlos gestanden. Allerdings hat sie gedroht, alle zu verfluchen.«

»Vermutlich plädiert sie auf Unzurechnungsfähigkeit«, überlegt Herr von Itzenplitz.

»Naja, sie hat mehrmals mit Elfen geredet, während wir sie vernommen haben«, sagt Walter. »So ganz auf der Höhe ist sie nicht.«

»Meiner Meinung nach plädiert sie zu Recht auf Unzurechnungsfähigkeit«, unterstreiche ich. »Schließlich hat sie uns völlig unterschätzt. Wie dumm von ihr zu glauben, sie könnte uns für die Vertuschung ihrer Morde einspannen. Schickt uns in die Laube von Agnes Schulze, damit wir den Spaten finden. Das kam mir gleich seltsam vor.«

Eddi Mei-Zu blickt verträumt aus dem Fenster. »Aber sie hat schon etwas Einmaliges.«

Ich nehme mir noch ein großes Stück Torte und fühle mich pudelwohl. Immerhin ist in den letzten Tagen viel passiert. Wir haben den Fall der Gärten des Todes gelöst und die Mörderin überführt. Feierlich hebe ich meine Kaffeetasse in die Höhe. »Auf uns!«, rufe ich. Die anderen strahlen und heben ebenfalls ihre Tassen, scheppernd treffen wir uns in der Mitte: »Auf uns!«, rufen wir alle gleichzeitig.

»Und auf unsere zukünftigen Fälle!«, füge ich hinzu. Denn dass weitere kommen werden, daran habe ich keinen Zweifel. Erst gestern habe ich gesehen, wie unsere Nachbarin etwas höchst Verdächtiges in ihren Keller geräumt hat. Das werde ich mir morgen genauer ansehen.